KB123313

【 고려시대의 삶과 노래 】

이정선 지음

보고사

책머리에

20여 년 전의 일이다. 박사과정의 학기를 마치고 학위논문을 준비하던 때였다. 시간적인 여유가 있어 편안한 마음으로 박노준 교수님의 국문학 특강을 청강하게 되었다. 고려가요에 대한 쟁점과 연구논문을 중심으로 한 강좌였다. 청강을 한 것이었지만 교수님께 연구논문을 제출하는 것으로 감사함을 대신하기로 하였다. 그때 썼던 논문이 <정과정의 편사와 문학적 해석>이었다. 그 후 '조선후기 한시에 나타난 조선풍 연구'에 매진하여 학위논문을 제출하였고, 계속해서 조선풍을 한시에서 뿐만 아니라 회화, 판소리 등으로 확장하여 그 의미를 찾고자 노력하였다. 그러던 중 조선풍이 탈 중화주의와 주체적 자각을 바탕으로 우리 것의 가치를 새롭게 음미하려는 문화현상이라는 사실이 가슴 한편에 부딪히면서 고려가요에 관심을 갖게 되었다.

조선풍이 외부의 영향에서 우리 것을 찾고 지키려는 움직임이지만, 고려가요는 당시 서민들의 삶과 애환이 진솔하게 담긴 노래이다. 가슴에 일기 시작한 고려가요에 대한 애정은 시대를 거슬러 설레는 마음으로 그들을 좀 더 가깝고 깊이 만나게 하였다. 고려가요를 읊조리며 노래 속의 여인이 되어 보기도 하고, 상대의 임으로 빙의하기도 하였다. 문학이란 현실의 반영이라고 했던가. 고려가요에 등장하는 화자의 삶은 먼 옛날 고려시대의 사람만이 겪었던 일이 아니라 현재 우리들의 모습이었다. <청산별곡> 화자가 '지난날 청산에 갔었더라면… 바다에 갔었더라면…' 하며 토로하며 안타까워했던 것은 비단 <청산별

곡> 화자만의 이야기가 아니다. 살다 보면 누구나 아쉬움 한두 가지는 간직하고 있을 것이다. 그런 아쉬움이 현재의 나를 조금도 바꿔주지 않고 생채기로만 남는다면 그것은 아쉬움을 넘어 나 자신에게 오히려 독이 될 뿐이다. 빨리 털고 일어나야 한다. <청산별곡>의 화자는 그렇게 말해주는 듯하였다. 애정이 너무 깊어서일까? 쉽게 끝날 것으로 생각했던 고려가요는 연구를 할수록 더 힘들고 어렵게 느껴졌다. 작품 한편이 풀리지 않아 많은 시간을 애태우기도 해서 몇 번이나 포기하려는 마음도 들었다. 하지만 여성들이 출산의 고통을 잊고서 다음 아기를 기대하듯이 시간이 지나가면 어느새 내 책상 위에는 또 다른 한편의 고려가요가 내 가슴을 뛰게 하였다. 고려가요 한 작품 한 작품이 현재의 나에게 얼마나 수많은 질문과 대답을 동시에 요구했는지 모른다. 재작년 학회에서 연구논문을 발표하기 위해 논문을 준비하며 발표일을 기다리는 중에 모친상을 당했다. 시간이 촉박하여 부득이 학회에 사정 이야기를 하고 내가 작성한 논문을 다른 분에게 대신 발표하도록 요청한 경우도 있었다. <동동의 한 해석>이라는 논문이다. 이 논문만 보면 어머니의 모습이 생생하게 다가선다.

이렇게 지난 수년 동안 고려가요와 한편씩 마주하던 그간의 작업을 갈무리한다. 편집하는 과정에서 글을 다듬으며 표현이 조금 달라진 경우도 있고, 더러 고친 곳까지 생겼다. 한자를 노출하지 않고 한글로 바꿨다. 오랜 기간에 걸쳐 발표한 논문을 묶다 보니 최근의 성과를 반영하지 못한 경우도 있다. 양해를 구한다.

1부는 고려가요의 형성과정론이다. 고려가요는 민간의 노래가 궁중으로 이입되어 궁중의 속악으로 활용되었던 것을 참작할 때, 궁중이입 과정 중에서 행해진 편사로 인해 재편된 고려가요의 모습을 떠올릴 수 있다. 따라서 현행 고려가요는 모두 편사된 것이라고 해도 과언이 아니다. 또한, 이와 반대로 편사된 고려가요가 다시 민간에서 불리게 되는 경우도 있을 것이다. 이런 상황에서 자신들의 뜻을 전하기 위해 의도적으로 노래를 창작하여 궁중의 가악으로 수용되기를 바라는 경우도 생각해 볼 수 있다. 이런 내용을 논문을 해석하면서 제시하였다.

2부에서는 고려가요에 나타난 사랑과 욕망에 관한 논문들을 묶었다. 화자 자신에게는 마음에도 없는 임을 한사코 따르려는 여인의 모습에서부터 오히려 성 담론을 공론화하면서 성적 욕망을 적극적으로 드러내는 화자, 또한 탈현실을 꿈꾸며 방황하지만 결국 현실로 돌아올 수밖에 없는 화자의 면모를 통해 고려인의 사랑과 욕망의 모습을 읽을 수 있도록 하였다.

처음 <정과정>을 연구할 때만 해도, 원전 자료를 찾아서 하나하나 대조를 해야만 하였는데, 이제는 웬만한 자료는 데이터베이스화가 되어 컴퓨터만 있으면 어디서나 찾아볼 수 있는 편리한 세상이 되었다. 그런데도 이 분야의 연구자들은 손을 꼽을 만큼 적다. 모두들 실용학문에 눈을 돌리다보니, 경쟁력 있는 문화콘텐츠나 스토리텔링 등으로 관심이 이동하고 있기 때문이다. 생존경쟁의 시대에 살아남으려고 한다는데 누구를 탓하겠는가. 온고지신(溫故知新)이라고 했다. 옛것을 연구하여 새로운 것을 안다는 말이다. 우리만의 독창적인 문화콘텐츠를 만들고, 본질이 변질되지 않는 스토리텔링 작업을 위해서라도 인문학의 기본적인 지식은 당연히 필요하다.

그동안 많은 분의 도움을 받았다. 논문을 한 편씩 발표할 때마다 당신 일처럼 기뻐하며 격려해주신 박노준 교수님, 자기 일보다 더 관심을 갖고 내가 쓴 글을 읽어주며 조언을 해준 사랑하는 아내, 당신의 딸을 고생시키는 사위를 언제나 응원해주는 장모님, 그리고 세 아들, 고맙고 감사하다. 또한, 시가연구총서의 하나로 이 책의 간행을 허락해 주신 보고사 김흥국 사장님께 감사드린다. 편집을 맡아 예쁘게 꾸며준 이경민님을 비롯한 출판사 식구들에게도 감사의 마음을 전하고 싶다. 2년 전에 부모님이 한 달여 간격으로 천국에 가셨다. 그곳에서도 많이 기뻐하실 것이다. 영전에 이 부족한 책을 바친다.

2016년 8월
북한산 기슭에서
李正善

차례

II부 고려가요에 나타난 사랑과 욕망

〈動動〉의 한 해석 -12월령을 중심으로- · 163

〈雙花店〉의 구조를 통해 본 性的 욕망과 그 의미 · 181

〈鄭石歌〉의 소재의 의미와 구조로 본 사랑과 그 한계 · 203

Ⅰ부
고려가요의 편사와 문학적 해석

〈가시리〉의 編詞와 문학적 해석

1. 머리말

    〈가시리〉는 사랑하는 임을 떠나보내는 안타까운 마음을 담은 노래로 작자, 연대미상의 고려가요[1]이다. 특히 이 노래는 시적화자가 자신의 의지를 임에게 적극적으로 표출한 〈서경별곡〉과 달리 참고 견디면서도 임에게 자신의 의사를 전달하는 성숙된 여인상의 모습을 보여준다. 더욱이 〈가시리〉는 김소월의 〈진달래꽃〉으로 이어져, 별리(別離)를 소재로 한 작품의 전형으로서, 나아가 민족의 정서를 가장 효과적으로 담아낸 절창이라고 평가한다.[2] 특히 〈가시리〉 연구의 선편을 잡은 양주동이 "別離를 제재로 한 시가가 고금·동서에 무릇 그 얼마리오마는, 이 〈가시리〉 1편 통편 67자 20數語의 소박미와 함축미, 그 절절한 哀怨, 그 면면한 情恨, 아울러 그 句法, 그 章法을 따를 만한 노래가 어디 있느뇨 …(중략)… 本歌야말로 동서문학의 別章의 압권이 아니랴"[3]라고 극찬을 한 이래로 모두가 한 목소리로 이 작품에 대해 찬사를 아끼지 않았다.[4]

    그러나 이와는 달리 정병욱은 〈가시리〉가 비교적 유려한 운율이외에 별로 시적 감흥을 느끼지 못하는데, 그것은 산문과 다름이 없는 표현 방법을 썼기 때문이라고 하였다. 그러면서 그는 〈가시리〉의 "셜온 님 보내옵ᄂᆞ니 가시ᄂᆞᆫ듯 도셔오셔셔"보다 〈아리랑〉에서 "나를 버리고 가시는 님은 십리도 못가서 발병난다"라는 부분이 표현기교로 볼 때 급이 높다5)고 평가하여 양주동 평설을 전면 부정하였다. 이에 조동일은 "보내고 싶지 않은 님을 보내야 하는 심정을 소박하게 나타내기만 했으니, 너무 감탄한 나머지 지나친 평가를 할 것은 아니고, 수준 높게 다듬은 표현이 없다고 해서 낮추어 볼 필요도 없다"6)라고 하여 절충적 평가를 하기도 하였다.

지금까지 이 작품에 대한 논의는 어석적인 부분7)에서부터 역사적, 사회학적인 관점8), 후대가요로의 변용9)에 이르기까지 연구되어 왔으나 작품의 명성에 비해 상대적으로 연구자들의 많은 주목을 받지 못했다. 그것은 <가시리>가 4연으로 되어 있지만 짧은 노래이고, 지금까지 이루어진 연구만을 가지고도 전문이 해독 될 만큼 논쟁거리가 없기 때문으로 보인다.

본고는 이 작품이 민간가요로 유행하다가 궁중속악으로 편입되는 과정에서 후렴구가 첨가된 점을 주목하고자 한다. 흔히들 후렴구는 아무런 뜻이 없는 악기 소리10)나 단지 흥을 돋우어 주는 구실을 하는 것으로 간주하여 작품해석에서 제외하였다. 그러나 <가시리>에 있어서 각 연마다 반복되는 "위 증즐가 大平盛代대평성대"는 여느 작품과 달리 "대평성대"라는 유의어(有意語)가 있다. 논자는 <가시리>에서 다른 노래에 비해 후렴구가 노래의 전반적인 의미에 중요한 역할을 하고 있다고 판단한다.

따라서 본고는 후렴구가 첨가되기 전과 후의 <가시리>를 각각 해석하여 그 차이를 고찰하고자 한다. 이 과정을 통해 후렴구가 이 작품에서 차지하는 역할과 그 의미를 도출할 수 있으리라 본다. 그래서 지금까지 <가시리>에 대한 논의에서 좀 더 진전되는 연구가 되리라 기대한다.

2. 〈가시리〉의 편사 전과 후의 거리

〈가시리〉는『고려사』「악지」 등의 역사적 사료에 소개되어 있지 않아 이를 고려가요라고 실증할만한 문헌이 없다. 하지만 이 노래가 형식, 어법, 내용, 정서면에서 여대(麗代)의 노래와 맥락이 상통된다는 것과 노랫말 전체가『악장가사』와『악학편고』에,『시용향악보』에 곡 과 노랫말의 일부가 전하고 있다는 점 등을 통해 연구자들은 이 노래를 고려가요라고 간주한다.

그런데 이들 문헌이 고려조 당대의 것이 아닌 후대의 기록이라는 점에서 전승과 속악으로의 전이과정에서 원래의 노래와 차이가 있으리라고 본다. 이 노래에 대한 저간의 사정을 적시한 기록이 없는 상황에서 노랫말만 가지고 이를 판단하는 데에는 일정한 한계가 있는 것이 사실이다. 그러나 노랫말과 후렴구 사이 연결의 부조화를 두고 궁중악으로의 수용과정에서 발생된 것이라는 선학들의 연구 성과11)를 통해 후렴구의 존재여부로써 이 노래의 편사 전과 후로 나누기로 한다. 따라서 본고에서는 논의의 편의상 현전 〈가시리〉에 '나는'이라는 여음구12)와 후렴구를 제외한 부분만을 '원 가요'라고 일컫는다. 그리고 '후렴구'는 〈가시리〉가 궁중악으로 수용될 때 삽입된 부분을, 원 가요에 후렴구를 첨가한 현재의 〈가시리〉를 '편사된 작품'이라고 일컫기로 한다.

1) 원 가요인 〈가시리〉의 세계

〈가시리〉는『악장가사』에 '가시리'란 제목으로 4연 모두 기록되어 있고『시용향악보』에서는 '귀호곡(歸乎曲) 속칭(俗稱) 가시리 평조(平 調)'라는 이름아래 악보와 함께 제 1연이,『악학편고』에는 '가시리(嘉時

理)'라는 이름으로 4연 모두 실려 있다.[13] 세 곳에 수록된 노랫말에는 큰 차이가 없지만 제목이 다르게 표기되어 있는 것이 특징이다. 『시용향악보』에 '귀호곡'이라는 표기아래 "속칭 가시리 평조"라는 기록으로 보아 '가시리'가 원래의 제목으로 보인다. 후술하겠지만 논자는 18세기에 편찬된 『악학편고』에 '嘉時理'라는 제목은 '가시리'라고 표기된 낱말을 한자로 기록하기 위해 의미없는 음차(音借)에 불과한 것[14]이라기보다는 <가시리>가 후대에 전승되면서 노랫말에 담긴 의미를 집약하였다[15]고 생각한다.

　　『악장가사』 소재 <가시리>의 전문을 여음구 "나는"과 후렴구 "위 증즐가 大平盛代"를 제외하면 다음과 같다.(*논의의 편의상 숫자를 연 앞에 부여함)

1연	가시리	가시리잇고	ᄇᆞ리고	가시리잇고
2연	날러는	엇디 살라ᄒᆞ고	ᄇᆞ리고	가시리잇고
3연	잡ᄉᆞ와	두어리마ᄂᆞᄂᆞᆫ	선ᄒᆞ면	아니 올셰라
4연	셜온님	보내ᄋᆞᆸ노니	가시ᄂᆞᆫᄃᆞᆺ	도셔 오쇼셔

　　1연에서 "가시리잇고"는 '가+시+리+잇고'로 분석된다. '-시-'가 존칭보조어간, '-리-'는 미래시제보조어간, '-잇고'는 존칭의문형 종결어미로서 "가시리잇고"는 "가시렵니까?" 또는 "가시겠습니까?"로 해석된다. 더욱이 "가시리 가시리잇고"는 "가시리잇고"가 중첩된 것으로 가창의 운율상, 처음 '가시리'는 '잇고'가 생략된 표현이다.[16] 따라서 1연은 "가시리잇고 / 가시리잇고 / ᄇᆞ리고 / 가시리잇고"라는 말로 민요에서 볼 수 있는 'aaba형'의 구조를 취하고 있다.[17] 고려가요가 민요적인 색채가 강하다는 것이 <가시리>에서도 실증되고 있는 셈이다.

후렴구와 여음구를 제외하고 총 67자에 불과한 이 노래에 '가다'라는 뜻을 담은 어휘가 무려 22자에, '버리다'라는 어휘까지 포함하면 28자에 이른다. 그러므로 3연에서 시적화자의 감정 절제와 체념의 의미가 담긴 17자를 제외하면 "가시리"라는 제목에 걸맞게 작품의 절반이 '가다'와 관련되어 전체를 구성하고 있다. 그만큼 이 노래는 떠나는 임에 대한 화자의 절규와 미련의 감정을 표현하고 있다. 임이 떠나는 이유가 문면에 나오지 않지만 "ᄇ리고"라는 어휘를 거듭 토로한 부분에서 화자는 자신의 의사와는 상관없이 임에게서 일방적인 이별의 의사를 듣고 절망적인 상황에 처해있다고 느껴진다.

그리고 3연에서 화자는 "잡ᄉ와 두어리마ᄂᆞᄂ"이라는 적극적인 태도를 취하고 싶지만 "선ᄒ면 아니 올셰라"의 표현처럼 자신의 설움을 최대한 억제하면서 임에게 자신에 대한 좋은 이미지와 여운을 남기는 방법을 택한다.

'선ᄒ면'은 어석상의 많은 쟁점을 부르고 있다. "선뜻, 선선" 등의 "선"(양주동), "시틋하면, 귀찮아 마음이 거칠어지면"(박병채), "싫증이 나면"(김형규), "그악스러우면, 사나우면"(지헌영), "서낙하며, 사나우면, 그악스러우면"(남광우)[18] 등으로 해석한다. 특히 남광우는 "선ᄒ다"란 말이 "그악스럽다. 사납다"의 뜻으로 사용되는 것을 서울 태생의 환갑 노파에게서 들은 일이 있고, 현재 평안도에서는 헌데[상처(傷處)]같은 것이 성이 나서 악화됨을 "선하다"라 한다고 풀이하여 "붙잡아 둘 것이지마는 너무 지나치게 그악을 부려 붙잡으면 오히려 정이 떨어져 다시 오지 않을까 두려워 헤어지기 싫은 임을 보내오니"라고 해석하는 것이 바람직하다고 했다. 그리고 문세영(文世榮)이 편찬한 사전에서 "선하다"를 "서낙하다"의 준말로, "서낙하다"는 "장난이 심하다. 그악하다"로 풀이한 것을 들어 그 근거를 제시하고 있다.[19]

박병채와 김형규가 "선ᄒ다"의 주체를 임에게 두었다면, 지헌영과 남광우는 그 주체를 시적화자에게 두고 있다. 논자는 4연에서 "셜온 님"을 보낸다는 것을 보아 3연의 "선ᄒ면"은 시적화자의 입장에서 풀이하는 것이 온당하다고 본다.

여기에서 화자는 떠나는 임을 붙잡고 매달리고 싶은 마음이 간절하지만 그렇게 하지 않는 이유가 "선ᄒ면"이다. 양주동은 "선ᄒ면"을 두고 "이 석 자인즉 천래(天來)의 기어(奇語), 의표(意表)의 착상, 촌철살인의 언어, 예리한 섬광이자 대불(大佛)의 개안과도 같은 묘어(妙語)다."라고 평가하면서 "'선하면 아니 올세라'는 겁먹은 사람의 약음(弱音)인 듯함으로 겉으로는 허한 것 같지만 언젠가는 되돌아와 주기를 갈망하는 빌미를 마련하고 있으므로 속살은 실한 진술이다."[20]라고 해석한다. 즉 3연에서 화자의 의도가 슬픔을 승화시키겠다는 것이 아니라 내 임의 마음을 그나마 붙잡으려고 선택한 감정의 절제라면, 화자는 임의 뜻에 무조건 순종하고 받아들이면서 자신의 고통을 감내하는 심적 상황은 아니다. <서경별곡>의 화자가 사랑과 믿음을 중요시하는 자기중심적이며 직선적인 성격의 여인이라면, <가시리>의 화자는 임에 대한 미련을 포기하지 않는 적극적인 사랑의 표현으로 자신의 감정과 행동을 절제한다. 그러므로 임의 결정에 절대적 순종을 하기 위해서 자신의 아픔을 감내하는 모습과는 구별된다. 여기에서 시적화자의 이중적 태도[21]를 생각할 수 있다.

그런데 이처럼 자신을 버리고 떠나는 임을 가리켜 "셜온 님"이라고 지칭하였을까 하는 의문이 생긴다. "셜온 님"이 "서러운 임을, 괴로운 임을"(박병채)이고 보면 정작 서럽거나 괴로운 대상의 주체는 떠나는 임이 아니라 화자 자신이기 때문이다. 조동일은 4연이 "노래하는 여자를 서럽게 하는 님에게 하소연하는 말"과 "무언가 드러나 있지 않은 곡절 때문에 서럽게 떠나야 하는 님이기에 그렇게 당부하는 도리밖에 없다는 말"22)이라는 두 가지 뜻을 갖는다고 하였다. 또 "셜온 님"이라고 표기한 것을 두고 "이별은 쌍방의 문제라서 떠나가는 사람도 서럽고 보내는 사람도 서럽기 때문에" 또는 "떠나보내는 사람이 떠나가는 사람도 자기처럼 서러웠으면 하는 마음을 전하기 위해"23)라고도 설명하는 경우도 있다. 문면만 놓고 본다면 "셜온 님"이라는 표현은 조동일의 지적처럼 "무언가 드러나 있지 않은 곡절 때문에 서럽게 떠나야 하는 님24)"으로 보인다. 그러나 논자는 1연과 2연에서 임이 자신을 버리고 간다는 것을 애처롭게 강조하던 사실과 3연의 화자의 태도에서 4연의 "셜온 님"은 어떤 곡절 때문에 서럽게 떠나야 하는 임이라기보다는 나의 마음을 아프고 서럽게 만들어 놓고 내게서 아쉽게 떠나가는 임으로 보는 것이 옳다고 생각한다. 즉 화자 자신이 갖고 있는 이 서러운 마음을 떠나는 임이 이해한다면 자신의 곁을 떠나지 않을 것이고, 떠난다고 하더라도 다시 올 것을 기대하기 때문이다.

더욱이 이와같은 사실은 4연의 "가시는 둣 도셔오쇼셔"의 화자의 발언태도에서도 엿볼 수 있다. "가시는 둣 도셔오쇼셔"에서 "둣"이 '처럼'이나 '같이'의 뜻을 지닌 접미어로 <ㅎ다>동사를 취하여 <둣ㅎ>로 통용된다. 그런데 <ㅎ다>形과의 연결이 없이 관형사형 <ㄴ> 아래 단독으로 직결되면 접미형으로 어미화 하여 <둣>은 <둣ㅎ다가 곧>의 뜻으로 사용된다25)고 볼 때, 화자는 임의 마음이 빨리 바뀌기를 호소하고 있다.

또 『시용향악보』에서 <가시리>를 "귀호곡"이라고 명칭을 삼은 것은 <가시리>의 내용에 맞게 작명(作名)되었다고 볼 수 있다. <가시리> 곧 <귀호곡>은 상대편의 마음을 돌리게 하고 붙잡고 싶은 마음을 표현하는 노래이지 화자 자신의 하소연이나 넋두리를 위한 노래가 아니기 때문이다. 임주탁은 "<歸乎曲>의 '歸乎'는 '가시리'의 뜻을 가장 정확하게 옮긴 漢譯이고, '歸'의 일반적인 쓰임을 고려할 때 '가시리'의 '가다'에는 '돌아가다'는 뜻이 함축된 것으로 풀이되어야 한다"26)고 하였다. 그러면서 그는 정혜원이 <귀호곡>이라는 명칭이 '도셔오셔소'라는 하소연에 역점을 둔 한문식 개명(改名)27)이라는 주장을 그와 같은 명명법의 사례가 없다는 이유로 일축하였다.

  그런데 '가시리'를 임주탁의 주장대로 '돌아간다'로 이해하면 화자가 아닌 다른 사람에게 혹은 다른 곳으로 간다는 말로 해석된다. 그러나 논자의 생각은 <가시리>가 자신의 신세를 한탄하거나 넋두리를 이야기 하는 것이 아니라 노래를 듣고 임이 '시적화자에게로 다시 돌아가겠다는 마음을 갖게 하려는 목적을 띤 노래'라는 점을 고려할 때, '돌아가다'의 상대는 '타자'가 아니라 '화자'가 되어야 한다. 그렇다면 '가시리'가 '가다'의 의미 외에 '돌아가다'[歸]라는 의미가 내포되었기 때문에 임은 '화자와 사귀기 이전의 사람에게 혹은 고향으로 돌아간다'고 해석하기보다 '떠나는 임이 화자에게 다시 돌아간다'라는 의미로 이해하는 것이 옳다고 본다. 『시용향악보』에 <가시리>의 1연만 실린 것을 두고 "도셔오쇼셔"가 없다고 해서 "귀호곡"의 "歸乎"를 '가다'의 한역이라고 강변할 수 없다. 『시용향악보』는 책의 특성상 악보집임을 감안하면 <가시리>의 전체 가사가 필요하지 않다. 다만 『시용향악보』의 편자가 이 노래의 제목을 작명하는 데에는 '가다'라는 단순한 의미보다는 노랫말에 담긴 화자의 뜻을 파악하여 창작한 것으로 판단된다. 이런 점에서 본다면 '歸乎'를 '도셔오셔소'라는 하소연에 역점을 둔 한문식 개명(改名)이라고 주장한 정혜원의 추정은 유효하다고 생각한다.

2) 궁중가악으로 수용될 때 삽입된 가사 : 후렴구

후렴은 선후창으로 부르는 노래에서 선창(메기는 소리)이 끝나고 나서 여럿이 부르는 후창(받는 소리), 또는 유절양식(有節樣式)의 노래에서 매 절(節)마다 같은 내용으로 반복되는 각 절의 후반부를 지칭한다. 후렴의 길이는 한 단어나 어절에서부터 한 행이나 여러 행에 이르기까지 매우 다양하다. 그 기능이 연이나 장에서는 의미의 전환을 가져오기도 하지만 전체적으로는 다양하게 전개된 의미의 확산을 유기적으로 통합하는 기능을 발휘한다.[28] 다음은 현전 고려가요에서 보이는 후렴구들이다.

○ 〈가시리〉 : 위 증즐가 大平盛代
○ 〈서경별곡〉 : 위 두어렁셩 두어렁셩 다링디리
○ 〈청산별곡〉 : 얄리 얄리 얄라셩 얄라리 얄라
○ 〈사모곡〉 : 위 덩더둥셩
○ 〈쌍화점〉 : 다로러거디러
        더러둥셩 다리러디러 다리러디러 다로러거디러 다로러
        위위 다로러거디러 다로러
○ 〈정읍사〉 : 어긔야 어강됴리 아으 다롱디리
○ 〈동동〉 : 아으 動動다리

위와 같이 고려가요에는 작품마다 독특한 후렴구를 갖고 있다. 〈가시리〉와 〈동동〉을 제외하고는 그 말의 뜻을 가늠하기가 어렵다. 따라서 이런 후렴구는 악기의 구음으로 보는 것이 지배적이다.[29] 즉 〈서경별곡〉의 '두어렁'은 거문고의 구음으로, '셩'은 징이나 바라의 의성으로, '다랑디러리'는 젓대의 구음으로 볼 수 있어, 거문고·징(바라)·

젓대의 구음과 의성으로 이루어졌다[30]고 본다. 후렴구가 이렇게 악기의 구음을 문자로 옮겨놓은 것이라면 당대의 문헌 기록은 노랫말에 악기소리까지 채록했음을 알 수 있다. 이는 당대의 노래연주에 어떤 악기가 동원되어야 하는 것까지 상세하게 정보를 제공하고 있는 셈이다. 또 『악장가사』에서는 <서경별곡>을 'ㅇ'로 구분하여 14단락으로 나누어 기록되어 있다. 그런데 각 단락마다 "위 두어렁셩 두어렁셩 다링디리"라는 후렴구를 삽입함으로써 후렴구의 존재만으로도 단락의 구분이 가능하다. <서경별곡>을 의미상으로 단락을 구분하면 1~4단락을 1연, 2~8단락을 2연, 9~14단락을 3연으로 나눌 수 있다.[31] 이처럼 『악장가사』에서 구분하고 있는 것과 의미상의 단락이 차이가 있다는 사실은 『악장가사』의 편자가 단락을 세분화하고 후렴을 14번이나 반복함으로써 후렴구를 통해 각 단락의 뜻을 구분하여 전달할 의도가 있었다고 짐작된다. 그런 점에서 본다면 <가시리>에서의 후렴구 또한 노랫말에 후렴구가 전달하고 있는 소리를 청자 또는 수용자가 받아들이는 태도에 따라 그들에게 분위기와 감정을 자극시킴으로써 전반적으로 노래의 의미를 보강하는 역할을 하고 있다고 하겠다.

한편, 일부 연구자들에 의해 이들 후렴구를 유의어로 해석하기도 한다. 이등룡은 <청산별곡>의 후렴구 "얄리 얄리 얄라셩 얄라리 얄라"가 『시용향악보』에 실려있는 <대국(大國)>의 여음구 "얄리 얄리 얄라 얄라셩 얄라"와 흡사함을 주목하였다. 그에 따르면 돌궐어(突厥語)의 동부 방언군에 속한 Kashghar語에 돌궐어 'yalin-'이 'yelin-'으로 나타나는데, 중심의미가 'to coax(into)' 즉 '달래다'[說, 誘]임을 밝혀 <청산별곡>의 '얄리'를 '달래다'로 해석한다. '얄라셩'은 돌궐어 'yalan̩'의 의미어 '독(獨), 고(孤), 유(唯)'와 동일한 의미를 지니는 것으로 보아 "외로움[孤寂]"으로 풀이한다. 따라서 "얄리 얄리 얄라셩 얄라

리 얄라"는 "달래 달래 외로움을 달래라 달래"로 해석될 수 있다[32]고
한다. 또한 박상규도 〈청산별곡〉의 후렴구를 의미있는 실사(實辭)라
보고, 만주어의 'yargiyala'에서 어원을 찾아 "사랑 사랑 사랑아 나는
이런 모습으로 살고 있구나"[33]로 풀이하였다.

〈청산별곡〉에서 시적화자의 태도는 첫 연의 "청산에 살어리랏
다"[34]에서 알 수 있듯 현재에 처해진 상황에서 벗어나고픈 마음이 지
난 날 선택하지 못한 것에 대한 아쉬움과 후회로 나타난다.[35] 1연에
"얄리 얄리 얄라셩 얄라리 얄라"라는 후렴구가 삽입되어, 노랫말과 후
렴구가 결합되면서 노래의 전체적 메시지가 다르게 느껴진다. 후렴구
를 정병욱의 주장처럼 악기의 구음으로 본다면 노랫말이 주는 회한(悔
恨)적인 내용에 악기소리가 첨가되면서 의미전달을 강화시킬 수 있다.
곧 악기소리를 경쾌한 리듬으로 인식했다면 회한적 내용과 이질적인
리듬의 결합으로 부조화를 이루며 상대적으로 시적화자의 마음을 부
각시키는 역할을 한다고 볼 수 있다. 반면 악기소리를 처량한 리듬으
로 수용했다면 후회하는 언사에 처량한 리듬이 결합하여 시적화자의
처량한 심사를 고조시켰다고 할 수 있다.

〈쌍화점〉의 경우 후렴구(조흥구)가 3행과 4행 사이의 "다로러거디
러"와 4행과 5행사이의 "더러둥셩 다리러 다리러디러 다로러거디러
다로러", 5행과 6행 사이의 "위 위 다로러거디러 다로러"등이 있다.
이는 악기 소리를 본 뜬 구음으로서 음악적 실연을 위한 장치[36]라고
알려져 있다. 그런데 려증동은 〈쌍화점〉을 연극이라는 측면에서 고
찰하고, 후렴구를 주역의 액션과 성격부여로 해석하였다.[37] 황보관은
〈쌍화점〉의 조흥구의 음절수를 살펴 이를 음성의 상징으로 풀이하
였다.[38]

지금까지 후렴구를 대부분 악기의 구음으로만 인식되었던 것을 위

에서 보았던 것처럼 타 언어에서 유사성을 찾거나 음성의 상징 등으로 인식하여 그 의미를 찾는 작업은 고려가요 해석에 상당한 진전을 가져왔다. 그런 점에서 <청산별곡>과 <쌍화점>의 후렴구에 대한 세밀한 고찰은 노랫말 해석에서 큰 변화를 주었다.

그런데 <가시리>의 경우는 여타 다른 노래와 달리 '대평성대(大平盛代)'라는 유의어가 분명하게 들어있다는 점에서 그 후렴구는 <가시리>를 이해하는 데 빼놓을 수 없는 중요한 요소라고 생각한다.

'위 증즐가 대평성대'에서 '위'는 고려가요에 흔히 쓰이는 "아으·어와·애·이" 등과 같은 가창에 사용되는 감탄사이다.[39] 하지만 '증즐가'는 아직까지 무슨 의미인지 정확히 밝혀져 있지 않다. 다만 <서경별곡>의 여음구에 '아즐가'가 있는 것으로 보아 둘 사이의 연관 가능성을 짐작할 뿐이다.[40] 『악장가사』와 『시용향악보』에 기록된 후렴구인 "위 증즐가 대평성대"는 『악학편고』에는 "偉 증즐가 太平盛代"로 기록되었다. 그렇다면 '대평(大平)'은 '태평(太平)'과 같은 뜻으로 파악되고 '성대(盛代)'는 '성세(盛世)'와 같은 뜻으로 '국운이 번창하고 태평한 시대'를 의미한다.[41] 이러할 때 '태평성대'는 '위 증즐가'라는 말과 결합하여 '임금님의 은혜나 덕이 가득 차 넘치는 태평한 시대'라는 뜻으로 해석할 수 있다.

박병채는 후렴구의 '대평성대'가 노래의 뜻과는 관계없이 악률(樂律)에 맞추기 위한 삽입구[42]라고 주장했다. 정혜원도 '증즐가'가 '대평성대'와 결합되어 흥겨운 분위기를 연출하기 때문에 태평성대를 구가하는 즐겁고 흥겨운 후렴구는 이별의 절망적 분위기와 어울리지 않는다[43]고 평가했다. 따라서 최철의 지적처럼 "위 증즐가 대평성대"는 원가(原歌)의 내용보다는 궁중연희의 즐거운 분위기, 자리에 맞추어 군왕의 은덕을 칭송하는 신하들의 기쁨을 표현한 구절[44]이라고 볼 수

있다. 이러한 해석은 〈정석가〉에서 남녀 간의 변함없는 사랑을 노래
한 가사의 서두에 "딩아 돌하 당금에 계샹이다 딩아돌아 당금에 계샹
이다 선왕성대(先王盛代)예 노니ᄋ와지이다"라고 고백하는 부분이 민
간의 가요가 궁중악으로 수용되면서 삽입된 것과 같은 이치로[45] 살핀
견해라고 할 수 있다.

그런데 이렇게 민간 가요가 궁중악으로 변용되면서 삽입되었던 후
렴구인 '위 증즐가 대평성대'는 '임금님의 은혜나 덕이 가득 차 넘치는
태평한 시대'라는 의미와 다르게 해석될 수 있다는 것이 논자의 생각
이다. 곧 '대평성대'라는 말을 당대의 시대적 상황을 의미하는 넓은 뜻
으로 이해하기 보다는 시적화자와 관련되어 있는 상대 즉, 두 남녀 간
의 개인적 상황으로 좁혀 해석하자는 것이다. 따라서 〈가시리〉에서
언급하고 있는 후렴구는 두 남녀 간의 애정이 아무런 갈등과 어려움
이 없이 아주 평온하고 좋은 상태라는 의미로 풀이할 수 있다. 곧 두
사람간의 사랑의 관계가 돈독하고 지극히 행복한 상태라는 뜻으로 이
해된다.[46] 이는 고전소설 〈춘향전〉의 서두에 "숙종디왕 직위초의 성
덕이 너부시사 성자셩손은 계계승승ᄒᆞ사 금고옥적은 요순시절이요
의관문물은 우탕의 버금이라"[47]라는 말로 당대의 상황을 묘사하고 있
는 것에서도 그 의미를 유추할 수 있다. "금고옥적은 요순시절이요 의
관문물은 우탕의 버금이라"에서 금고옥적(金鼓玉笛)은 북과 피리소리
로서 태평한 모양을 의미하는 데, 이를 중국에서 태평시대라고 일컫는
요순시절에 비유하고 있다. 또 의관문물(衣冠文物)이 우왕과 탕왕의
버금이라고 한 것은 숙종(肅宗, 재위 1674~1720) 때의 시대적 상황이
요·순·우·탕 등과 같은 성인이 다스리던 시대임을 말함으로써 태평
하여 살기 좋은 때임을 설명하기에 충분하다. 그런데 이런 시대적 배
경은 임금님의 덕이 세상에 퍼져 태평한 때라는 의미도 담고 있지만

장차 춘향과 이도령의 만남에 대한 복선의 성격을 담고 있다는 사실도 간과해서는 안 된다. 따라서 태평시절이란 말에는 적용되는 상황에 따라 그 의미의 변화가 조금씩 다르게 해석될 수 있다고 생각한다. 그러므로 <가시리>에서의 '대평성대' 곧 '태평성대'의 의미는 두 사람의 지순한 사랑의 관계를 암시하는 것으로 볼 수 있다.

또한 고려가요 가운데 사랑하는 임에 대한 감정을 표현한 노래가 궁중에서의 연행을 통해 연군의 의미로 사용되었다는 시대적, 의미적 중층성에서도 '태평성대'에 대한 의미를 달리 해석할 수 있다. 곧 남녀 간의 사랑이 궁중에서 군신간의 문제로 치환된다면, 궁중가악으로 수용될 때 삽입된 노랫말에 '태평성대'나 '선왕성대' 등의 표현 또한 역으로 남녀 간의 애정에 대한 은유적인 표현으로도 사용될 수도 있다고 판단된다. 그런데 이처럼 '태평성대'의 의미를 남녀 간의 소극적인 차원에서 본다면 두 가지 경우로 해석할 수 있다. 그것은 과거에 임과의 관계가 행복한 상태였음을 뜻하는 회상적인 면도 있지만, 다른 하나는 앞으로 그런 상태가 이루어지기를 염원하는 부분도 동시에 포함하고 있다.

더욱이 이런 사실은 <가시리>에 나오는 두 남녀 간의 애정이 태평성대였음을 짐작할 수 있는 부분이 『악학편고』에서 '가시리(嘉時理)'라고 제목을 표기한 데에서도 찾아볼 수 있다. '嘉時理'에서 '가(嘉)'는 '가일(嘉日)', '가절(嘉節)'이라는 낱말을 고려할 때 '좋았던 때의 이치(理致)' 또는 '좋을 때의 이치(理致)'라는 의미로 해석된다. 이 말이 <가시리>의 또 다른 제목임을 상기한다면 "좋았던 때의 이치 혹은 좋을 때의 이치"처럼 민간에서는 <가시리>의 후렴구가 궁중에서의 의미와는 다르게 변용되어 인식되었을 가능성이 높다. 다음 장에서 이 후렴구가 첨가됨으로써 노랫말은 어떤 변화가 있는지 살펴보도록 하자.

3) 편사된 〈가시리〉의 세계

1연 가시리 가시리잇고 (나는) 브리고 가시리잇고 (나는) ········· 1행
    위 증즐가 大平盛代 ·· 2행

2연 날러는 엇디 살라ᄒ고 브리고 가시리잇고 (나는) ················ 1행
    위 증즐가 大平盛代 ·· 2행

3연 잡스와 두어리마ᄂ는 선ᄒ면 아니 올셰라 ···························· 1행
    위 증즐가 大平盛代 ·· 2행

4연 셜온님 보냅노니 (나는) 가시는듯 도셔 오쇼셔 (나는) ····· 1행
    위 증즐가 大平盛代 ··· 2행48)

원 가요에 '나는'이라는 여음구와 '위 증즐가 大平盛代'라는 후렴구가 첨가되어 오늘날까지 전승된 것을 본고에서는 편의상 '편사된 가시리'라고 칭하기로 했다.

위의 편사된 작품을 보면 각 연이 2행으로 구성되었고, 1행과 2행의 의미49)가 서로 호응되지 않는다. 각 연마다 1행의 화자는 사랑하는 임과 이별하는 상황에 직면하여 떠나는 임에게 애절한 심정을 호소하고 있다. 반면 각 연의 2행에서 "위 증즐가 大平盛代"는 1행과는 서로 이질감이 느껴질 만큼 의미 연결의 호흥이 되지 않는 것처럼 보인다. 이처럼 각 연의 1행과 2행 사이에 보이는 언술의 불일치는 〈가시리〉의 또 다른 해석을 가능케 한다. 즉 1행은 본래 민요로 불렸던 노래의 사설이며, 2행은 궁중의 속악가사로 개편되면서 태평성대를 노래하는 후렴구로 편입되었을 것이라는 추정이 된다.

그런데 〈가시리〉는 연의 크기가 〈청산별곡〉의 절반에 불과하다.

아래의 〈표 1〉에서처럼 〈청산별곡〉은 후렴구를 제외하고 총 8구를 한 개의 연으로 했다면 〈가시리〉는 총 8구를 두 개의 연으로 나누고 있다.

〈표 1〉[50]

〈청산별곡〉	〈가시리〉
살어리/살어리랏다/靑山(청산)애/살어리랏다 멀위랑/ᄃᆞ래랑 먹고/ 靑山(청산)애/살어리랏다 (후렴구) 얄리 얄리 얄라셩 얄라리 얄라 (1연)	가시리/가시리잇고 나ᄂᆞᆫ/ᄇᆞ리고/가시리잇고 나ᄂᆞᆫ (후렴구) 위 증즐가 大平盛代 (1연) 날러는/엇디살라ᄒᆞ고/ᄇᆞ리고/가시리잇고 나ᄂᆞᆫ (후렴구) 위 증즐가 大平盛代 (2연)
－ 이하 생략	－ 이하 생략

『악장가사』에 수록된 두 곡은 'ㅇ'을 표시하여 단락을 구분하고 있지만, 위에서 보는 것처럼 일관성이 없다. 다만 한 개의 연을 상정할 때는 강하고 분명하게 메시지를 전달하기 위한 방법의 일환이었다고 생각한다. 메시지는 청자 혹은 독자에게 전언하는 의미인데, 시적화자의 전달태도에 따라 메시지의 의미는 다르게 전달된다. 〈청산별곡〉에서 2행이 1연으로 되어있는 반면, 〈가시리〉는 1행을 1연으로 구분하였다. 그러나 이런 구분법이 특별한 어떤 원칙을 적용시킨 것이 아니라 편사자, 혹은 창작자의 자의적인 판단으로 보인다. 〈청산별곡〉의 1행을 〈가시리〉처럼 1연으로 상정할 수도 있고, 〈가시리〉의 1행과 2행을 결합하여 〈청산별곡〉처럼 1연으로 구성하여도 기본적인 뜻의 전달에는 영향을 주지 않기 때문이다. 그렇다면 연을 구분하면서 후렴구를 삽입한 사실은 〈가시리〉 편찬자 혹은 개작자의 의도를 짐작할 수 있게 하는 점에서 중요하다. 바로 후렴구의 효과를 통해서 노

랫말의 전언을 청자 혹은 독자에게 강한 느낌의 메시지를 전달할 수 있다는 이유에서다. 이런 점에서 〈청산별곡〉의 후렴구를 유의어로 볼 때, 후렴구에 의미가 첨가하여 노랫말의 회한적 내용에 또 다른 의미를 보강함으로써 〈청산별곡〉의 이해를 넓힐 수 있다고 판단된다.

그러면 〈가시리〉의 경우를 살피기로 하자. 〈가시리〉는 (표 1)에서 보듯 1행을 1연으로 하고 거기에 반복하여 후렴구를 중복하였다. 즉 매 행마다 후렴구를 통해서 시적화자의 간절한 마음을 더하고 있는 셈이다. 논자는 앞 장에서 보았듯 '대평성대'가 사랑하는 임과 좋았던 시절 혹은 앞으로 그처럼 좋게 되리라는 염원을 비유할 때 사용된 용어라는 점에서 후렴구가 전달하는 의미는 떠나려는 임이 '자신과 함께 했던 때, 혹은 그렇게 될 날을 상기하고 임의 마음이 바뀌기를 간절히 바라는 태도'를 보여주고 있다고 생각한다. 이는 마치 김소월의 〈진달래꽃〉의 "영변에 약산 진달래꽃 아름따다 가실 길에 뿌리우리다 / 가시는 걸음 걸음 놓인 그 꽃을 사뿐히 즈려밟고 가시옵소서"에서 시적화자가 임이 가시는 길에 '영변의 약산 진달래꽃을 뿌리고 그 꽃을 밟고 가라는 진술'과 맥을 같이한다. 〈진달래꽃〉의 화자가 임이 가시는 길에 함께 지내며 추억하던 영변의 약산에 있는 진달래꽃을 뿌려둔 것은 떠나는 임이 그 꽃을 밟는 순간 자신과 함께 사랑을 맹세하던 그 때를 기억하기를 원하는 의도이기도 하다. 다시 말해 〈가시리〉에서 연마다 반복되고 있는 후렴구는 원 가요에서 시적화자가 애절하게 임을 붙들고 싶어하는 마음의 표현을 편사자에 의해서 한층 더 고조시키고 있다고 할 수 있다.

따라서 편사된 〈가시리〉에서는 각 연마다 자신의 현재의 심정을 호소한 뒤 후렴구를 통해 떠나는 임의 마음을 변화시키려는 노력이 나타난다. 즉 이러한 방향에서 〈가시리〉를 해석하면 다음과 같이 재편할 수 있다.

1연   정령 나를 버리고 가시렵니까?

(후렴) **우리들의 좋은(을) 때를 (기억하세요)**

2연   어떻게 살라고 나를 버리고 가시렵니까?

(후렴) **우리들의 좋은(을) 때를 (기억하세요)**

3연   붙잡을 수도 있지만 너무 그악스럽게 굴면 아니올까봐

(후렴) **우리들의 좋은(을) 때를 (기억하세요)**

4연   서러운 마음을 갖고 보내드리오니 가시는 즉시 돌아오세요.

(후렴) **우리들의 좋은(을) 때를 (기억하세요)**

이처럼 노랫말과 후렴구는 서로 공조(共助)하면서 청자 혹은 독자에게 <가시리>가 전하는 의미를 훨씬 실감나게 전달하고 있다. 따라서 지금까지 노랫말과 후렴구 사이의 관계를 두고 "작중화자와 청자가 진정 사랑하는 사이였다면 이별의 슬픔을 노래하는 것과 태평성대를 구가하는 것은 그 자체로 모순된 정서적 태도로 볼 수밖에 없다."51)거나 "임과의 이별과 大平盛代사이의 역설"52), "태평성대를 들먹이는 여음은 사설이 나타내는 것과 반대가 되는 느낌을 준다. 궁중 속악은 태평성대의 즐거움을 구가하는 노래라야 어울리기에, 사설은 바꾸어 놓지 않았어도 여음은 그런 분위기에 맞도록 갖추었을 수 있다"53) 등의 해석은 후렴구를 단순히 나라의 태평성대를 고하며, 성덕을 기리는 축원의 의도로만 인식한 연유이다.

그러나 논자는 편사된 <가시리>에서는 태평성대의 원 뜻을 존중하면서도 이를 남녀 간의 관계에서도 사용될 때, 후렴구의 의미는 원 노랫말에 임과 헤어지는 것을 절대 원치 않으며 임의 마음이 돌이켜지

기를 간절히 원하는 마음을 첨가하는 역할을 하고 있다고 볼 수 있다.

〈가시리〉는 시적진술이라기 보다는 산문적인 원망이며 당부에 불과한 지극히 상식적이고 생활적인 사설에 불과하다[54]고 평가할 수도 있다. 하지만 〈가시리〉에 유의어가 담긴 후렴구가 첨가되면서 〈가시리〉는 단순히 평면적인 화자의 애절한 호소가 아니라 입체적으로 자신의 의사를 간절히 표현하는 동시에 임의 마음에 자신의 간절함을 세뇌시키고자 한 화자의 태도를 보여주고 있다. 한 쪽에서는 노랫말로 임에게 자신의 간절한 마음을 호소한다면, 다른 한 편에서는 후렴구를 통해 임에게 함께 사랑을 했던 혹은 앞으로 있을 태평시절과도 같은 좋은 때를 상기시키는 방법으로 〈가시리〉의 전언을 한층 돋보이게 한다. 이런 점에서 본다면 궁중음악으로 쓰기 위해서 삽입된 후렴구는 오히려 〈가시리〉의 문학적 위치를 높이는 역할을 한 셈이다.

〈가시리〉의 제목도 "가시리"(『악장가사』), "귀호곡(歸乎曲)"(『시용향악보』), "가시리(嘉時理)"(『악학편고』)에서 보듯 각각 다르게 지칭하고 있지만 거기에 담긴 속뜻은 단순하게 노랫말을 보고 작명했다기보다는 시대가 옮겨가면서 노랫말의 심층적인 의미를 파악하고 고심하여 지어졌다고 판단된다. 처음 원 가요라 할 수 있는 노래의 제목이 "가시리"라고 한다면 이는 단순한 노랫말에서 차용한 것이다. "귀호곡"에 와서는 "귀호"가 전언하듯 화자의 말을 듣고 화자에게로 돌아가라는 의미로 변화되고, 『악장가사』·『시용향악보』·『악학편고』 중 가장 후대의 가집인 『악학편고』에 "가시리(嘉時理)"라고 작명한 것은 "좋은(을) 때의 이치"를 나타낸 것으로 "좋은(을) 때를 기억하라"는 의미로 해석할 수 있다. 그렇다면 『악학편고』의 "가시리(嘉時理)"는 현전의 〈가시리〉 후렴구의 심층적인 의미를 찾아 이름을 지었다고 보아도 무방하다.

　이처럼 <가시리>는 "가시리 → 歸乎曲 → 嘉時理"의 과정을 거치며 <가시리>의 제목 표기만 바뀐 것이 아니라 제목에 노랫말의 의미까지 포함한 이름으로 창작되었을 가능성에서 개작자 혹은 가집 편찬자의 작품을 바라보는 안목 또한 짐작하게 한다.

　이상의 노랫말의 해석을 토대로 <가시리>가 궁중에서 가창되었을 때의 수용자의 입장을 유추해볼 수 있겠다. 고려가요는 사랑하는 임에 대한 감정을 표현한 노래가 궁중에서 연행을 통해 연군의 의미로 통용되었다는 점을 상기할 때, 이 노래는 군신간의 헤어질 수 없다는 사실을 입체적으로 전언함으로써 '군신관계의 돈독한 결속의 의미를 다지는 노래'로 평가될 수 있을 것으로 생각된다.

　또한 이 노래는 당대 민중들에게도 회자되었을 것으로 추정된다. 고려가요가 각 지방에서 선발되어 올라간 관기나 관비 등에 의해 당시 유행하던 노래를 채집하여 궁중악으로 사용된 점을 고려할 때, 이들 관기나 관비 등은 일정한 기간 동안 궁중에 머물며 민간가요를 전하거나 궁중악을 가창하는 데 참여하였다고 한다.[55] 이들은 임무를 마친 후 자신의 고향으로 되돌아갔을 것인데, 그 때 궁중악으로 편사된 노래가 이들에 의해 민간에 다시 전파되었을 것이고, 대중들의 호흥을 받았을 경우도 상정해볼 수도 있다.[56] 말하자면 민간에서 불리던 원 가요인 <가시리>가 궁중으로 수용되어 궁중악(편사된 <가시리>)으로 사용되기도 했지만, 궁중악이 역으로 궁중에서 임무를 마치고 돌아온 관기나 관비 등에 의해 민중들에게 전파되었을 것이다. 그러할 때, 원 가요보다 편사된 <가시리>가 훨씬 이별하지 말자는 내용의 언사를 입체적으로 제시함으로써 대중에게 훨씬 호소력 있는 노래로 평가되었을 것으로 추정된다.

3. 맺음말

본고는 〈가시리〉의 노랫말과 후렴구가 서로 이질적인 것을 주목하고, 이를 민간 가요에서 궁중음악으로 수용될 때 후렴구가 첨가된 것으로 보았다. 고려가요의 후렴구는 대부분 악기의 소리로 알려져 있다. 그러나 〈가시리〉의 후렴구가 '대평성대'라는 뜻이 담긴 어휘가 있다는 점에서 여타의 작품과 구별된다. 따라서 〈가시리〉를 원 가요인 〈가시리〉의 세계, 후렴구의 의미 그리고 편집된 〈가시리〉 등의 세 부분으로 나누어 살펴보았다.

원 가요가 이별의 안타까움을 전하고 있는 반면 후렴구에는 국왕의 공덕을 칭송하는 의미인 "위 증즐가 대평성대"가 삽입되어 있다. 그런데 후렴구를 〈가시리〉의 전체적인 의미에 맞게 "남녀사이의 좋은 때"의 은유적 표현으로 해석하였다.

〈가시리〉의 원 가요는 시적진술이라기 보다는 상식적이고 생활적인 사설에 불과하다는 평가를 받기도 한다. 하지만 유의어가 담긴 후렴구가 첨가되면서 〈가시리〉는 처음 민간에서 불리던 원 가요보다 궁중음악으로 수용되어 편집된 내용의 의미가 확산되어 전달된다. 이때 후렴구가 원래의 노랫말과는 전혀 이질적인 내용이 아니라 상호 밀접한 관계를 형성한다. 그래서 후렴구가 원 가요에 삽입되어 〈가시리〉의 내용이 보다 입체적인 방법으로 화자의 서글픈 호소를 토로하게 된다. 그것은 후렴구의 "대평성대"를 "우리들의 좋은(을) 때를 (기억하세요)"라는 의미로 해석할 때, 후렴구는 원 가요의 시적화자의 전언과 어울려 떠나는 임의 마음을 되돌리고자 하는 시적화자의 의도로 이해된다.

한편, 〈가시리〉의 제목이 수록된 가집에 따라 "가시리 → 歸乎曲

→ 嘉時理”라고 다르게 표기된 것에서 가집의 편찬자의 안목을 엿볼 수 있다. 또 민간에서 불리던 원 가요와 궁중에서 후렴구 첨가 등의 공동노력으로 이루어진 ‘현재 전하여지는 <가시리>’(편사된 <가시리>)는 고려가요의 문학적 가치를 높였다고 생각한다.

고려시대에 민간에서 불리던 <가시리>가 궁중으로 수용되어 궁중음악으로 사용됨으로써 군신관계의 돈독한 결속의 의미를 다지는 노래’로 평가되었다. 이 노래는 민중들에게까지 다시 전파되어 회자되었을 것으로 추정하였다. 이러한 관계를 고려할 때, ‘편사된 <가시리>’는 군신관계의 의미를 넘어 민중들의 생활의 애환을 그리며, 남녀 간의 사랑에 대한 열망을 표현한 것이라 할 수 있다.

향 문화로 본 〈滿殿春 別詞〉 연구

1. 머리말

<만전춘 별사>는 고려시대에 불러진 작자 미상의 속요로『악장가사』와『악학편고』,『세종실록』등에 가사가 수록되어 있다. 그런데 이 노래는『악장가사』에 <만전춘 별사>라는 제명 아래 가사가 실려 있고, '별사(別詞)'는 작은 활자로 기재되어 있는 반면,『악학편고』에는『악장가사』와 동일한 가사가 <만전춘 오장(滿殿春 五章)>의 제목으로 전한다.『세종실록』「악보」 권146에는 <만전춘>이라는 제목 아래 윤회가 찬(撰)한 <봉황음(鳳凰吟)>의 가사를 약간 줄여 정관악보(井間樂譜)와 함께 수록하고 있다. 이처럼 이 노래는 <만전춘>과 <만전춘 별사>로 제목도 일치하지 않고, 가사도 서로 다르다. 그러나 <만전춘 별사>는 <만전춘>과 별개의 것처럼 제목을 붙이고 있으나 고려 당시 <만전춘>의 원래 가사일 것이라는 것이 학계의 공통된 의견이다.1)

이 노래에 대한 연구는 제목의 의미에서부터 형식과 내용에 이르기까지 다양한 각도로 이루어지고 있다. 형식적인 면에서 통일된 단일한 작품으로 보는 견해2)와 매 연마다 개별 가사를 모아 편집된 것으로 보는 견해3)로 구분된다. 내용면에서는 이 노래가 '남녀상열지사'라고 지목되었던 점4)에 주목하여 대부분 남녀 간의 애정 문제를 중심으로 논의를 하고 있다. 반면, 왕실을 어떻게 구성하고 국가 질서 체계의

중심을 어떻게 마련하느냐라는 관점으로 이해하려는 견해5)도 있다. 이밖에 그 배경을 궁전으로 전제하고 궁원의 풍경을 향가와 비교한 논의,6) 속요의 악장적 성격에 비춰본 연구,7) 특정 연의 어휘를 중심으로 고찰한 연구,8) 왕실의 복을 기원하는 송도(頌禱)의 노래9) 등 다양하게 연구가 되었다.

본고는 <만전춘 별사> 노랫말에 등장하는 '사향각시'를 주목하여, 사향을 포함한 고려시대의 향 문화와 관련하여 이 노래를 살펴보려고 한다. 고려인들은 향을 어떤 용도로 사용했는가 하는 문제는 이 노래에서 언급한 사향의 역할과 '각시'라는 말과 결합한 '사향각시'의 의미를 유추해 볼 수 있는 중요한 단서가 된다고 생각한다. 특히, 이 노래가 일관적인 내용을 지닌 1인의 화자에 의한 것10)이라거나 서정적 자아가 변화하고 시점이 이동하는 가극으로 보는 경우11) 등으로 나뉘는 이유가 4연의 '비오리', '소', '여흘'을 남성과 여성으로 상징하고 있다고 파악한 데서 비롯한다. 더욱이 화자의 문제는 5연의 사향각시와 관련하여 그 논란이 증폭되고 있다. 따라서 이 문제를 해결하기 위해서는 화자는 어떤 부류의 사람이고, 어떤 상황에 처해있는가를 찾아볼 때, 그 의미가 보다 확연하게 나타날 수 있다고 본다.

본고는 향 문화의 토대위에서 사향각시를 알아보고, 사향각시의 효용과 시적화자가 처한 상황을 통해서 이 노래를 해석하고자 한다.

2. 고려시대의 향 문화

향의 기원은 예로부터 제천의례를 행할 때 초목으로 연기를 피워올린 것에서 비롯한다고 한다. 이는 동서양의 구분 없이 고대인들은 신이 향기를 좋아하고 하늘로 피어오르는 향 연기를 통해 신에게 가까이 다가갈 수 있다고 믿었기 때문이다.12) 고대 우리 조상들도 향을 신성하게 활용했을 것으로 추단된다.『삼국유사』에 나오는 〈단군신화〉에서 보면 첫 생활근거지로 삼은 도시가 태백산 꼭대기 신단수(神檀樹) 아래라고 기록하고 있다.13) 태백산을 야릇한 향내가 난다는 '묘향산(妙香山)'이라 일컫고, 신단수에서 '단(檀)'이 자단(紫檀), 백단(白檀) 등과 같이 단향(檀香)이라 일컫기도 한 사실에서, 제천 행사 혹은 기원을 할 때 향나무 가지를 사르거나 향나무 잎의 즙을 몸에 발랐을 것으로 추정된다.14) 또한, 사람이 되고자 했던 곰과 호랑이에게 쑥 한 심지와 마늘 스무 개를 주며 이것을 먹고 100일을 햇빛을 보지 말라고 한 기사에서 나오는 쑥과 마늘은 식품이면서 훌륭한 향신료15)라는 사실 등도 향 문화에 대한 우리 민족의 오랜 역사를 보여주는 증거라 할 수 있다.

삼국시대에는 불교가 전래되면서 불전에 향을 피우는 공향(供香)의식에 따른 향 문화가 발달했다. 불국사의 석가탑에서 발견된 유향(乳香)·향목편(香木片)·심향편(心香片)은 신라의 향 문화를 알 수 있게 하는 중요한 자료이다.16) 또한, 고구려 고분 안악 3호분 벽화와 쌍영총 동벽 귀부인 행렬도에 향로가 등장한 것에서 귀부인들의 향 생활을 엿볼 수 있다.『삼국유사』에는 신라의 제19대 눌지마립간 때 중국에서 사신을 파견하여 명단(溟檀)이라는 향을 보내온 기사가 전한다. 군신들은 이것이 무엇인지 전혀 알 수가 없었는데, 마침 신라에 와 있던 고구려의 승려 묵호자가 향이라고 알려주었다 한다. 또 왕녀의 질병을 묵호자가 분향으로 고쳤다는 기록도 있다.17) 그리고 일반 백성과 귀족들에게 침향과 자단으로 수레와 안교를 장식하는 것을 금지시켰을 만큼18) 삼국시대 향은 의약품이나 사치품 등으로도 사용되었다고 볼 수 있다.

그렇다면 고려시대에는 향의 사용이 어떤 모습이었을까?『고려사』에는 충숙왕(忠肅王, 재위 1313~1330, 복위 1332~1339)이 "성질이 깨끗한 것을 좋아 하여 한 달에 목욕하는 비용으로서 여러 가지 향이 10여 동이나 되었다."19)고 기록하고 있다. 몸을 깨끗하게 하고 몸에 향기를 나타내기 위해서 향을 이용하고 있음을 알 수 있다. 또, 서기 1123년 고려에 온 송나라 관리 서긍(徐兢, 1091~1153)이 기록한『선화봉사고려도경(宣和奉使高麗圖經)』(*향후『고려도경』으로 약칭함)에는 왕실에서는 향을 외교적인 의례와 선물로, 그리고 신하에게 내리는 하사품으로 사용되었다고 한다.20)

또한, 이 책에는 민간에서의 향 사용에 대해서도 언급하고 있다. 고려의 귀부인은 향유(香油) 바르는 것을 좋아하지 않지만 비단으로 만든 향낭(香囊)을 차는데, 이것이 많은 것을 귀하게 여긴다.21)고 하였다. 그리고 향을 끓인 물을 담아서 옷에 향기를 쏘이게 하는 '박산로(博山爐)'와 '자모수로(子母獸爐)' 등이 있었다.22)고 한다. 진화(陳澕, 생몰년 미상. 고려 후기의 문신)의 <승제 금의에게 올림[上琴承制]>에 "어안의 향연이 소매 속에 배어 있고(御案獸香熏袖裏)"23)라는 구절이 보이고, 이수(李需, 13세기 중반)의 <교방소아(教坊小娥)>에 "침향 풍긴 옛 옷이 지금도 아직 있어(沈香舊服今猶在)"24), 이제현(李齊賢, 1287~1367)의 <초생이 타는 비파소리를 듣다[聽初生彈琵琶]>에서 "비단 띠 수놓은 주머니에 향기가 남았는데(錦帶繡囊香未歇)"25)라는 구절에서 고려인들은 향유를 몸에 바르기 보다는 옷에 향기를 뿌리거나 향내를 스미는 방법으로 패용하였음을 알 수 있다. 이제현이 언급한 향낭은 향을 보관하는 주머니를 말하는데, 초기에는 허리에 차는 벨트의 용도로도 사용되었다.26) 그러다 고려조에 들어서면서 향낭이 부녀자들의 전유물이 되면서 장식적인 요소가 가미되었다고 한다. 향낭은 고려후

기에 몽고의상의 영향을 받아 저고리의 길이가 짧아지면서 옷고름이
보편화되자27) 지금까지 허리에 차오던 위치도 저고리 옷고름 안쪽으
로 옮겨지게 되었다고 한다. 이는 상의가 짧아짐에 따라 겉치마의 허
리에 차는 것이 미관상 좋지 않았기 때문으로 보인다.

현존하는 유물가운데 침실에 장식했던 궁중용 향낭으로 알려진 '수
봉황문의 대향낭'(중요민속자료 제41호)은 전체길이가 87.5cm이고, 향낭
의 너비가 14cm, 길이 21cm로 크기가 매우 크다.28) 이에 반해 몸에 차
는 것으로 현존하는 것 중 조선조 고종(高宗, 재위 1863~1907)이 순종
(純宗, 재위 1907~1910)의 비였던 순정효우 윤비에게 내린 예물로서 '진
주낭자'가 있다. 이것은 비빈이나 공주, 옹주가 정장에 차는 주머니라
고 한다. 폭 21cm, 길이 14.5cm 의 대형 진주향낭으로 진주를 263개나
앞뒤로 가득히 박고, 그 속에는 향과 고운 가루향을 담았는데, 옛 여인
들의 호사스러웠던 생활의 여운을 보여준다.29)

코로 흡입하는 향의 치료효과는 매우 좋다고 하는데, 대표적인 방
법이 베개에 향·약재를 넣어서 사용하는 것이다. 이를 두고『고려도
경』에는 고려인은 흰모시로 자루를 만들어 그 속을 향초(香草)로 채운
자수 베개를 사용했다고 전한다.30)『오주연문장전산고(五洲衍文長箋
散稿)』에도 "사향을 베개 속에 넣고 자면 악몽을 없앨 수 있다"31)고
하여 편안한 수면을 취하는 데에도 효과가 있음을 말해준다.

향낭과 함께 살펴볼 것은 약낭이다. 이는 구급약이나 환약을 담은
주머니로 비상시를 위한 것이다. 현존하는 고려시대의 유물로 온양민
속박물관이 소장하고 있는 1302년 아미타불복장물중의 '약재주머니'
가 있다. 이 약낭 안에는 정향·백단향·대회향과 같이 주로 향이면서
약재로 사용되는 것들이 들어있었다고 한다.32) 약낭에서 풍기는 향기
로 인해 약낭은 향낭의 역할까지도 하였을 것으로 짐작된다. 착용부위

는 남녀를 구분할 경우 남자는 왼쪽, 여자는 오른쪽이고 신체적 부위에서는 팔이나 가슴에 찬다고 한다. 이는 약을 복용하기 위해 꺼내기 쉽고, 코로 잘 흡입될 수 있도록 착용자의 코에 가까우며, 남의 눈에 드러나 보이지 않으면서도 체온의 영향을 받아 향기가 더 진하게 발산하기 위함이다. 향이 약재인 경우가 많으므로 노리개처럼 장식성이 강조된 경우가 아니라면 향낭 역시 약낭처럼 팔이나 가슴에 찼으리라 본다.33) 이런 사실은 <만전춘 별사>에서 '사향각시를 안아누워'라는 부분을 해석하는 데 귀중한 시사점을 제공한다.34)

한편, 중국의 자료이기는 하지만 당대(唐代)에는 기방문화(妓房文化)의 발달이 향 문화의 성행을 부추겼는데 기녀들은 치장과 성욕의 자극을 위해 향을 많이 사용했다고 한다. 주광록(周光錄)은 기녀들에게 울금향(鬱金香)을 머리에 바르도록 하고, 얼굴에는 용소분을 바르고 옷에는 향을 뿌리도록 하였으며, 정주(鄭注)는 백여명의 기첩에게 사향을 뿌려 몇 리 밖에 있는 사람들까지도 그 향기를 맡을 수 있었다고 전해진다. 특히 기녀들은 성욕을 자극하는 향을 주로 사용하였는데, 8세기 장안(長安)의 연향(蓮香)이라는 기녀는 외출할 때 뿌린 향 때문에 벌과 나비들이 따라 다녔고 재상 원재의 기녀는 어릴 때부터 향을 먹어 몸에서 향이 발산되었다고 전해진다.35)

고려시대는 전형적인 음악기구로 국가기구인 대악서와 관현방, 궁중기구인 교방이 있었다. 교방은 주로 여악(女樂) 즉 창기(倡妓)를 중심으로 구성되어 '여제자' 혹은 '교방여제자'로 불리고36) 교방의 창기들이 자신들을 '이원제자'라고도 하였다.37) 교방에서 교습받은 창기들은 대악서, 관현방 등에 배속되어 주로 가무의 공연에 종사하였다고 볼 수 있다.38) 이런 사실로 미루어 고려시대 또한 기방문화의 발달과 함께 향 문화가 당나라에서 보여준 것과 크게 다르지는 않았을 것으로 추정된다. 더욱이 <쌍화점>의 창작과 관련된 『고려사』에 기록된 충렬왕조의 기록39)을 보면 저간의 사정을 충분하게 짐작할 수 있다. 따라서 문인들의 향 문화는 별도로 하더라도 여성들의 경우 향은 치장과 성욕을 자극하기 위한 도구로서 사용되었을 것으로 판단된다. 따라서 <만전춘 별사> 5연에 나오는 사향각시는 이런 향 문화의 배경 속에서 살펴보아야 한다.

3. '麝香사향 각시'와 '藥약든 가슴'의 의미 분석을 통한 화자의 욕망

<만전춘 별사>는 『악장가사』에 전편이 ○로 구분하여 6연으로 나누어 전한다. 전문은 아래와 같다.(*논의 편의상 숫자로 연을 표시함)

1연
어름 우희 댓닙자리 보와 님과 나와 어러주글 만뎡
어름 우희 댓닙자리 보와 님과 나와 어러주글 만뎡
情졍둔 오ᄂᆞᆯ밤 더듸 새오시라 더듸 새오시라

2연
耿耿경경 孤枕上고침샹애 어느 ᄌᆞ미 오리오
西窓셔창을 여러ᄒᆞ니 桃花도화ㅣ 發발ᄒᆞ두다
桃花도화ᄂᆞᆫ 시름업서 笑春風쇼츈풍ᄒᆞᄂᆞ다 笑春風쇼츈풍ᄒᆞᄂᆞ다

3연
넉시라도 님을 ᄒᆞᆫ듸 녀닛景경 너기다니

넉시라도 님을 흔더 녀닛景경 너기다니
벼기더시니 뉘러시니잇가 뉘러시니잇가

4연
올하 올하 아련 비올하
여흘란 어듸 두고 소해 자라 온다
소콧 얼면 여흘도 됴흐니 여흘도 됴흐니

5연
南山남산애 자리보와 玉山옥산을 벼여누어
錦繡山금슈산 니블안해 麝香사향각시를 아나누어
南山남산애 자리 보와 玉山옥산을 벼여누어
錦繡山금슈산 니블 안해 麝香사향각시를 아나누어
藥약든 가슴을 맛초옵사이다 맛초옵사이다.

6연
아소 님하 遠代平生원더평싱애 여힐 술 모르옵새

<만전춘 별사> 5연에 나오는 사향각시에 대한 지금까지의 논의를 살펴보면 '궁노루의 향랑을 가진 아름답고 젊은 여인',[40] '방향(芳香)을 함의하며 각시를 은유',[41] '사슴머리(생머리)를 한 각시(소녀)의 비유',[42] '임으로부터 관심과 흥미를 전폭적으로 갖게하는 여성을 비유'[43] 등으로 이야기 한 것에서 알 수 있듯 대부분 논자들은 사향각시라는 말에서 '각시'에 의미를 부여하여 사향각시를 '여인'으로 해석했다.

사향은 사향노루 수컷의 생식선 분비물이다. 사향노루는 성적충동을 견디지 못하고 산속의 바위에 유정(遺精)을 하는 경우가 있는데, 이때 사향주머니에서 다량의 알갱이를 동시에 배설한다고 한다. 이 알갱

이를 중국인들은 '유사(遺麝)'라고 불렀고, 발정기에 생산된 것이라고 하여 강정 비약의 최고로 알려져 있다. 따라서 사향은 일종의 사랑의 미약(媚藥)으로서 사향을 탄 물에 목욕을 하고, 사향 베게로 침방을 꾸미기도 했다고 한다.44) 이는 사향 베게가 앞장에서 언급한 『오주연문장전산고』에서 악몽을 없애어 편안한 수면에 도움을 준다는 것과는 별개의 효험이다. 그만큼 사향의 용도는 다양하게 사용되었음을 알 수 있다.

〈만전춘 별사〉 5연에 등장하는 사향각시를 온전하게 해석하기 위해서는 뒤에 나오는 '안아 누워'라는 어휘와 결합되면서 화자의 주체가 밝혀져야 한다. 대다수 논자들이 '안아 눕다'라는 말은 여성이 할 수 있는 것이 아니라 남성이어야 하고, 가슴에 안기는 대상은 사향각시이기 때문에, 사향각시는 여성이어야 한다는 논리를 전개했다. 이렇게 되면 4연까지 일관된 여성화자의 목소리가 5연에 오면서 남성화자로 바뀌게 되어, 이중화자의 문제가 발생한다. 이를 두고 한편에서는 남녀교환창이나 가극의 형태라고 하였다.45) 다른 한편에서는 5연의 화자도 여성화자라고 전제하고, 사향각시는 화자 자신을 객관화하여 표현한 것이라는 주장도 제기되었다.46)

이런 논의와 달리 박노준은 '사향각시'는 생명 있는 존재가 아닌 무생물로서 '사향이 든 주머니'(향낭)을 일컫는 것이라고 주장하였다. 더위를 식히기 위해 안고 자는 죽부인을 예전에는 '바람각시'라고 했고, '풀각시'란 풀로 사람 모양을 만든 인형을 가리킨 것을 들어 '사향각시' 또한 각시모양의 인형으로 된 향료주머니47)라는 것이다. 손종흠도 남산과 옥산, 금수산, 사향각시 등을 여성이 남성의 사랑을 얻으려 할 때 필요한 것으로 보는 편이 설득력이 있다고 전제하고. 사향각시는 사랑하는 남성을 품 안으로 불러들이고자 여성들이 가슴에 품고 다니던 사향주머니로, 사랑을 회복시켜주는 묘약이다. 따라서 '약든 가슴을 맞추십시다'라는 말은 화자가 가슴에 사향 주머니를 품고 누워서 사랑의 묘약이 든 가슴을 임과 맞추겠다는 뜻이 된다고 하였다.[48] 이에 반해 김쾌덕은 '사향각시'는 임으로부터 '관심과 흥미를 전폭적으로 갖게 하는 여성'의 비유일 뿐이며, 시적화자는 자기 자신도 그런 임을 끌 수 있는 여성이 되었으면 좋겠다는 생각과 함께 임도 그렇게 자신을 알아주기를 바라고 있다. 자신이 '사향각시'일 수 있다는 내심의 확신도 갖고 있다.[49]고 하였다. 황병익은 사향각시가 사향주머니라는 견해에 대해 여자아이들의 '풀[물곳]각시놀음'이 '사향'과는 무관하다는 점을 간과하고 있다고 주장하였다. 또 사향각시를 젊은 여인으로 보는 기존의 견해는 젊은 여인을 뜻하는 각시 앞에 사향이란 수식어가 붙은 원인을 설명하지 않았음을 지적하였다. 그러면서 신흠(申欽, 1566~1628)의 <생여행(生女行)>[50]이라는 악부시에서 사향을 지닌 여인과 애정을 나누는 광경을 묘사하고 있는 것을 근거로 제시하고 있다. 이 시가 난초에서 추출하여 모발에 윤기를 주는 향유인 난택과 함께 사향이 여인의 몸에 향내를 더함으로써 남성들의 애정을 유도하고 잠자리의 흥을 촉발하는 매개로 묘사하였음을 들어, <만전춘 별사> 5연에 나오는 사향각시는 '사향-고양이·과(일)나무·노루·범나비·소·쥐·장미·캥거루·꼬마들양·오리 등과 같이 몸에서 사향(향수)내가 나는 여인'이라고 풀이하며 화자가 자신을 '사향각시'라고 칭한 것은 준비된 만남, 재회에 대한 설렘을 강조하려는 설정이다.[51]라고 하였다.

본고는 사향각시를 사향주머니로 해석한 박노준의 견해에 동의한다. '풀각시'라는 말은 고려조 당대의 기록에서 볼 수 있는 어휘이다.[52] 또한, 후대의 기록이지만 홍석모의 「도화세시기속시」에 <각

시>라는 제하(題下)에 "푸릇푸릇 솟는 풀 점점 자라면 / 규방에서 베어 내 각시 단장시키네 / 작은 대롱 비녀 삼고 꽃 꺾어 꾸미면 / 무지개 치마 입은 아름다운 선녀 되지(毿毿綠草漸看長, 閨裏把成閣氏粧, 小管加鬢華釆飾, 依然神女下霓裳)[53]"에서도 볼 수 있다. '각시'라는 말은 새색시나 아내를 일컫는 말 이외도 지독한 냄새를 풍기는 '노래기'를 영남지방에서 '향낭각시'라고 일컫는 예나 위의 인용문처럼 조그맣게 색시 모양으로 만든 인형을 '풀각시'라고 일컫는 사실에서 보듯, '각시'의 용례는 다양하게 사용되고 있음을 알 수 있다. 따라서 사향을 담은 주머니, 혹은 사향을 담은 인형을 '사향각시'라고 불렀을 것이라고 추정하는 사실도 무리는 아니라고 생각한다. 더욱이 앞장에서 보았듯, 현존하는 향낭주머니 유물의 크기가 큰 것을 감안할 때, 죽부인처럼 인형으로도 볼 수 있다. 또한, 크기가 작다고 하더라도 그것을 표현하는 화자의 마음에 따라 얼마든지 '사향각시'라고 일컬을 수 있는 개연성이 있다고 보이기 때문이다.

그렇다면 사향각시가 향낭주머니이고, 여름에 죽부인을 안고 자는 것처럼 사향각시를 화자가 안고 있어야만 하는 이유를 알기 위해서는 화자가 처해있는 환경과 위치를 살필 필요가 있다. 결론부터 말하면 화자가 품고 있는 사향이 이성을 유인하는 독특한 성질을 가진 향이라는 점에서 임이 자기 곁으로 오기를 기다리는 부적과도 같은 주술의 성격을 띠고 있다고 생각한다.

'만전춘'은 문자 그대로 온 전각이 봄으로 넘쳐난다는 뜻이다.[54] 춘정(春情)이 곧 연정(戀情)이니 봄은 사랑의 대유이다. 온통 사랑으로 이글대는 커다란 공간 안에서 시적화자는 노래하고 있다.[55]

논자는 이전의 논문에서 〈만전춘 별사〉의 3연이 〈정과정〉과 동일한 유형의 삽입구가 있다고 보고, 삽입구를 중심으로 두 작품을 견주어 살펴보았다.56) 삽입구가 뜻하는 내용은 두 작품이 대동소이하지만 약속을 어긴 주체가 달라진다. 즉, <정과정>은 '넉시라도 **님은** 흔디 녀져아 아으'이고 <만전춘 별사>는 '넉시라도 **님을** 흔디 녀닛景 너기다니'57)라고 표기한 것에서 "님은"과 "님을" 주목하여 '은'과 '을'이라는 조사는 대상의 주체를 결정짓는 기준으로 보아야 한다고 했다. 따라서 <정과정>에서는 넋이라도 함께 살자고 약속을 한 주체가 '임'이기에 "벼기더시니 뉘러시니잇가 뉘러시니잇가"라며 자신과의 약속위반에 대해 임에게 따질 수 있다. 그러나 <만전춘 별사>에서는 약속의 주체가 '임'이 아닌 '화자 자신'으로 설정되어 있다. 약속을 어겼다고 임에게 책임을 물을 근거가 미약하다는 이야기이다. 이러한 약속은 애초부터 임에게는 자신과 약속을 지켜야 할 만큼 구속력을 가지는 것이 아니다. 따라서 <만전춘 별사>의 비극은 3연에서 엿볼 수 있으며, 3연은 이 작품의 창작 동기가 된다고 볼 수 있다. 이런 서술방법은 <청산별곡>의 5연("어듸라 더디던 돌코 / 누리라 마치던 돌코 / 믜리도 괴리도 업시 / 마자셔 우니노라")이 창작배경이 되지만 '동기(motive)[5연]'를 '과정(procedure)[제1차 - 1,2,3,4연 / 제2차 -6,7연]'과 '결과(result)[8연]' 중간에 놓은 것은 음악에 있어서 기두강세(起頭强勢-head stress)와 같은 것58)과 같은 이치이다. 이렇게 본다면 1연에서 화자가 '정둔 밤'을 지새우면서도 임과 헤어지기 싫어 날이 더디 새기를 바라는 것이며, 2연에서 임이 없이 홀로 밤을 지내며 외로움을 느끼는 것 또한 자승자박(自繩自縛)의 결과라고 해석할 수 있다. 결국, 1연에서 '정둔 밤'이라고 했지만 그 정에 대한 생각이 두 사람이 공유하는 것이 아니라 화자의 일방적인 애원과 몸부림의 흔적으로 이해할 수 있다. 즉 '얼음우희 댓닙자리 보아'라는 말은 임과 함께하는 환경이 좋지 않다는 대유이고, '님과 나와 어러주글망뎡'은 임과 함께라면 죽음도 불사하겠다는 극단적인 표현이다. 이처럼 화자가 죽음을 감수하면서라도 함께 있기를 원하는 것 자체가 기대와 소망이 없는 사랑의 절박감이나 불안을 전제로 한다.[59] 따라서 '정둔 오늘밤'으로 표현된 〈만전춘 별사〉의 사랑은 두 사람이 언제나 함께 있을 수 없는 사실을 전제한다. 죽더라도 좋으니 정 둔 오늘밤이 더디 새라고 기원하는 것 자체가 내일이 없는 금지된 사연(邪戀)이다. '만뎡'이라고 표현한 것에서 화자는 가정의 상황을 이야기한 것임을 알 수 있다. 그런데 김수온(金守溫, 1410~1481)은 〈술가(述歌)〉라는 제하(題下)에 "층층이 언 시월 얼음장 위에 / 찬 기운 서린 댓잎을 깔았네 / 차라리 그대와 함께 얼어 죽을지언정 / 새벽닭 목 비틀어 울지 못하게 하리라 (十月層氷上, 寒凝竹葉栖, 興君寧凍死, 遮莫五更鷄)"라며 한역을 하였다.[60]

이 시는 〈술악부사(述樂府辭)〉라고 하여 허균(許筠, 1569~1618)이 찬(撰)한 『국조시산(國朝詩刪)』에도 실려 있다. 허균은 오언절구(五言絶句) 48수 중에서 김수온의 작품으로는 유일하게 이 시를 선택하여 실었다.[61] 김수온의 시는 〈만전춘 별사〉에 비해 구체적인 상황을 제시하고 있다. 10월이라는 시간적 배경과 얼음장 위에 댓잎에 찬 기운이 서렸다고 묘사한다. 동이 트기 전에 닭이 우는 것을 착안하여, 닭의 목을 비틀어 울지 못하게 하면 날이 밝지 못할 것이라는 자신의 마음을 피력했다. 그런데 아무리 한시로 옮겨서 사실을 핍진하게 드러냈다고 하더라도 원시 〈만전춘 별사〉만큼의 깊은 맛은 느낄 수 없다. 가정(假定)의 상황에서 극단적인 비유를 특정한 계절과 상황으로 전개함으로서 시적화자의 심적 상태를 그 상황만으로 좁혀서 해석하도록 강요하고 있기 때문이다.[62] 2연의 도화 꽃 피는 장면을 보며, 1연에서 2연으로 옮겨가는 시간의 흐름을 보면 〈만전춘 별사〉 1연은 겨울의 어느 때라고 볼 수도 있다. 그러나 굳이 그렇게 보지 않아도 무방하다.

<만전춘 별사>의 제목에서 '만전춘'이 '온통 전각에 봄이 가득하다.' 라는 것을 주목한다면 전체 연의 계절이 '봄'이라고 해도 무리가 없다. 봄은 자연의 현상으로 만물이 소생하는 계절이라고 볼 수도 있지만, 춘정이 연정이라는 말과 동일한 의미에서 볼 때, 사랑의 감정이 솟아 오르는 현상으로도 이해할 수 있다. 그런 시점에 죽음이라는 말을 대 입하고 있는 것은 거듭 밝히지만 두 사람 사이의 사랑이 불안하고 부 적절한 경우임을 말해준다. 2연 "耿耿경경 孤枕上고침샹애 어느 ᄌᆞ미 오리오/ 西窓셔창을 여러ᄒᆞ니 桃花도화ㅣ 發발ᄒᆞ두다 / 桃花도화는 시름업서 笑春風쇼츈풍ᄒᆞᄂᆞ다 笑春風쇼츈풍ᄒᆞᄂᆞ다"는 우리말을 빼 고 보면 耿耿孤枕上, 西窓桃花發, 桃花笑春風에서 보듯 한시에 토를 단 형태이다. 특히, '도화소춘풍'은 당나라 말기 최호의 시 <내가 전에 보았던 곳[題昔所見處]>에서 "지난 해 바로 오늘 이 집 문에서/ 사람 얼굴 복사꽃이 서로 붉게 비쳤네/ 사람 얼굴 어디 갔나 알 수 없는데 / 복사꽃만 예전마냥 봄 바람에 웃고 있네 (去年春日此門中, 人面桃花相 映紅, 人面不知何處去, 桃花依舊所春風)"에서와 송나라 왕안석(王安石, 1021~1086)의 <호가십팔박(胡笳十八拍)> 나오는 구절이다. 이에 대해 정민은 위의 자료를 인용하면서 모두 사랑하는 사람을 전쟁터로 떠나 보낸 여인이 생사조차 모른 채 안타까운 그리움을 토로한 내용임을 들어, '도화소춘풍'은 임을 떠나 보낸 그리움의 문맥과 관련된 유명한 구절[63]이라고 주장했다. 이런 사연이 담긴 구절이 2연에 들어있다면, 노래의 작자는 한시에 상당한 식견을 지닌 지식인 계층임을 암시한다.

이처럼 임을 떠나보낸 그리움이 도화 꽃이 봄바람에 웃는 것과 대 비되며 절실하게 느끼게 하는 것이 2연이다. 새소리를 듣고 새가 '노 래하는 것'이 아니라 '울고' 있다고 표현하는 것은 내 마음이 울고 싶 기 때문에 새소리가 우는 것처럼 들린 것이라 할 수 있다. 이와 같은

원리로 임을 떠나보내고 비통한 심정을 갖고 있는 화자의 눈에 비친 도화 꽃은 결코 웃고 있는 모습으로 보일 리가 없다. 그런데도 이 노래는 이런 감정이입의 원리를 벗어난다. 이어령의 지적처럼 '감정이입은 동질의 등가물 사이에서 벌어지는 것이 상식이지만, 이 시는 반대이입'[64]이다. 1연에서 임과 불태우려는 정염을 얼음과 댓잎자리로 표현한 것과 1연에서 임과 함께한 상황을 2연의 화자 혼자 놓여 있는 장면과 견주어 '정염(情炎)'과 '혼자 있음'을 상대적으로 부각시키고 있다. 이런 상태를 겪고 돌아본 것이 3연이다. 앞서 언급한 것처럼 과거에 임과 죽어서라도 함께하자고 다짐했던 사람이 자신이기에, 현재 혼자 된 것에 대해 화자는 임을 원망하며 돌아오도록 호소할 만한 입장이 못된다. 이런 자신의 모습을 부각시켜준 것이 4연이라고 논자는 판단한다. 따라서 1연에서 3연까지를 화자의 단일한 목소리로 자신이 지나온 시간을 담담하게 읊조리고 있는 것이라고 한다면, 4연은 사뭇 이질적인 모습이다.

4연은 비오리가 여울[여흘]을 두고 연못으로 잠을 자러 오는 장면을 보여준다. 대부분의 논자는 '여울은 어데두고 이곳에 왔느냐'는 연못의 물음에 '연못이 얼면 여울도 좋겠지'라고 비오리가 대답하는 것을 두고, 오리는 남성(임), '여울'과 '연못'은 여성을 비유한 것으로 해석해왔다. 곧 1연에서 '화자 자신'과 '정둔 임'의 정체가 4연에서 오리로 비유되어 돌아온 형국이다. 이에 대해 이임수는 『화원악보』의 시조('압못세 든 고기들아')를 예로 들면서 '소(沼)'를 '궁중'으로 '여흘'을 '속세'로 보아 이 노래의 작자는 후궁에 사는 여인, 궁녀일 것이라고 주장했다.[65] 이러한 논의는 이성주, 최철, 박재민, 신재홍 등으로 이어졌다.[66] 그런데 박노준은 비오리를 화자의 임이 아닌 제3의 바람둥이 남자의 비유로 보고, 임을 잃고 괴로움 속에서 기다리며 원망하고 있는 화자에게 엉뚱한 제3의 남자의 유혹이 가해진 사정을 잘 극복해냄으로써 제5연에서의 임과 합일을 원망하는 기틀을 마련하게 되었다고 하였다.67) 정민은 매성유의 <막타압(莫打鴨)>을 인용하며 비오리는 남성이 아니라 '안방으로 쳐들어온 꽃'인 젊고 예쁜 여성으로 인식하고, "자기보다 더 예쁜 여자에 빠져 자신을 거들떠보지 않는 님에 대한 원망을 님에게 직접 퍼붓지는 못하고, 비오리처럼 예쁜 여자에게 이 근처에 있지 말고 딴 곳으로 가 달라고 말한 것이 된다.68)"고 주장하였다. 이에 반해 윤영옥은 '여흘란 어디두고 소해 자라온다'고 묻는 말에 '소콧 얼면 여흘도 됴ᄒᆞ니 됴ᄒᆞ니'하며 외치는 오리에게서 자신의 존재를 확인한다고 하였다. 곧 한 번의 선택으로 고정·불변하여 구속된다고 생각하는 인간에 대해 오리는 오히려 의하해 하고 있다는 것이다. 따라서 미물(微物)인 오리의 자유와 영장(靈長)인 인간의 구속의 대조로 읽을 수 있다.69)고 했다.

그러나 고려가요의 경우 자연물을 보면서 자신의 심정을 노래할 때, 비유나 상징보다는 직설적인 화법을 주로 사용하고 있다는 점을 고려할 필요가 있다. <청산별곡>에서 화자가 우는 새를 보며 "우러라 우러라 새여 자고 니러 우러라 새여"라고 탄식한 것이나, 어찌할 수 없는 처지에 놓인 자신이 저멀리 날아가는 새를 바라보며 탄식하는 장면을 "가던새 가던새 본다. 믈아래 가던새 본다."고 한 사실과 <이상곡>에서 비온 뒤 서리가 내린 장면을 보고 "비오다가 개야아 눈하디 신나래 서린 석석사리"라는 표현 등에서 이점을 확인할 수 있다.

그렇다면 <만전춘 별사>에서 등장하는 例의 비오리 등은 비유나 상징으로 보기보다는 실제의 자연물을 보고 느끼는 진술로 보는 것이 옳다고 판단된다. 그런 점에서 윤영옥의 주장은 설득력이 있는 견해라고 본다. 그런데, 여기에서 한 걸음 나아가 화자의 입장에서 이들을 살펴보면 오리와 인간을 미물인 오리의 자유와 만물의 영장인 인간의 구속으로 단순화하기 보다는 화자 자신이 자연물과 동일시하여 혼잣말을 하는 것으로 해석도 가능하다. 앞서 언급한대로 1연에서 죽음을 불사하며 임과 함께 하고자 하는 화자의 절박함을 통해 임과의 관계가 비정상적임을 엿볼 수 있고, 3연에서 죽어서도 함께하겠다고 다짐했던 주체가 화자 자신이었다는 점에서 화자의 일방적인 짝사랑(?)임을 알 수 있었다. 화자가 임 앞에서 이런 존재라면, 화자의 눈에 비춰진 여울을 버려두고 연못으로 돌아오는 오리의 모습에서 여울에 지나지 않는 자신의 처지[70]를 발견할 수 있다. 따라서 4연은 화자인 내가 연못으로 오는 오리를 향하여 내뱉는 혼잣말이지 오리와 연못과의 대화가 아니다. 연구자들의 지적처럼 연못은 일관되게 고여있는 물로서 본부인을 상징한다면 여울은 잠자러 오는 비오리를 언제나 받아주는 정조가 헤픈 여성을 빗대고 있다. 그러나 여울은 늘 흐르는 물이기에 상황이 어떻게 바뀔지 모른다. 자신을 여울이라고 인식하고 있는 화자이고 보면, 본래부터 아내가 있는 사람을 탐하는 것 자체가 언어도단이다. '소콧 얼면 여흘도 됴하니'라는 말은 '소가 얼지 않으면 여흘은 좋은 것이 못된다.'라는 의미도 함께 내포한다. 소가 얼었다는 것은 여성으로서의 구실을 못한다거나 두 사람간의 애정 관계에 문제가 발생한 것으로 해석할 수 있다. 여울을 버리고 연못으로 오는 오리를 보며 윤영옥의 견해처럼 저런 미물도 연못과 여울을 자유자재로 갈 수 있건만 나는 그렇지 못하다는 안타까움으로 해석할 수도 있지만, 여울밖에 안되는 자신의 왜소한 처지를 다시금 확인하고 있는 것으로도 볼 수 있다. 그래서 고작 할 수 있는 말은 '연못이 얼면 여울도 좋은데'이다. 그 목소리 또한 자신감에 차서 외치는 소리가 아니다. 4연까지가 현실에서의 화자가 겪고 있는 상황이라고 생각한다. 그런데 현실에서 이루어질 수 없는 일도 상상 속에서는 가능하다. 자신이 어떤 처지에 놓여있고 임을 어떤 자세로 기다리고 있다는 것을 보여주고 싶다. 그것이 5연과 6연이다. 다음에서 보듯 5연은 온통 성적인 행위의 언어로 나열되어 있다. 후술하겠지만 남산과 옥산, 금수산은 '자리보아', '버여누어', '니블안에'라는 말이 뒤에 있는 것으로 미루어 화자가 임과 함께하고픈 자신의 마음을 과장되게 드러내는 언사라고 판단된다.

5연의 내용 속에 '남산'과 '금수산'이 평양에 있다는 것을 들어, 만전춘은 서경을 방문한 국왕을 위해 공연되었을 것이라는 논의[71]도 있으나, 이는 노래가 만들어지고 난 뒤의 문제이지 시적화자의 형편과는 무관하다. 황병익은 남산, 옥산, 금수산과 같은 산 이름을 지칭하며 잠자리를 형상화하고 있음을 중시하고, 이에 대한 문헌자료를 근거로 해석하였다.[72] 그런데 이렇게 친절하게 전고를 밝혀서 그 의미를 밝히고 있지만, 그 어휘에 대한 의미를 선택하는 것은 연구자 개인의 자의적인 선택이고, 오히려 그 의미만으로 한정하여 해석하도록 강요하는 측면도 없지 않다. 차라리 이들 어휘 다음에 놓여지는 동사인 '자리보와', '벼여누어', '아나누어'만을 놓고 의미를 해석해도 무리가 없다면, 오히려 어휘에 대한 고증을 하기보다는 그대로 두는 편이 좋을 듯하다. 특히 이와 유사한 표현방식은 문학작품에서 적지 않게 찾아볼 수 있기 때문이다. 이규보(李奎報, 1168~1241)가『백운소설』에서 "천지로 이불을 삼고 / 강물로 술을 삼아/ 천일 동안 마시고 마셔 / 취해서 태평 시대를 보내리(天地爲衾枕, 江河作酒池, 願成千日飮, 醉過太平時)"[73]와 "…(전략) 앵무는 둥우리 엿보면서 재잘거리고 / 원앙은 언덕을 베고 잠을 잔다(鸚鵡窺籠語, 鴛鴦枕岸眠) (후략)…[74] 정지상(鄭知常, ?~1135)이 <장원정>을 노래하면서 "우뚝 솟은 쌍궐이 강가를 베고 있네 / 맑은 밤에 티끌 한점 안 이누나 …(하략) (岧嶢雙闕枕江濱, 淸夜都無一

點塵)75) 등에서 '천지를 이불로 삼는다'거나, '원앙이 언덕을 베고 잔다', '궁궐이 강가를 베고 있다'는 표현에서 남산과 옥산, 금수산의 의미를 이해할 수 있다.

이처럼 화자의 염원을 과장하여 표현하고 있는 5연에서 '사향각시'를 어떻게 이해하느냐가 관건이다. 김쾌덕은 例의 남산과 옥산이 자신이 거처하는 방이나 베개 등을 나타내듯이 사향각시 또한 시적화자 자신이 열망하는 대상의 미화적 표현에 불과하다고 했다.76) 그런데 사향각시라는 말은 향낭주머니를 일컫는 것이고, 사향이 이성을 유혹하는 최음제라는 것을 감안한다면, 사향각시를 별도로 이해할 필요가 있다고 보인다. 화자가 홀로 거처하는 초라한 곳이지만 화려한 것으로 표현하면서 향낭주머니를 안고 있다는 것은 언제 올지 모르는 임을 준비하며 기다리는 화자의 마음을 엿볼 수 있다는 것이 논자의 판단이다.

이행(李荇, 1478~1534)은 〈만사(挽詞)〉라는 작품에 "향낭을 차고 군자의 배필 되어 / 딸을 낳아서 사위를 보았었지 (하략)…(結褵配公子, 生女見東床)"77)라고 하였다. 향랑을 찬다는 것은 『시경』에서 "어머니가 옷고름 매었지.(親結其縭)"78)라고 한 것을 미루어 딸이 시집갈 때 어머니가 딸에게 잘 타이르며 향낭을 채워주는 것임을 유추할 수 있다. 이로 볼 때, 향주머니를 찼다는 것은 임과의 관계 속에서 그 의미를 해석할 여지를 두고 있다. 또한, 앞장에서 보았듯 향이 성욕을 자극하는 역할을 감안한다면, 사향각시를 안고 있다는 것은 임과의 관계를 염두해 두고 있다고 판단된다. 더욱이 고려후기에 오면서 향낭을 허리에 차던 것이 팔이나 가슴에 차게 되었다는 사실에서도 화자가 '사향각시를 안고 있다'고 표현한 것은 이를 두고 일컫은 것이라고 할 수 있다. 이처럼 사향각시를 안고 누웠다는 것은 임을 맞이할 준비를 하고 있는 화자의 모습을 그린 것이라 할 수 있다. 더욱이 동일한 악곡임

에도 불구하고 5연은 1연과 3연에 비해서 거의 배 이상 확대함으로써,
경쾌한 속도감과 긴장감을 주면서 주제의식을 고조시키는 것79)에서
도 화자의 욕망을 읽을 수 있다.

그런 다음 6연에서 화자는 "藥약든 가슴을 맛초읍사이다 맛초읍사
이다"고 이야기 한다. 여기에서 '약든 가슴'을 누구를 지칭하느냐에 따
라 그동안 다양한 논의가 있었다. 사향주머니를 가슴에 찬 여인이면
'약든 가슴'은 당연히 사향을 소유하고 있는 화자 자신의 가슴이 될
수밖에 없다. 이는 마치 지금의 '약손'과 같은 의미를 지닌 어휘로서
앓는 아이의 배를 만져주면 그 배가 낫듯이 약든 가슴은 임의 아픔
가슴과 외로운 마음을 한번 맞춤으로써 낫게 하는 힘이 있다.80)고 해
석이 가능하다. 또한 향을 약(藥)이라고도 해석할 수 있다는 사실과
『고려도경』에서 고려의 귀부인들이 치마 안섶에 비단으로 만든 향낭
(香囊)을 차고, 이것이 많은 것을 귀하게 여겼다는 근거를 들어 가슴에
배인 향내를 '약든 가슴'으로 이해하여, 서로의 체취를 담뿍 느끼며 사
랑을 나누었으면 좋겠다는 여성화자의 바람을 잘 드러내고 있다.81)고
도 보인다. 그러나 '약든 가슴'은 앞서 4연을 해석할 때처럼 화자의 심
적 상태를 고려하여 이해할 필요가 있다고 생각한다. 지금까지 임과의
사랑이 비정상적인 관계이고 화자 혼자서 일방적인 사랑을 확인하고
원하는 상황 때문에 마음고생이 심했으리라고 추정할 수 있다. 사향각
시는 임을 끌어들일 수 있는 묘약은 되지만, 그 약이 임을 마냥 기다리
며 혼자 사는 자신의 마음은 치료해주지는 못한다. 자신의 허전한 마
음을 달래주고 위로해 줄 수 있는 것은 자신의 곁을 떠났던 임이 돌아
와 주면 해결할 수 있다. 그렇다면 '약든 가슴'이란 사향으로 향기가
나는 '나의 가슴'이라기보다도 나의 마음을 치료하고 위로해줄 수 있
는 '임의 가슴'82)이라야 한다. 따라서 '약든 가슴을 맞춥시다'는 곧 임

이 내게로 와서 나를 안아주라는 의미로 해석할 수 있다. 그래야 다음 6연에서 영원히 헤어지지 말자라는 말과 상통하기 때문이다.

화자가 늘 만날 수 있고 항상 모실 수 있는 남성이라고 한다면, '자리보아' '벼여누어' '니블안해' '아나누어' '가슴을 맛초웁사이다'라는 어휘들이 절실하게 나올 이유가 없다. 5연에서 비록 혼자 있는 누추한 방일지라도 임과 함께 하는 침실은 남산, 옥산, 금수산처럼 화려하다. 그리고 사향을 담은 사향각시를 안고서 임을 기다리며, 영원히 함께하자는 것이 화자의 소망이다. 그 소망이 임과 공통된 것이 아니라 혼자만의 바람으로 끝나는 것에서 쓸쓸함을 더한다. 그러나 이 노래의 6연에서 화자는 영원히 임과 헤어지지 않겠다는 '원대평생(遠代平生)'이라는 어휘를 통해 현재의 상황은 이별해 있지만 임에 대한 화자의 태도만큼은 이별이 아니라 화합을 위한 기다림의 정서 속에 있음을 보여 준다.[83] 그러기 때문에 〈만전춘 별사〉는 자신에게 소홀한 임에 대한 불평 한마디 없이 오로지 임과 함께 하고자 간절하게 기다리는 여인의 마음이 표현되어 있다고 하겠다. 이런 마음이 개인적 욕망에 머무르지 않고 임금과 신하의 관계로 치환되어 이해됨으로써 이 노래가 조선조까지 오래도록 전해질 수 있었을 것으로 보인다.

4. 맺음말

이 논문은 〈만전춘 별사〉의 5연에 나오는 사향각시를 주목하고, 이를 고려조 향 문화와 관련하여 해석하였다. 1연에서 죽음을 불사하겠다는 극단적인 언사에서 화자의 예사롭지 않은 처지를 알 수 있었고, 3연에서 죽어서도 함께 가자고 다짐했던 주체가 화자 자신이었음을 밝힘으로써 화자가 처하고 있는 심적 상태를 모색해볼 수 있었다.
이런 마음을 가진 화자 앞에 여울을 두고 연못으로 오는 비오리의 모
습은 자신을 돌아보는 계기를 마련한다. 비오리와 여울, 연못을 남자
와 여자로 상징하는 것으로 해석하지 않고, 여울을 두고 연못으로 오
는 비오리의 모습에서 여울과 같은 자신의 존재를 발견하게 된다고
하였다. 화자는 4연에서 연못이 얼면 여홀도 좋다는 말을 통해 연못으
로 비유되는 본처가 여자로서의 구실을 하지 못하면 그 때는 여홀과
도 같은 자신이 필요하지 않겠냐고 생각한다. 비오리의 출현으로 더욱
초라해진 자신의 모습을 발견한 화자가 취할 수 있는 방법이 상상속
의 환경에서 임을 기다리며 향주머니를 안는 것이다. 최음제인 사향을
자신의 가슴으로 품었다는 것은 임을 유인하고자 하는 화자의 속뜻을
반영한다. 그러나 그런 사향도 임과 떨어져 독수공방하며 지내는 자신
의 아픈 마음을 치유할 수가 없다. 이를 치료하기 위해서는 임이 자신
에게 돌아오는 것 밖에 없다. '약든 가슴'이란 자신을 치유할 수 있는
임의 가슴을 지칭하며, 그런 임과 영원히 함께하고자 소망한다는 것이
화자의 바람이다.

  <만전춘 별사>는 현재의 상황은 이별해 있지만 임에 대한 화자의
태도만큼은 이별이 아니라 화합을 위한 기다림의 정서 속에 있음을
보여 준다. 따라서 이 노래는 남녀상열지사이니 음사이니 하며, 그 가사
를 바꾸어 <봉황음>으로까지 변모되었으면서도 끝까지 『악장가사』에
전해진 것은 '임'과 '화자'가 '임금'과 '신하'의 관계로 치환되어 영원히
함께하기를 소망하는 노래로 인식할 수 있었기 때문이라고 생각한다.

〈西京別曲〉의 창작배경을 통해 본 新 해석

1. 머리말

　〈서경별곡〉은 〈가시리〉와 함께 이별의 정한을 노래한 작품으로 쌍벽을 이루는 고려가요로 알려져 있다. 특히 조선조 성종(成宗, 재위 1469~1494) 때 이 노래를 '남여상열지사(男女相悅之詞)'의 대표적인 곡으로 지목한 것[1]은 당시 사회통념상 음란한 노래라고 평가했기 때문으로 보인다. 그런데 이 노래를 현전하는 고려가요 중 〈만전춘 별사〉나 〈쌍화점〉 등과 비교할 때 성종 때의 평가는 지나친 감이 없지 않다. 곧 남녀 간의 애정에 관계된 노래를 바라보는 시각이 상당히 편향되었음을 보여준 것이라 할 수 있다.

　〈서경별곡〉은 여타의 애정시가에서 볼 수 없는 독특한 화자의 태도를 보여준 작품이다. 임과 이별하는 상황에서 자신의 감정을 분출하는 화자는 전통적으로 알려진 '인고(忍苦)의 여인상'[2]과는 사뭇 대조적이다. 그만큼 이 노래는 시가작품에서 한국인의 여인상을 이해하는 데 중요한 작품이라고 평가할 만하다.

　지금까지 〈서경별곡〉에 대한 논의는 대략 세 부분으로 나누어진다.

　첫째, 노래의 구조에 관한 부분이다. 이 노래의 2연이 익재「소악부」에 한역되었고, 〈정석가〉의 6연과 노랫말이 동일함을 들어 두 노래 또는 세 노래의 합성설을 근거로 편사(編詞)의 가능성을 살펴본 견해

이다. 이병기는 이 노래가 총14장으로 되어 있는데 이는 '서경별곡'(1
연, 2연)과 '대동강별곡'(3연)을 합한 것3)으로, 김택규는 제1연의 서경의
노래, 제2연은 익재 「소악부」에 한역된 것, 3연은 대동강의 노래로 세
노래가 합했다고 보았다.4) 박노준은 제1연과 제3연이 애초에 하나의
노래였으나 그 중간에 제2연이 끼어들었다고 주장한다.5) 한편 일관된
한 화자의 노래가 아니라 남자와 여자가 서로 화답하는 형식으로 된
노래라고 하여 가극의 한 형태6)로 보는가 하면, 맨 끝의 두 행을 따로
분리하여 이 노래를 3연이 아니라 4연으로 구성되었다고 주장7)하기도
한다.

둘째, 창작연대에 관한 논의이다. 고려속요가 대체로 원나라 지배
하에서의 지배층에 의해 향유되었던 문학으로 규정함8)으로써 <서경
별곡>도 이 시기에 창작되었을 것으로 추정하는 것이 일반적인 견해
이다. 그런데 서수생은 서경 지명의 유래를 통해 서경이 태조(太祖, 재
위 918~943)에서 광종(光宗, 재위 949~975) 11년 사이에 붙여진 평양의
도명(都名)임을 들어 태조와 광종11년 사이에 창작되었다고 주장하였
다.9) 김창룡은 '서경'과 '대동강'이라는 명칭이 처음으로 쓰인 시기를
밝혀 이 노래의 창작연대를 1041년 이후로 추정10)하였는가 하면, 임
주탁은 강화천도기에 몽고군과 대동강을 사이에 두고 대치한 역사적
사건인 원종(元宗, 재위 1259~1274)연간 최탄(崔坦, 생몰년 미상)의 반란
사건과 결부하여 창작시기를 추정하였다.11)

셋째, 어석(語釋)에 관한 부분이다. 어휘해석에 가장 논란이 된 부분
은 '네가시 럼난디 몰라셔'이다. 이를 양주동은 "네 각시가 음란한 줄
몰라서"12)로, 전규태는 "네 각시가 음란한 마음이 난지 몰라서"13)로
설명했는가 하면, 서재극은 "네까짓 것이 주제넘은 줄도 모르고서"14)
로, 조동일 또한 "네까짓 것이 주제넘은 줄 몰라서"15)라고 풀이하였다.

　이처럼 다양한 논의에도 불구하고 <서경별곡>의 대한 전반적인 견해를 요약하면 "떠나려는 남성을 붙잡고자 하는 여성화자의 하소연과 원망"으로 그 의미가 한정되어 있다. 이는 이 노래가 표면적으로 드러나는 정서와 표현법이 여성화자로 보인다는 점과 <서경별곡>이 <쌍화점>, <만전춘 별사>, <이상곡>과 같이 남녀상열지사로 규정16)된 사실에 영향을 받은 것으로 생각한다. 그런 의미에서 노랫말의 어석상 해석의 문제점을 지적하고, 이를 역사적인 사건과 관련하여 해석한 유동석과 임주탁의 연구17)와 '대동강'과 '배'에 의미를 두어 <서경별곡>을 해석한 임재욱18)의 연구는 지금까지의 논의와는 새로운 견해로서 <서경별곡> 이해의 지평을 넓혔다고 평가할 수 있다.

　본고는 이상의 연구 성과를 바탕으로 하되, 노랫말 속에 흐르는 전체적인 표면적인 구조가 "떠나려는 사람을 붙잡고자 하는 화자의 하소연과 원망"이라는 사실을 중시하여, 창작배경을 규명하려고 한다. <서경별곡> 창작에 대한 정확한 역사적인 사건이 없는 상황에서 창작시기를 포착하는 작업은 일정한 한계를 갖는 것도 사실이다. 그럼에도 불구하고 본고에서 창작배경을 살피려는 것은 하나의 개연성 있는 가설로서 이 노래를 좀 더 용이하게 이해하고자 함이다. 이를 통해 <서경별곡>을 지금까지 임과의 이별의 정한으로 규정한 견해에 대해 또 다른 의미의 가능성을 주장하고자 한다. 그리고 표면적으로 드러나는 시적화자는 여성이지만, 실제 작가나 작자층은 여성의 목소리를 빌어 표현한 계층이라고 본다. 이들은 자신의 주장을 관철하려는 목적성을 갖고 이 노래를 창작하여 전승시켰다는 것이 논자의 생각이다. 따라서 선행연구자들의 견해처럼 이 노래가 합성되었다는 가능성도 있지만 본래 한 곡으로 창작된 목적성을 갖고 있는 노래라고 보고자 한다.

2. 〈서경별곡〉의 창작 배경

〈서경별곡〉의 배경이 되는 공간은 노래 제목에서나 작품내용 중에 1연의 "西京서경이 셔울히 마르는"이나 "닷곤디 쇼셩경 고외마른"이라고 하는 화자의 진술과 "大同江대동강 너븐디 몰라셔 비내여 노흔다 샤공아"로 시작되는 3연에 나오는 대동강이 서경을 끼고 흐르는 강이란 점에서 '서경'으로 짐작된다. 그러므로 이 노래의 공간적 배경은 서경과 불가분의 관계에 있다. 이는 여타 고려가요의 작품들과 달리 이 노래를 서경이라는 공간적인 의미와 연결하여 해석할 근거를 보여주는 증거가 된다. 노래에서 화자는 서경에 있는 사람이고 청자는 "괴시란디 우러곰 좃니노이다"의 심정을 호소하는 화자를 남겨두고 서경을 떠나려는 형국이다. 이런 장면을 두고 대다수의 연구는 청자를 따르려는 화자가 여성이라는 전제아래 이 노래의 의미를 남녀 간 이별의 정한으로 한정한다. 하지만 논자는 〈서경별곡〉의 화자가 여성이지만 이 노래를 창작한 작가나 혹은 작가층은 여성의 목소리를 차용한 남성일 가능성으로 볼 때, 이 노래는 '남녀상열지사'[19]라는 차원을 넘어 '현재의 상황에서 예전 관계로의 전환을 호소'하는 것으로 이해할 수 있다. 그래서 이 노래를 이와 같이 이해하기 위해 역사적 사료를 통해 '현재의 상황에서 예전 관계로의 전환을 호소'하는 국면을 찾아 그 의미를 살피려고 한다.

평양은 고조선과 한사군, 고구려가 멸망하기까지 정치세력의 중심지로서 또는 수도로서 유서 깊은 도시이다. 고려조에 평양은 서경(西京), 서도(西都), 호경(鎬京) 등으로 불렸는데 『신증동국여지승람』에 서경의 유래를 다음과 같이 전한다.

본래 삼조선(三朝鮮)과 고구려의 옛 도읍으로 당요(唐堯) 무진년에 신인 (神人)이 태백산(太伯山) 박달나무 아래에 내려왔으므로 나라 사람들이 그를 세워 임금을 삼아 평양에 도읍하고 단군(檀君)이라 일컬었으니, 이것이 전조선이요, 주 무왕(周武王)이 상(商)을 이기고 기자(箕子)를 여기에 봉하니, 이것이 후조선이요, 전하여 41대 손 준(準)에 이르러 연인 (燕人) 위만(衛滿)이 그 땅을 빼앗아 왕험성(王險城) 험(險)은 검(儉)이라고 도 쓰니, 바로 평양이다. 에 도읍하니, 이것이 위만조선이다.… (중략) ……고 려 태조 원년(918)에 평양이 황폐하였기 때문에 염주(鹽州)·백주(白 州)·황주(黃州)·해주(海州)·봉주(鳳州) 등 여러 고을의 백성들을 옮 겨서 인구를 채워 대도호부(大都護府)를 삼았고, 조금 뒤에 <u>서경(西京) 을 삼았다.</u>[20] 광종(光宗) 11년(960)에 서도(西都)라 개칭하였고, 성종(成 宗) 14년(995)엔 서경 유수(西京留守)라 일컬었고, 목종(穆宗) 원년 (997)엔 또 호경(鎬京)이라 고쳤다. 문종(文宗) 16년(1062)에 다시 서경 유수라 일컫고 경기(京畿) 사도(四道)를 두었고, 숙종(肅宗) 7년(1102) 에 문무반(文武班) 및 오부(五部)를 설치하였다. 인종(仁宗) 13년(1135) 에 중 묘청(妙淸) 및 유참(柳문), 분사시랑(分司侍郞) 조광(趙匡) 등이 반란을 일으켜 절령(문嶺) 길을 끊으므로 김부식(金富軾)을 명하여 이를 쳐서 평정하게 하고 유수(留守)·감군(監軍)·분사(分司)·어사(御史)를 제외한 모든 관반(官班)을 없애고, 조금 뒤에 경기 4도를 삭제하고 여섯 현(縣)을 두었다. 원종 10년(1269)에 서북면 병마사영기관(西北面兵馬 使營記官) 최탄(崔坦)과 삼화현 교위(三和縣校尉) 이연령(李延齡) 등 이 난을 일으켜 유수를 죽이고 서경(西京) 및 여러 성(城)의 백성을 거느 리고 반란을 일으켜 몽고(蒙古)에 붙으니, 몽고가 서경으로 동령부(東寧 府)를 삼고 절령을 그어 경계로 삼았다. 충렬왕(忠烈王) 16년(1290)에 원(元)이 도로 우리나라에 돌려주어 드디어 다시 서경 유수가 되었고, 공민왕(恭愍王) 18년(1369)에 만호부(萬戶府)를 설치하였다가 뒤에 고 쳐 평양부(平壤府)로 삼았다.[21]

이상의 사실을 토대로 보면 평양의 명칭이 시대의 변천에 따라 아래와 같이 변경되고 있음을 알 수 있다.

平壤(단군조선, 고구려~) → 서경(고려태조 3,4년; 920,921년) → 西都(광종 11년; 960년) → 서경(성종 14년; 995년) → 鎬京(목종 원년; 998) → 서경(문종 16년; 1062년) → 平壤(공민왕; 1360년경)

일찍이 <서경별곡>의 제작연대를 서경 지명의 유래를 통해 찾고자 했던 서수생은 "'서경별곡'이라는 가제(歌題)의 서경은 태조에서 광종 11년 사이에 붙여진 평양의 도명(都名)이었기에 이 사이에 이루어진 가요였으리라 추정할 수 있다."[22]고 주장하였다. 이에 대해 김창룡은 서경의 명칭사용을 태조와 광종 때만이 아니라 성종, 문종 때도 사용한 것을 근거로 서수생의 논의를 일축하였다. 다만 권영철의 "4곡[서경별곡, 靑山別曲, 夜深詞, 維鳩曲]을 악보형식 발달사적인 견지에서 보아, 거칠고 통일성이 없는 <서경별곡>이 여기선 제일먼저가 될 것"[23]이라는 견해를 수용하여 <서경별곡>이 다른 가요에 비해 상대적으로 앞섰다는 의미이기에 문종 16년(1062) 직후라는 가능성을 열어두었다.[24] 이들의 견해는 '서경'이라는 지명유래만으로 창작연대를 규명하여 <서경별곡>을 역사적 배경과 결부시켜 이해함으로써 노래 해석에 또 다른 방향의 진전을 가져왔다고 할 수 있다.

그러나 본고에서 주목하고자 하는 것은 서경이라는 지명이 주는 정보 이외에, 곡의 내용에서 전해지는 전반적인 분위기이다. 이를 통해 이 노래의 성격과 목적을 찾고, 창작 연대를 추정하려고 한다. 곧 이 노래는 "누군가에 의해 버림받고 있는 대상이 누군가에게 자신을 다시 사랑해달라고 애원하는 내용"임을 중심으로 그 의미를 찾고자 한다.

지금까지 대부분의 연구는 "여희므론 질삼뵈 브리시고"에서 '길쌈'을 주목하고, 고려시대 길쌈을 하는 사람은 여성이라는 데 착안하여 이 노래의 화자를 '여성'으로 규정지었다. 따라서 이 노래는 떠나는 남성에게 자신을 사랑해달라고 간청하며, 울면서 매달리는 여성의 심적 태도를 매우 현실적으로 그렸다고 평가했다.[25] 다만 임주탁의 경우 "브리시고"와 "괴시란디"의 화자가 "우러곰 좃니"고자 하는 대상이라고 볼 때 두 낱말에 공통으로 삽입되는 '-시-'는 주체존대법에 해당되어 여성화자로 간주하는 것을 경계하였다.[26] 그런데 후술하겠지만 '-시-'의 존재유무를 가지고 주체를 확정하는 것은 문법적인 측면에서는 반드시 고려되어야만 할 사항이지만 실제의 생활이나 문헌 등에는 그렇지 못한 경우가 많다는 점에서 이와 같은 견해는 재고해 보아야 한다고 생각한다.

지금까지 연구는 화자가 길쌈을 버리겠다는 행위를 두고, 길쌈을 화자의 생업이나 생업의 터전을 상징적으로 일컫는다고 의미를 부여하고 있다.[27] 곧 길쌈이 여성에게 불가분의 관계라는 점을 들어 소중한 것을 포기하면서까지 임을 따라가려는 적극적인 여성상을 보이고 있노라는 해석이다. 그러나 이러한 해석은 '임'과 '길쌈'을 동일선상에서 등가적으로 비교하여 길쌈의 의미를 과장되게 평가한 측면이 없지 않다.[28] 화자가 길쌈을 버린다는 것이 그처럼 중요하게 인식되려면 길쌈에 대한 또 다른 의미가 부여되어야 한다. 즉, 현재의 길쌈을 포기하는 데는 자신의 생명과도 바꿀 수 있을 만큼 소중한 것을 잃게 되는 내용이 전제되든지 아니면 길쌈을 하는 행위가 서경만으로 제한되어야 한다는 점이다. 말하자면 서경이 길쌈 특구지역으로 지정되어 서경 이외에는 길쌈을 하기가 어려운 상황이어야 한다. 그러나 실제로 고려시대 여성들은 신분과 계층의 고하를 막론하고 길쌈을 손에서 놓을 수 없었다.[29] 당시 여성들의 묘지명을 살펴보면 새벽부터 밤늦도록 길쌈과 누에치기, 바느질에 힘썼다는 기사가 등장한다. 아래의 자료는 김원의(1147~1217)처 인씨(印氏) 같은 경우에도 남편이 재상이 될 때까지 길쌈과 누에치기를 계속했음을 보여준다.

> 집이 원래 넉넉하였지만 부유하다고해서 손에서 여자가 할 일을 놓지 않았다. 자손들이 말려서 그만 두라고 하자 부인은 '길쌈하고 누에치는 일은 여자의 직책이다. 너희들의 글과 책과 붓과 벼루와 같은 것이니 어찌 잠시라도 떨어져 있을 수가 있겠느냐'고 했다. 남편이 재상의 지위에 오른 뒤에야 그 일을 손수하지 않고 아랫사람들에게 맡겼다.[30]

이처럼 귀족부인들까지 묘지명에 길쌈이 강조되는 것을 보면 길쌈은 당대 여성들 누구에게나 당연한 일과임을 알 수 있다. 특히 삼베는 당시 의복 재료이며, 세금이고 시장에서 교환수단이기도 하여 수요가 많았다고 한다. 따라서 평민여성들은 물론 지배층 여성들도 길쌈은 일상적인 노동이었다.

이상의 사실에서 본다면 <서경별곡>에서의 화자가 길쌈베를 버리고 따라가겠다는 고백은 크게 의미를 부여할 만한 성질이 못된다. 길쌈이란 고려조 여성들에게는 어느 곳에서나 하게 되는 일반적인 노동이기 때문이다. 그럼에도 불구하고 노랫말에 화자의 이런 표현법이 보이는 것은 길쌈이 여성에게 아주 소중한 일이라는 일반적인 생각을 창작자가 시 속에 투영하여 사랑하는 임과 길쌈을 동격으로 인식하도록 표현한 것이다. 이로써 오히려 노래의 창작자가 갖고 있는 여성에 대한 피상적인 인식을 문면에 노출시켰다고 생각한다. 그러므로 임과 헤어지기보다는 길쌈을 버리면서까지 임을 따르겠다는 표현은 실제한 여인의 상황을 이야기하는 것이 아니라 오히려 여성화자를 통해 자신의 뜻을 표명하고자 한 것이라 할 수 있다. 말하자면 '길쌈=여성'이라고 인식하는 일반 독자나 향유층에게 여성의 목소리임을 강조하기 위한 방법이지, 실제로는 여성 화자의 목소리를 차용한 남성의 생각을 표현한 것으로 판단된다. 바로 이런 사실은 역대 국왕들의 서경 경영과 관련하여, 서경 세력31)들이 국왕에 대한 자신들의 생각을 <서경별곡>이라는 형식을 빌어 표출한 것이라고 볼 수 있는 근거가 된다.

그렇다면 이 노래가 말하는 전체적인 흐름은 '남녀상열지사'라는 의미를 넘어 '자신이 겪게 되는 현재의 상황을 예전 관계로의 전환을 호소'하는 것으로 이해할 수 있다. 따라서 이 노래는 호소자가 서경 세력들이라고 가정했을 때, 국왕에게 자신의 입장을 표명하는 작품이다. 이런 상황을 서경 지역과 관련하여 역사적인 자료에서 찾아본다면 이 노래의 창작배경을 알 수 있을 것이라고 판단된다. 구체적인 시기는 국왕이 처음에는 서경에 대해 특별한 계획을 가졌거나 그에 준할 만큼 애정을 갖고 있다가 어떤 사건을 계기로 서경을 경원시 또는 배타적으로 전환된 경우로 한정할 수 있겠다. 이런 사실과 부합하는 국왕이 고려조의 제17대 인종(仁宗, 재위 1122~1146)이다. 그러면 인종과 서경은 어떠한 관계가 있는지 사례를 통해 살펴봄으로써 저간의 사정을 논의해 보기로 하자.

앞서 보았듯 서경은 태조 때부터 중요하게 여기던 지역이다. 국왕의 정책에 따라 서경의 명칭은 바뀌었지만 서경의 변화는 크게 나타나지 않는다. 제3대 정종(定宗, 재위 945~949)은 서경의 왕식렴(王式廉, ?~949)의 도움으로 개경 세력인 왕규(王規, ?~945)일파를 제거하고 서경으로의 천도를 계획하였다. 그런데 사료에서는 천도계획이 도참설에 의해 이루어진 것으로 전하고 있다. 그러나 정종이 서경 세력의 도움으로 등극한 점을 볼 때 서경에 대한 정책적인 배려가 훨씬 강했으리라 보인다.[32] 그러나 정종의 서경 세력 중시는 개경 세력이 타격을 받게 되고, 그만큼 정종에게는 개경 세력의 원한의 표적도 될 수 있었다. 아무리 서경 세력을 앞세우더라도 개경 세력의 기반인 개경을 수도로 삼고 있는 이상 정종은 불안할 수밖에 없었다. 따라서 그의 서경 천도는 왕실의 안정을 위한 불가피한 조치로 볼 수 있다. 하지만 개경 세력은 도참설 속에 숨겨진 정종의 의도를 알고 서경 천도를 못하게 방해하였다. 이로써 사회정세는 극도로 혼란하게 되어 정종은 재위 12년 만에 사망하고 광종이 제4대 임금으로 등극한다. 광종은 개경 세력과 알력의 요인이 되었던 서경 세력에 대한 견제책을 시행하여 개경에 대한 중시정책을 펴 나갔다.

<최승로전(崔承老傳)>에 의하면 혜종·정종·광종의 세 왕이 차례로 왕위에 올랐을 때 양경(개경과 서경)문무반의 반수가 살상을 당했다[33]는 사실은 이런 점에서 시사해주는 바가 크다. 제2대 혜종(惠宗, 재위 943~945)의 경우 서경의 문무반이 살상된 선례가 없었고, 정종의 경우 서경 세력의 도움으로 보위에 오른 점을 보아 서경 세력이 피해를 볼 이유가 없었다. 그렇다면 세 왕의 즉위 초에 서경 세력이 꺾였다면 이는 광종의 경우에 해당된다. 그런데 광종의 경우 서경 세력에 대해 처음부터 경계하였고, 이미 광종의 등극으로 서경 세력에 대한 차별은 예상했기 때문에 서경인들로서는 광종에 대해 호의적으로 생각할 수는 없었다. <서경별곡>의 전반적 노래의 정서가 사랑해주던 임의 일방적 결별의 실행에 따른 화자의 절규를 담았다고 보았을 때, 서경인들이 광종에게 그와 같은 애틋한 정을 기대하기는 힘들 것으로 사료된다.

본고에서 살펴볼 인종은 4년(1126) 2월 이자겸(李資謙, ?~1126)의 정

변으로 대궐이 불타고[34] 그해 5월 척준경(拓俊京, ?~1144)을 설득하여
이자겸을 축출하는 데 성공한다. 5년(1127) 2월에 인종은 서경에 행차
하고 3월에 그곳에서 <유신(維新)의 교(敎)>를 반포하였다.[35] 그 서
문에 이자겸 난 이후의 정치적 분위기를 일신하기 위해 이를 반포한
다고 한 것을 보면, 이자겸의 난으로 인해 자신의 권위에 상처를 입은
인종은 문신들과의 관계에서 기선을 장악하기 위해 강력한 왕권을 희
망한 것[36]으로 보인다. 6년(1128)에 인종은 점쟁이 백수한(白壽翰, ?~
1135)을 서경에 분사(分司)하도록 하고, 서경 출신의 승려 묘청(妙淸,
?~1135)을 사(師)로 삼아 묘청은 성인으로 백수한은 그 다음으로 간주
하였다.[37]

　인종은 앞서 제3대 정종처럼 서경세력의 도움을 얻었으니 서경과
서경파에게 힘을 실어주었을 것은 자명하다. <묘청전>에 의하면 묘
청과 백수한은 음양비술(陰陽秘術)로 사람들의 환심을 샀고, 이어 정
지상·김안(金安, ?~1135)·문공인(文公仁, ?~1137) 등이 동조하여 "상
경(上京)은 기운이 이미 쇠하고 궁궐이 다 타 없어졌으나 서경에는 왕
기(王氣)가 있으니 왕은 마땅히 이곳으로 옮겨 상경으로 삼아야 한다."
고 주장하며 궁궐을 세워 왕이 옮겨오면 천하를 병탄하여 금국이 스
스로 항복하고 36국이 모두 신하가 된다고 하였다.[38] 인종은 이 말에
따라 6년 9월 재추(宰樞)에게 묘청, 백수한과 함께 신궁(新宮)을 지을
땅을 찾아보라 하였고, 동년 11월에 임원역을 옮겨 그 자리에 신궁을
짓도록 하였다. 7년(1129) 2월 서경의 신궁이 만들어지자 인종은 서경
에 행차하였고, 묘청 일파는 '칭제건원(稱帝建元)'을 권하며 유제와 동
맹하여 금을 협공하자고 건의하였다. 9년(1131)에 묘청은 왕을 설득하
여 임원궁성을 쌓고 팔성당을 임원궁(대화궁)안에 설치하였다. 그러나
인종 12년(1134) 묘청 등의 요청에도 불구하고 인종은 김부식(金富軾,

1075~1151) 등의 천도 반대 요구를 수용[39]하여 서경행차를 하지 않았다. 당시 임원후(任元厚, 1089~1156)를 비롯하여 서경천도에 반대한 인물들은 묘청을 목벨 것을 요청한 상태였고 서경 천도가 시행되지 않았다는 것은 묘청 자신의 목숨이 위태롭다는 것을 의미한다. 결국 묘청은 개경파의 반대로 서경천도가 이루어지지 않자, 인종 13년(1135) 서경에서 정변을 일으킨다. 이에 김부식을 비롯한 개경 세력에 의해 반란은 진압된 뒤, 서경에 대한 국왕의 정책은 묘청의 난 이전의 상황과는 전혀 다른 방향으로 전개된다. 이 점은 <서경별곡>을 이해하는 데 중요한 사항이다.

특히, 묘청과 그 뒤에 일어난 조광(趙匡, ?~1136)의 반란을 완전히 진압한 인종 14년(1136)에 서경의 행정기구 개편이 전면적으로 단행된다. 『고려사』 권77, 「백관지」, <서경유수관>조의 "仁宗十四年 命兩府大臣 議西京官班沿革 監軍 分司御史臺並仍舊 其餘官 並省之"[40]라는 기사에서 감군(監軍)과 분사어사대(分司御史臺) 등 서경 행정기구의 군사 및 행정상의 감찰기관으로 보이는 관제만이 존속할 뿐 그 밖의 관제는 모두 폐지되었다는 사실이 주목된다. 이러한 조치는 과거에 강대하였던 기구를 대폭 축소함으로써 묘청의 난과 같은 일이 재발하지 않도록 취한 중앙정부의 의사표시로 해석된다.[41]

이는 과거 예종(睿宗, 재위 1105~1122) 11년(1116)에 "其兩班政事 與上京同"[42]이라고 명시하여 서경의 행정기구 및 운영이 중앙의 개경과 거의 동일하였던 것과 비교하면 격세지감을 느끼게 하는 부분이다. 특히 서경의 경기는 촌·향·부곡으로 이루어져 서경의 강력한 지배를 받았는데, 묘청의 난 진압 후 인종 14년(1136)에 내려진 조치로 경기 4도가 없어지고 강동·강서·중화·순화·삼등·삼화 6현이 설치되면서부터 서경 주변에 대한 서경의 지배력이 이전보다 약화되었다.[43]

이런 현상은 과거 서경이 상경(上京)인 개경과 대등함으로써 묘청의 반란과 같은 큰 사변이 일어났다고 보고, 서경을 약화시켜 응징의 본 보기를 삼으려는 국왕의 정책에서 비롯되었다고 할 수 있다.44)

그렇다면 당시 서경은 어떤 모습이었을까? 〈서경별곡〉에서도 "西 京셔경이 셔울히 마르는 닷곤더 쇼셩경 고외마른" 이라고 한 것으로 보아, 서경은 새로 닦은 신도시였음을 알 수 있다. 인종 이전의 국왕들 은 앞서 보았던 것처럼 서경에 대해 비상한 관심을 표명하였다. 문종 (文宗, 재위 1046~1083)이 서경에 좌우궁궐을 지었는가 하면, 예종은 원 년(1106)에 용언궁을 창건하려 했고 11년(1116)에는 서경의 분사제도 를 확립시켰다. 인종의 경우, 5년(1127)에 서경에서 '유신지교'를 반포 한 이후 어느 때보다도 서경을 빈번하게 행차함으로써 서경에 대한 관심이 지대함을 과시하였다.

인종 5년 3월『고려사』에 실린 다음의 기사는 이를 단적으로 보여 준 사례이다.

> 을묘일에 척준경(拓俊京)을 암타도(嵒墮島)로, 최식(崔湜)을 초도(草 島)로, 상주목(尙州牧) 부사(副使) 이후진(李侯進)과 귀주사(龜州使) 소억(邵億), 낭장 정유황(鄭惟晃), 서재장(西材場) 판관 윤한(尹翰) 등 을 먼 지방으로 각각 귀양을 보냈다. 왕이 기린각에서 정지상(鄭知常) 을 시켜『서경(書經)』의 <무일(無逸)>편을 강의하게 하였으며 시종 신 하들과 서경(西京)의 유신(儒臣) 25명을 불러서 시를 짓게 하고 음식을 주었다.45)

위 사료는 이자겸의 난을 진압하는 데 공을 세웠던 권신 척준경을 비롯한 무리들을 정지상의 상소로 유배시킨 뒤에 취한 국왕의 조치를 말해준다. 여기에서 국왕은 서경 유신 25명에게 주식(酒食)을 하사할 만큼 서경세력에 대한 사랑이 각별했음을 엿볼 수 있다.[46] 그리고 계속된 국왕의 서경행차는 서경에 대한 국왕 인종의 관심을 알 수 있는 부분이다.

인종 당시 서경의 정황을 묘청의 서경천도에 힘을 보탰던 정지상은 <서도(西都)>라는 시에 아래와 같이 묘사하고 있다.

남쪽 길 실바람에 보슬비 내린 뒤	南陌微風細雨過
가벼운 띠끌조차 일지 않고 버들그늘 비껴있네	輕塵不動柳陰斜
푸른 창 붉은 문에서 울리는 노래 연주	綠窓朱戶笙歌咽
이 모두가 이원제자의 집이라네	摠是梨園弟子家[47]

정지상의 생애로 살피건대 대략 이 시가 지어진 것은 인종 때로 보인다. 당시 평양의 명칭을 사료에서 보면 '서도'가 아닌 '서경'으로 호칭되었는데 정지상이 '서도'라고 제명(題名)을 표기한 것은 그가 이전부터 불리던 친숙한 지명을 쓴 것으로 판단된다.[48] 시의 내용을 통해 서경의 모습을 한 눈에 알 수 있다. 서경은 깨끗하게 단장된 도시로서 '유음사(柳陰斜)'라는 표현으로 보아 풍류의 고장임을 말해준다. 대궐 같은 집에 풍악이 끊이지 않는데, 노래 소리가 흘러나오는 곳은 기생집이 즐비하게 된 이원제자(梨園弟子)[49]의 집이라고 한다. '이원제자'는 이원에서 기거하는 기녀, 무예와 기예인들이 개경 귀족들을 맞이하기 위해 준비된 서경사람들[50]을 일컫는다. 이 시에서 정지상은 서경을 두 모습으로 그리고 있다. 겉으로는 깨끗한 도시이지만 서경을 찾는 개경인들의 여흥을 위해 마련된 기생집들의 모습에서 서경 지역의 한계성을 드러낸다. 곧 이 시는 서경이 고려조에 주도적인 중심지가

아니라 개경에 대한 부차적인 도시로서 서경인들의 한계의식을 보여
주고 있다. 따라서 서경 사람으로서 서경에 대해 누구보다도 자부심이
강했던 정지상이 서경 세력이 주도적으로 정국을 운영하려면 서경으
로의 천도가 불가피하다는 사실을 동료들에게 다음과 같이 역설한 것
도 서경에 대한 한계 인식의 결과라고 판단된다.

　　정지상(鄭知常)도 서경사람인데 그들의 말을 깊이 믿고 수도[즉 송도]
　　업운이 이미 쇠지하였으며 궁궐이 다 타 없어졌고 서경[평양]은 왕기
　　(王氣)가 있으므로 왕이 옮겨 앉아 이 곳을 수도로 해야 한다고 생각하
　　였다. 그리하여 왕의 근신인 내시낭중 김안(金安)과 모의하여 말하기를
　　"우리들이 만약 임금을 모시고 옮겨가서 서경을 수도로 만든다면 마땅
　　히 중흥공신이 될 것이니 비단 우리 한 몸이 부귀를 누릴 뿐만 아니라
　　또한 자손을 위하여 무궁한 복으로 될 것이다"라 하고 드디어 그것을
　　극구 칭찬하였다. 근신 홍이서(洪彝敍)와 이중부(李仲孚) 그리고 대신
　　문공인(文公仁)·임경청(林景淸)도 그들을 따라 화창(和唱)했다.51)

　　위의 글을 보면 정지상 등의 서경 천도 구상은 자신들이 중흥공신
이 되고 자손에게까지 무궁한 복을 누리게 하기 위한 것임을 알 수
있다. 당대 서경 세력들이라면 정지상과 같은 생각을 한번쯤 했으리라
고 보인다. 한편 정지상은 서경의 민중적 취향의 선율에 익숙하였고
이에 바탕한 절창 <송인(送人)>을 지었다.

　　비 개인 긴 둑에 풀빛은 짙은데　　　　　　雨歇長提草色多
　　남포에서 그대를 보내니 슬픈 노래 나오네　送君南浦動悲歌
　　대동강 물은 언제나 마르려나　　　　　　　大同江水何時盡
　　해마다 이별의 눈물 푸른 물에 보태는 것을　別淚年年添綠波52)

『파한집』에는 정지상의 위 시를 소개하면서 "서도는 옛날 고구려가 도읍한 곳이니 산하가 둘러 있고 기상이 빼어나서 옛날부터 奇人과 異士가 많이 나왔다"고 하면서 "그가 아이 때에 우인(友人)을 보내는 시"53)라고 하였다. 이런 설명은 이 시를 대동강 가에서 벌어지는 남녀 사이의 이별의 현장만으로 한정하여 해석하기보다는 시적자아가 타인의 이별까지 자아의 이별로 감싸 안아 그것을 보편화하였다54)고 볼 수 있다. 특히 서경 세력으로서 자의식이 충만했던 정지상에게 포착된 대동강변의 풍경은 생동하는 자연의 조화로움보다는 친구, 혹은 이성이나 가족들과 헤어질 수밖에 없는 서경인들에 대한 애틋한 정한이 묻어난다. 그 원인이야 천차만별이겠지만 서경을 떠날 수밖에 없는 불가피한 사정이 그에게 안타깝게 다가왔을 것이라고 생각한다.

서경에 대한 국왕의 정책은 의종(毅宗, 재위 1146~1170) 22년(1168) 3월에야 왕이 서경에 거동하여 "부흥왕화(復興王化)"55) 하려고 한 것을 보면, 인종 13년(1135)부터 무려 33년의 세월동안 서경은 국왕으로부터 차별대우를 받았음을 의미한다. 묘청의 난 이후 크고 작은 서경 사람들에 의해 벌어진 정변56)이 서경 세력들의 국왕 또는 개경 세력에 대한 불만을 표출한 것이라면 <서경별곡>이 서경이라는 지역적 특별한 의미를 가지고 있다57)고 볼 때, 서경 세력들의 문화적 대응의 한 방법이라고 보는 것이 논자의 판단이다. 더욱이 고려속요가 태악서나 관현방의 관리들이 민간의 가요를 채집하거나 귀족 사대부들의 민요채집을 통하여 궁중에서 향유되던 장르58)라는 점을 상기할 때, <서경별곡>을 통한 자신들의 의사표시는 무엇보다도 국왕에게 직접 전달할 수 있는 수단이 되었으리라고 판단된다.

표면적으로 보아서는 남녀사이 이별의 정한을 말한 것처럼 보이는 이 노래에 이처럼 이면에 감춰진 서경 세력들의 내면을 담아 전달할 때, 이 노래가 궁궐로 쉽게 전입될 수 있었을 것이다. 궁중에서 국왕을 비롯한 신료들이 이 노래를 듣고 단순히 남녀 간의 애정에 관한 노래로 치부할 수도 있지만, 서경 세력의 애환을 담은 노래로 인식했을 가능성도 없지 않을 것이다. 만약 이 노래가 서경 사람들의 마음을 담고 있다는 사실을 국왕이 알고 있었다면 〈서경별곡〉은 개경파에 주의를 환기시킬 수 있는 계기가 되고, 왕권 강화의 구실로도 작용하였을 것이라 짐작된다. 다만 후대의 기록에는 이러한 창작 의도와 달리 '남녀상열지사'로만 인식되어 불린 것으로 보인다.[59]

3. 〈서경별곡〉의 신 해석

1) 구애 : 1연

〈서경별곡〉은 『악장가사』에 전편이 "○"를 구분으로 하여 14단락으로 나뉘어져 전하는데, 논의의 편의를 위해서 문학적인 의미구조에 따라 음악적인 측면의 "아즐가" "위두어령셩두어령셩다링디리" 등의 여음구나 후렴구를 생략하면 다음과 같이 세 부분으로 나눌 수 있다.

(1연)
1-1 西京셔경이 셔울히 마르는
1-2 닷곤디 쇼셩경 고외마른
1-3 여히므론 질삼뵈 브리시고
1-4 괴시란디 우러곰 좃니노이다.

(2연)
2-1 구스리 바회예 디신들

2-2 긴힛쏜 그츠리잇가

2-3 즈믄히를 외오곰 녀신돌

2-4 信신잇든 그츠리잇가

(3연)

3-1 大同江대동강 너븐디 몰라셔

3-2 빈내여 노혼다 샤공아

3-3 네가시 럼난디 몰라셔

3-4 널빈예 연즌다 샤공아

3-5 大同江대동강 건넌편 고즐여

3-6 빈타들면 것고리이다

    앞장에서 <서경별곡>을 남녀 간의 이별의 정한으로 보기보다는 서경세력들의 국왕에 대한 문화적인 대응방법의 일환으로 부른 노래라고 보았다. 이런 관점에서 이 노래를 해석하기로 한다.

    우선 지금까지의 견해는 <서경별곡>이 남녀가 이별의 현장에서 벌어지는 장면을 여과없이 드러내어 화자의 주체할 수 없는 격정을 보여준 작품60)이라고 진단하고, 이를 <가시리>의 인고와 여운을 담고 있는 화자와는 다르다고 평가하여 왔다. 이것은 <서경별곡>의 시적화자를 여성으로 두고, 떠나려는 상대를 남성으로 본 데서 연유한다. 시적화자를 여성이라고 도식화한 것은 노래 전체에 흐르는 분위기와 1-3에 "여힌므론 질삼뵈 브리시고"라는 부분의 "질삼뵈"의 존재여부가 결정적인 작용을 한 이유이다. 앞서 지적하였듯 길쌈은 고려조 여성들에게 매우 소중한 활동이었다. 상하층의 구분과 관계없이 집안의 옷 마련은 여성의 몫이었기 때문이다. 이를 두고 양주동은『여요전주』에서 "大蓋 사람에게 잇어서 가장 떠나기 어려운 곳은 자갸의 鄕土요더구나 女人에게 잇서서 가장 버리기 어려운 것은 저들의 길쌈이다. 그러커늘 이 버리기 어려운 두 가지를 한꺼번에 버리고서라도 斷然코 님을 따르려 함은 大盖 戀慕의 至情을 먼저 敍함이니……"[61]이라고 하여 길쌈은 여인에게 있어서 '가장 버리기 어려운 것'이라고 하였는데, 이는 '가장 소중한 것'이라는 말과는 성격이 다르다. 즉 여자라면 누구나 해야 하는 보편적이고 일반적인 성격을 표현한 것이지 그것이 인간의 삶에 변화를 줄만큼 귀중한 것으로 여길 수는 없기 때문이다. 이에 대해 유동석은 '질삼뵈'에 관한 한 이 등식은 성립할 수 없다고 보고 전통적으로 여인에게서 '질삼뵈'는 가난의 상징이었기 때문에 여인에게서 버리기 어려운 것이면 어려운 것일수록 그만큼 여인에게는 가장 버리고 싶고 벗어나고 싶은 질곡이 될망정 가장 버리기 아까운 소중한 것이 될 수 없다고 했다.[62] 또 그는 '길쌈이 여성의 소중한 것'이라는 양주동 이래의 해석에 대해 그렇지 못함을 전통 민요와 규방 가사를 들어 '길쌈이 여성에게 소중하다고 할 수 없다는 것'이다. 그러나 유동석의 해석은 1-2에서 "고뫼마른"의 '이마른'이 용언 밑에 붙을 수 있는 어미가 아니고 체언 밑에 붙는 조사라는 점에서 양주동의 해석과 견해[63]를 달리하고 있다. 곧 '고요'는 명사일 수밖에 없기에 동사인 '사랑한다'로 해석할 수 없다는 것이다. 1-3의 'ᄇ리시고'와 1-4 '괴시란ᄃᆡ'에서 "-시-"가 존칭의 '-시-'일 수밖에 없다면 '여ᄒᆡ므론'과 '질삼뵈 ᄇ리시고'의 주어는 '임'으로 상정하는 것이 자연스럽다고 하였다.[64] 또 '질삼뵈'는 임에게서 버림받는 대상이고 '쇼셩경'은 임으로부터 사랑받는 대상으로서 이 둘을 서로 대립 되는 것으로 해석하여 '질삼뵈'를 화자 자신을 상징하는 환유법의 표현이라고 해석하였다.[65]

그러나 이 연구는 새로운 해석임에도 불구하고 고대가요를 문법의 틀로 재단하여 노랫말에 대한 분석을 함으로써 고대가요의 전승과 기록에 대한 일반적인 특징을 고려하지 않은 혐의가 있다. 우선 "-시-"를 존칭보조어간으로 해석하여 "-시-"는 1인칭이 쓸 수 없다고 한정한 경우이다. 그런데 실제로 <쌍화점>에서 "雙花店쌍화뎜에 雙花쌍화 사라 <u>가고신된</u>"의 사례에서 보듯 "-시-"는 고대국어에 1인칭에도 쓰이고 있다.[66] 또 1-4에 '괴시란디'의 '-란디'를 양주동이 조건의 '-으면'으로 해석[67]한 이래로 대부분의 연구자들이 '조건'의 접속어미로 해석하였다. 그런데 유동석의 경우 '좃니노이다'를 '좃니-ᄂ-오-이-다'로 분석하고 '좃니노이다'가 직설법의 현재시제를 표시하는 '-ᄂ-'의 활용형이라는 점을 고려할 때 가상적인 사건을 표현하는 것일 수 없고 실제로 진행되고 있는 사건을 표현한 것으로 해석되어야 한다며 '-란디'가 '조건'이 아닌 '원인·이유'로 되어야 한다고 주장했다. 곧 '-란디'가 '-므로', '-으니','-기 때문에' 따위로 옮겨질 수 있는 '원인·이유'의 접속어미라는 것이다.[68] 그런데 '-란디'가 '원인·이유'로도 쓰일 수 있지만 조건(가정)의 연결어미로 사용되고 있다는 사실도[69] 간과할 수 없다. 또 '좃니노이다'가 직설법의 현재시제를 표시하는 '-ᄂ-'의 활용형이라는 점을 고려할 때, 실제로 진행되고 있는 사건을 표현한 것으로 해석되어야 한다는 것도 문법적인 측면에서 살필 때는 그렇게 해석할 수 있으나, 현재시제로도 미래의 가정형을 충분히 나타낼 수 있다고 생각한다.[70]

이상의 사실과 앞장에서 살핀 창작 배경을 통해 1연을 해석해보기로 하자.

우선 인종 조의 당대 현장으로 돌아가 보면, 묘청 등에 의한 서경 천도의 계획을 국왕까지 공감하고, 국왕의 잦은 서경 행차가 있었다. 또 인종 6년(1128) 11월에 "한 겨울에도 궁궐수축으로 날씨가 추워서 백성들의 원망이 자심하였다"[71]는 기사가 말해주듯, 모두가 도시건설에 분주했던 때였음을 알 수 있다. 1-1과 1-2는 바로 서경에 대해 갖고 있는 환경적, 공간적 배경에 대한 화자의 애착을 보여준 것이라면 1-3에서의 '길쌈을 버리겠다는 것'은 여성으로서 기본적 자존심과 도리마저 임과 함께하는 일이라면 더 이상 소중한 것이 없다. 이는 앞서 언급했듯 화자의 '길쌈' 운운 발언은 그렇게 사랑하는 임에게 자신의 뜻을 전달하는 데 효과를 주지 못한다. 다만 1-1에서 1-3행까지의 정황으로 보아 화자는 임에게 사랑만 받는다면 자신이 사랑하는 모든 것도 버리고 따라가겠다는 사실만을 전달하기 위한 방편으로 여성 화자[72]를 내세워 진술하고 있다고 본다.

역대 국왕보다도 현재의 임금(인종)은 서경에 대한 애착을 갖고 급기야 수도의 천도까지 생각하였고 서경 경영에 온 힘을 기울였다. 따라서 서경 세력들은 그 어느 때보다도 새로이 건설되고 있는 서경에 대한 자부심으로 지금은 작은 서울이라고 불릴 정도이지만 앞으로의 수도가 된다면 훨씬 좋은 도시가 될 것이라는 꿈에 부풀어 있다. 이곳에서 하는 생업도 즐거웠다. 그런데 묘청의 난으로 인해 서경은 하루 아침에 천대받는 변방의 도시로 전락해버리고 만다. 국왕의 관심으로부터 멀어진 서경은 그곳이 아무리 아름답게 건설되었다 하더라도 서경 세력에게는 아무런 의미가 없다. 따라서 1연은 국왕께서 처음에 가졌던 서경과 서경 세력에 대한 관심을 회복시켜달라는 구애의 뜻을 담은 노래라고 할 수 있다.

2) 다짐과 촉구 : 2연

2연은 일명 〈구슬사〉로 알려져 있는 노래[73]로 〈정석가〉 6연과 동일하고 『익재난고』의 「소악부」에 한역되어 전한다. 이렇게 두 노래에 삽입되고 한역까지 된 것으로 보아 <구슬사>는 당대 상당히 유행한 노래로 보인다. 이에 대한 학계의 견해는 <구슬사>를 <서경별곡>과 <정석가> 두 노래 가운데 나중에 불려진 노래가 차용했다[74]고 보기보다는 당대에 독립적으로 불리던 <구슬사>를 두 노래가 각각 수용했다고 보는 것이 지배적이다.[75]

그러나 본고에서는 <서경별곡>이 편사(編詞)된 것이 아니라 하나의 곡으로 창작되었다고 보고자 한다. 익재의 「소악부」가 어떤 노래를 보고 한역했다는 기사가 없는 상황에서 <구슬사>를 민간에 유행한 노래라고 규정하는 것은 하나의 가설에 지나지 않기 때문이다. 그렇다면 이 <구슬사>의 의미를 『악장가사』에 실려 있는 <서경별곡> 2연과 <정석가> 6연 전문과 「소악부」에 한역된 것을 비교하며 살펴보기로 한다.

A. <서경별곡> 2연

A-1 구스리 아즐가 구스리 바회예 디신들 위 두어렁셩 두어렁셩 다링디리

A-2 긴히쫀 아즐가 긴히쫀 그츠리잇가 나는 위 두어렁셩 두어렁셩 다링디리

A-3 즈믄히를 아즐가 즈믄히를 외오곰 녀신들 위 두어렁셩 두어렁셩 다링디리

A-4 信신잇돈 아즐가 信신잇돈 그츠리잇가 나는 위 두어렁셩 두어렁셩 다링디리

B. <정석가> 6연

B-1 구스리 바회예 디신들 구스리 바회예 디신들 긴힛돈 그츠리잇가

B-2 즈믄 해롤 외오곰 녀신들 즈믄 해롤 외오곰 녀신들 信신잇돈 그츠리잇가

C. 「소악부」
C-1 縱然巖石落珠璣
C-2 纓縷固應無斷時
C-3 與郎千載相離別
C-4 一點丹心何改移[76]

위에서 보는 바와 같이 〈구슬사〉에 대해 전하고 있는 노래 가사의 내용은 A와 B가 차이가 없지만 진술하는 형식에 다소간 편차가 발견된다. 우선 A와 B는 모두 『악장가사』에 실려 전한다. 그런데 전체노래가 〈서경별곡〉의 경우는 14행으로 〈정석가〉의 경우는 11행으로 분단 되어있다. 그 중 〈구슬사〉는 〈서경별곡〉에 5~8단락 곧 4행으로, 〈정석가〉는 10~11단락 곧 2행으로 삽입되어 있다. C를 놓고 본다면 익재가 각 행을 1구로 한역한 것임을 알 수 있다. 이는 『악학궤범』에 노랫말이 실린 총 11행의 〈정과정〉을 익재는 각 행을 1구로, 총 4구로 한역하여 전하고 있는 것[77]을 볼 때, 익재의 「소악부」를 토대로 〈구슬사〉를 살핀다면 〈서경별곡〉이 원래의 텍스트일 수도 있다는 가능성을 갖게 한다. 그런데 김창룡은 이 〈구슬사〉를 두고 "〈정석가〉가 〈서경별곡〉 제2연에서 가져왔으리란 가능성과 관련해서 만일 혹자의 논리대로 〈정석가〉가 과연 염정가(艶情歌) 범주의 노래가 아니라 송도가(頌禱歌) 범주의 노래, 이 노래에 쓰인 "님"은 "고온님"이 아니라, "有德ᄒ신 님금"을 뜻(金尙億, 「〈鄭石歌〉考」, 『高麗歌謠硏究』, 새문社, 1982, I-175쪽)하는 것"이라고 한다면 군신 간에 메시지 곧 충신연주(忠臣戀主)의 뜻을 남녀가 서로 연애하고 이별하는 이른바 남녀상열의 가사임이 틀림없는 〈서경별곡〉중에서 발췌해다가 쓸 수 있었겠는지 회의적일 수 있다. 그 역의 논리로서의 〈서경별곡〉

이 <정석가>가운데서 끊어왔으리란 가정 또한 왕실권위란 측면에서 마찬가지 의아로움이 따른다"고 하면서 <구슬사>를 독립된 의미부 4행의 가요로 봄이 타당하다고 하였다. 또 그는 '남녀상열의 가사임이 틀림없는 <서경별곡>'을 이제현의 한역시 가운데 제3행 '與郎千載相離別'에서 보았을 때 그 원사(原詞)는 필경 여인이 자신의 남자에 대한 맹세를 다진 노래임이 분명하고, 이것을 함유하고 있는 <정석가>라는 의미에서 보더라도 <정석가>는 충신연주지사로서보다 여인이 이별을 싫어하는 남녀상열지사의 노래라 함이 순리롭다고 하면서 <정석가> 내용의 소재가 여성의 생활환경 속에서나 가능할 수 있는 발상이며, 여성적 분위기에 적의(適宜)한 표현[78]이라고 하였다. 그런데 김창룡의 견해처럼 <정석가>가 내용적인 측면은 남녀상열지사의 노래라 할 수 있을지 모르지만 고려속요가 궁중으로 수용되면서 편사와 변개가 이루어졌다는 사실을 고려한다면[79] 궁중에서 부르던 이 노래는 송도(頌禱)의 노래로서 충신연주지사로 인식하는 데 어색하지 않을 것이라 생각한다. 이는 곧 남녀상열지사가 충신연주지사로 넘나들 수 있다는 현상을 보여준 단적인 사례라 할 수 있다. 김창룡의 지적대로 여성의 생활환경 속에서나 가능한 내용의 소재를 토대로 국왕에 대한 송축을 하고 있는 노래가 <정석가>라면 <서경별곡> 화자의 '길쌈베 운운' 또한 여성의 생활환경에서 소재를 취하여 국왕께 올리는 노래의 가능성을 보여주는 셈이다. 여성 화자를 통해 자신의 의견을 진술하는 사례로 고려 의종 때 정서(鄭敍, 생몰년 미상)가 지은 <정과정>이나 조선조 송강 정철(鄭澈, 1536~1593)의 <사미인곡>, <속미인곡> 등에서 충분이 볼 수 있다는 점은 이를 반증한다.

그렇다면 <구슬사>가 <서경별곡>과 <정석가>에 삽입되어 전한다는 사실을 놓고 두 노래에서 각각 의미하는 바의 해석은 선행연

구[80]로 미루고, <서경별곡>에서 말하는 <구슬사>는 어떤 내용인가
를 중심으로 살펴보기로 한다.

　1연에서 화자는 그렇게 따라가겠다고 임에게 하소연도 해보았지만
임은 조금도 반응이 없다. 이미 돌아서버린 마음을 되돌릴 수 없는 상
황에서 또 다시 화자는 현실 타개를 위한 시도로 예의 <구슬사>로써
임에게 거듭 촉구한다. 박노준은 <구슬사>를 자기 위안을 통해 충격
을 극소화시키고 임을 향해 신의의 영원성을 환기시켜서 사랑의 불변
을 보장받으려는 의도까지 함축하고 있는 이중적인 성격을 지니고 있
다고 평가하였다.[81] 하지만 화자의 이런 행동은 현실성이 결여된 것
으로 보인다. "즈믄히를 외오곰 녀신돌 信잇돈 그츠리잇가"라는 말에
는 "천년을 혼자 떨어져 산다할 지라도 (우리들의 믿음이야) 변할 수 있
겠습니까?"라고 해석할 수 있지만 실제로 위의 언사는 "우리들의 믿
음"이라기보다는 "화자 자신의 일방적인 믿음"에 불과하다. 임은 전
혀 어떻다고 반응하지 않은데 오로지 화자만 조바심을 갖고 있기 때
문이다. 이 말은 앞의 2-1, 2인 "구스리 바회예 디신돌 긴힛똔 그츠리
잇가"라는 언사와 서로 대구를 이루고 있기 때문에 동일한 표현법이
라고 할 수 있다. 이를 도식화 하면 다음과 같다.

구슬 - 천년　：　바위 - 혼자 살아감　：　깨짐 - 이별　▶　끈 - 믿음

　구슬이 바위에 떨어지면 구슬이 깨지는 것은 자명하다. 그렇지만
그 구슬을 묶고 있는 끈만은 끊어지지 않는다. 서로 떨어져 있더라도
둘 사이의 믿음은 변하지 않는다는 것이 <구슬사>가 주는 전언이다.
곧 "구슬도 꿰어야 보배"라는 말처럼 끈은 불완전한 것을 완전한 것으

로 전환시켜주는 역할을 한다. 구슬이 개별적으로 있을 때는 가치가 낮지만 끈으로 묶여 있을 때 비로소 완전한 것으로 그 가치가 더할 수 있다. 구슬에서의 끈이 가시적이라면 사람간의 믿음은 비가시적이다. 끈으로 연결된 구슬은 보석으로서 물질적 가치를 나타낸다면 믿음으로 결속된 완전한 사랑은 정신적 가치를 의미한다. 여기에서 구슬을 연결하는 끈은 사람 사이의 믿음과 동일한 역할을 한다. 그러나 <구슬사>에서 간과해서는 안될 것은 '끈과 믿음'을 강조하는 듯 보이지만 실제로는 구슬이 없는 끈이나 임과 천년을 떨어져 있으면서 지니고 있는 신의(信義)가 얼마큼 가치가 있을 것인가 하는 부분이다.[82]

이를 서경 세력의 관점에서 살펴본다면, 비유적인 방법으로 의견을 진술하고 있지만 1연에서의 진술과 크게 다르지 않다. 서경에 대한 국왕의 관심과 금방이라도 수도를 옮길 것 같은 지난 날들의 언행 등은 서경 세력들에게 장미 빛 환상을 심어주기에 충분했다. 그러나 뜻하지 않은 사건이 이런 모든 꿈을 허망하게 만들어 버렸고, 서경에 대한 애정이 식어버린 국왕의 마음을 돌리기 위해서 화자는 <구슬사>로 재차 호소한다. 겉으로는 임의 사랑을 받지 않고 살더라도 임에 대한 화자의 사랑은 변하지 않겠다고 다짐하고 있지만 실제로 화자의 <구슬사>의 언급은 구슬이 없는 끈은 아무런 의미가 없음을 나타내는 적극적인 의미로 해석된다. 곧 이는 임의 사랑을 되돌리기 위한 방편으로 발언한 것이기 때문이다.

3) 호소 : 3연

3연에서는 앞의 1연의 무대가 서경임에 비하여 장소가 대동강으로 바뀐다. '대동강'은 앞서 보았듯 서경사람의 이별의 장소로 인식되는 곳이다. 그런데 사료에 나오는 국왕과의 기록을 보면 대동강은 대개 배를 타고 잔치하며 즐긴 장소로 전한다.『고려사절요』에 나오는 몇 가지 사례를 적시하면 다음과 같다.

인종 5년(1127) 3월

○ 왕이 왕비 및 두 공주와 함께 흥복사(興福寺)에 행차하였다가 재신과 추신 및 가까운 신하들과 누선을 대동강 중류에 띄우고 잔치하고 즐기었다. ○ 정지상에게 명하여『서경』의<무일(無逸)>을 강론하고, 또 시종과 서경 유신(儒臣) 25명에게 시를 짓게 하고 술과 음식을 내렸다. ○ 왕이 왕비 및 두 공주와 함께 용주(龍舟)를 대동강에 띄우고 물을 따라 내려가며 잔치하여 즐기면서 재신과 추신, 시신을 불러 잔치에 참여하게 하였다.

인종 10년(1132) 2월

○ 왕이 대동강에서 용주를 타고 놀이를 했는데 예종의 기월이므로 악기를 진열만 하고 연주하지 않으니, 정지상이 아뢰기를, "예에 부모의 기일만 있지 기월이 있다는 것은 듣지 못했습니다. 기월이 있다면 기년도 있어야 할 것입니다. 음악을 연주하여 도성 사람들의 소망에 부응하소서." 하니 왕이 좇았다. ○ 윤월에 서경으로부터 돌아와서 사면령을 내렸다.

인종 12년(1134)

○ 2월에 서경에 거둥하였다. ○ 행차가 대동강에 이르러 용선(龍船)에 올라 여러 신하와 더불어 잔치를 베풀었는데, 홀연히 북풍이 강하게 일어 장막과 그릇들이 모두 진동하고 날씨가 매우 추워지니, 왕이 급히 일어나 옷을 갈아 입고 재촉하여 궁으로 들어갔다.

　위의 사례에서 보듯 인종 때의 대동강은 국왕과 신료들이 함께 시를 창화하며 주연을 베풀던 장소이다. 또한 정종 7년(1041) 10월에는 정종의 거가(車駕)가 대동강에 이르렀을 때 유수사·참지정사 황보경(皇甫鏡)이 강 머리에서 이를 맞이하는 장면이 나오는데,[83] 이 기사로 미루어 국왕의 서경 행차시에는 대동강을 반드시 건너야만 했던 것으로 보인다. 곧 국왕을 비롯한 외지인들에게 대동강은 서경의 관문인 셈이다.

　이런 대동강이 서경인들에게는 남다른 장소이다. 정지상의 <송인> 4구의 "別淚年年添綠派"라는 말에서 보듯 이별의 눈물이 강물의 수위를 높여줄 만큼 대동강은 이별의 현장이었다. 최자(崔滋)의 『보한집』에서도 정지상의 <송인>을 소개하면서 "대동강은 서도(西都)사람의 송별하는 나루다. 강산형승(江山形勝)이 천하에 절경이다"[84]라고 설명하고 있다. 대동강이 서경사람들의 송별의 장소라면 그 만한 이유가 있을 것은 자명하다. 서경인들이 서경에서 정착할 수 없도록 한 환경이 이런 현상을 만들었고, 이런 환경을 벗어나기 위하여 대동강을 건너며 자신의 고향을 등지게 된 것으로 짐작된다.

　이런 사연이 있는 대동강 가에서 <서경별곡>의 화자는 떠나는 임과 대면한다. 3-4의 "녈비예 연즌다 샤공아"하는 발언만 없었다면 임이 배에 타고 있는 지조차 모를 정도로 임에 대한 존재감이 들어나지 않는다. 이처럼 화자의 지금까지 언술에 대해 아무런 대답도 없이 이곳에까지 온 임이다. 3-5, 6의 "대동강 건넌편 고즐여 / 비타들면 것고 리이다"처럼 이 강만 건너면 화자 자신이 가장 우려한 현실이 펼쳐질 것이 자명하다. 어떻게 해서든지 임을 붙잡고자 하는 마음이 간절하다. 그런데 임을 건너게 해주는 매개체인 배와 사공이 있다. 3-1, 2의 "대동강 너븐디 몰라셔 / 비내여 노흔다 샤공아"라는 언술은 대동강이 넓은 것이 이미 알고 있는 사실이고, 그렇기 때문에 쉽게 건널 수 없을 만큼 큰 강임을 알 수 있다. 이곳을 건너려면 배가 있어야만 한다. 화자의 입장에서 보면 배가 없었다면 임은 건너가지 않을 터이고, 이곳에서 머무를 수 있었을 것이다. 그런데 임을 건네주는 수단인 배와 사공의 등장은 화자에게 절망감을 안겨주고 있다. "대동강 너븐디 몰라셔 / 비내여 노흔다 샤공아"는 '사공아 ! 대동강이 넓은 줄 모를까봐 그것을 내게 확신시켜주기 위해 배를 내놓았느냐.' 하며 꾸짖더니 이제는 급기야 "네가시 럼난디 몰라셔 / 널비예 연즌다 샤공아" 하며 사공의 아내의 음란성까지 거론하며[85] 배에 임을 태운 사공을 향해 원망하기에 이른다. 사공의 아내가 음란하다는 화자의 발언을 두고 김명준은 사공 부부의 행복한 삶을 보고 "사공의 아내에게 음탕의 거짓 옷을 입히고 사공과의 이간질을 조장함과 동시에 비난의 화살을 쏘았던 것"[86]이라고 해석하였는가 하면 백민정은 자신과 같은 한심한 여자는 비단 자신뿐만 아니라 다른 많은 여자들도 그렇고 심지어는 당신(사공)이 가장 사랑하고 믿는 "네 여자"까지도 그럴 것이니 자신을 그런 시선으로 쳐다보지 말라는 간절함이 오히려 공격적으로 표출된 이중성을 보여준 것[87]이라고도 해석하였다. 그런데 이들 모두는 "극한의 절망적 상황에 처하게 되면 종종 사람들은 자신의 처지를 엉뚱한 사람의 탓으로 돌림으로써 심리적 안정을 꾀하는 일이 있기에 임을 실어 나를 사공을 보는 순간 여인은 임과의 영원한 이별이 마치 저 사공의 탓인 양 사공에게 한바탕 격한 감정을 토로"[88]한 것으로 집약할 수 있다.

지금까지 논의 된 견해는 사공을 임과 나 사이의 관계를 떼어놓는 매개자인 제 3자로 해석하였다. 화자는 임이 대동강을 건너고 나면 건너편 꽃을 꺾을 것이라는 사실을 충분히 인지한 상태이다. 화자는 이

마음을 1연에서부터 간직했을 것이다. 어떻게 해서든 임을 붙잡고 싶은 마음 간절한 데, 임은 자신의 어떤 발언도 듣지 않고 강을 건너려고만 한다. 곧 자신에게 어떤 언질도 주지 않고 자신의 곁을 떠나려고만 하는 임의 자세를 통해 무엇인가 화자와 뒤틀린 요인이 있음을 짐작할 수 있다.

임의 침묵[89] 속에서 화자의 생각(임이 대동강을 건너면 꽃을 꺾을 것이라는 행위)은 문면에는 들어나 있지 않지만 3연에서 보여준 태도로 보아 막연한 의심이 확신으로 변하고 있다. 직접 떠나는 임에게 하는 발언은 아니라 하더라도 임을 배에 태운 사공에게 따지듯 몰아붙이는 화자의 목소리는 곧 임에게로 향한 것임은 자명하다. 급기야 자신의 속에 담고 있었던 생각(3-5, 3-6)마저 발설을 해버리고 말았지만 여기에서도 어떻게 해서든 붙잡고 싶은 화자의 안타까운 사연이 드러난다.

"대동강 건넌편 고즐여 / 비타들면 것고리이다"라는 화자의 발화를 놓고 정상균은 임에 대한 선망과 동경이 표현되어 있다고 보았는가[90] 하면 김충실은 분노라기보다는 꽃을 꺾지 말고 다시 대동강을 건너 화자 곁에 돌아와 주었으면 하는 일말의 기대감을 숨겨 놓은 것이다.[91]라고 해석하였다. 이에 대해 박노준은 임에게는 원망, 새로운 여인에게는 질투심이 작용되는 것이 정상적인 심리적 추세라는 점을 들어 화자의 태도를 '질투·끝장·불행한 앞날에 대한 자탄'으로 해석하였다.[92] 이처럼 두 구절을 놓고 화자의 태도만큼 이를 바라보는 논자의 해석도 다름을 알 수 있다.

그런데 이 두 구절을 해석하기 위해서는 3연에서 화자의 발언 태도를 살펴보는 것이 필요하다. 3연은 앞의 1,2연과 달리 6구로 되어있는 것부터가 형식면에서 다르고 발화의 대상과 화자의 어조가 다르다는 특징이 있다. 이를 두고 논자에 따라 이를 1개연으로 보지 않고 2개연

(3-1~3-4까지를 3연, 3-5~3-6은 4연)으로 나누어 해석하는 경우93)도 있다. 곧 3연 전체를 화자가 사공에게 전언하는 형식으로 보아 임에게 간접적으로 자신의 의견을 돌려 말하는 수법으로 보는 경우와 3연을 2개연으로 나누어 3-1에서 3-4는 사공에게, 3-5에서 3-6은 임에게 말하는 것으로 해석하는 경우이다.

우선 3연을 놓고 보면 '3-1~3-4'는 구조가 동일함을 알 수 있다. 3-1의 대동강이 넓다는 것을 두고 일찍이 양주동은 "江이 넓다함 아니다. 님이 한번 江을 건너 南으로 가시면 님은 다시 도라올 期約이 없거니, 大同江이 不過 咫尺의 넙이언만 나와 님새에는 萬里보다도 더하다. 大同江은 참으로 좁은 양 넓지 아니한가"94)라고 해석한 이래로 대부분의 견해가 실제의 대동강보다 화자의 마음속 거리감이 작용하여 넓다고 이해하여 왔다. 이에 대해 김창룡은 "俗謠란 어느 것이든지 가장 평범한 대중들에게 들려지고 불리워지는 노래이다"라고 전제한 뒤 우중(愚衆)이라도 듣고 즐길 수 있는 노래는 평범하고 단순하기에 이 부분을 심층적으로 해석할 것이 아니라 '넓다'의 개념을 강폭의 길이 개념으로 받아들여 대동강의 길이를 객관적으로 표현한 것이라고 주장했다.95)

한편 임재욱은 배는 넓은 강을 건너기 위해 필요한 교통수단이라고 전제한 뒤, 화자의 "대동강 너븐디 몰라셔 / 빈내여 노혼다 샤공아"라는 발언은 사공에게 하는 말로써 적합하지 않다고 지적하였다. 곧 "대동강이 넓은 줄도 모르고 배를 내어 놓지 않았느냐?" 또는 표현을 바꾸어 "대동강이 넓은 줄 뻔히 알면서도 왜 배를 내어 놓지 않았느냐?"라고 말해야 이치에 맞다는 것이다.96) 그러면서 앞의 김창룡이 이 구절을 "대동강 넓은지 모를까 보아 배를 내어 놓은 건가? 사공아"97)라고 해석한 구절을 사공을 탓하는 말로는 적절하게 된다고 하더라도

'몰라셔'를 '모를까보아'로 해석할 수 있는 어학적인 근거가 없다고 하여 '대동강'을 실제의 강으로만 볼 경우 해석상의 난점이 존재하기에 이를 무엇인가 상징하는 것으로 보아야 한다고 제기하였다.[98] 그런데 김창룡의 지적처럼 항간에 떠돌던 민요임을 감안한다면 그것을 어학적인 근거까지 적용하는 데는 과장되는 점이 있다. 지금까지 1연과 2연을 해석해오면서 어학적인 근거도 중요하지만 고려가요가 여항에서 불리던 유행가요라는 점을 감안하여 맥락적인 측면에서 이해하여 왔고, 실제로 옛 문헌에 전해지고 있는 표기가 지금의 관습처럼 문법적으로 적합하게 기록되지 않음도 보았기 때문이다.[99] 따라서 김창룡이 제시한 것처럼 3-1의 대동강이 넓다는 것은 실제의 대동강이 넓다는 사실을 화자가 인지한 바탕위에 '몰라셔'를 '모를까 보아'로 해석할 수 있겠다. 그렇다면 3-3의 "네가시 럼난디 몰라셔"를 '네 아내가 음란한 줄 모를 까 보아'라는 해석이 가능하겠고, "3-4 녈비예 연즌다 샤공아"는 '떠날 배에 (임을) 태웠는가 사공아!'라고 풀이된다. 김창룡은 「럼난디」의 뜻을 '음분(淫奔)한지'로 한다면 '모를까 보아'와 결합하여 어색한 국면이 된다면서 「럼난디」는 '넘난디' 즉 '넘나는디'의 두음법칙 무시현상이 아닌가 하며 이는 '분수에 넘친 행동을 하다'의 뜻으로 해석할 수 있다고 설명했다. 「네가시」 또한 배에 「연즌다」 앞의 목적격으로서의 적용이 불가능하지 않다고 보고 "그렇지 않더라도 네 각시가 분수없이 행동하는 줄은 다 알고 있다. 그런데 사공 너는 네 각시 분수 모르는 여자인줄 혹 제대로 모르는 사람 있을까 보아 확실하게 보여 주고자 배에다 얹혀 싣고 가려는 것이냐?"로 풀이하고 있다. 짝을 잃고 홀로 되려는 자신과는 반대로 생업의 현장에까지 단단히 짝과 붙어 다니는 정도의 완벽히 결집된 모습이 화자가 보기에 가증스럽게 느껴졌다는 것이다.[100]

그런데 김창룡과 같은 해석도 가능하겠지만 사공이 생업의 현장에
아내를 태우고 다닌다는 사실은 특수한 경우이지 보편적인 사례로 보
기는 어렵다고 생각한다. 따라서 기존의 논의처럼 아내보다는 '임'으
로 두고 해석하는 것이 자연스럽게 여겨진다. 그렇다면 '네 아내가 음
란한 줄 모를 까 보아 떠날 배에 (임을) 태웠는가 사공아!'로 해석된다.
이렇게 되면 화자는 사공의 아내의 음란성을 사전에 인지하고 있다는
것을 의미하고 있고 '3-5 대동강 건넌편 고즐여 3-6 빗타들면 것고리
이다'의 언술로 보아 임이 강을 건너기만 하면 당신의 아내와 어떤 국
면이 이르게 될지 모른다는 암시로 판단된다. 이러한 사례 또한 보편
성에 흠이 있다. 그러나 임과의 영원한 이별이 마치 사공의 탓인 양
여기고 있는 화자가 사공에게 격한 감정을 토로하는 측면으로써 해석
은 가능하다. 화자는 어떻게 해서든 임을 이곳에서 떠나보내기 싫다는
태도를 견지하고 있기 때문이다.

이상의 사실을 토대로 서경 세력의 입장에서 3연을 해석해 보면 다
음과 같다.

대동강하면 떠오르는 것은 외부인들이 서경에 왕래하기 위해선 반
드시 거쳐야만 할 장소라는 사실과 국왕을 비롯하여 중앙정부의 관료
들이 서경을 찾을 때는 서경의 관리가 대동강까지 가서 이들을 영접
하였다는 사례이다. 더욱이 대동강은 국왕이 연회를 베풀던 장소였다.
수도가 서경으로만 옮겨온다면 대동강은 외지인을 영접하는 것이 아
니라 외지인이 왕을 접견하는 위치로 바뀐다. 이런 외형적인 모습의
변화 이외에 서경에 대한 기대치는 한결 높았으리라고 생각한다. 국왕
만 서경에 행차하면 국왕을 오래도록 서경에 머물게 하고자 온갖 노
력을 기울였던 서경 세력들이었다.[101] 그런데 앞서 언급하였듯 하루
아침에 변해버린 세태의 풍속[102]은 서경 세력에게 절박함으로 다가온

다. 따라서 제3연은 국왕의 마음이 떠나고 있음을 형상화 한 것으로도 해석이 가능하다. 사공은 국왕의 도강을 돕는 존재다. 이는 국왕에게 서경으로의 천도에 대한 부당성을 진언하는 사람, 또는 서경에 대한 국왕의 관심을 돌려놓으려는 존재[103]라 할 수 있다. 사공의 아내의 음란성까지 드러내며 토로한 언술은 서경인들이 국왕의 판단을 돌려놓으려는 이들의 치부까지 거론하며 예전에 가졌던 서경에 대한 국왕의 관심을 호소하는 의사표현이라고 해석할 수 있다.

그렇다면 이처럼 목적성을 띠고 있는 이 노래가 왕실로의 수용은 어떻게 전개되었을까? 다행히 앞에서 살핀 것처럼 노래의 내면적인 의미를 인식한 국왕이라고 한다면 서경에 대해 관심을 제고하는 데에도 일정한 역할을 하였으리라고 보인다. 그런데 아무리 훌륭한 목적을 갖고 있는 노래라 하더라도 이를 수용하는 입장에 따라 전혀 다르게 변모할 수도 있다. 더욱이 <서경별곡>은 조선조 성종 때에 국악을 정비하면서 '남여상열지사'로 지목된 노래로 곡은 그대로 두더라도 가사는 바꾸어야 한다[104]고 언급한 것으로 보아, 본고의 해석처럼 <서경별곡>에 담긴 고유한 뜻이 제대로 전달되지 않은 채 전승되었다고 보인다. 이와 같은 현상은 고려가요를 수용하는 상황에 얽힌 왕과 중앙 귀족층의 타락상에서 그 원인을 찾을 수 있다.

(1) 안정복이 이르기를 광종이 속악을 즐겨 관람하니 최승로가 글을 올려 그것을 비난하되, 이른바 속악이란 창기(倡伎)의 유희(遊戱)로서 분단장(粉丹粧)을 짙게 하고 온갖 아양을 떠니 음란한 마음을 일으켰고 아정(雅正)한 기운을 녹임이 이와 같은 것이 없다고 했다.[105]

(2) 왕이 소인의 무리와 친압하여 음주와 유흥을 즐기게 되니 오잠이 김원상(金元祥), 내료 석천보(石天補), 석천경(石天卿) 등과 함께

왕의 폐행으로 되어 소리와 색으로 왕의 뜻을 맞추었다.106)

(3) 맹사성 등은 아뢰기를, "전하의 분부는 당연하옵니다. 지금 악부에
서 그 곡조만을 쓰고 그 가사는 쓰지 않습니다. 진작(眞勺)은 만조
(慢調)·평조(平調)·삭조(數調)가 있는데, 고려 충혜왕(忠惠王)이
자못 음탕한 노래를 좋아하여, 총애하는 측근들과 더불어 후전에 앉
아서 새로운 가락으로 노래를 지어 스스로 즐기니, 그 시대 사람들
이 후전진작이라 일컬었던 것입니다. 그 가사뿐만 아니오라, 곡조도
쓸 수 없는 것입니다."고 하였다.107)

(1)은 고려조 4대 광종의 일화를 소개한 글이다. 서경 세력을 등에
업고 등극한 정종의 뒤를 이어 보위에 오른 광종은 과거제를 도입하
는 등 훈척들에게 휘둘리지 않으려고 왕권을 강화하기 위해 개혁정치
를 과감하게 시행했던 임금이다. 그런데 이 또한 성종(成宗, 재위 981~
997) 때 최승로(崔承老, 927~989)가 "光宗喜觀俗樂"하여 비난할 만큼
속악에 심취한 것으로 보인다. 특히 "속악이 음란한 마음을 일으켰고
아정(雅正)한 기운을 녹임이 이와 같은 것이 없다"고 한 최승로의 지
적처럼 유학자의 입장에서 보았더라도 그 노랫말의 음란성을 짐작할
수 있게 하는 대목이다. (2)는 <쌍화점>의 배경이 되는 충렬왕(忠烈
王, 재위 1274~1298) 때의 기록으로 국왕의 宴樂(연악)과 聲色(성색)의
취향을 엿볼 수 있으며 (3)은 조선조 세종(世宗, 재위 1418~1450)이 전
시대의 노래를 평가하고 있는 자리에 맹사성(孟思誠, 1360~1438)이 충
혜왕(忠惠王, 재위 1330~1332, 복위 1339~1344)의 성향을 들어 음란성을
지적하고 있는 부분이다.

이상과 같은 사례를 통해 고려조 당시의 국왕들의 행태를 엿볼 수
있다. 따라서 유효석의 지적처럼 3연의 사공에 대한 질타도 수용자는

'대동강노래'(민요)를 부르던 화자의 절박함과 달리 여인의 투기심에 대한 치기(稚氣)어린 흥미와 사건의 향방에 대한 호김심만을 유발할 수 있었을 것이다. 따라서 이 부분은 원 노래의 의미와 정서가 제대로 전달되지 않고 왕과 권문세족의 연악적 흥취에 맞추어 굴절, 수용되었다고 판단된다.108)

4. 맺음말

본고는 지금까지 <서경별곡>을 '남녀상열지사'의 관점에서 해석한 것과 노래의 배경이 되고 있는 서경을 주목하고, 이를 서경이라는 지역과 관련하여 해석하였다. 기존의 논의들이 1연에 나오는 '길쌈'이라는 어휘가 고려조 여성의 생활가운데 중요한 역할을 하고 있다는 점을 들어, 화자를 여성으로 보고 여성 화자가 자신의 생업도 버리고 임이 사랑만 해준다면 따라가겠다는 고백으로 이해하여 왔다. 그런데 길쌈이 서경만 한정하여 할 수 있는 일이 아니라는 점에서 화자의 고백은 그렇게 강렬한 의미는 갖지 못한다. 이는 창작자가 '길쌈 = 여성의 일'이라고 단순하게 도식화하여 살핀 견해에 지나지 않는다. 따라서 이 노래의 시적화자는 남성의 이야기를 빗대어 말하는 남성의 알레고리에 지나지 않는다고 하였다.

이어서 이 노랫말 속에 흐르는 표면적인 구조가 "떠나려는 사람을 붙잡고자 하는 화자의 하소연과 원망"이라는 전제하에 떠나려는 사람의 정체와 화자의 상관관계를 고려 서경과 서경 세력의 움직임에서 살펴보았다. 이는 청자를 국왕이라고 보고, 이를 좇고자 하는 화자가 서경인 또는 서경 세력으로 볼 수 있는 개연성이 있기 때문이다. 따라서 역대 국왕들 가운데 서경에 대한 관심이 어떤 사건을 계기로 완전히 변모된 경우를 『고려사』와 『고려사절요』 등 사적을 통해 검토하였다. 그 결과 인종에게서 이와 같은 상황을 엿볼 수 있었다. 곧 인종은 서경출신 묘청의 난을 접하고 서경에 대한 태도가 묘청의 난 이전에 갖고 있었던 관심과 배려에서 서경을 철저하게 배제하고 있음이 드러났다. 따라서 〈서경별곡〉은 국왕의 서경 차별에 따른 서경인들의 문화적인 대응방법의 일환으로 창작된 노래라고 보는 것이 논자의 판단이다. 이를 토대로 각 연을 구애, 다짐과 촉구, 호소로 해석하였다. 그러므로 이런 목적의식을 갖고 창작된 〈서경별곡〉은 2연의 일명 〈구슬사〉가 〈정석가〉에도 삽입되어 있고 익재의 「소악부」에도 한역되었다는 사실을 근거로 편사되었다는 지금까지의 견해를 부인하였다. 〈서경별곡〉의 노래가 처음 불리던 것을 익재는 한역하였고, 〈정석가〉에 그 부분을 삽입하여 불렀다고 보는 것이 논자의 판단이다.

그러나 이런 목적의식을 갖고 창작된 노래라 할지라도 궁중에서의 수용은 전혀 다른 방향으로 진행되었다는 사실을 사료를 통해 확인하였다. 이 노래는 당시 왕이나 그 외 정치세력에게 원망하는 노래라기보다는 조선조까지 '남녀상열지사'의 성격으로 표현되어 지금까지 전승되었다고 생각한다.

〈鄭瓜亭〉의 編詞와 문학적 해석

1. 머리말

　〈정과정〉은 고려가요 가운데 작자가 분명하고 작품의 창작배경도 상세히 기록된 작품이다. 더욱이 〈정과정〉은 『악학궤범』에 〈삼진작 (三眞勺)〉[1]으로, 『대악후보(大樂後譜)』에 〈진작(眞勺)〉이란 이름으로 전해지고 있어, 단순히 문학적인 관점에서 뿐만 아니라 음악적인 관점에 까지 그 연구의 지평을 열어주고 있다. 따라서 지금까지 연구의 경향을 보면, 작가의 전기적(傳記的) 사실과의 대비[2]와 '진작양식(眞勺樣式)'에 기인된 음악적 측면에서의 고찰[3]로 크게 나누어 볼 수 있다. 특히 최근 들어 본 가요를 곡을 배제한 체 단순히 노래가사로서가 아니라 음악적 측면에서 성찰한 연구는 고전시가연구에 새로운 전기를 마련했다고 할 수 있다. 이는 고전시가가 '처음부터 노래로 불려졌다'는 연행상황을 전제하지 않았던 지금까지의 연구방법과는 다른 새로운 방법론이었다. 고전시가는 읽는 문학이라기보다 그것이 가창되었다는 점에서 음악적인 고찰은 반드시 필요하리라 본다. 특히 궁중음악의 일환으로 불리어졌던 고려가요에서 이러한 방향의 연구는 절실하다고 할 수 있다.

　본고에서는 이상의 선행연구에서 단편적으로 언급된 〈정과정〉의 편사적 성격을 중심과제로 올려놓고 그 의미를 탐색하려 한다. 이는 본 가요가 단순히 정서(鄭敍) 개인의 창작가요가 아니라 〈정석가〉·〈서경별곡〉·〈만전춘 별사〉 등과 같은 노래처럼 편사된 것이라는 전제하에 그 가능성을 밝힘으로써 이제까지 '작가의 전기적 사실과 연관하여 본 노래를 고찰'했던 방식을 지양(止揚)하는데 목적이 있다. 이로써 정서가 지은 원래의 노래와 편사과정을 거친 노래를 비교하여 편사된 자취를 규명토록 하겠다. 아울러 고려조 궁중속악으로의 편입과 연행, 조선시대 사대부들의 수용배경을 살피기로 한다. 그리고 〈정과정〉과 〈만전춘 별사〉의 공통삽입가요라 할 수 있는 "넉시라도 님은 흔딕 녀져라 아으 / 벼기더시니 뉘러시니잇가"의 의미와 이 구절이 각 노래에 삽입되었을 때의 의미 및 변이양상을 파악토록 한다. 이는 본 삽입구가 고려가요의 성격을 규정할 수 있는 중요한 단서가 되기 때문이다.

따라서 본 논문은 〈정과정〉의 편사적 성격에 대한 고찰이므로 정서 개인의 전기적 사실이나 사료 등의 정밀한 분석, 그리고 악곡을 중심으로 한 음악적인 방법은 선행연구로 미루기로 한다.

2. 〈정과정〉의 창작과 편사과정

1) 원 가요[4] 단계의 모색

〈정과정〉이라는 명칭은 『고려사』 「악지」, 〈속악〉조에 보이나 그 가사의 원문은 없고, 다만 본 가요가 찬성(撰成)되고 약 200년 뒤에 익재 이제현(1287~1367)이 해시(解詩)한 것만 기록되어 있다. 지금까지 〈정과정〉의 본래 모습으로 알려져 온 것은 성종 조의 『악학궤범』 제5권 〈학연화대처용무합설(鶴蓮花代處容舞合設)〉조에 '삼진작'이라는 제목으로, 세조(世祖, 재위 1455~1468)조의 악보인 『대악후보』 제5권에는 '진작'이라는 이름으로 노래말이 전한다. 『악학궤범』과 『대악후보』의 두 책에 나타난 가사의 차이는 음운의 변동정도에 불과하다. 따라서 제목만 다를 뿐 동일한 가요임을 알 수 있다. 논의의 편의상 『악학궤범』에 나오는 가사 전문과 익재 「소악부」의 한역시, 그리고 <정과정>과 관련된 역사서의 기록을 예시하며 논의를 진행토록 하겠다.

A) 前腔 내 님믈 그리ᅀᆞ와 우니다니
   中腔 山졉동새 난 이슷ᄒᆞ요이다
   後腔 아니시며 거츠르신 둘 아으
   附葉 殘月曉星이 아르시리이다
   大葉 넉시라도 님은 ᄒᆞᆫ디 녀져라 아으
   附葉 벼기더시니 뉘러시니잇가
   二葉 過도 허믈도 千萬 업소이다
   三葉 ᄆᆞᆯ힛마러신뎌
   四葉 ᄉᆞᆯ읏븐뎌 아으
   附葉 니미 나를 ᄒᆞ마 니즈시니잇가
   五葉 아소 님하 도람 드르샤 괴오쇼셔

B) 憶君無日不霑衣
   政似春山蜀子規
   爲是爲非人莫問
   只應殘月曉星知[5]

C) <鄭瓜亭>은 내시랑중 鄭敍가 지은 것이다. 敍는 瓜亭이라 자호했고, 외척과 혼인을 맺어 仁宗의 총애를 받았다. 毅宗이 즉위하자 그의

고향인 東萊로 돌려보내면서 이르기를 "오늘 가게 된 것은 조정의 의논에 몰려서이다. 오래지 않아 召還하게 될 것이다." 敍는 동래에 오래 머물러 있었으나 소환 명령이 오지 않았다. 그래서 거문고를 잡고 이 노래를 불렀는데, 가사가 극히 悽惋하였다.[6]

D) 敍가 장차 (유배를) 가려는데, 毅宗이 이르기를 "오늘의 일은 조정의 의논에 몰려서이다, 가 있으면 곧 소환하겠다"고 하였다. 서가 이미 유배를 갔으나 召命이 오래도록 이르지 않자 거문고를 잡고 노래를 지었는데 가사가 지극히 悽惋하였다. 瓜亭이라고 자호하여 뒤의 사람이 그 曲을 이름하여 鄭瓜亭이라고 하였다.[7]

A)는 『악학궤범』의 가사 전문이고, B)는 익재 「소악부」의 한역가사, C)는 『고려사』 <속악>조 '정과정' 항이며 D)는 『동국통감』 24, 의종 5년 5월 조의 기록이다.

이상의 기록에서 B)는 A)의 가사 전문 중 1연에서 4연까지에 해당되는 한역시이다. 그리고 C)와 D)는 정서의 생애와 <정과정>의 제작 배경 등 저간의 사정을 살피기에 좋은 자료다. 특히 D)의 기록은 <정과정>이 본래 찬성(撰成) 당시에는 제목이 없었는데, 그 가사가 '극처완(極悽惋)'하며, 후세사람이 '정과정'이라고 이름 하였음을 알려주고 있다. 후인의 누구인지 알 수 없기에 본 가요의 명칭을 사용한 시대가 언제인지 확인할 수 없다. 현존 문헌상으로는 후인이 명명한 '정과정 곡'이란 명칭의 절대연대는 익재시대의 전후를 거슬러 올라갈 수는 없다. 다시 이를 '삼진작'이니 '과정곡(瓜亭曲)'이니 또한 '충신연주지사'이니 하는 명칭으로 불렀다.[8] 후세의 공식적인 문헌에만 의존하면 <정과정>은 <삼진작>과 긴밀한 관계를 형성하고 있음을 알 수 있다.

그동안 학계에서는 <정과정>의 작가를 두고, 정서가 지은 작품을 어디까지 볼 것이냐에 대해 크게 세 가지 견해가 있다. 역사서에 나오는 기록을 중시하여 『악학궤범』에 재록된 것을 온전히 정서의 창작품이라고 보는 견해9)가 첫 번째에 해당한다. 이에 반해 국어체 고려가사들이 상당한 변모과정을 거쳐 문자로 고정되었기에 현전하는 것이 유일한 원형일 수 없다는 견해가 있다. 이 견해에 따르면, <정과정>의 '3엽·4엽'(8행·9행)은 통일적 의미의 서술단위로 보아 1행으로 잡아야 하며 '대엽·부엽'(5행·6행)과 유사구가 <만전춘 별사>에 있는 데다, 이제현의 해시(解詩)에 대엽 이하가 없는 점으로 미루어 적어도 '대엽·부엽' 부분만은 가창적, 후대적 삽입으로 보아 원형을 8구로 잡아야 한다는 것10)이 두 번째 견해다. 마지막으로 세 번째는 『악학궤범』에 전하는 <삼진작>은 <정과정>의 확대형식이라고 보고 있다. 곧 전강에서 부엽(1행에서 4행)까지의 4구가 이제현이 한역한 본래의 시에 해당하고 대엽 이하 5엽까지는 추가된 형식이라는 것11)이다. 논자 또한 세 번째 견해에 동조한다. 곧 그것은 익재 「소악부」에 한역한 것이 전강인 1행부터 4행의 부엽까지만 한역되어 전해지고 있고, 5·6행인 대엽과 부엽이 <만전춘 별사>에 공통으로 삽입되어 있다는 점, 그 이후의 행은 후세 사람에 의해 첨가된 부분이라는 것이다. 익재 「소악부」의 한역시를 두고, 악부의 성격상 7언절구에 의해 가요 전체를 표현할 수 없었을 것이므로 그 노래의 핵심적인 부분이나 전체의 내용을 집약적으로 표현할 수밖에 없었을 것이다. 또한 『시용향악보』에서 보이는 것처럼 같은 가락으로 계속 절을 되풀이 할 경우 첫 절만 기록하는 방법을 택할 수도 있다12)고 볼 수 있다. 그러나 이와 같은 추론은 그 전제가 <정과정>의 원 작품이 11행이어야 한다는데 있다.13) 이러한 전제가 확고하지 못하다면 『악학궤범』에 실린 <삼진작>의 전모에 대해 의심을 갖지 않을 수 없다. 그렇다고 옛 전고(典故)를 모두 부정하자는 것이

아니다. 다만『악학궤범』도 그 찬정(撰定)된 동기가 "장악원(掌樂院)에
보관되어 오던 의궤(儀軌) 및 악보가 세월이 오래되어 훼손되고 또한
남은 것도 소략하고 틀리며 누락된 것이 많아 … 그들을 바로 잡겠
다"[14]고 한 것으로 보아 전적으로 신빙할 수만은 없다는 것이다. 그리
고 중요한 것은 <삼진작> 또한『악학궤범』제5권 <학연화대처용무합
설>조에 기록된 것으로, 여기에는 정서와 관계된 어떤 단서도 보이지
않는다는 점이다. 최소한 그 말미에 지은이나 편사자라도 적시해 놓았
다면 이렇게 <정과정>과 <삼진작>의 작가를 두고 고민하지 않을 것
이다. 더욱이 5·6행이 <만전춘 별사>에 공통으로 삽입되었다는 사실
은 고려가요의 특징을 간명하게 보여준 좋은 예에 해당된다. 이 공통삽
입구는 그 선후를 따지기 보다는 고려 당시 민간사회에 널리 유포된
것으로 두 노래가 모두 차용한 것[15]으로 보는 편이 온당한 해석이라
여겨진다. 이는 <정석가>의 끝 연과 <서경별곡>의 두 번째 단락에
나오는 이른바 <구슬사>를 당시의 유형가사에서 취택(取擇)한 것[16]
과 맥을 같이한다고 보기 때문이다.

　　또한『악학궤범』에 11개 단위로 명명된 것을 음악적인 기준에 의하
여 더 큰 단위로 분석하면 1행에서 4행(전강~부엽), 5행과 6행(대엽~
부엽), 7행에서 10행(~2엽 ~부엽), 11행(5엽)의 4분장이 된다[17] 이는
세 군데 '부엽'이 하행종지형 선율이고 그 뒤에 여음이 온다는 음악적
인 기준으로나, 세군데 '부엽'앞에 "아으"가 놓임으로써 단락의 구분
을 보장하고 있다는 사실이다. 이로써 본다면 <정과정>은 "아으"의
존재만으로도 세 개의 단락이 확보된 셈이다. 거기에 어떤 단락의 생
략이나 또는 어떤 새로운 단락의 첨가를 보다 용이하게 하는 신축성
이 확보된다는 것이다.[18] 그리고 그 형성과정에서 <정과정>이 개입
된 것으로 파악된『대악후보』소재 <쌍화점>이 <정과정>의 두 번째

단락이라고 할 수 있는 '대엽·부엽' 부분을 바로 오잠, 김원상 등이 한역한 <삼장>과 일치하고 있는 것에서도 그 독립성을 알 수 있다.[19]

특히 본 노래가 편사되었다는 것의 논증은 본 논문의 III장, 2항 '첨사(添詞)에 나타난 <정과정>의 세계'에서 거듭된다. 여기에서는 사료의 검증과는 별도로 작품 안에서 편사의 자취를 찾는 방법에 의해 새롭게 입증될 것이다.

이상의 논의를 통해 <정과정>은 하나의 독립된 가요라고 보기에는 어렵다고 여겨진다. 곧 정서가 최초로 거문고를 만지며 불렀던 <정과정>의 원래 형태는 익재『소악부』에 한역된 그것이 전부[20]라고 본다. 따라서 후세의 문헌에 나오는 본 가요에 대한 평인 '사극처완(詞極悽惋)'하다고 한 것[21]은 바로 이를 두고 말한 것으로 판단된다.

2) 궁중가악으로의 편사과정

우리가 접하고 있는 <정과정>은 '삼진작'이라는 제명(題名)으로『악학궤범』 제5권 <학연화대처용무합설>조에 기록되었다는 것은 앞서 밝힌대로다. 이는 오방(五方) 처용들이 등장하여 <처용가> 만기(慢機)와 <봉황음> 중(中)·급기(急機)노래에 맞춰 춤을 추다가 그것이 끝남과 동시에 이어 불려지는 노래였다. 곧 <삼진작>은 12월 그믐 전날에 베풀어지는 나례(儺禮)의식 후 처용무에 주악된 노래라는 것이다. 여기에는 정서와 관련된 어떤 단서도 보이지 않는다. 그렇다면 어떻게 해서 정서의 작품이 궁중가악으로 편입되었을까. 앞서 <정과정>의 원래 모습은 <삼진작>의 1행에서 4행까지라고 하였다. 이는 노래라기보다는 일종의 넋두리로 볼 수 있는 내용이다. 여기에 '넉시라도 님은 한듸 녀져라 아으 / 벼기더시니 뉘러시니잇가' 하는 당대 유행민요를 차용하였다고 하여 이는 "작가가 자신들 혼자만이 스스로 즐기기 위해 지은 것이 아니라, 그것이 널리 민중들에게 확산되어 마침내는 임금에게 알려져야 한다는, 그리하여 그 결과로써 유배지에서 하루빨리 풀려나 임금의 총애를 회복하겠다는 절실한 내면의 요구에 의해 의도적으로 지어졌다는 사실에서 볼 때, 작가가 민중들에게 가장 친숙한 민요를 수용하여 재창작할 가능성은 그만큼 크다"[22]고 본 견해는 본고와는 성격을 달리한다. 그것은 제작 당시의 작품이 김학성이 인용한 유행구가 없었다는 가정이 필자의 지론이라는 점에서 그 전제부터가 다르다는 사실이다. 그리고 설령, 작가 혹은 편사자가 그 유행구를 첨가하였다고 하여도, 그것이 "민중들에게 쉽게 확산되기를" 기대할 수 있는지도 의문시되기 때문이다.[23] 그렇다면 이러한 언사는 어떤 경로를 통해 편사되어 궁중가악으로 편입되었을까. 이는 『고려사』 「악지」 〈속악〉조의 다음과 같은 기록이 편사과정을 보여주는 좋은 예가 될 것이다 비록 그것이 〈쌍화점〉[삼장 사룡(三藏 蛇龍)]에 해당되는 것이지만 그 편사과정만은 참고할 만한 기록이다.

왕이 群小輩를 친근히 하고 宴樂을 좋아했다, 倖臣인 吳祁와 金元祥, 內僚인 石天補 石天卿 등이 성색으로 왕을 기쁘게 해 주기에 힘썼다. 管絃房의 太樂才人으로도 부족하여 여러 고을에 倖臣을 보내서 官妓로 자색과 伎藝가 있는 자를 고르고, 또 城中에 있는 官婢와 무당으로 歌舞를 잘 하는 자를 골라다가 궁중에 등록해서 두고는 비단옷을 입히고 馬鬃笠을 씌워서 따로 한 대를 만들어 男粧이라 칭하고 이 노래를 가르쳤다.[24]

위의 내용을 보면 제도(諸道)에 파견된 행신(倖臣)들의 임무는 별대인 남장(男粧)의 구성 요원을 선발하는 데에 있었다. 그러나 이 기록 이면에는 파견된 행신들이 기예(伎藝) 및 가무에 대하여 안목이 매우 높았다는 점을 인식해야 마땅하다.[25] 관기·관비·여무(女巫) 중에서 기예자와 노래와 춤을 잘하는 자를 선발하였다는 것은 속요에 대한 여러 도읍에 파견한 행신들의 일정한 안목과 식견을 웅변해주는 구실을 하기 때문이다. 이때 각 지방에서 선발되어 올라가는 관기나 관비 등에 의해 당시 유행하던 노래 또한 같이 궁중으로 들어가게 되었을 것임은 쉽게 추정할 수 있다. 따라서 정서의 작품인 <정과정>도 이러한 과정을 거쳤으리라 본다. 이때 정서 개인의 전기적 사실도 동시에 알려지게 되었을 것이고, 여기에 삽입구인 대엽과 부엽 곧 5행·6행이 편입되고, 그 이하 행이 첨가 되었으리라고 추단된다. 특히 이점은 하나의 곡목이 정재(呈才)에 흡입되면서 재편되는 실례를 통해서 확인된다. 신라시대의 이른바 8구체의 향가였던 <처용가>가 고려시대에 벽사진경(辟邪進慶)의 의례에 수용되면서 대폭 확장된 사실이나, <동동>에서의 '서연(序聯)'과 <정석가>의 '서사(序詞)'가 각각 궁중의 정재악으로 편성되면서 곁들어진 부분들이라는 점에서 <정과정>의 그것도 상당한 변모가 있었을 것으로 추단하는[26] 근거가 되는 것이다. 따라서 정서의 <정과정>은 처음부터 <삼진작>의 크기가 아니라 궁중악으로 상승하여 정재악으로 편성되면서 확대된 것[27]이라고 판단된다.

3. <정과정>의 편사 전과 후의 거리

본 장에서는 정서 개인의 창작가요라 할 수 있는 원래의 가요와 궁중가악으로의 편입시 재편된 <삼진작>과의 차이를 살피려 한다. 이는 화자의 진술과 어조, 작품 내·외적인 청자, 그리고 고려 당대와 조선조 사대부의 <삼진작> 수용배경과 연관하여 논의를 진행도록 한다.

1) 원 가요인 〈정과정〉의 세계

앞장에서 정서 개인의 창작가요인 원래의 가요단계를 재구해 보았는데, 원 가요의 전문을 들면 아래와 같다.

① (前腔) 내 님믈 그리ᅀᆞ와 우니다니
　　(中腔) 山졉동새 난 이슷ᄒᆞ요이다
　　(後腔) 아니시며 거츠르신 ᄃᆞᆯ 아으
　　(附葉) 殘月曉星이 아르시리이다

② 憶君無日不霑衣
　　政似春山蜀子規
　　爲是爲非人莫問
　　只應殘月曉星知[28]

①은 원래의 가요이고 ②는 익재의 한역시이다. 둘 사이는 한시와 언문 가요라는 서로 이질적인 양식이라는 점에서 얼마간의 내용의 차이가 있을 수 있다. 그러나 나타내고 있는 진술의 의미는 대동소이하다. 그렇다면 이 4행의 진술은 정서의 목소리라고 보아 무방하다. 따라서 그의 전기적 사실의 대비 또한 바로 이 4행을 벗어나서는 곤란하다. 물론 전기적 사실을 고려하지 않고 작품 자체만으로도 얼마든지 해석이 가능하다. 그러나 문학을 포함한 모든 예술은 사회적 산물이고

사회를 떠나서는 존재할 수 없다. 그러므로 모든 예술 현상은 예술의 생산자와 예술작품과 예술의 수용자를 상정하기 마련이다. 특히 고려가요는 대부분이 고려시대의 지방민요가 궁중으로 편입된 과정을 거쳤다고 볼 때, 문학의 사회학적인 접근방법[29]은 필요하리라고 본다.

총 4개 행에 불과한 짧은 노래에서 화자는 임에 대한 그리움과 자신의 결백을 호소하고 있다. 본 가요의 창작배경은『고려사』의 산문기록에 나온 대로다. 그것은 정서가 '조정의 의논에 의해' 마지 못해서 가게 되는 귀양이었고, 얼마 있지 않으면 불러주겠다는 의종의 말을 정서는 굳게 믿고 있었던 것이다. 하지만 계속된 유배생활과 오래 지나도록 불러주지 않는 의종에 대한 섭섭함·서운함이 교차되어 이를 임에게 호소하는 형식을 취했다. 특히 3행에서의 '아니시며 거츠르신 둘 아으'는 뭇 참소하던 말이 거짓[30]이라는 사실을 4행에서 잔월효성(殘月曉星)도 알고 있다는 것으로 현상을 대변하고 있다. 곧, 정함(鄭誠)·김존중(金存中) 등의 참소와 무고는 조작되었다는 사실이고, 자신의 유배는 실로 억울하기 짝이 없다는 하소연이다. 자세한 경위와 배경 등은 선행연구[31]로 미루고 정서와 관계된 단편적인 사실만 열거하여 논의를 진행토록 한다.

A) (정항의) 아들은 敍이니 …(중략)…大寧侯 暻과 交結하여 항상 함께 놀고 희롱하므로 정함·김존중 등이 서의 죄를 거짓 얽어서 아뢰어 의종이 의심하던 차에 臺諫이 정서가 가만히 宗室을 결탁하여 밤에 모아 주연을 한다고 탄핵하므로 이에 東萊에 귀양보냈다는 말이 대령후전에 있다.[32]

B) 재상 최유청 문공원 유필등이 간관 최자영 왕식 김영부 박유 등을 인솔하고 합문에 엎드려 청하기를 "정서가 대령후와 사귐을 맺어 집으

로 청해서 잔치를 벌여 즐기며 놀이하고 또 정함은 사사로운 감정으로 대간을 모함하니 그 죄를 용서할 수 없습니다" 하였다.[33]

C) 대리 이빈을 소환했다. 정서는 동래에, 양벽은 회진에, 김의련은 청주에, 김감은 박도에 각각 杖刑하고는 귀양보냈다. 나아가 최유청은 정서가 종실과 연회할 적에 이웃에 그릇들을 차용하여 대신의 체통을 손상시켰다고 논죄하고는 남경유수로 좌천시켰다. 잡단 이작승은 대성이 정서를 탄핵할 적에 집에 있으면서 참여하지 않았다하여 남해 현령으로 폄천했으니 이 두 사람은 정서의 처남들이다.[34]

A)는 『고려사』 열전 <정항(鄭沆)>條의 기록이고 B)는 의종 11년 5월에 있었던 일이다. A)의 사실만으로 보면 정서의 유배는 정함·김존중 등의 참소에 의한 것이었음을 알 수 있다. 반면 B)는 정서와 정함에 대한 재상과 간관(諫官)의 소추로 보아 일방적인 참소만은 아닌 듯 하다. 곧 정서가 대령후(大寧侯)와 사귐을 맺고서 집으로 청해 잔치를 벌이는 일이 그렇게 대수로운 일이냐고 할 수 있으나 이는 달리 생각하면 상당히 문제가 될 수 있는 대목이다. 박노준에 따르면, 국량(局量)의 부족으로 대령후에게 왕위의 자리를 이양할 뻔 했던 의종으로서는 비록 정습명(鄭襲明)의 극간(極諫)으로 등극은 하였지만 언제나 대령후에 대한 열등감은 사라지지 않았다. 이러한 처지에 있던 의종에게 대령후와 함께 사귐을 맺고 있는 정서가 그리 곱게 보이지만은 않았으리라는 것이다. 따라서 정서의 처사는 결코 환영받지 못한 것이었고 정함 등의 참소도 있었겠지만 그것이 없다 하더라도 시기가 문제였지 언젠가는 내칠 수밖에 없었을 것[35]이라고 하였다. 한편 정무룡은 이를 두고 본질적으로 모함이나 무고라고 보기 어렵다고 전제하면서 집단을 타도하고 매장하려는 악의에서 과장, 가식했다기보

다는 분파를 조성하여 사익에 집착하지 않을까 하는 우려에서 견제책으로 건의했다고 볼 수 있을 것이고, 또 관료사이에 행여 종실·외척이 한 통속이 된 집단에 대한 위화감이 형성될까 하는 근심에서 그 예방조치라고 풀이 할 수 있다고 했다.[36]

　이상에서 A)와 B)를 모함이나 아니면 의종의 의도, 종실·외척의 득실에 대한 견제책 등 어떤 것으로 보아도 정서에 대한 결과는 C)에서처럼 장형(杖刑)과 유배였다. 결국, 정서는 <정과정>을 통하여 자신의 행위가 조금도 부끄러움이 없음을 호소하는 것이다. 이는 1행과 2행을 통해 의종에 대한 충성심과 3, 4행을 통해 자신의 결백을 잔월효성을 빌어 증명해 보이고 있는 것이다. 따라서 정서의 원래 가요라 할 수 있는 <정과정>은 유배지에서 거문고를 타면서 임금께 하소연 한다기보다는 궁지에 처해 있는 작자가 자신의 딱한 처지를 주제할 길 없어 노래로서나마 스스로 달래고 어루만지기 위해 혼자 중얼거리며 지은 작품[37]이라고 보아야 한다는 견해도 있으나, 이보다는 비록 4행의 짧은 노래이지만 그 속에 담겨진 의미는 정서의 처지와 소원을 충분히 표현한 노래라고 할 수 있다. 그것은 4행 이하에서 전개되는 언술을 바로 1행에서 4행까지 만으로 포용되고 있다는 사실과 후세에 <정과정>이 수많은 시인과 묵객(墨客)들에 의해 회자되었다[38]는 사실은 단순히 넋두리로 치부하기는 어렵고, 그 이상의 의미를 내포하고 있다고 보아야 하기 때문이다. 곧, 4장에서 후술되겠지만 3행과 4행의 언술만으로도 7·8·9행의 의미를 수렴하고 있고, 비록 표면적으로 언급은 하지 않았지만 10행과 11행의 의미 즉, 당신께서 다시금 나를 사랑해주고 불러달라고 하는 의미까지도 포함된다는 점에서 더욱 그러하다. 이는 산문기록에서 보듯이 정서가 처진 위치에서 임금께 자신의 속마음을 표현하고자 하는 절박한 심정의 고백이라 할 수 있다. 여기에 후세인에 의해 〈삼진작〉으로의 편사과정을 거친 뒤, 그 작품에서 추구하는 언사가 좀더 핍진한 진술로 이어졌기에 많은 사람들에게 더욱 공감을 불러 일으켰으리라 여겨진다. 그러므로 〈정과정〉은 정서가 창작할 당시에 거문고를 어루만지며 불렀다고 하였으니 그 때의 곡과 가사가 전해졌을 것이고 이 곡에 의하여 삽입구의 결합과 첨사(添詞)가 이루어졌다고 보는 것이 필자의 생각이다. 따라서 〈삼진작〉은 엄밀히 말하여 정서 개인의 노래가 아니라 편사자와 이를 향유한 계층의 노래라 할 수 있다. 때문에 여기에 정서 개인의 전기적 사실을 들어 작품을 해석하는 것은 무리라고 본다. 물론 편사자가 정서 개인의 전기적 사실을 참조하여 정치하게 편사를 했다고도 볼 수도 있겠지만, 이렇다 하더라도 정서의 목소리가 아닌 편사자의 목소리이기 때문에 작가의 전기적인 사실의 대비는 어느 정도 거리감을 갖을 수밖에 없다. 오히려 정서의 원 가요에서 흐르는 '사극처완(詞極悽惋)'의 평가에 걸맞게 편사된 본 가요를 수용하게 된 배경이 여기에서는 필요하리라 생각된다.

2) 첨사에 나타난 〈정과정〉의 세계

〈정과정〉에서 첨사라 함은 〈삼진작〉의 1행에서 4행까지의 원 가요를 제외한 나머지의 내용을 말한다. 여기에는 5행과 6행의 당대 유행가요와 7행 이하의 노래를 포함한다. 5행과 6행은 〈만전춘 별사〉에도 동일하게 삽입되었다는 점에서 당대 유행가요라고 본 것이다. 이에 대한 상세한 논의는 다음 장에서 다루기로 하고 본 항에서는 7행이하의 세계를 중심으로 하되, 5행과 6행에 담긴 어조와 의미만을 취하기로 한다. 이로써 첨사에서 나타난 화자의 인식과 진술방식 등을 원가요와 대비하여 〈정과정〉에 정서의 목소리가 아닌 별도의 내용이 첨가되었음을 입증하는 방식을 택하기로 한다.

첨사에 나타난 세계는 그 진술방식부터 원 가요와 달리 표출하고 있다. 원 가요에서 보여주는 진술태도가 담담한 가운데 임에 대한 그리움과 자신의 결백을 호소하는 어조를 취했다면 여기에서 화자의 태도는 변명과 따지기, 그리고 애원과 하소로 연결되는 숨가쁜 직핍(直逼)의 방도를 택39)하고 있다. '이를 어기던 사람이 누구였습니까?'(6행), '過도 허물도 千萬 없습니다'(7행), '나에 대한 참언은 조작되었습니다'(8행), '죽고만 싶습니다'(9행) '정말로 나를 잊으셨습니까?'(10행), '나를 다시금 사랑해주십시오'(11행) 등에서 드러나듯, 신하된 자로서 임금에게 하소연하는 진술로 보기에는 석연치 않은 언사다. 이는 정서와 비록 시대는 다르나 창작배경이 동일한 신라가요인 <원가>와 비교해 볼 때 쉽게 드러난다.

<원가>의 작가는 신라 효성왕(孝成王, 재위 737~742) 때의 신충(信忠)이다. 효성왕이 임금이 되기 직전 신충과 바둑을 두면서 한 약속[他日若忘卿 有如栢樹]을 몇 개월이 지나 등극한 뒤에 신충을 등용하지 않자 신충은 바로 <원가>를 지어 불렀다. 이를 잣나무에 붙였더니 잣나무가 말라죽게 되었고, 뒤늦게 이것을 알게 된 효성왕은 신충을 불러 벼슬을 내렸다고 『삼국유사』 <신충괘관>조에 실려 있다. 동 조에 기록된 <원가>의 내용을 보면 거기에는 제명(題名)과는 다르게 작품 어디에도 효성왕에 대한 서운함과 원통함을 찾아볼 수 없다. 다만 3행까지 잠저시(潛邸時)에 왕의 말을 그대로 옮겨 놓는 것으로 자신의 의견을 대신하고 있으며 끝내는 변화무쌍한 염량세태를 개탄함으로써 왕에 대한 서운함을 대신 피력하고 있다.40) 이처럼 신하가 임금에게 하는 진술은 임금에 대해 아무리 서운하고 원망스럽다고 하더라도 이를 직접적으로 호소하는 언술을 취하지 않고 지극히 감정을 절제하여

담담하게 표현한다. 이는 여타의 유배가사나 시조 등에서 나타나는 언술[41]로도 확인된다.

　연군에 대한 〈정과정〉의 진술이 기존의 것과 이탈된 것을 두고 이것이 바로 〈정과정〉만의 독특한 특징이라고 볼 수도 있다. 그러나 그것이 오늘날도 아닌 절대군주시대에 살던 당시에 임금께 하는 언사가 아니라고 판단된다. 신하는 임금을 위해서라면 자신을 희생시킬 수도 있을 만큼 상·하 관계가 뚜렷한 것이 유교사회의 특징이다. 그러므로 신하된 자라면 오직 임금을 받들고 섬기는 것만이 최대의 본분이었고 자신의 처지가 만족스럽건 불우하건 간에 모든 것이 임금의 은혜라 생각하고, 어디에서나 변함없이 임금을 그리워하고 사모하였다.[42] 이점은 여러 사대부들의 작품에서 드러나는 연군의식에서 확인된다. 더욱이 내시랑중(內侍郎中)을 지낸 정서로서는 그의 집안 배경으로 보나 그의 학식과 덕망으로 볼 때, 유가적인 식견을 누구보다 잘 간직하고 있었을 것임은 쉽게 추단된다. 그러므로 이러한 식견을 지닌 정서에게서 토로하는 언술도 例의 신하된 자로서의 품격을 잃지 않았을 것이라고 보는 것이다. 따라서 〈원가〉에서 나타난 화자의 진술이 바로 임금께 하소연하는 표본[43]이라 할 수 있다면 바로 정서에게도 이러한 진술을 확인할 수 있어야 할 것이다. 그런데 첨사에 나타난 언술에는 〈원가〉에서 보여주는 것과 같은 표현은 보이지 않는다. 때문에 이같은 〈원가〉의 표현을 〈정과정〉과 비교하여 동일한 지배계층이며 동일한 배경 [임금의 약속 불이행에 따른 작가(作歌)]아래 지어진 작품인데 서로 상반된 태도를 보이고 있다는 것은 〈삼진작〉의 세계를 온전히 정서의 작품으로 보는데 기인된다. 정서의 원 작품을 1행에서 4행까지의 진술만으로 본다면 〈원가〉의 그것과 크게 다르지 않음을 알 수 있다. 바로 여기에서도 〈정과정〉은 편사된 것이 입증된 셈이다.

그렇다면 이같은 진술방식은 어디에서 찾을 수 있을 것인가. 이는 임금과 신하와 관계된 언술이라기보다는 남녀사이에 오가는 표현이라고 보는 것이 온당한 해석이라 판단된다. 자기변명과 따지기, 애원과 하소연 등, 감정의 여과없는 표현법은 애정가요에서 쉽사리 찾아볼 수 있는 言辭이기 때문이다. 이점 <가시리>·<서경별곡>·<이상곡>·<만전춘 별사> 등에 나타난 화자의 진술에서 확인된다. <가시리>에서 '날러는 엇디 살라ᄒ고 / ᄇ리고 가시리 잇고' 하고 호소하는 화자의 방황하는 심적태도, 님과 전혀 관계가 없는 뱃사공에게 '네가 시 럼난디 몰라셔/ 널비에 연즌다 사공아'라고 퍼붓는 <서경별곡>의 언술에서 화자의 폭발적인 감정을 엿보게 한다. '죵죵 霹靂 生陷墮無間 / 고대셔 싀여딜 내모미 / 죵 霹靂 아 生陷墮無間 / 고대셔 싀여딜 내모미'라고 하는 <이상곡>과 '어름우희 댓닙자리 보아 님과 나와 어러주글만뎡' 이라고 말하는 <만전춘 별사>에서의 표현법 등은 앞서 <정과정>에 첨가된 진술의 그것과 맥을 같이한다. 여기에서는 감정을 절제하여 표현하기 보다는 발산이나 분출, 극단적인 진술로 봄이 타당하기 때문이다.

또한 <정과정>의 첨사는 진술태도 이외에도 어조에 있어서도 원가요와 달리 나타난다. 먼저 원 가요의 어조는 어떠한가. '이슷ᄒ요이다' (2행) / '아ᄋ 시리이다'(4행)에서처럼 서술형 표현방식44)에 접동새와 잔월효성(殘月曉星)으로 이같은 진술의 당위성을 확보하고 있다. 반면에 첨사에 해당되는 행간에는 '뉘러시니잇가'(6행) '니즈시니잇가'(10행)의 의문형 혹은 확인형 진술과 '아소님하 도람 드르샤 괴오쇼셔'(11행)의 호소형 문장은 기타 연정가요에서 쉽게 발견된다. <서경별곡>과 <정석가>의 공통삽입가요인 <구슬사>에서 '긴히ᄯᆫ 그츠리'

잇가' 나 '信잇던 그즈리잇가', 그리고 <이상곡>에서 '이러쳐 뎌러쳐
期約이잇가' 의 진술에서 나타난 어조는 바로 <정과정>의 첨언과 동
일한 형태의 표현이다.

그리고 '아소님하 흔더녀젓 期約이이다'(<이상곡>), '아소님하 遠代
平生애 여힐술모르옵새'(<만전춘 별사>)라고 표현한 호소형 진술은 어
조의 측면에서 <정과정>의 첨언과 동일하다. 이상의 논의만으로도
<정과정>은 비록 11행의 짧은 노래이지만 진술방식과 어조에서 엄밀
히 구분되고 있다는 점에서 온전히 정서의 작품이라고 단정할 수 없
는 근거가 된다.

3) 편사된 〈정과정〉의 세계

편사된 <정과정>은 『악학궤범』에 실린 <삼진작>을 말한다. 이때
<삼진작>은 정서라는 개인의 자료가 없었다면 연대 불명, 작자 미상
의 작품으로 추정되고 송도가의 일종으로 간주될 수도 있었을 것이다.
그러나 다행히 『고려사』, 「악지」, <속악>조나 『동국통감』, 『동국여지
승람』 등의 제 기록을 통해 그것이 정서와 관련된 작품이라고 보게
된 것이다. 그렇다고 이를 정서 개인에 한정하여 보지 않아야 한다는
것은 재론을 피한다. <삼진작>은 비록 11행의 짧은 가사이지만 전편
에 흐르는 내용은 임에 대한 그리움과 자신의 결백, 다시금 임과 함께
하고 싶다는 하소연으로 일관하고 있다. 그것은 뒷장에서 후술되겠지
만 정서의 원 가요에 점층적인 언술(7. 8. 9행)을 취함으로써 강한 호소
력을 갖게 해준다. 그럼에도 불구하고 문학적인 격은 떨어뜨리고 있
다. 화자의 직접적인 언술이 받아들이는 수용자의 입장에서는 쉽게 느
껴질 수 있겠지만 문학적인 맥락에서는 작가가 간접화 방식으로 자신
의 심정을 올곧게 표현하는 것이 훌륭하다고 보기 때문이다. 따라서

작가는 상징이나 비유 등을 사용하여 간접화 진술을 하려고 노력한다. 이는 언부진의(言不盡意)라는 언어의 한계인식과 언외지의(言外之意)로서 자신의 의견을 개진코자 하는 작가의 의도인 것이다.45) 이로써 볼 때 <삼진작>에 나타난 언술은 1행에서 4행까지의 진술만으로도 충분히 표현할 수 있음에도 불구하고 그 이하 행의 첨사로 반복된 진술의 형태를 취함으로써 스스로 문학적인 격을 떨어뜨리는 결과를 낳고 있는 것이다.

시적 화자는 애달픔, 호소 등의 언사를 통해 여성임을 알 수 있다. 작중 화자를 여성으로 한 것은 조선조 송강 정철의 <사미인곡>, <속미인곡> 등에서 보이는 것처럼 연군가사에 주로 나타난다. 그것은 군신의 관계를 남녀의 관계로 설정하여 남성 작자가 나약한 여성의 목소리를 빌어 의사를 전달할 필요가 있는 경우에 차용된다.46) 이러한 <삼진작>이 고려조 뿐만 아니라 조선조에도 계속하여 애송된 것은 어떤 연유에서인가. 이는 노랫말이 비록 여성 화자가 임에 대하여 하소연하는 언사를 취하고 있지만 이를 군신의 관계로 치환하였을 때 '절대충성의 전형', '충신연주지사'이기 때문이다. 따라서 이를 듣는 임금에게는 신하의 충성심을 알 수 있는 내용으로, 이를 부르는 신하에게서는 임금께 간언47)하며 은총을 호소하는 노래로 인식되었을 것으로 사료된다. 이같은 사실은 조선조 성종 때 고려시대의 노래를 취택(取擇)하는 과정의 다음과 같은 기록에서도 알 수 있다.

特進官 李世佐가 啓를 올려 "지금의 음악으로 男女相悅之詞를 曲宴 觀射 行幸에 쓰는 것은 무방하나 정전에 납시어 군신들을 맞이할 때 이러한 俚語(의 가사)를 쓴다면 事體에 어떠하겠습니까 臣이 掌樂院의

提調가 되었으나 근본이 음률을 모릅니다만 들은 바에 따라 말씀 드리
자면 眞勺은 비록 俚語이기는 하나 忠臣戀主之詞이니 써도 무방하겠
습니다. 다만 노래가 鄙俚한 後庭花 滿殿春과 같은 것들이 또한 많습
니다.[48]

위의 인용문에서처럼 '진작'으로 통용되던 <정과정>은 '충신연주
지사'이므로 비록 그것이 이어(俚語)이기는 하지만 곡연(曲宴)이나 관
사(觀射) · 행행(行幸)에 써도 무방하다는 것이다. 이는 <후정화>나
<만전춘> 등과 같은 노래가 '남녀상열지사'라고 이름하여 그 곡은 사
용하되 노랫말이 변모된 것과 대조적이다.

또한 다른 이유는 어느 시대에나 권력의 부침은 예측을 불허하는
변수가 많이 작용하지만, 조선조 만큼 심한 시대도 없었을 것이다. 네
번에 걸친 사화와 그것과 연계된 당파간의 알력이 말해주듯, 조선조
사회는 어제까지만 해도 권력의 선봉에 있던 지위가 극히 조그만 이
유로 반대파에 의해 소추를 당하고 유배의 형을 감당해야만 했다. 이
때 유배지에서의 고독한 생활은 바로 고려시대의 정서(鄭敍)와 똑같은
심정적인 동조를 갖게 했을 것이고, 따라서 본 노래가 애송되었다고
할 수 있다. 앞에서 살펴보았듯이 많은 시인과 묵객들이 바로 <정과
정> 에 차운과 회자되었다는 사실, 특히 1814년(순조 14)에 태어났던
이유원(李裕元)의 작품[49]에서 조선조 말엽까지도 정서와 <정과정>이
여전히 상류층에 전승되고 있음을 알게 해주고 있다.

4. 〈정과정〉과 〈만전춘 별사〉의 공통삽입가요의 수용 과 의미

1) 독립가요로서의 의미

 넉시라도 님은 흔디 녀겨라 아으
 벼기더시니 뉘러시니잇가

위의 노랫말은 이것이 독립된 가요일까 의문시 될 정도로 짧은 형식이다. 물론 이 노래가 독립가요 중 일부분만을 차용하였을 경우도 있을 것이다. 그 경우야 어떻든 고려조 당대 민간사회에서 유행했던 노래라는 것은 앞서 언급한 대로다. 〈만전춘 별사〉에는 다음과 같이 변이된 모습[50]으로 나타나고 있다.

 넉시라도 님은 흔디 녀닛景 너기다니
 넉시라도 님을 흔디 녀닛景 너기다니
 벼기더시니 뉘러시니잇가 뉘러시니잇가

〈정과정〉과 〈만전춘 별사〉의 것을 보면 그 형태는 거의 비슷하나 "넋이라도 함께 살고 싶다고 하는" 주체가 다르게 나타나고 있다는 사실이다. 먼저 〈정과정〉에서는 "임"이 주체라면, 〈만전춘 별사〉에서는 주체가 "화자 자신"이다. 곧 '님은'과 '님을'이 주체를 바꾸어 주고 있는 구실을 하고 있다. '벼기더시니'는 논자에 따라 여러 가지로 해석된다. 二心을 먹는다(김태준), 우기시던 사람이(양주동), 어기던(拒逆) 사람이(박병채), 我執하시던 사람이(권영철)[51] 등이 그것이다. 필자는 박병채의 '어기던(拒逆) 사람이'를 취하도록 한다. 그렇다면 위의

독립가요가 <정과정>에서는 "넋이라도 임은 나와 함께 살고 싶다고
하였습니다. 그런데 이를 어기던 사람이 누구였습니까? (바로 당신이
아니었습니까)"로, <만전춘 별사>에서는 "넋이라도 나는 임과 함께 살
고 싶다고 하였습니다. 이를 어긴 사람은 결코 없었습니다.[52]"라고 해
석될 수 있다.

그런데 여기에서 그 주체가 누구든지 임과 나와의 헤어질 수 없다
는 사실의 고백만은 두 노래가 동일하다. 이는 <서경별곡>과 <정석
가>의 공통 삽입가요인 <구슬사>의 내용과 동일한 맥락으로 이해된
다. 곧 "구스리 바회예 디신들 / 긴힛똔 그츠리잇가 / 즈믄히룰 외오곰
녀신들/ 信잇든 그즈리잇가" 라는 말은 구슬을 꿰고 있는 끈이 바위에
의해 끊어질리 없듯이, 어떠한 이별의 상황이 닥친다 하더라도 임과
나를 연결해 주는 끈인 믿음은 그칠 리가 없다는 것으로 해석된다.[53]
함께 살고 싶다는 사실에 대하여 '넋'이라는 극단적인 어휘의 사용은
그 원망(願望)의 강도를 그 만큼 크게 느끼게 한다. 그러나 그것이 사
실과 다르게 나타났을 때 받아들이는 심적 태도는 시적 화자가 바라
는 것 이상으로 배신감과 절망감을 갖게될 것이다. '어기던 사람이 누
구였습니까'는 한편으로는 상대방에게 그 책임을 전가하는 뜻으로, 다
른 한편으로는 어긴 사람이 없다는 강력한 호소를 하고 있는 경우로
나누어 생각해 볼 수 있다. 따라서 독립가요로서의 위의 노래는 서로
헤어지지 말자는 언약과 이 약속에 대한 위반의 책임을 상대방에게
떠넘기기 혹은 어긴 사람이 없다는 강력한 호소의 양면을 동시에 갖
고 있는 노래라고 할 수 있다. 이 독립가요가 <정과정>과 <만전춘
별사>에 각각 삽입되어 어떤 의미를 표출하고 있는지를 살펴보자.

2) 〈정과정〉 속의 삽입가요

동어 반복이지만 현전하는 본 가요는 1에서 4행까지를 제외하고 그 나머지는 후대인에 의해 첨가 혹은 변개를 거친 노래로 보는 것이 필자의 생각이다. 그러므로 본 항에서 검토하고 있는 내용은 정서의 창작가요에 삽입가요가 편사되었을 때의 의미를 파악하는 일이다. 때문에 여기에서 말하는 시적 화자의 태도는 정서 개인이라기보다 이 노래의 편사자라 할 수 있다. 노래의 구조를 파악하기 위해서 앞서 인용한 것을 다시 한 번 예시키로 한다.

> 1. 前腔 내 님을 그리ᄉᆞ와 우니다니
> 2. 中腔 山졉동새 난 이슷ᄒᆞ요이다
> 3. 後腔 아니시며 거츠르신 ᄃᆞᆯ 아으
> 4. 附葉 殘月曉星이 아ᄅᆞ시리이다
> 5. 大葉 넉시라도 님은 ᄒᆞᆫ디 녀져라 아으
> 6. 附葉 벼기더시니 뉘러시니잇가
> 7. 二葉 過도 허물도 千萬 업소이다
> 8. 三葉 ᄆᆞᆯ힛마러신뎌
> 9. 四葉 ᄉᆞᆯ읏븐뎌 아으
> 10. 附葉 니미 나ᄅᆞᆯ ᄒᆞ마 니ᄌᆞ시니잇가
> 11. 五葉 아소 님하 도람 드르샤 괴오쇼셔
>
> (*논의의 편의상 노랫말 앞의 숫자로 행을 표기함)

1·2행이 임에 대한 그리움의 현실적 심리상태의 표상이라면 3·4행은 자신의 과거에 대한 결백의 언표다. 이를 구조적으로 보면 1·3행이 드러난 현상이고 2·4행은 현상을 입증하는 구실을 한다. 곧 1행에서 임이 그리워 밤을 새우며 우는 나의 상태를 추상적으로 제시하

고 있다면 2행에서는 그러한 모습이 산에 사는 접동새와 같다는 것으로 현상을 구체적으로 설명하고 있다. 또한 3행에서는 뭇 참소하던 말이 거짓54)이라는 사실을 4행에서 잔월효성도 알고 있다는 것으로 현상을 대변한다.

5행은 당신께서 나와 영원히 함께 지냈다고 한 사실을 상기시키고 있다면, 6행은 이러한 약속을 어기던 사람이 누구였느냐고 되묻고 있는 형국이다. 여기에는 임에 대한 책임전가로 볼 수 있다. 자신은 앞서 임에 대해 자나 깨나 그리워하고 결백하나 임께서는 약속도 위반하지 않았느냐는 질책인 셈이다. 곧 5행 또한 과거의 현상의 진술이라면 6행은 그 진술이 어긋났음을 밝혀주는 입증의 패턴을 지닌다.

7행은 과실도 허물도 절대없음을, 8행은 자신에 대한 참언이 조작되었고,55) 이를 임이 제대로 알아주지 못하여 9행에 와서는 죽고 싶을 정도로 참담한 심정56)이라고 토로한다.

7·8·9행은 앞서 3·4행과 맥을 같이 한다. 곧 자신에 대한 결백성을 지속적으로 반복하고 있는 셈이다. 다만 차이라면 그 강도가 3·4행에 비하여 보다 점층적으로 강도 높게 표출하고 있다는 점이다. '過'와 '허물'은 소리는 다르지만 뜻은 같다고 볼 때 동일한 어휘의 반복으로 '과도 허물도'하는 표현이 '아주 미세한 과실이라는 정도'의 의미를 나타낸다. 이어 '그냥 없다는 것'이 아니고 '천만'이라는 형용사를 첨가함으로써 '결코 없음'을 강조하여 자신의 청렴결백을 입증하고 있다. 여기에 더하여 8행에서 자신에 대한 참언이 모두 조작되었음의 진술을 9행에서 참담한 심정으로 죽고 싶을 정도라고 한 극단적인 표현은 앞서 3행에서 자신의 결백함을 4행의 잔월효성57)이라는 절대적 존재를 원용하여 입증하는 것과 같은 진술이다. 이를 구조적으로 살펴보면 7·8·9행은 모두 입증의 언술을 취한다. 10행은 당신께서 정말로 나

를 잊었느냐고 다시금 상시시키고 있다. 이는 앞서 삽입구인 5행과 같은 의미다. 넋이라도 함께 살자고 한 약속을 회상시키는 구실을 하는 셈이다. 11행은 임이시여[58] 다시금 저의 말씀을 들으시고 사랑하여 주소서라는 말을 통해서 일련의 진술을 종합하고 임과 함께 살고 싶다는 원망(願望)이 내재된 것이라고 하겠다.

이상에서 삽입구인 5행과 6행의 역할이 본 노래에서 어떠한 구실을 하고 있는 가를 살펴볼 필요가 있다. 그것은 삽입구의 본래적인 뜻이 앞 항에서 고찰한 것처럼 두 가지의 의미를 내포한다고 했을 때 본 가요에서 나타내고 있는 의미는 무엇이며, 어떤 역할을 하고 있는 가에 대한 해명이 되기 때문이다. 먼저 5행에서 '임은 나와 영원히 함께 하겠다고 한다.'는 진술을 보자. 이와 같은 언표는 어떤 역할을 하고 있는가. 만약 이러한 진술이 없었다고 보면 화자의 임에 대한 사랑은 어떻게 해석해야 할까. 그것은 화자의 진술이 쌍방 간의 진실한 사랑이기보다는 화자 일방의 짝사랑으로 간주될 수 있다. 곧 임에 대한 언질이 표면에 나타나지 않은 가운데 화자의 진술을 다분히 일방적이요, 자기중심적인 것으로 밖에는 여겨지지 않겠기 때문이다. 이로써 1·2행에서 임에 대한 그리움의 당위성이 확보되고 10행의 진술과 11행에서 다시금 나를 사랑해달라는 것을 요청하는 근거를 갖게 된다. 그리고 5행의 진술을 통해서 6행에서 임과 나와의 약속을 파기한 쪽이 임이라는 사실을 확인함으로써 3·7·8·9행의 언술도 수렴[59]할 수 있게 된다.

결국, 본 <정과정>의 편사자는 5행과 6행의 독립가요의 삽입으로 전체적인 화자의 진술에 대해 진실성을 보장받게 해주고 있으며, 임과 영원히 함께 할 것을 간절히 소망케 하고 있는 것이다. 따라서 이 삽입구의 첨가로 본 가요는 그 의미가 보다 명료하게 드러내는 구실을 하고 있는 셈이다.

3) 〈만전춘 별사〉 속의 삽입가요

1연

어름우희 댓닙자리 보와 님과 나와 어러주글만뎡

어름우희 댓닙자리 보와 님과 나와 어러주글만뎡

情둔 오ᄂᆞᆳ밤 더듸 새오시라 더듸 새오시라

2연

耿耿 孤枕上애 어느ᄌᆞ미 오리오

西窓을 여러ᄒᆞ니 桃花ㅣ 發ᄒᆞ두다

桃花ᄂᆞ 시름업서 笑春風ᄒᆞᄂᆞ다 笑春風ᄒᆞᄂᆞ다

3연

넉시라도 님을ᄒᆞᆫ디 녀닛景 너기다니

넉시라도 님을ᄒᆞᆫ디 녀닛景 너기다니

벼기더니시 뉘러시니잇가 뉘러시니잇가

4연

올하 올하 아련 비올하

여흘란 어듸두고 소해 자라온다

소콧 얼면 여흘도 됴ᄒᆞ니 여흘도 됴ᄒᆞ니

5연

南山애 자리보아 玉山을 벼여누어 錦繡山 니블안해 麝香각시를 아나누어

南山애 자리보아 玉山을 벼여누어 錦繡山 니블안해 麝香각시를 아나누어

藥든 가슴을 맛초ᄋᆞᆸ사이다 맛초ᄋᆞᆸ사이다

6연

아소님하 遠代平生애 여희술 모른옵새

(* 논의의 편의상 연 앞에 숫자를 표기함)

<만전춘 별사>는 고려속요의 성격을 어느 작품보다도 충실하게 보여주는 노래다. 그것은 흔히들 고려속요 하면 남녀상열지사라는 어휘가 떠오르듯, 바로 이 노래야 말로 남녀상열의 전형적인 모습을 보여주고 있기 때문이다. 그리고 1연에서 6연까지 각 연마다 상이한 양식의 결합[60] 등을 통한 편사적 성격 또한 고려속요의 세계를 보여준 증좌이기도 하다.

이러한 성격을 지닌 본 작품에서 삽입구의 역할은 무엇이며 그 의미는 무엇인가. 그리고 제 3연에 본 삽입구가 와야만 하는 필연적인 연유는 있는 것인가. 이러한 물음의 해답을 찾는 것이 이 절에서 살펴볼 차례다. 이를 통해 본래 독립가요로서의 삽입구가 갖고 있는 의미와 <만전춘 별사>에서의 의미가 변별적으로 드러나리라 본다. 본 작품의 보다 세밀한 분석은 선행연구[61]로 미루고 삽입구를 중심으로 작품의 구조를 살펴보기로 한다.

<만전춘 별사>는 삽입구인 3연을 중심으로 대칭적인 구조를 취하고 있다. 이는 임과 함께 살고자 하는 욕망이 1·5연이라면 2·4연은 자연과 대비되는 절대고독과 구속으로 요약된다.

1연에서 '얼음우희 댓닙자리 보아'는 어떠한 악조건이라도 극복할 수 있다는 것이고 '님과 나와 어러주글만뎡'은 임과 함께라면 죽음도 불사하겠다는 말이다. 이렇게 임과 함께하고자 하는 화자는 임과 '情둔 오눐밤'을 지내고 있다. 굳이 이 문맥에서 '情든 오눐밤'을 '남녀간의 정사'로 보지 않아도 무방하다. 그것은 화자의 진술이 가정의 어법

을 취하고 있기 때문이다. 중요한 것은 화자의 심적태도이다. 밤이 깊으면 날이 밝아오는 것은 정한 이치다. 화자는 바로 이 밤이 '더디 새오시라'는 것을 통해 조금이라도 임과 같이 있기를 바라고 있다. 따라서 이러한 화자의 진술에서 이 밤이 지나고 나면 임은 화자곁을 떠나게 된다는 암시를 갖게한다. 이로써 1연의 화자의 태도는 현재 같이 지내고 있는 임과 헤어지지 않았으면 하는 절박함을 담고 있다.

2연은 임과 이별한 뒤의 상황을 묘사하고 있다. 따뜻한 봄날, 홀로 지새는 밤에 화자는 전전반측하며 잠못들고 있다. 바로 앞 연에서와 동일한 밤이지만 극히 대조적인 시간이다. 1연에서의 밤은 '얼음' '얼어 죽음'의 어휘가 말해주듯 사뭇 매서운 겨울밤을 연상케 한다면 2연에서는 '도화'가 봄바람에 웃고 있다'는 것에서 따뜻한 봄날 밤임을 알 수 있다. 그러나 1연에서는 아무리 차가운 겨울이지만 임과 함께했던 밤이라 추운 줄도 몰랐다고 한다면 2연에서는 따스한 봄기운이 감도는 밤이라도 임이 없는 가운데 혼자만 있어야 하기에 더욱 스잔하게 느끼게 해준 시각이다. 앞 연에서는 최소한 날이 더디 새기라도 바랐지만 여기서는 그것도 기대할 수 없는 처지다. 그러다 문득 서창에 비친 도화를 통해 자신의 존재의 초라함을 깨닫게 된다. 여느 때 같으면 그저 한낱 나무에 지나지 않았을 복숭아꽃이 아무런 근심 없이 봄바람을 맞으면 웃고 있는 것처럼 보인다는 것에서 화자의 심적 태도가 어떠한가를 짐작할 수 있다. 임이 떠난 뒤 홀로 지새는 밤의 고독은 아무런 근심 없이 소춘풍(笑春風)하는 도화와 대비되어 화자에게 느껴지는 감정이 배가 되었을 것이다.

3연은 <정과정>과 공통삽입구이다. 다만 앞서도 지적되었던 것처럼 그 표기상의 차이와 '니믈'(<정과정>)'님은'(<만전춘 별사>)에서 보듯 주체가 다르게 표현[62] 되어있다. '넉시라도 니믈 흔디 녀닛景 너기

다니'는 죽은 뒤의 세계에서도 임과 함께 지내는 모습[景]을 상상하고
있다[63]는 논의를 보더라도 <정과정>에서 '넉시라도 님은 혼딕 녀겨
라 아으'와 그 의미는 별반 차이가 없어 보인다. 다만 그러한 약속의
주체가 '임'이었느냐 바로 '화자 자신'이었느냐가 문제이다. 여기에서
임에 대한 사랑이 일방적이냐 아니냐가 구별된다. 앞서 <정과정>에
서는 넋시라도 함께 살자고 약속을 한 주체가 '임'이기에 화자의 사랑
이 일방적인 것만은 아니라고 하였다. 독립가요의 삽입으로 전체적인
화자의 진술에 대해 진실성을 보장받게 해주고 있으며, 임과 영원히
함께 할 것을 간절히 소망케 하는 구실을 <정과정>에서는 하고 있는
것이다. 반면에 <만전춘 별사>에서는 그 약속의 주체가 '임'이 아닌
'화자 자신'으로 설정되어 있다. 따라서 '벼기더시니 뉘러시니잇가 뉘
러시니잇가'하며 결코 이를 어기던 사람이 없었다는 강조의 말을 화자
가 하더라도 이러한 약속은 애초부터 임에게는 그렇게 구속력이 있는
것이 아니다. 얼마든지 약속은 파기될 수 있는 소지가 있다는 말이다.
이것은 바로 <만전춘 별사>의 비극이 여기에서부터 출발하여야 하는
근거가 된다. 그러기에 1연에서 화자가 '情 둔 밤'을 지새우면서도 임
과 헤어지기 싫어 날이 더디샐 것을 원하고 있는 것이나 2연에서 임이
없는 밤을 홀로 지내며 외로움을 느끼는 것은 화자자신의 자승자박의
결과라고 보고 싶다.

　이어 4연을 보자. 오리에게 '여흘란 어더두고 소해 자라온다'고 묻
는 말에 '소콧 얼면 여흘도 됴ᄒ니 됴ᄒ니'하며 외치는 오리에게서 자
신의 존재를 확인한다. 한 번의 선택으로 고정·불변하여 구속된다고
생각하는 인간에게 대해 오리는 오히려 의하해 하고 있는 것이다. 미
물인 오리의 자유와 영장인 인간의 구속의 대조로 읽을 수 있다.[64]
이는 2연에서 자연과의 대조에서 느껴지는 고독감과 맥을 같이하는

대목이다.

5연은 어떠한가. 바로 1연에서 '情둔 오늜밤'의 정조와 같다. 다만 다르다면 1연에서 4연까지는 현세에서 겪은 체험의 세계이나 5연에 오면 상상속의 세계를 그리고 있다. "현실에서 이루지 못한 꿈을 상상의 세계를 설정하여 거기서 실현시키고자 하는 인간의 욕망은 고소설에서만 적용되는 문학적 패턴이 아니다. 그러한 지향은 서정시가 가고자 하는 이상이기도 한 것"65)이다 라는 말로 5연의 세계를 살펴볼 수 있다. 위의 문맥에서 '사향각시'를 여성 화자가 아니라 '사향이 든 주머니'(향낭)을 일컫는 것66)으로 보면 '아나누어', '맛초웁사이다'라는 어휘가 갖는 느낌이 남성이라는 데서 오는 시적 불일치를 극복할 수 있다. 더위를 식히기 위해 안고 자는 죽부인은 예전에는 '바람각시'라 했고, 풀로 사람 모양을 만든 인형을 '풀각시'라고 한 것처럼, '사향각시'에서의 각시나 '바람각시, 풀각시'에서의 '각시'는 같은 것이다. 그러므로 사향각시는 각시 모양의 인형으로 된 향료주머니를 가리키는 것으로 이해할 수 있다면 이러할 때 화자는 바로 여성이 된다. 사향이란 사향노루·사향고양이 등의 수컷의 향낭에서 채취되는 흑갈색 가루로서 홍분이나 희생약으로 쓰인다고 한다. 그렇다면 5연에서 화자가 '藥든 가슴을 맛초웁사이다'는 것은 바로 각시 모양의 인형으로 된 향료주머니를 가슴에 품고(사향각시를 아나누어) 남쪽 따스한 아랫목에다 베게를 베고 금수 이불을 편 후(南山에 자리보와 玉山을 벼여누어 錦繡山 니블안해) 임을 향해 약이든 가슴으로 당신의 가슴을 맞추자는 의미를 갖는다.

6연 또한 임과 영원히 이별하지 말자고 하는 고백이다. 이는 3연에서 화자의 진술과 일치67)한다. 그러나 이것도 임의 의지와는 무관하게 화자 일방적인 발언이기에 이루어 질 수 없는 바람이다.

이상에서 <만전춘 별사>의 전연을 살펴보았다. 구조적인 측면에서 보면 삽입구인 3연을 중심축으로 하여 제 1연과 5연, 제 2연과 4연으로 구분되고 있다. 임과 함께 살고자 하는 욕망의 표현이 전자라면 2·4연은 자연과 대비되는 절대고독과 속박으로 요약된다. 그리고 6연은 짧은 구절임에도 그 표현은 3연과 맥을 같이한다. 앞서 <만전춘 별사>는 이 3연에서 화자의 비극이 싹터 있음도 보았다. 그것은 임과 함께 살자고 한 약속의 주체가 임이 아닌 화자 자신이라는 점에서 임에 대한 일방적인 사랑이 되었고, 이러한 사랑에 대한 아무런 죄책감이나 구속력을 지니지도 않은 임에게 기대는 사랑은 그 처음부터 비극을 잉태하고 있는 것이라 할 수 있다.

따라서 본 삽입구는 <만전춘 별사>의 성격을 규정지워 주는데 결정적인 작용을 하고 있다. 작품의 구조로서나 문맥의 해석에서 이점 확인된 바다. 따라서 삽입구가 없었을 때는 본 노래의 비극의 원인을 임에게 떠넘기는 작용을 할 수 있다. 한편 삽입구가 굳이 3연에 와야만 하는 필연성을 없다고 본다. 노래의 성격에 결정적인 역할은 그 삽입구가 갖고 있는 가사에 있기 때문이다. 그러므로 그것이 어느 연으로 와도 무방하나 편사자가 이를 3연에 배치한 것은 3연을 중심축으로 대칭되게 함으로써 화자의 심적인 태도를 자연과 대비하여 극명하게 나타내주기 위한 것이 아니겠는가 하는 추정을 갖게 한다. 독립가요로서의 위의 삽입구는 서로 헤어지지 말자는 언약과 이 약속에 대한 위반의 책임을 상대방에게 떠넘기기 혹은 어긴 사람이 없다는 강력한 호소의 양면을 동시에 갖고 있는 노래라고 할 수 있다. 그것이 <정과정>에서는 약속에 대한 위반의 책임을 상대방에게 떠넘기기라고 한다면 <만전춘 별사>에서는 약속을 어긴 사람이 없다는 강력한 호소의 측면이 강하다고 본다. 이것은 독립가요로서 지니는 두 가지의 의미가 각각 개별 작품에 편사되었을 때, 그 의미는 다르게 나타나고 있음을 보여준 것이다.

5. 맺음말

본고는 <정과정>의 전편이 정서 개인의 작품이 아니라 5행 이하 다른 노래가 첨가되어 편사과정을 거친 작품이라는 전제하에 논의를 전개하였다. 그것은 『악학궤범』에 게재된 <삼진작>의 가사에 5행과 6행이 <만전춘 별사>에서 동일하게 편입되어 있다는 점과 익재「소악부」에 1행부터 4행까지만 한역되었다는 사실이, 본 가요를 편사되었다는 가설을 갖게 해주는 근거가 된다. 정서의 원래 가요가 궁중가악으로 편사되기까지는 각 지방으로 행신들을 보내어 관기나 관비 또는 노래와 춤을 잘하는 자를 선발토록 한다는 역사서의 기록을 통해, 이들에 의해 당시에 유행하던 노래 또한 같이 궁중으로 들어가게 되었을 것이고 따라서 정서의 작품인 <정과정>도 이러한 과정을 거쳤으리라 보았다. 따라서 정서의 <정과정>은 처음부터 <삼진작>의 크기가 아니라 궁중악으로 상승하여 정재악으로 편성되면서 확대된 것이라고 본다. 이를 위해 정서의 작품이라고 하는 원 가요와 <삼진작>의 첨사에 나타난 어조 및 진술태도를 비교함으로써 <정과정>이 편사되었음을 규명하였다.

<정과정>의 편사 전과 후의 거리에서는 원 가요인 <정과정>의 세계와 편사된 후의 그것을 비교하였다. 원 가요인 <정과정>의 세계에서, 정서는 <정과정>을 통하여 자신의 행위가 조금도 부끄러움이 없음을 호소하고 있다. 비록 4개 행 밖에 안 되는 짧은 노래이지만 그

속에 담겨진 의미는 정서의 처지와 소원을 충분히 표현했다고 보았다. 그것은 4행 이하에서 전개되는 언술을 바로 1행에서 4행까지 만으로 포용되고 있다는 사실에서 확인되었다. 이는 산문기록에서 보듯이 정서가 처한 위치에서 임금께 자신의 속마음을 표현하고자 하는 절박한 심정의 고백이라 할 수 있다. 따라서 이러한 의미를 담고 있는 노래이기에 고려 때부터 조선시대까지 많은 시인과 묵객들에게 차운되거나 회자된 것이라고 판단된다.

첨사에 나타난 세계에서는 원 가요와 첨사에 나타난 진술태도 및 어조를 비교하여 양자 간의 거리를 확인하였다. 그것은 원 가요가 신하로서 임금께 전하는 내용으로 지극히 감정을 절제하는 간접화 방식의 서술형 언술을 취했다고 한다면, 첨사에 해당되는 시행에서는 직접적인 언술과 의문형·청유형 문장 등을 동원한 반복적인 진술로 작품의 격을 떨어뜨리는 결과를 낳게 되었다고 했다. 그리고 이는 신하가 임금에게 하는 언사가 아니라 남녀 간에 쓰여진 말이라는 점도 여타의 애정가요와 대비하여 입증하였다. 이로써 원 가요와 첨사 간의 세계는 <정과정>이 편사되었음을 보여주는 증거가 된다고 하였다.

편사된 뒤의 <정과정>의 세계는 비록 11행의 짧은 가사이지만 전편에 흐르는 내용은 임에 대한 그리움과 자신의 결백, 다시금 임과 함께 하고 싶다는 하소연으로 일관하고 있다. 그것은 정서의 원 가요에 점층적인 언술(7·8·9행)을 취함으로써 강한 호소력을 갖게 해주었다. 시적 화자 또한 애닯음, 호소 등의 언사를 통해 여성임을 알 수 있었다. 이러한 <삼진작>이 고려조 뿐만 아니라 조선조에도 계속하여 애송된 것은 그 노랫말이 비록 여성화자가 임에 대하여 하소연하는 언사를 취하고 있지만 이를 군신의 관계로 치환하였을 때 '절대충성의 전형', '충신연주지사'이기 때문이다. 따라서 이를 듣는 임금에게는 신하의 충성심을 알 수 있는 내용으로, 이를 부르는 신하에게서는 임금께 간언하며 은총을 호소하는 노래로 인식되었을 것으로 사료된다. 또한 다른 이유는 어느 시대에나 권력의 부침은 예측을 불허하는 변수가 많이 작용 하지만, 조선조 만큼 심한 시대도 없었을 것이다. 네 번에 걸친 사화와 그것과 연계된 당파간의 알력이 말해주듯, 조선조 사회는 어제까지만 해도 권력의 선봉에 있던 지위가 극히 조그만 이유로 반대파에 의해 소추를 당하게 되어 유배의 형벌을 감당해야만 했다. 이때 유배지에서의 고독한 생활은 바로 고려시대의 정서와 똑같은 심정적인 동조를 갖게 했을 것이고, 따라서 본 노래가 애송되었다고 할 수 있다.

그리고 <정과정>과 <만전춘 별사>의 공통삽입구인 '넉시라도 님은 함께 녀져라 아으 / 벼기더니시 뉘러시니잇가'를 별도의 장을 마련하여 해석하였다. 이는 고려가요의 편사적 성격을 단적으로 보여주는 증거가 되기 때문이다. <정과정>과 <만전춘 별사>의 공통삽입구는 서로 얼마간의 자구의 출입은 있지만 그 본 뜻은 차이가 없다고 보았다. 곧, 서로 헤어지지 말자는 언약과 이 약속에 대한 위반의 책임을 상대방에게 떠넘기기 혹은 어긴 사람이 없다는 강력한 호소의 양면을 동시에 갖고 있는 노래라고 할 수 있다. 다만, '님은'(<정과정>)과 '님을'(<만전춘 별사>)의 표기가 다르게 되어 있다는 점에서 그 약속의 주체가 현격히 차이가 남을 들었다. 이에 따라 각각의 노래의 성격을 규정짓는 결정적인 작용을 하고 있었다.

<정과정>에 대한 논의는 지금까지 여러 각도에서 다각적으로 접근해왔다. 그러면서도 앞으로 해결해야 할 문제를 남겨두고 있는 흥미로운 작품이다. 그것은 이 작품이 고려시대 뿐 아니라 조선조까지도 많은 영향을 끼쳐왔다는 사실, 특히 유배문학을 논할 때면 반드시 언급

하지 않을 수 없는 작품이 된 것도 이 노래가 갖고 있는 특징이라고
할 수 있다. 향후 <정과정>의 이해에는 본 노래가 『악학궤범』에 <삼
진작>으로 전하고 있는 사실을 주목하여 <처용가>와 창작배경으로
보나, 그 노랫말로 보아 전혀 친연성이 없는 노래가 <학연화대처용무
합설>조에 포함된 이유를 밝혀보는 것도 흥미로울 것이다. 그리고 후
세의 유배가사나 유배한시 등의 세계와의 비교도 유배문학의 사적 전
개라는 점에서 의의가 있으리라 본다.

〈고려 처용가〉의 형성과정 고찰

1. 머리말

우리 문학사에서 '처용'에 대한 관심은 지대하다. 『삼국유사』의 〈처용랑망해사〉조에서 발원된 그 이야기는 신비로울 뿐 아니라 시대를 넘어 여러 문헌에서 다양한 형태로 전승되는 것이 큰 이유일 것이다. 용신의 아들이면서 왕정을 보좌했던 역사적 인물인 처용의 존재를 두고 일찍부터 다양한 논의가 진행되었다. 또한, 〈처용랑망해사〉조에 제시된 기록문과 관련하여 〈처용가〉와 함께 처용무, 처용희 등 세분화하여 사회문화적, 문학적, 역사적, 민속학적인 방향에서 연구가 이루어졌다.[1]

본고에서 다룰 〈고려 처용가〉[2]는 『고려사』「악지」,〈속악〉조에 간단하게 내력이 실려 있다. 〈처용가〉가 신라 때에 생긴 노래임을 밝힌 점이나, 노래의 서두가 "新羅盛代昭盛代 天下大平羅候德處容아바"로 시작되는 것을 통해 볼 때, 이 노래가 〈처용가〉에 뿌리를 두고 있음을 알 수 있다. 그런데 이를 삼국속악이 아닌 고려속악에 넣은 것은 〈처용가〉와 구분되며, 이는 오랜 기간에 걸친 전승과정을 통해 신라 〈처용가〉에서 변모되었기 때문인 것으로 생각된다. 이처럼 〈고려 처용가〉는 〈처용가〉를 계승하면서도 그 내용적인 측면에서 상당히 변용된 모습을 보인다는 점에서 학계의 관심을 받아왔다. 〈처용가〉

와의 비교를 통해 <고려 처용가>만의 특징을 도출하는 방식이 대개의 연구들[3]이라면 최근에는 처용담론을 중심으로 전승사적 측면을 탐색하는 논의들이 있어왔다.[4] 이들 논의들은 대개 처용의 존재가 신라와 고려를 거쳐 조선조에 이르기까지 다양한 방법으로 전승되면서 형성되는 당대 인식의 변화를 살피고 있다.

본고에서 주목하고자 하는 것은 <고려 처용가>만을 놓고 이 노래의 형성과정에 대한 부분이다. 이에 대한 연구는 일찍이 박노준에 의해 제기되어 <고려 처용가>의 발생 시기와 함께 고종(高宗, 재위 1213~1259)·충혜왕(忠惠王, 재위 1330~1332, 복위 1339~1344)·우왕(禑王, 재위 1374~1388)대에 궁중 연희나 놀이에서 작희되었다고 기록된 '처용희'는 무가계통의 처용가무가 아니라 신라시대 <처용가>에서 유래된 성희(性戲) 혹은 이와 유사한 잡희(雜戲)였을 것으로 추단하였다.[5] 그런데 정작 <고려 처용가>의 내용이 어떤 방법으로 창작되었는가에 대한 해명이 부족하다. 또한, 처용희를 곧바로 성희 혹은 잡희로 추정할 수 있는가 하는 부분에 의문을 갖게 한다. 본고는 <고려 처용가>의 형성과정에 대해 중점적으로 살피고자 한다. 이를 위해 <고려 처용가>에는 <처용가> 내용의 일부(1~6구)가 그대로 수용되었을 뿐아니라, 처용의 형상이 머리에서 발까지 전체의 영역으로 확대하여 표현되고 있고, <처용랑망해사>조의 기록문이 노랫말 곳곳에 녹여있는 점을 주목한다. <고려 처용가>는 무슨 이유로 창작(편사)되었을까? 라는 근본적인 질문에서부터 <고려 처용가>는 <처용랑망해사>조의 어떤 부분을 수용하고 변용시키고 있는가? <처용랑망해사>조에 등장하는 역신과 관련된 이야기가 <고려 처용가>속에서 열병신으로 등장하고, 신라시대의 한 개인의 무격 처용[6]이 고려조에서 구역신(驅疫神)으로 등극하는 모습 등은 어떤 의미를 갖고 있을까? 에 대한 궁금증을 해결해줄 수 있을 것으로 판단하기 때문이다.

2. 〈고려 처용가〉의 생성배경

1) 문첩신(門帖神)으로서의 처용풍습과 무속신앙

문첩신으로서의 처용은 〈처용랑망해사〉조에 그 연원이 소개된다. 기록문에 따르면 역신이 처용의 아내를 흠모하여 범한 후, 처용이 취한 행동('唱歌作舞而退')에 역신이 감복하고 처용이 문첩신으로 좌정하는 과정이 『삼국유사』에는 다음과 같이 전한다.

> 이때에 역신이 형체를 드러내어 [처용] 앞에 무릎을 꿇고 말하기를, "제가 공의 아내를 탐내어 지금 그녀를 범했습니다. 공이 이를 보고도 노여움을 나타내지 않으니 감동하여 아름답게 여기는 바입니다. 맹세코 지금 이후로는 공의 형용(形容)을 그린 것만 보아도 그 문에 들어가지 않겠습니다."라고 하였다. 이로 인해 나라 사람들이 처용의 형상을 문에 붙여서 사귀를 물리치고 경사를 맞아들이게 되었다.[7)]

자신의 아내를 범한 역신의 행위를 보고 처용은 例의 〈처용가〉를 부르고 춤추며 물러나왔다. 역신은 처용이 그 상황에서 당연히 화를 내고 자신을 겁박할 것으로 예상했지만 처용의 행동은 의외였다. 이런 처용의 행위를 두고 관용의 절정을 보여주었다거나, 표현은 유화적이지만 〈처용가〉의 7~8구인 "본디 내 것이지만 / 빼앗긴 걸 어찌하리오"라는 말 속에는 호통과 질책의 표현이 들어있다고 보는 견해도 있다.[8)]그런데 무속에서는 질병을 치유하는 방법 중 축원이나 협박이 아닌 유화적인 방법이 있다[9)]고 한다. 그런데 역신은 유화적인 처용의 모습을 보고 인격적 관용의 덕에 감동하여 스스로 물러나면서, 향후 처용의 형상만 보아도 절대로 나타나지 않겠다고 다짐하게 되었다. 이에 대해 황병익이 "처용의 입장에서는 두창신(역신)에게 공손히 대하면 재앙과 병마가 피해 갈 것이라는 믿음에서 비롯한 것이지만, 두창신의 입장에서는 처용의 온건한 대응이 '인격적 덕망, 관용, 포용'으로 보였을 수도 있다."10)는 주장은 설득력을 갖는다. 이러한 이야기를 통해 신라시대에 처용의 형상을 이용한 벽사의 행위는 헌강왕(憲康王, 재위 875~886)대 처용의 사건을 들었던 사람들로부터 비롯되었을 것으로 추정할 수 있다. 다만 이에 대해 당대에 전하는 문헌이 없어서 확인할 수 없지만, 고려조와 조선조의 문헌을 통해 간접적으로 알 수 있다. 이곡(李穀, 1298~1351)은 <정중부(정포)가 지은 <울주팔영>에 차운하며 지은 개운포[次鄭仲夫蔚州八詠-開運浦]>11)에서 "아득한 신라 때 두 선옹 / 일찍이 그림 속에서 보았네(依俙羅代兩仙翁, 曾見畵圖中)"라면서 문첩신으로서의 처용을 묘사했다면 김종직(金宗直, 1431~1492)은 <개운포에서 두 수를 노래하다 중 처용암[開雲浦二詠 處容巖]>12)에서 "지금도 그 문지방 위에는 / 어슴푸레 그 모습이 뵈는 듯하네(至今門閾上, 仿佛看遺容)"라면서 처용암에서 문득 신라 처용의 형상을 회상하며 문첩신 처용을 떠올리고 있다. 성현(成俔, 1439~1504)은 여러 번에 걸쳐서 문첩신 처용과 관련한 사실을 밝히고 있다. 아예 제목부터 <처용>13)이라고 지칭하고, "신라의 지난 일 구름 같아 / 신물(처용)은 한번 간 후 돌아오질 않네 / 신라 때부터 지금에 이르도록 / 다투어 그 얼굴을 꾸미고 그리네 / 사귀를 물리쳐 질병을 미리 막으려고 / 해마다 설날이면 문 위에 붙인다네.(鷄林往事雲冥濛, 神物一去無回蹤, 自從新羅到今日,爭加粉藻圖其容,擬辟祓邪無疾苦,年年元日帖門戶)"라고 하거나 <除夕 二首>14)에서 "어린아이는 거리에서 소리지르고

/ 도성인들은 밤놀이를 하는구나 / 대문에는 울루 자를 써서 붙이고 / 창문에는 처용의 머리 걸어두었네 / 역귀는 몰아내면 가겠지마는 / 시마는 쫓아내도 눌러앉으니 / 시를 짓는 기능이 아직도 남아 / 시구를 맞추느라 고심하누나(侲子喧閭巷, 都人作夜遊, 門排鬱壘字, 窓帖處容頭, 疫鬼驅將去, 詩魔逐復留, 技能猶尚在, 覓句未敍憂)"라고 하였고, 『용재총화』에서도 "이른 아침에 그림을 그리어 문호에 붙이는데, 그 그림은 처용의 얼굴이나 각귀·종규와 같은 귀신의 얼굴이나 복건을 쓴 관인·투구와 갑옷을 입은 장군이나 진보를 받든 부인이나 닭·호랑이를 그린 그림 따위를 붙였다.(淸晨附畵物於門戶窓扉, 如處容角鬼鐘馗, 幞頭官人介冑將軍, 擎珍寶婦人畵鷄畵虎之類也)"15)며, 문첩신 처용과 관련한 사실을 기술하고 있다.

한편, 『시용향악보』의 <잡처용>에도 "中門안에 셔겨신 雙처용아바"라고 묘사하고 있는데, '쌍처용아바'는 앞서 이곡이 표현한 '신라의 두 선옹'처럼 처용의 화상을 두 문에 짝을 이루어 붙여 벽사했음을 지칭한 것으로 보인다.16) 이상의 작품을 통해 보면 신라 이래 조선 전기까지 민가에서는 처용의 그림을 그렸고, 해마다 설날이면 처용의 화상을 문에 붙여 액이 집안으로 들어오는 것을 막았으며, 창문에도 처용의 화상을 붙여 역귀를 쫓아내는 풍속이 있었음을 알 수 있다. 이런 문첩신 처용에 대한 풍속이 조선 전기까지 전승되었다는 사실은 그만큼 문첩신 처용에 대한 믿음이 사회 전반에 걸쳐 퍼져있었다고 볼 수 있다.

이와 같은 사실은 특히 고려조 당대 백성들의 풍습에서도 알 수 있다. 12세기 고려 인종 원년에 송나라 사신 徐兢의 고려 관찰기인 『고려도경』에 보면, "신이 듣기에 고려는 본래 두려워하며 귀신을 믿고 음양에 얽매여, 병이 들어도 약을 먹지 않는다. 비록 부자간의 지친(至

親)이라도 서로 보지 않고 오직 저주로 압승(壓勝)하는 것을 알 뿐이다."[17]라고 하거나 "고려의 옛 풍속에서는 백성들의 질병에 약을 복용하지 않았다. 오로지 귀신에게 비는 것만 알았으니 주문을 외워 굴복시키는 것만 알 뿐이다."[18]라고 기록하고 있다. 고려인들이 무속의 힘에 의지하여 치병을 기원한 면을 알 수 있는 중요한 단서라 할 만하다. 목은 이색(李穡, 1328~1396)의 <병중에 읊다[詠病中]>이라는 작품에서도 당시의 상황을 엿볼 수 있다.

세간의 모든 고통이 한 몸에 다 모여서	世間衆苦政叢身
기거 동작을 모두 옆 사람에 의탁하네	動止全然付與人
병든 아내는 살 지지며 부처를 재차 외치고	病婦灼肌呼佛再
늙은 종은 땀흘리며 자주 푸닥거릴 하누나	老奴流汗賽神頻
주역점 치는 강 판수는 판단을 가벼이 하고	易占姜瞽能輕斷
비술 가진 최씨 노인은 꽤나 자중을 하네	祕術崔翁頗自珍
다만 다생의 남은 기습이 있을 뿐이요	只有多生餘習在
매화와 시의 홍취는 아직도 청신하다네.	梅花詩興尙淸新[19]

3구에서 불교라는 기성종교에의 귀탁하거나, 4구의 푸닥거리라는 무속에의 의지, 5구의 점을 치는 점쟁이에 모습, 6구에서 도교적 양생술의 원용 등은 신분에 따른 치유행위가 각각 다르게 나타나고 있는 사실을 시라는 문학 장르의 특징을 통해 극적으로 표현하고 있다.[20] 홍미로운 사실은 이들이 경전을 외우고 주문을 외우는 이른바 '주술적 치료'방식을 공유하고 있음을 알 수 있다. 이밖에도 무풍(巫風)이 만연한 고려시대의 사회분위기는 여러 문사들의 싯구에서 발견된다. 원천석(元天錫, 1330~?)의 <立春日 寄元少卿立>에 "몸이 늙어서 새 달력 보기 두렵고, 병이 짙어 무심히 옛 부적을 바꿔보

네"21)나 이색의 〈卽事〉에 "우연히 병세가 찾아와 사람을 요란시키니, 사주팔자 적어서 운명가에게 묻고 싶구나"22) 등이나 이규보의 〈老巫〉에는 "구름같이 모여든 남녀 문에 가득히 어깨 비비며 목을 맞대어 드나드누나 … 천 마디 만 마디 중 요행 하나만 맞으면 어리석은 남녀가 더욱 공경히 받든다.… 사방 남녀의 식량거리 몽땅 거둬들이고 온 천하 부부의 옷 모조리 탈취하도다."23) 등은 무풍이 당대에 얼마나 만연하였는가와 무업(巫業)마저 성행했음을 보여주는 좋은 예24)라 할 수 있다. 이처럼 고려시대 사람들이 신분의 고하를 막론하고 질병이 들었을 때에 가장 선호한 대응방법은 무속이었음을 알 수 있다. 한편, 고려조에는 역귀를 쫓는 의식인 나례가 있었는데, 정종(靖宗, 재위 1034~1046) 6년에 이미 세종나례(歲終儺禮)가 거행된 바 있으며, 예종 11년 12월에는 대나례를 거행하였다(『고려사』 권64, 志18, 禮6, 季冬大儺儀)는 기사가 보인다. 나례의식은 중국 나례의 영향이 지대했음을 『신당서』 「예지」의 〈나례〉조와 비교할 때, 중국에서처럼 춘하추동 각 계절마다 거행되지 않고 세말에만 거행되었다는 것과 나례 뒤에 행해지는 백희의 종류 특히 처용가무의 연행이 있었다는 사실 외에 크게 다르지 않음을 알 수 있다. 이를 통해 구나의식의 전통은 격식과 절차를 중국에서부터 수용하여 정비된 것임25)을 알 수 있다.

예종 때 거행된 〈계동대나의〉조에 역신을 몰아내는 장면을 다음과 같이 기술되고 있다.

(전략) 당일 미명(未明)에 제위(諸衛)는 시각에 맞추어 각 부(部)가 지키는 문에 집결시켜 두었다가 열을 지어 들어가 계단 아래 도열하는 것을 평상시의 의례와 같이 한다. 귀신 쫓는 이들은 각자 대궐 문 밖에

모이면, 내시(內侍)가 국왕이 있는 내전 앞으로 가서 아뢰기를, "진자들이 준비되었으니, 역귀를 몰아낼 것을 청합니다."라고 한다. 끝나면 귀신 쫓는 자들은 차례로 들어와 북을 치고 함성을 지르며 나아가도록 명한다. 방상씨는 창을 잡고 방패를 휘두르며, 창수는 진자를 이끌고서 화답하여 말하기를, "갑작(甲作)은 흉을 먹고, 비위(腓胃)는 역(疫)을 먹고, 웅백(雄伯)은 매(魅)를 먹고, 등간(騰簡)은 불상(不祥)을 먹고, 남저(覽諸)는 구(咎)를 먹고, 백기(伯奇)는 몽(夢)을 먹고, 강량(强梁)과 조명(祖明)은 함께 책사(磔死)와 기생(寄生)을 먹고, 위수(委隨)는 관(觀)을 먹고, 착단(錯斷)은 거(巨)를 먹고, 궁기(窮奇)와 등근(騰根)은 함께 고(蠱)를 먹을 것이다. 이들 12신을 시켜 악귀와 흉혁(兇赫)을 몰아내게 할 것이니, 너희의 몸을 꺾어버리고 너희의 간을 토막 낼 것이며, 너희의 살을 가르고 너희의 폐와 장을 끄집어 내리라. 너희가 빨리 물러나지 않고, 뒤에 남는 자는 12신들의 밥이 될 것이다."라고 하면서 두루 뛰어다니면서 소리친다. 끝나면 앞뒤로 북을 치고 함성을 지르며 나가는데, 모든 대(隊)는 각자 문을 향해 달려 나갔다가 성곽을 벗어나면 멈춘다. 귀신 쫓는 사람들이 나오려고 하면, 대축(大祝)은 중문(中門) 앞에 남쪽으로 향하여 신이 앉을 자리[神席]를 펴놓는다.26)(밑줄 필자)

위의 글에는 귀신을 쫓는 무리들이 창수의 호령에 따라 뛰어다니며 소리를 지르는데, 귀신을 잡아먹는 갑작 · 비위들 중에서 비위가 역신을 잡아먹는다고 기술한다. 이것은 역귀를 쫓아내고자 궁중에서 거행했던 일종의 무속의식으로 역질을 역신의 소행으로 보고 나례의식을 통해서 역신을 축출하고자 한 것임을 알 수 있다.

이처럼 나례의식을 통해 역질을 쫓아내려는 사례와 『고려도경』에서 기술하고 있는 고려인들의 무속에 대한 내용, 당대의 문인들의 작품에서 유추할 때, 처용형상을 빌어 악귀를 쫓는 일이 민간에서는 신라 헌강왕이후로부터 고려조에 성행했을 것으로 보인다. 곧, 문첩신은 당대 민간에서는 벽사(辟邪)의 구체적인 방법이자 처용의 영통한 무격으로서의 신성(神聖)을 확인시켜주는 상징[27]이라고 할 수 있다. 이는 〈고려 처용가〉의 제작배경이 될 수 있을 것이라고 생각한다.

2) 처용무의 전승과 활용

신라 〈처용가〉와 처용무에는 주술적인 힘이 있는가? 앞서 〈처용랑망해사〉조의 기록문을 통해 볼 때, 역신이 감동한 것은 표면적인 내용만을 놓고 보면 〈처용가〉와 처용무에 있다고 하기 보다는 처용의 인품이라고 할 수 있다. 처용이 역신에게 대응하는 방법은 칼과 힘으로서가 아니라 노래와 춤을 부르며 물러갔던 행위였다. 그렇다면 노래(가사)와 춤에서 역신을 물리친다는 벽사의 힘을 발견하는 것은 온당치 않은 것일 수 있다. 하지만 처용을 평범한 한 인간이 아니라 앞 절에서 언급한 것처럼 용신사상을 수용한 무격의 일원으로서 본다면 〈처용가〉와 처용무는 달리 해석될 수 있다. 곧, 처용의 행위는 역신퇴치를 위한 주술을 노래와 춤을 통해 전달한 것이기 때문이다. 기록문에는 역신이 처용의 인품에 감동을 받은 것으로 되어 있지만, 처용의 역신을 대하는 인품에서 비롯된 행위라면, 〈처용가〉와 처용무는 역신퇴치의 주술적 의미가 있다고 보아야 할 것이다. 처용이 훗날 문첩신으로 남아 전하고, 처용이 춘 춤이 역신을 쫓을 때 사용하는 구나의식에 사용된 것 또한 무격 처용의 인품과 대처방법을 수용한 당대인들의 선택이라 짐작된다. 처용무와 관련된 당대의 자료는 아래와 같다.

①

신라의 처용은 칠보를 몸에 장식하고	新羅處容帶七寶
꽃 가지 머리에 꽂아 향 이슬 떨어질 제	花枝壓頭香露零
<u>긴 소매 천천히 돌려 태평무를 추는데</u>	低回長袖舞太平
발갛게 취한 뺨은 술이 아직 안 깬 듯하고	醉臉爛赤猶未醒[28]

(*밑줄 필자, 이하 상동)

②

(동대문(東大門)에서부터 대궐 문 앞에 이르기까지 산대잡극(山臺雜劇)의 무대가 펼쳐졌는데 예전에는 보지 못하던 것들이었다.)

산대를 얽어 만든 것이 봉래산과 흡사하니	山臺結綴似蓬萊
과일 바치는 선인이 바다 속에서 오겠구나	獻果仙人海上來
잡객의 북소리 징소리 땅을 온통 뒤흔들고	雜客鼓鉦轟地動
<u>처용의 소맷자락 바람에 날리며 돌아 가네</u>	處容衫袖逐風廻[29]

③

<u>자주 소매 휘돌리며 쌍으로 펄펄</u>	彎回紫袖雙翩翩
<u>귀밑머리 꽂은 꽃이 바람에 기웃했네</u>	瓊花罩鬢隨風偏
<u>얼근히 술에 취해 덩실덩실 춤추며</u>	含醪爛醉舞不歇
<u>성덕을 노래하여 천년수를 비는구나</u>	歌詠聖德祈千年[30]

④

이제현이 시를 지어 이 노래를 풀이하였다. "옛날 신라의 처용 늙은이 / 푸른 바다에서 왔단 말 들었지 / 자개 이빨에 붉은 입술로 달밤에 노래하고 / <u>제비 어깨에 붉은 소매로 봄바람에 춤추네</u>"[31]

①과 ②는 목은 이색의 작품으로, 각각 <驅儺行>과 <自東大門至闕門前山臺雜劇前所未見也>에, ③은 성현의 <처용> ④는 『고려사』 「악지」의 <처용>조에 실린 내용인데, 처용무와 관련된 부분을 발췌하였다. 위의 밑줄 친 부분은 모두 처용무에 대한 묘사라 할 수 있다. 이런 장면은 <고려 처용가>에서 처용의 형상을 그리고 있는 '아으千金머그샤어위어신이베'(13행), '白玉琉璃フ티히여신닛바래'(14행), '七寶계우샤숙거신엇게예'(16행), '吉慶계우샤늘으어신ㅅ맷길헤'(17행) 부분이 이제현의 작품과 유사하고, '滿頭挿花계오샤기울어신머리예'(7행), '新羅盛代昭盛代'(1행), '七寶계우샤숙거신엇게예'(16행)은 이색의 <구나행>과 그 표현방식이 비슷하다. 이런 현상은 <고려 처용가>가 처용무를 참조하여 창작된 노래임을 알 수 있는 장면임을 짐작케 한다.

한편, 고려조 이래로 조선중기까지 나례의식에서 계승되어온 처용무는 신라의 호국적 벽사신으로서의 면모를 지속시키는 것이지만, 고려 말에 가면 아래에 제시한 처용희와 관련된 기사에서 알 수 있듯이 단순한 여흥적인 연행물로서의 계승도 동시에 지니고 있었던 것으로 보인다.

⑤ 고종 23년 2월 壬寅에 내전(內殿)에서 조촐하게 연회를 베풀었는데, 승선(承宣) 채송년(蔡松年)이 아뢰기를, "복야 송경인(宋景仁)이 <u>처용희(處容戲)를 잘 합니다.</u>" 하였다. 경인이 술이 취하여 처용희를 하였는데 조금도 부끄러운 기색이 없었다.(『고려사』 권23, 세가23 고종 23년 2월)

⑥ 충혜왕 4년 8월 庚子일에 원 나라 사신 감승(監丞) 오라고(五羅古)가 왕에게 향연을 배풀겠다 하니, 왕이 이르기를, "오늘은 묘련사(妙蓮

寺)에 가서 놀이를 하자." 하였다. 오라고가 먼저 가서 기다렸는데 왕은 궁인 두 사람을 데리고 저녁 때가 되어 그 곳에 이르러서 절의 북봉(北峯)에 올라가 놀이를 베풀었다. 중 중조(中照)가 일어나 춤을 추니, 왕이 기뻐하여 궁인에게 명하여 같이 춤추게 하고, 왕도 일어나 춤을 추었다. 또 좌우의 사람들에게 명하여 모두 춤을 추게 하니, 어떤 자는 <u>처용희(處容戲)를 하였다.</u>(『고려사』 권36, 세가36 충혜왕 後4년 8월)

⑦ -1. 辛禑 11년 6월 丙申에 태백이 경천하고 戊戌에 태백이 낮에 나타났다. 우가 호곶(壺串)에 사냥하고 밤에 화원에 돌아와서 <u>처용희를 하니</u>

-2. 辛禑 12년 봄 정월 초하루 무오일에 우가 이인임의 집에 있었다. 인임의 아내가 큰 술잔을 올리며 아뢰기를, "오늘은 삼원(三元)이니, 삼가 수(壽)를 올립니다." 하였다. 우가 잔을 다 마시고 희롱하기를, "내가 한편으로는 손자요, 한편으로는 계집종의 서방인데, 지금 마주 앉아서 마시는 것이 실례가 아닐까." 하고, <u>처용(處容) 가면을 쓰고 놀이를 하여</u> 그를 기쁘게 하였다.(『고려사』 권136, 열전49, 신우 12년 정월)

위의 ⑤, ⑥, ⑦은 고종·충혜왕·우왕 때의 기록이다. "처용희를 잘한다."(⑤) "처용희를 하다."(⑥, ⑦-1) "처용가면을 쓰고 놀이를 하다." (⑦-2)라고 한 것으로 보아 모두 처용놀이를 지칭한 것으로 보인다. 이를 두고 박노준은 어느 경우를 막론하고 처용희는 어지럽고 문란한 시대나 혹은 향락과 방탕에 빠져 있던 군주가 집권하던 시대에 궁중 놀이의 하나로서 연행되었음을 전제하고, 세 왕조시절 연행된 처용놀이는 "나례(儺禮)-벽사진경(辟邪進慶)-무가(巫歌)"와는 무관한 별도의 잡희였을 것으로 짐작되고, ⑤에서 보듯, "송경인이 취함을 타서 작희

하는데 조금도 부끄러운 빛이 없었다."는 진술을 통해, 부끄러워할 만한 것임에도 조금도 부끄러운 빛을 나타내지 않고 태연히 연출해낼 수 있는 놀이, 흥겨운 잔치판에서 술에 취해 왕 앞에 作戱할 수 있는 놀이란 〈처용가〉 및 그 관계 기록에서 연유된 처용의 아내와 역신으로 비의된 외간 남자와의 성희(性戱)의 동작을 그대로 모방한 것임을 추단하였다. 더욱이 이들 기록은 모두 '처용희'를 '작희(作戱)'하였다고 기술한 것으로 미루어 춤이 수반된 희학적인 동작의 놀이였을 것이고, 특히 '가면'을 사용함으로써 유희적인 놀이의 효과를 배가하였을 것으로 추정할 수 있다고 보았다.32)

그런데,『고려사』권23 고종 23년 2월에 例의 송경인이 왕 앞에서 처용희를 하면서 부끄럼이 없었다는 내용은 연행시기와 장소의 측면에서 볼 때 연등회 이틀 뒤 궁중잔치에서 행한 일이고, 연등회 절차 중에는 백희가 포함되는데, 처용가무는 이러한 백희가운데 하나로서 공연되었을 것을 가능성이 있다. "부끄럼이 없었다."라는 진술을 들어 춤의 내용상 낯을 붉힐 만한 행위나 동작이 있었다고 보기보다는『고려사』와『고려사절요』의 기록을 살펴보면, 왕이 베푼 연회에서 신하가 취한 모습을 보인다든가 일어나 춤을 추거나 손뼉을 치는 행위에 대해 비난하는 글이 자주발견된 것33)을 비추어본다면, 송경인의 행위는 김수경의 지적처럼 왕 앞에서 술에 취해 춤을 춘다는 행위와 그러한 행위를 한 송경인이라는 인물에 대한 비난으로 해석할 여지가 존재한다34)로 해석할 수 있겠다.

이처럼 '처용무'는 제의와 놀이(연희)의 두 축으로 전승되었는데, 조선 중기를 기점으로 문첩신으로서의 '처용'의 위상이 급격히 흔들리고 주력(呪力)을 보증한 '처용무'가 궁중의 정재로 부상했다. 나희로서의 처용가무는 중종(中宗, 재위 1506~1544)과 인조(仁祖, 재위 1623~

1649)대에 중단되었다가 폐지되었고, 이후 궁중에서는 연희악으로서만 자리하게 되었으며, 문첩신으로 추앙되었던 '처용'은 나례 시행 이후 종규(鐘馗)-울루(鬱壘)-신다(神荼) 등의 중국의 문첩신에 밀려 약화되었다.35)

그런데, 처용이 행한 노래와 춤 중에서 노래(가사)는 춤(처용무)에 비해서 전승되었다는 기록이 거의 없다. 고려조의 기록으로는 이숭인(李崇仁, 1347~1392)의 <11월17일 밤 공익의 신라 처용가를 들으니 성조가 비장하여 사람의 마음에 감회를 불러일으킨다.>36)에서만 보일 뿐이다. 제목에서 보듯, 이 작품은 처용무가 아닌 <처용가>에 대한 기록임을 알 수 있다. 이숭인은 이 노래가 옛 악보에 전해져 내려온다는 사실과 당시의 기상을 연상케 한다고 묘사하고 있다. 그리고 공익이 부르고 있는 <처용가>를 들으니 성조가 비장하여 감회를 일으킨다고 한다. <처용가>와 같은 다른 방증기록이 발견되면 모르겠지만, 현재까지 이숭인의 기록만을 놓고 볼 때, 신라 <처용가>에는 역신을 쫓으려는 주술적인 노래라기보다는 역신 앞에 놓인 자신의 아내와 이를 지켜보며 어찌할 수 없는 참담한 심정을 담은 노래라고 할 수 있다. 그렇다면, 처용이 불렀다는 원래의 <처용가>는 벽사의 의미를 담은 무가로서 전승되기보다는 한 개인의 안타까운 심정을 담은 노래로만 알려진 것은 아닐까하는 추정을 해볼 수 있겠다. 이처럼 이숭인의 작품에서는 <처용가>와 관련한 정황만을 보여주고 있다면 <고려 처용가>에는 8구로 된 <처용가>가 끝의 7~8구를 제외한 1~6구까지가 그대로 삽입되어 전하고 있다는 사실이다. 다음 장에서 살피겠지만, 이 때 삽입된 <처용가> 또한 주술적인 의미를 수용했다기보다는 역병이 옮겨지는 현장을 과거의 사실을 인용하여 전하고 있다고 판단한다. 그만큼 신라 <처용가>는 무격 처용의 의도와는 다르게(?) 전승된 것으로 보인다.

3. 〈고려 처용가〉의 내용전개로 본 형성과정

앞장에서 〈고려 처용가〉의 창작배경에 대해 살펴보았다. 문첩신으로서의 처용풍습과 처용무의 전승과 활용 등은 신라 헌강왕이래로 고려를 거쳐 조선에까지 전승된 것으로 보았다. 현전하는 〈고려 처용가〉는 〈처용가〉에 비해 그 내용이 대폭적으로 확장되었고, 주술적 의미가 분명하게 제시되고 있는 점이 큰 차이라고 할 수 있다. 이 장에서는 〈고려 처용가〉만을 놓고, 형성과정을 유추해보기로 한다. 아래는 『악학궤범』에 실린 〈고려 처용가〉는 전문이다.[37] (* 논의의 편의상 행 앞에 숫자를 표기함)

1　前腔　新羅盛代昭盛代

2　　　　天下大平羅候德處容아바

3　　　　以是人生애相(常)不語ᄒ시란디

4　　　　以是人生애相(常)不語ᄒ시란디

5　附葉　三災八難이一時消滅ᄒ샷다

6　中葉　어와아븨즈ᅀᅵ(이)여處容아븨즈ᅀᅵ(이)여

7　附葉　滿頭揷花계오(우)샤기울어신머리예

8　小葉　아으壽命長願ᄒ샤넙거신니마해

9　後腔　山象이슷깅(깅)어신눈섭에愛人相見ᄒ샤오ᅀᅳᆯ(올)어신누네

10 附葉　風入盈庭ᄒ샤우글어신귀예

11 中葉　紅桃花ᄀ티붉거신모야해

12 附葉　五香마ᄐ샤웅긔어신고해

13 小葉　아으千金머그샤어위어신이베

14 大葉　白玉琉璃ᄀ티희여신닛바래

15　　　人讚福盛ᄒ샤미나거신특애(ᄐ개)

16　　　七寶계우샤숙거신엇게예

17　　　吉慶계우샤늘으(의)어신ᄉ맷길헤

18 附葉　설믜(미)모도와有德ᄒ신가ᄉ매

19 中葉　福智俱足ᄒ샤브르거신빈예

20　　　紅鞓계우샤굽거신허리예

21 附葉　同樂大平ᄒ샤길어신허튀예

22 小葉　아으界面도ᄅ샤넙거신바래

23 前腔　누고지서(이)셰니오

24　　　누고지서(어)셰니오

25　　　바늘(롤)도실도어ᄢ(업시)

26　　　바늘(롤)도실도어ᄢ(업시)

27 附葉　處容아비롤(를)누고지서(어)셰니오

28 中葉　마아만마아만ᄒ니여

29 附葉　十二諸國이모다지서(어)셰온

30 小葉　아으處容아비롤(를)마아만ᄒ니여

31 後腔　머자외야자綠李야(여)

32　　　ᄲᆯ리나내신(싄)고흘(홀)미야(여)라

33 附葉　아니옷미시면나리어다머즌말

34 中葉　東京볼ᄀ(근)ᄃ래새도록노니다가

35 附葉　드러내자리롤(를)보니가ᄅ리네히로새라

36 小葉　아으둘흔내해어니와둘흔뉘해어니오

37 大葉　이런저긔處容아비옷보시면熱病神(大神)이ᄉ(아)膾ㅅ가시로다

38　　　千金을주리여處容아바

39　　　七寶를주리여處容아바

40 附葉 千金七寶도말(마)오熱病神를날자바주쇼셔
41 中葉 山이여믹히여여千里外예
42 附葉 處容아비를(를)어여려(녀)거져
43 小葉 아으熱病大神의發願이샷다

    〈고려 처용가〉가 실려 있는 『악학궤범』의 〈학연화대처용무합설〉 조에는 다음과 같은 기록이 있다.

    12월 그믐 하루 전날 5경초에 樂師, 女妓, 樂工 등이 궁궐에 나간다. 이 날 나례를 할 때 악사가 기녀와 악공을 거느리고 음악을 연주한다. 구나의식이 끝나면 內庭에 池塘具를 설치하고, 악사는 두 명의 童女를 거느리고 들어가 蓮花 한 가운데 앉히고 〈내정에서〉 나와 절차를 기다린다. 구나 뒤에 처용무를 두 번 춘다. 첫 번[前度]에는 학·연화대·回舞등이 없다. 악사는 銅鉢을 잡고 청·홍·황·흑·백의 五方처용 및 執拍樂師·鄕樂工을 인도한 처용慢機 (곧 鳳凰吟의 一機이다.)를 연주한다. 女妓는 처용가를 부른다.[38]

    이 기록에서 〈고려 처용가〉는 섣달 그믐께 궁중에서 행하던 악귀를 쫓아내는 구나(驅儺)의식 뒤에 처용무를 출 때, 기녀들이 악공이 연주하는 〈처용만기〉라는 곡에 맞추어 부른 노래임을 알 수 있다. 이 기록에서는 〈고려 처용가〉를 기녀들이 부른 노래로 나타나지만, 실제로는 민간에서 역신을 구축하기 위해 가창되던 무가가 궁중의식에 이입되어 변용된 것으로 보인다.[39]
    〈고려 처용가〉가 처음 민간에서 가창되었다면, 그것은 어떤 방법으로 제작되었을까 하는 점이다. 일반적으로 〈고려 처용가〉는 내용의 흐름에 따라 크게 네 단락으로 나눈다. 그것은 첫째, 서사부분으로

"신라성대 소성대~삼재팔난이 일시소멸하샷다." 둘째, 처용신에 대한 찬미부분으로 "어와 아비즈싀여~아으 처용아븨롤 마아만ㅎ니여" 셋째, 역신을 물리치는 呪詞로서 "머자 외야자 녹리야~膾ㅅ가시로다" 넷째, 처용신에 대한 제주(祭主)와 역신의 발원 "천금을 주리여~아으 열병신의 발원이샷다."40)이다. 노랫말 속에 등장하는 구성원은 시적화자와 처용신, 열병신을 복합적으로 제시하여 전체 내용을 입체적으로 드러나 보이도록 한 연출로 보인다. 이를 두고 연극적 구성, 입체화41) 등으로 이 작품을 평가하는 논자들도 있다. 그러나 본고에서는 이 노래를 한 사람이 부른 무가라고 생각한다. 이는 논의의 과정에서 들어나게 될 것이다. 노래의 제작(혹은 편사)과 관련하여서는 서사 부분과 처용의 형상화, 그리고 신라 <처용가>와 처용설화의 수용과 변용으로 구분하여 전개하기로 한다.

1) 서사

『악학궤범』의 연행방식을 살펴보면, 아래의 1~5행까지에 해당되는 이 부분은 춤이 따르지 않고 女妓들의 唱만 진행되며, 다음 구절인 "어와아비즈싀여"부터 오방처용이 춤을 시작한 것으로 기술하고 있다. 이는 당악정재처럼 송도(頌禱) 내지 치사(致辭)의 의미를 가진 서사 부분엔 춤이 따르지 않아 본사와 구별된다는 점에서 <고려 처용가>도 이와 맥을 같이한다고 보인다. 또한, 노래의 첫 부분인 "신라성대 소성대…"라는 구절이 당악정재의 구호의 형식인 7언시를 닮았다는 점에서 <동동>의 서사와 같이 당악정재의 영향을 받아 후첨 된 부분일 것이라고 추정을 한다.42) 이처럼 형식과 연행방식만을 두고 본다면, 1~5행은 6행 이하의 부분과 다르다고 볼 수 있다.

```
1 前腔  新羅盛代昭盛代
2       天下大平羅候德處容아바
3       以是人生애相(常)不語ㅎ시란디
4       以是人生애相(常)不語ㅎ시란디
5 附葉  三災八難이一時消滅ㅎ샷다
```

그런데 내용만을 놓고 살핀다면 1~5행은 이하의 내용과 연속된 것으로도 충분히 이해될 수 있는 부분이다. 신라의 성대하고 천하가 태평한 것은 나후의 덕을 지닌 처용(때문이니) (그것은) 살면서 서로(相)/<항상(常)> 말하지 않으니 삼재팔난이 일시에 소멸되었다는 말이다. 2행에서 '나후(羅候)'를 두고 학자들 간에 의견이 분분하다. '라후'를 양주동은 범어 '라후'의 한자 번역으로서 구요성(九曜星) 중에 제8성(第八星)인데 해와 달을 만나면 숨으므로 일식의 신이라고도 하는 별이름에서 왔다고 하였다. 또한, 석가의 적자로 잉태된 지 6년 만에 출생한 '라후라'와 관련이 있다고 보고 신라 처용의 참을성 있는 행위와 연결시킨 바 있다.[43] 이러한 해석은 신라 처용설화에서 동해용이 운무로 일광을 가려서 헌강왕 일행이 길을 잃었다는 것을 일식현상의 기술로 보고 처용이 아내와 동침하는 역신을 보고 분노하지 않고 참은 행위를 인욕행(忍辱行)으로 해석한 데서 비롯된 견해였다. 김동욱은 라후는 신라의 군후 즉 나왕(羅王)이고 '나후덕(羅候德)'은 '나왕덕(羅王德)'으로 보아진다고 하였다.[44] 이러한 해석은 천하가 태평한 이유가 처용의 공덕보다는 신라왕의 공덕으로 보는 것이 합리적이라는 판단에 기인한다. 그런데 신라왕을 '라후'라고 하는 것은 중국과 같은 외국에서 일컬을 수 있는 객관적인 폄칭이기에 자국의 임금을 백성들이 일컫는 호칭으로 보기는 어렵다는 점이 문제로 지적된다. 서대석은 양주동의 주장처럼 '라후'를 구요성 중 여덟 번 째 별이름에서 유래한 것으로 보았다. 그런데 그 과정 설명이 다르다. 즉, 그는 직성이 든 사람은 구설수가 있고 재수가 없어 불길한 직성으로 여겨져 왔음을 전제하고, 『동국세시기』에는 라후직성에 이른 자가 처용이라는 인형을 만들어 액을 방지하는 습속이 있다고 하였다.[45] 이러한 추용(처용)습속과 관련시켜 본다면 서사 부분은 라후직성에게 천하태평의 공덕을 돌림으로써 불길한 재난을 방지하려는 의도에서 지어진 축원구절이라고 볼 수 있다. 서대석에 따르면, 라후직성이 들면 구설수가 따른다고 하였으니 구설수를 방지하려면 서로 말하지 않아야 하고 구설수가 없어지면 삼재와 팔난과 같은 모든 재액이 일시에 소멸한다라는 의미라고 생각된다.[46]고 하였다. 한편, 최철은 『삼국유사』<처용랑망해사>조에서 신라 헌강왕은 처용에게 왕정을 보좌하라는 뜻에서 급간 (級干)자리를 주어 왕정을 보좌하라고 하였음을 주목하고, 나후란 '신라에서 벼슬을 한 사람'이라고 주장하였다.[47] 임주탁은 서사에 등장하는 처용은 신라 '처용'이 아니라 그 이후 제용의 풍속에서 문첩에 그려진 얼굴뿐인 처용으로 인해 삼재팔난이 일시에 소멸된 것이다. '상불어'는 그 자체로 처용 사후 문첩에 부적과 같이 벽사의 권능을 가진 신적 존재로 그려져 숭앙되었던 처용을 집약적으로 드러내는 말이 된다고 전제하고, 얼굴은 있되 말은 하지 않은 형상이지만, 제용풍속을 전승하는 집단에서는 처용이 '벽사'하는 신적 존재로 인식하고 있었을 것이다.[48]라고 주장하였다. 이처럼 '나후'라는 어휘는 그 내용의 해석들이 다양하게 전개되고 있음을 알 수 있다.

하지만 서사 부분은 <처용랑망해사>조를 면밀히 살펴볼 필요가 있다. 앞장에서 보았듯, <처용랑망해사>조의 기록문에 따르면 신라의 처용은 역신을 상대로 노래(<처용가>)를 불러 자신의 의사를 나타낸 것인데, 처용가를 듣고 난 뒤 역신은 처용의 인품에 감복하여 그의 형상이 그려진 것만 보아도 접근하지 않겠다고 했다. 이것을 확대 해석해보면 그의 형상만 보이면 역신이 출현하지 않겠다는 것이고, 삼재팔난이 소멸된다는 것을 강조한 말로도 볼 수 있다. 삼재팔난이란 인간 사회에 있을 수 있는 재난을 일컫는 말이다. 〈고려 처용가〉는 처용 우상을 새로이 만드는 역사적, 관습적 근거와 처용 우상의 모양, 처용 우상을 만든 사람, 처용 우상의 현실적 효용을 순차적으로 노래하고 있는 작품이다. 따라서 〈고려 처용가〉는 신라 처용의 형상을 사람 형상의 우상으로 새롭게 만들면서 그 우상이 신라 처용과 같은 힘을 발휘할 수 있으리라는 믿음을 담아낸 노래라고 해석할 수 있다.[49] 따라서 〈고려 처용가〉의 서사 부분은 다음 단락과 전혀 별개의 것이 아니라, 나후의 덕을 지닌 처용을 통해 세상사의 근심이 없어졌다는 사실을 제시함으로써, 다음 단락에 이어질 처용의 위용을 소개하는 부분이 자연스럽게 등장하도록 한 것으로 판단된다. 그런 점에서 본다면, 〈고려 처용가〉는 본사의 내용과 성질을 달리하는 〈동동〉의 서사와는 분명히 다르다. 춤이 따르지 않고 창만 전한다는 점에서는 서사의 역할이라고 할 수 있지만, 바로 다음에 이어질 처용예찬의 내용과 자연스럽게 이어지고 있기 때문이다. 그리고 〈정석가〉도 본사의 내용과 서사는 분명이 그 형식과 내용에서 차이를 보인다.[50] 그렇더라도 본사의 내용과 일정한 맥을 잇고 있다는 점에서 〈고려 처용가〉의 서사 부분과 동일한 역할을 하는 것으로 판단된다.

2) 처용의 형상화

〈고려 처용가〉는 〈처용랑망해사〉조의 처용의 형용을 처용의 얼굴 부위에 한정하지 않고 신체 전부로 확대하였고, 외형적인 모습만이 아니라 내면적인 모습51)까지 묘사하고 있다. "어와 아비 즈싀여 처용 아비 즈싀여"에서 '즘'은 전신의 모양을 가리키므로 '처용아비'의 '즘'에서 이 노래를 만들 당시 처용은 사람 형상과 같이 몸 전체를 갖춘 우상임을 알 수 있다. 이는 헌강왕대 이후 문첩신으로서의 처용은 얼굴 형상만이 전승되었는데, <고려 처용가>가 만들어진 시기의 처용은 얼굴 이외의 신체 부분까지 온전하게 갖춘 사람 형상의 우상으로 재창조 된 것이다. 6~22행에서 보듯, 머리에서부터 이마, 눈썹, 눈, 귀, 얼굴(모양), 코, 입, 이빨, 턱, 어깨, 소매, 가슴, 배, 허리, 다리, 발에 이르기까지 묘사하고 있는 처용의 형상은 처음부터 기술된 것이라기보다는 나례의식이나 민간에서 축귀의식의 하나로 행하던 처용무의 모습에서 착안한 것으로 보인다. 『악학궤범』에 형상화되어 있는 처용가면은 문첩신으로서 처용의 머리에서 턱까지의 모습을 수용한 것이라면, 어깨에서 발까지는 처용가면을 쓰고 춤을 추는 처용무의 동작에서 형용한 것이라 할 수 있다. 이는 앞 장에서 <고려 처용가>의 생성배경에서 살펴보았듯, 문첩신으로서의 처용과 무술적 행위로서의 처용무의 전승 등을 통해 처용신을 구체화하려는 욕망이 비롯되었을 것으로 추정된다.

『고려사』「악지」에 소개하고 있는 <처용>에는 "신라의 헌강왕이 학성에 갔다가 개운포로 돌아왔을 때 홀연히 한 사람이 기이한 몸짓과 괴상한 복색을 하고 왕 앞에 나와 노래와 춤으로 덕을 찬미하고 왕을 따라 서울로 갔다. 그는 자기를 처용이라 부르고 언제나 달밤이면 시중에서 노래 부르고 춤추고 하였으나 끝내 그가 있는 곳을 알지 못했다. 당시 사람들은 그를 신인(神人)이라고 생각했다. 후세 사람들이 그 일을 기이하게 여겨 이 노래를 지었다."고 하면서, 이제현의 한역시를 소개하고 있다. "후세 사람들이 그 일을 기이하게 여겨 이 노

래를 지었다."는 것을 보아, 〈고려 처용가〉는 신라 〈처용가〉와는 별
개의 노래임을 분명히 하고 있다. 또한, 이제현이 시를 지어 이 노래를
풀이하였다는 것을 보아, 이제현이 한역한 작품(앞장 ④번의 시)은 〈고
려 처용가〉를 곧바로 번역한 것이 아님을 알 수 있다. 이는 현존하는
〈고려 처용가〉의 내용과 일대일의 대응관계를 갖지 않고 있을 뿐만
아니라, 그 내용 또한 1, 2구는 〈처용랑망해사〉조에서 언급하고 있는
처용설화를 수용하였다면, 3, 4구는 처용의 얼굴모양과 처용무의 모습
을 형상화하였음을 알 수 있기 때문이다. 이는 이제현이 한역한 〈쌍
화점〉의 2연인 '삼장'이나 〈서경별곡〉과 〈정석가〉에 공통으로 삽입
된 일명 '구슬사'와 관련된 작품을 번역한 것과는 다른 방식으로 전개
한 것임을 보여주는 장면이다. 그런데 〈삼장〉과 〈구슬사〉가 당대에
유행하였던 노래를 한역한 것이라고 한다면, 이제현이 한역한 〈처
용〉 또한 당대에 유행했던 노래일 수 있을 것으로 보인다. 이는 이곡
이 〈개운포〉에 "달빛 아래 춤을 추며 날리는 소매는 하얗고 / 머리에
꽂은 꽃은 붉게 빛나네(舞月婆娑白, 簪花爛熳紅)"[52]라고 묘사하거나 정
포의 〈개운포〉에도 "사람들이 말하길 옛날에 처용옹은 / 푸른 파도
가운데에서 나서 자랐다 하네 / 풀로 만든 띠와 비단옷이 푸르고 /
꽃이 비친 듯 취한 얼굴을 붉게 빛나네 / 미친 듯이 세상을 우롱하나
그 뜻은 끝이 없어 / 항상 봄바람을 따라 춤을 추네(人言昔日處容翁,
生長碧波中, 草帶羅裙綠, 花留醉面紅, 伴狂玩世意無窮, 恒舞度春風)"[53]라
고 노래하고 있으며, 이첨(李詹, 1345~1405)은 〈월명항〉에서 "밝은 달
은 하늘에 가득하고 밤은 깊은 데 / 동쪽바다 神人이 시정에 내려왔네
/ 길은 넓어 긴 소매로 춤출만하고 / 세상은 태평하여 마땅히 백전을
걸만하네 …… 꽃을 꽂은 머리를 움직이네(滿天明月夜悠悠, 東海神人
下市樓, 路闊可容長袖舞, 時平宜桂百錢遊 …… 依然吹動挿花頭)"[54]라고

노래하는 것에서 추정할 수 있기 때문이다. 이들 세 편의 작품은 이제현의 「소악부」 가운데 <처용>과 이색의 <구나행>, <산대잡극> 등과 함께 고려대에 전승된 처용가무에 관한 정보를 보여준다. 이곡의 <개운포>는 이제현의 <처용>과 그 표현 등이 매우 흡사한 것을 볼 때, 이제현은 처용설화를 재구한 것이라기보다는 개운포 지방에서 전해오는 민요를 한역한 것[55]으로 볼 수 있는 개연성이 있다고 할 수 있다. 앞서 지적했듯, <삼장>이나 <구슬사>와 같은 것이 현존하는 고려가요의 <쌍화점>이나 <서경별곡>, <정석가>의 그것과 일대일로 대응한 것이라면, <고려 처용가>는 개운포 지방에 전해오는 민요의 실체가 전하지 않아서 그 실상을 확인할 수 없으나, 그의 「소악부」 한역의 면면을 통해 유추한다면 <고려 처용가> 또한 민요를 한역하였을 것으로 추정할 수 있다.

   <고려 처용가>의 내용과 처용가무에 관한 정보를 보여주는 이상의 작품들을 대조해보면, <고려 처용가>에는 처용의 몸 전체를 묘사함과 동시에 처용무를 할 때 입었던 복장과 동작을 형용한 것임을 알 수 있다. 이렇게 만들어진 처용 우상을 어느 한 개인이 제작하지 않았음을 23~30행에 분명하게 진술하고 있다.

   23 前腔 누고지서(이)세니오
   24   누고지서(어)세니오
   25   바늘(롤)도실도어삐(업시)
   26   바늘(롤)도실도어삐(업시)
   27 附葉 處容아비롤(를)누고지서(어)세니오
   28 中葉 마아만마아만ᄒ니여
   29 附葉 十二諸國이모다지어(어)세온
   30 小葉 아으處容아비롤(를)마아만ᄒ니여

25～26행에서 보듯, 바늘도 실도 없이 제작하였다는 것은 새로 만든 처용형상이 천의무봉(天衣無縫)의 경지로 완벽함을 상징한다. 12제국이 힘을 모와 처용형상을 세웠다(29행)는 것은 어느 일 개인에 의해서가 아니라 전 세계의 모든 사람들이 처용을 우상화하고 있다는 사실을 진술함으로써, 자신들의 처용신 우상화작업에 정당성을 부여하고 있다. 28행과 30행에 걸쳐 두 번이나 진술하고 있는 '마아만ᄒ니여'의 해석도 의견이 다양하다. 양주동이 '다수인을 과장적으로 언표한 것'56)이라고 한 이후, 최철은 '어마어마한, 위대한'이라는 의미57)로 해석하기도 하였다. 또한, 처용 형상이 인형 같은 우상이라는 사실을 고려할 때, '마아'는 '麽兒, 麻兒, 乍兒, 磨兒' 등으로 표기되는 우상과 같은 존재로 보고, 처용 형상에 아무리 높은 가치와 의미를 부여한다 하더라도 사람 형상으로 만든 처용 우상은 그야말로 전술을 익히거나 진법을 훈련할 때 쓰는 '마아'와 다를 바 없다.58)고 본 경우가 있다. 그밖에 유동석은 '얕잡아 보다'59)로 해석하였다. 본고에서는 〈고려 처용가〉의 처용형상을 29행에서처럼 세계의 모든 사람들이 추종하고 있다는 내용으로 미루어, "마아만ᄒ니여"를 '위대하구나'라고 해석한 최철의 주장을 수용하기로 한다.

그런데 사람 형상의 우상으로 새로이 만들어진 처용은, 묘사된 대로 상상하자면 우스꽝스럽기 짝이 없는 모습이다. 잘생긴 사람의 형상이라기보다는 신체의 부분 부분이 가장 못생긴 것만을 따다 붙여 만든 형상처럼 보인다. 그러나 그 형상 속에는 외모만 표현한 것이 아니라 내면의 모습까지 묘사하면서 처용의 인격까지 엿볼 수 있게 함으로써, 외모는 볼품없다고 보이지만, 내면에서 풍겨오는 심미적인 아름다움은 강력한 아우라를 품어냄으로서 무격신(巫覡神)으로서 조금도 손색이 없다고 생각한다. 이렇게 형상화된 처용의 모습은 신의 위용이

나 기능의 위대함을 드러낼 때 사용하는 무가에서의 찬신(讚神)할 때의 장면과 유사하다.60)

3) 〈처용가〉와 처용설화의 수용과 변용

<고려 처용가>에는 아래의 34~36행에서 보듯, 7~8구를 제외하고 신라의 <처용가>를 그대로 옮겨놓았다.

```
31  後腔  머자외야자綠李야(여)
32       쓸리나내신(신)고홀(홀)미야(여)라
33  附葉  아니옷미시면나리어다머즌말
34  中葉  東京불곤(근)드래새도록노니다가
35  附葉  드러내자리롤(를)보니가르리네히로셰라
36  小葉  아으둘흔내해어니와둘흔뉘해어니오
37  大葉  이런저긔處容아비옷보시면熱病神(大神)이스(아)회ㅅ가시로다
38       千金을주리여處容아바
39       七寶를주리여處容아바
40  附葉  千金七寶도말(마)오熱病神를날자바주쇼셔
41  中葉  山이여미히여千里外예
42  附葉  處容아비롤(를)어여려(녀)거져
43  小葉  아으熱病大神의發願이샸다
```

위의 내용은 대개 31~37행(역신을 물리치는 주사(呪詞))과 38~43행 (처용신에 대한 제주(祭主)와 역신의 발원)으로 나누면서, 신라 <처용가> 부분이 삽입된 34~36행을 주술적 언사로 다루고 있다.61) 그러나 본고에서는 31~43행까지를 4개 단락 (㉠31~33 / ㉡34~36 / ㉢37~40 / ㉣41~43)으로 세분화 하고자 한다. 그 이유는 삽입된 <처용가>를 주

술적 언사로 보지 않고 다른 방식으로 해석할 수 있기 때문이다. ㉠은
〈고려 처용가〉에서 주술 명령부분이다. 1~30행까지에서 나후의 덕
을 지닌 처용 때문에 모든 걱정 근심이 사라졌고, 그 이름에 합당한
처용신의 모습을 머리에서 발까지 외면적인 묘사와 함께 내면적인 특
징을 그렸다. 처용의 모습을 예찬한 것이므로 〈찬신무가〉에 해당한
다. 신을 찬양하는 방법으로서 신의 외모나 신이 입고 있는 의복 등
치레치장을 묘사하는 사설을 열거하는 것은 오늘날의 무가에서도 쉽
게 찾아볼 수 있다. 그런데 31행에서처럼 갑작스럽게 버찌, 오얏, 녹리
(綠李)를 호명하며 신코를 매라고 명령한다. 신코는 벗어지지 않도록
줄여 매는 신의 앞 뿌리인데, 『악학궤범』 권9 〈처용관복도설〉조에
보면 백색 가죽으로 만든 신에 끈을 단 처용의 신 그림에서 이를 확인
할 수 있다. 32행에서 '내 신코를 매라'를 두고, 최철은 '내(처용)가 열
병신을 물리칠 것이니 빨리 나와서 준비하라'로, 서대석은 벗, 오얏, 프
른 오얏은 마마나 홍역을 앓을 때 나타나는 반점을 가리킨다고 보며,
천연두에서 부풀어진 멍울은 벗열매가 붉게 또는 까맣게 익었을 때
멍울을 가리킨 것으로 볼 수 있다고 하였다. 홍역이나 마마를 앓을 때
반점이 나타나는 것을 '꽃이 핀다'고 한 것이니 신코를 매라는 말은
신의 터진 곳을 꿰맨다는 뜻이고 이는 멍울이 맺힌 헐은 곳을 흉터가
크게 생기지 않게 잘 아물도록 곱게 다스려 달라는 말이라고 해석할
수 있다. 따라서 이 부분은 열병신이 만든 멍울을 열병신 자체로 보고
빨리 병세를 거두고 물러나라는 처용신의 명령이라고[62] 주장하였다.
송태윤은 "열병대신이 거느린 자들의 이름을 말하는 것이며, 이로 인
해 내 신코를 맨 사람이 확실해졌고, '머자 오야자 綠李여'가 부하이거
나 아래 동료라는 것"[63]으로 파악했다.

이렇게 다양하게 제시되고 있는 이 부분을 해결하기 위해서는 〈고

려 처용가>가 '역신을 퇴치하기 위해 처용신을 이용한 무가'라는 점을 고려해야 한다. 지금까지 1행에서부터 30행까지 처용과 관련된 이야 기만 나오다가 31행에서 갑자기 등장한 벗, 오얏, 푸른 오얏의 정체를 파악하는 것이 중요하다. 이들을 지정하여 자신의 신코를 매라고 명령 하고 하면서, 그렇지 않으면 무서운 재앙의 말을 내릴 것임을 겁박하 고 있기 때문이다. 31~34행을 보면 '호격- 명령-위협'이라는 주술의 유형의 전형을 보여준다. 이는 주술시가인 <구지가>와 <해가>에서 '주술호격 - 주술명령- 위협'으로 전개되는 모습과 동일하기 때문이 다. 그런데 <해가>는 <구지가>에서 호출하는 대상이 다르게 나타난 점이 주목된다. <해가>는 순정공이 해룡에게 납치되어 간 수로부인 을 구출하기 위해서 부른 노래이다. 『삼국유사』 권2 <수로부인>조를 보면 순정공이 강릉태수로 부임하는 길에 잠시 머물러 점심을 먹을 때 해룡이 홀연히 나타나 부인을 납치하여 바다로 들어가는 사건이 일어나고, 공이 어찌할 바를 모르고 있을 때, 한 노인이 나타나 지역민 들과 함께 노래를 지어 부르면 부인을 만나볼 수 있다는 말에 순정공 이 그 말대로 하자 용이 부인을 받들고 바다로부터 나와 바쳤다는 이 야기를 전하고 있다.[64] 이때 여러 사람이 부른 <해가>를 보면 <고려 처용가>의 31행에서 호명한 벗, 오얏, 푸른 오얏의 존재를 알 수 있는 단서를 제공한다. "거북아 거북아 수로를 내놓아라 / 남의 부인을 빼 앗는 죄가 얼마나 크냐 / 네가 만약 거스리고 내어놓지 않으면 / 그물 을 던져 잡아다가 구워서 먹겠다 (龜乎龜乎出水路, 掠人婦女罪何極, 汝 若悖逆不出獻 入網捕掠燔之喫)"라는 <해가>의 첫 구는 주술명령에 해 당한다. 특이한 점은 명령을 받는 대상이 수로부인을 잡아간 용이 아 니라 거북으로 지칭하고 있다는 사실이다. 이는 거북과 해룡은 같은 대상으로 지정되고 있음을 알 수 있다. 이런 원리를 참고하면서 <고

려 처용가〉의 ㉠의 구조가 주술시가인 〈구지가〉나 〈해가〉와 같다
는 것을 고려한다면 31행에서 지목하고 있는 '벗, 오얏, 푸른 오얏'은
열병신의 다른 명칭이라고 볼 수 있다.[65] 32행에서 신코를 매라는 것
은 '신발 끈을 매'라는 말이라기보다는 '내 앞에 무릎을 꿇을 것', 곧
내겐 이렇게 훌륭한 처용신이 있으니, 열병신은 내게 곧바로 항복하라
는 명령이다. 그렇지 않으면 머즌말 곧 재앙의 말을 내릴 것이라고 호
령한다. 이때, 대부분의 논자들은 '머즌말' 다음에 신라 〈처용가〉가
제시된 것을 주목하고, 〈처용가〉는 역신퇴치의 주술무가였기 때문에
당연히 '머즌말'을 〈처용가〉라고 주장한다.[66] 그러나 본고에서는 3
4~36행의 〈처용가〉 삽입부분을 주술무가로 보지 않고, 역신이 걸려
있는 상황 곧, 역신이 출현한 상황을 신라시대의 향가를 빌어 진술한
것으로 보고자 한다. 37행에서 '이런 모습'이란 열병신의 출현 또는 열
병에 걸린 상황을 말한 것이라고 볼 때, 옛날 신라의 처용이 누구도
보지 못했던 역신의 존재를 발견하고, 역신 퇴치를 위한 주술무가인
〈처용가〉를 불렀던 장면에서, '역신 발견'의 대목을 차용한 것[67]이라
고 할 수 있기 때문이다. 37행에서와 같이 역병에 걸린 상황을 처용신
이 보면 열병대신은 횟감에 지나지 않는다고 진술하고 있는 것은 처
용신에 기대고 있는 화자 자신의 능력을 과시하는 것이라 할 수 있다.
곧, 처용의 능력이 임하면 내 앞에서 열병신은 꼼작도 못한다는 것을
강조한 말이다.

이어 38~40행에서 처용신을 의지한 발화자 자신은 열병신을 잡는
것이 급선무임을 선포한 것이고, 천금, 칠보보다도 열병신 제거가 긴
요한 것을 처용신에게 간구한 것이며, 41~43행에서 열병대신의 발원
이라는 것은 신라 헌강왕대에 역신이 처용의 형상이 있는 곳에는 나
타나지 않겠다고 약속했던 내용을 통해 열병신을 퇴치하는 처용신의

행동을 촉구하는 대목으로 이해된다. 이 부분은 앞서 서사 부분에서 세상의 모든 문제가 나후의 덕을 지닌 처용의 덕 때문이라고 고백한 것과 함께 처용설화를 수용한 장면이라고 할 수 있다.

4. 맺음말

벽사신으로서의 처용의 풍습과 역신퇴치의 방편으로 행했던 처용무의 전승이 <고려 처용가>의 생성배경이 되었다. 거기에 고려조의 질병을 대응하는 방법이 상하를 막론하고 무속에 치중하고 있었던 사실도 처용신의 우상화에 크게 작용하였을 것으로 보았다. 신라 <처용가>가 처용이라는 무격(巫覡)이 역신을 퇴치하기 위해 불렀던 노래라고 한다면, <고려 처용가>는 화자 또는 사설자가 처용과 관련된 옛이야기를 수용하여, 처용과 열병신의 관계를 이야기하고 그의 위용을 찬양하는 노래로서, 처용신에 의탁하여 열병신(역신)을 퇴치하겠다는 목적의식을 지닌 무가라 할 수 있다. 서사(1~5행)와 마지막 열병신의 발화(41~43행) 대목은 <처용랑망해사>조의 설화와 함께 읽을 때, 그 의미를 파악할 수 있다면, 처용의 위용 찬양(6~22행)은 문첩신과 처용무의 형상을 살려 머리에서부터 발까지 묘사하며 찬신을 한 것이다. 그리고 23~30행을 통해, 처용신은 한 개인의 숭앙의 차원이 아니라 자신을 포함하여 전 세계가 한 뜻으로 숭앙한다는 사실을 밝힘으로써 처용형상의 우상화 작업의 정당성을 부여하고 있다.

신라 <처용가>가 여인을 지키려는 처용 무격의 목소리라면, <고려 처용가>는 여인을 지켰던 처용무격의 능력을 빌어, 여인뿐만 아니라 역병에 걸린 사람들 모두를 지키고자 하는 일상인의 진술이요 주술무가라고 할 수 있다. 그런데 〈고려 처용가〉가 나례의식이외에도 왕을 위무하는 세속적인 연회에서도 연행되었다는 사실을 두고, 이를 단순히 놀이로써의 면모를 보인 것이라고 할 수 없다고 생각한다. 이 노래가 표면적인 면에서는 역신퇴치를 위한 처용신의 형상화를 보여주고 있지만, 심층적인 면에서는 다른 뜻을 내포한다고 보여지기 때문이다. 곧, 나후의 덕을 지닌 처용신은 세상의 근심걱정을 제거하여 태평한 시대를 마련하는 데 커다란 역할을 하고 있으며, 전 세계가 힘을 모아 만들었던 처용신은 다름 아닌 국왕을 지칭한 것으로 볼 수 있다는 이유에서다. 대개의 고려가요가 속악과정을 거치며 궁중에서 연행될 때, 남녀의 관계가 군신의 관계로 치환되어 해석되는 것과 맥을 같이하는 것이라고 할 수 있다. 다만, 〈고려 처용가〉는 여타의 고려가요와는 다른 방식으로 국왕을 칭송하며, 국왕의 능력을 과시하는 강력한 왕권를 형상화한 노래로 해석할 수 있다는 점에서 독특하다고 판단된다.

Ⅱ부
고려가요에 나타난 사랑과 욕망

〈動動〉의 한 해석

-12월령을 중심으로-

1. 머리말

<동동>은 『악학궤범』 권5 성종(成宗, 재위 1469~1494)조 향악정재 도의(鄕樂呈才圖儀) 중에 구연방식과 노래말 형태로 실려 있고, 『대악 후보』 권7에는 악보가 전해지고 있다. 『고려사』 「악지」에서는 이 노 래를 두고 "노랫말에 송도하는 말이 있고, 대개 선어(仙語)를 본받아 지었다. 그러나 말이 비루하여 싣지 않는다(歌詞多有頌禱之詞 盖效仙語 而爲之 然詞俚不載)"라고 전하며, 『중종실록』 권32에는 "대제학 남곤 이 아뢰기를, 전일 신에게 악장(樂章) 속의 음사(淫詞)나 석교(釋敎)에 관계있는 말을 고치라고 명하시기에, 신이 장악원제조(掌樂院提調) 및 음률(音律)을 아는 악사와 진지한 의논을 거쳐 아박정재동동사(牙拍呈 才動動詞) 같은 남녀 음사에 가까운 말은 신도가(新都歌)로 대신하였 으니, 이는 대개 음절(音節)이 그와 같기 때문입니다.1)"라고 기록하고 있다. 이들 문헌에서 보이는 <동동>에 대한 설명은 이 노래를 이해하 는 데 도움을 주기도 하지만 한편으로는 편견을 갖게 하기도 한다. "歌詞多有頌禱之詞 盖效仙語而爲之"라는 말과 "如牙拍呈才動動 詞, 語涉男女間淫詞"라는 말이 서로 상충되기 때문이다. 그래서 이 두 문헌을 근거로 이 노래에 대한 연구가 진행되어왔다. 먼저 <동동>

은 남녀 간의 사랑을 노래하는 것으로 이해하는 논의가 주류를 이루고 있다.2) 또한, '송도'와 '선어'의 성격을 지니고 있는 것으로 보는 경우3)가 있고, 이 노래가 취하고 있는 달거리 형식을 주목한 논의4)도 있다. 한편, 이들 연구와 달리 <동동>의 특정한 부분만을 놓고 세밀하게 살피기도 한다.5) 이처럼 이 노래의 연구에 대한 다양한 시도는 <동동>의 가치를 더하고 있다고 생각한다.

본고에서는 <동동>의 12월령에 나오는 젓가락의 의미를 살피고, 뒤에 나오는 "므ᄅᄉ노이다"의 의미를 기존의 해석과는 다르게 이해하고자 한다. 이를 통해 <동동>이 '남녀 간의 연정을 노래'한다는 기존의 논의를 좀 더 설득력 있게 구체화하고, 화자의 심적 상황을 유추하면서 이 작품의 이면에 담긴 화자의 애환을 살펴보려고 한다. 이 노래의 작품 첫머리에 송도의 내용으로 된 노랫말은 궁중의 속악가사로 채택되면서 첨가된 것6)으로 보고, 이 부분에 대한 해석은 논의에서 제외한다.

2. 젓가락의 상징과 '므ᄅᄉ노이다'의 의미

논의에 앞서 『악학궤범』에 실려 전하는 <동동>의 12월령은 다음과 같다.

　　十二月ㅅ 분디 남ᄀ로 갓곤 아으 나ᅀᆞᆯ 盤잇 져다호라
　　니믜 알ᄑᆡ 드러 얼이노니 소니 가재다 므ᄅᄉ노이다

이 장에 대한 해석은 다음과 같이 풀이된다.

십이월 분디나무로 깎은, 진상할 상의 젓가락 같구나
임의 앞에 들어 나란히 두니 손님이 가져다 물었습니다.

본고에서 심도 있게 살펴볼 점은 화자가 자신을 '젓가락'으로 비유하고 있는 장면과 '므르 숩노이다'에 관한 부분이다. 이에 대해서 박재민은 분디나무를 후행하는 '져[箸]'를 수식하는 말로 보지 않고 분디나무 소반이라는 초반(椒盤)의 어휘가 있음을 주목하여 '분디나무로 깎은'이 '젓가락'을 수식하는 것이 아니라 '나술 盤'이라 주장하였다.7) 그의 논리에 따르면 '분디나무로 깎은 젓가락'이 아니라 '분디나무를 깎아서 만든 소반 위의 젓가락'이라고 한다. 경청할만한 견해이다. 더욱이 분디나무 달로 해석이 가능한 '초월(椒月)'이라는 어휘가 음력 12월의 별칭이라는 것과 함께 분디나무와 12월의 관련성까지 논하고 있다. 따라서 이 논문은 <동동>의 12월령이 여타 연과는 달리 세시풍속과 무관하다고 이해8)되던 논의와 '분디나무 곧 산초나무로 깎은 젓가락'에 비유된 화자의 처지를 살피는 데 집착9)했던 그간의 연구에 신선한 이의를 제기하였다. 본고는 '분디나무를 깎아서 만든 소반 위의 젓가락'에 비중을 두고 '젓가락'이 가지는 상징적인 의미를 찾아보려고 한다.

젓가락은 한국을 비롯하여 중국, 일본에서도 사용하는 식사도구로서 3국의 문화를 비교할 때 많이 사용된다. 한국인은 젓가락을 예로부터 몸의 일부로 여겼다고 한다. 손가락, 발가락, 머리카락과 같이 '가락'이라는 접미사가 붙은 단어 모두가 공교롭게도 신체의 끄트머리에 있다. 여기에서 젓가락과 숟가락도 신체의 일부로 여겼음을 유추할 수 있다.10) 이에 대해 이규태는 한국인은 숟가락과 젓가락은 내 것, 네 것을 엄연히 구분해서 사용했으며 내 입에 닿은 물건은 그 쓰는 사람의 심신(心身)의 연장체(延長體)로서 인식한 것을 지적하면서 식구(食

具)를 인격화하며 신성하게 여기는 것을 한국인 고유의 문화행위로 주장하였다.[11] 그리고 고려시대 무덤에서 대부분 청동제 수저가 발견되었다. 그 중에는 여러 벌의 수저가 나오기도 하는데 대부분 숟가락이 젓가락보다 많았고, 어떤 경우는 아예 젓가락이 없는 경우도 있었다고 한다. 젓가락이 고려시대나 조선시대 전기까지는 누구나 일상적으로 쓴 것이 아니라 일부 층에 한하여 사용하였다고 한다. 이는 동일한 묘역에서 숟가락과 젓가락이 동시에 출토되는 분묘는 청동제 합이나 장신구 등 부장품이 풍부한 경우가 많고 청자나 백자 등이 한두 점 부장되는 경우는 숟가락만 발견된 예가 많은 데에 추론한 사실이다.[12] 젓가락은 국수와 같은 면을 먹을 때가 아니라면, 집어먹을 반찬이나 요리가 여러 가지가 있다는 것을 전제하는 도구이다. 『고려도경』에 따르면 "나라 안에는 밀이 적다. 모든 밀은 장사치들이 경동도(京東道)를 통해 수입하여 면(麵)가격이 대단히 비싸므로 큰 잔치가 아니면 쓰지 않는다.[13]"라고 기록한 것을 미루어 면을 먹을 수 있는 때는 그리 많지 않았을 것이라 짐작한다. 먹는 것이 다양하지 않았을 서민에게 젓가락은 그다지 유용한 도구가 아니다. 이런 점에서 우리 전통사회에서의 젓가락은 재력의 척도로 볼 수 있다.

그런데 <동동>의 12월령은 "나술 盤잇 져다호라"라는 표현에서 보듯, 젓가락을 (임에게)드려지는 모습으로 묘사하고 있다. 여기에서 '나술 盤'의 의미는 무엇일까? 이와 관련하여 『고려도경』에 반(盤)과 관련된 기록을 통해 먼저 그 의미를 찾기로 한다.

> "散員(한가한 직책의 보조자) -산원의 복장은 자색 깁의 소매 좁은 옷[紫羅窄衣]을 입고 복두에 가죽신을 신는데, 중국의 반직(班直-동반,서반 등 세력가의 보조자)이나 전시(殿侍-궁전의 비서관) 따위와 같은 것

이다. 무신(武臣)의 자제로서 군인과 호위의 직무를 수행하는 자로서
업무 보직을 준다. 매번 사신이 올 때마다 소반을 받들어 술잔을 올리며
옷을 들고 수건 등을 시중 들 때 이들을 쓴다."14)

궤식(饋食)- 그릇은 금·은을 많이 쓰는데, 청색 도기도 섞여 있다. 쟁반
과 소반은 다 나무로 만들었고 옷칠을 했다.15) (* 밑줄 필자)

위의 인용문 〈궤식〉에서 보면 고려시대의 쟁반과 소반은 나무로
만들었음을 알 수 있다. 이는 12월령의 "분디 남ㄱ로 갓곤 나술 盤"은
분디나무로 깎은 소반임을 유추할 수 있다. 조선조의 기록이기는 하지
만 『임원경제지(林園經濟志)』「섬용지(贍用志」〈취찬지구(炊爨之具) 반
(槃)〉에 의하면,

"중국인은 모두 의자에 앉기 때문에 매 식사마다 여러 명이 한 탁자를
함께한다. 동인(東人-우리나라 사람)은 땅에 앉기 때문에 오로지 한 사
람이 한 소반을 사용한다. 소반의 제도는 나무를 돌려서 네 다리를 아래
에 두었는데 크고 작은 것 등 크기가 같지 않다. 아주 작아 단지 두 세
그릇을 벌려 놓을 수 있는 것을 속칭 수반(手槃)이라 하는데, 가히 한
손으로 들 수 있기 때문이다."16)

라고 소반의 형태와 그 쓰임새를 설명하고 있다. 중국인들 대부분은
입식생활을 하기 때문에 여럿이 식탁을 함께 사용하는 데 비해 좌식
생활을 하는 한국인들은 한사람이 하나의 소반을 주로 사용했다. 소반
은 그 치수와 모양으로 보아서 발이 없고 차나 과실 등 술을 나를 때
사용한 쟁반인 왜반(倭盤)과 비슷한 치수를 가지고 식탁의 역할도 했
을 뿐더러 또한 왜반의 역할을 했다고 한다.17) 고려조 당시, 사신이

올 때 "소반을 받들어 술잔을 올리며 (捧盤授爵)"라는 표현을 보면 반(盤)은 술잔을 바칠 때 사용하기도 했음을 알 수 있다. 정월 초하룻날에 장수와 축하의 뜻으로 산초를 넣어 빚은 술로 집안 어른들에게 드리는 초주(椒酒)를 올려 놓은 쟁반이 초반(椒盤)임을 고려할 때, 12월령의 "분디 남ㄱ로 갓곤 아으 나술 盤"은 박재민이 주장하는 것처럼18) 초반에 대한 우리말의 풀이로 볼 수 있다. 그런데 일반적으로 초반은 분디나무로 깎아서 만들었기 때문에 붙여진 이름이라기보다는 산초 술을 놓는 쟁반이라는 것에서 연유하는데19) <동동>의 12월령의 '분디 남ㄱ로 갓곤'이라는 표현은 산초나무를 깎아 만든 것임을 강조한 것으로 보인다. 산초나무는 나무의 형상이 단아하고 깔끔해 관상수로서 가치가 높은 편인데 정원에 심으면 모기향 효과가 있어 모기를 쫓은 데에도 쓰인다고 한다.20) 이런 나무를 가지고 쟁반을 만든 이유에 대해 특별히 알려져 있지 않지만 산초가 음식의 잡내를 막아주는 향신료와 한방에서 약초로 쓰여지는 것을 고려하면, 산초나무를 깎아 만든 소반은 건강과 맛을 위해 효과적인 역할을 했던 쟁반이라 추정된다. 초반에 대한 이해는 초반 위에 놓인 (임께 드리는) 젓가락의 의미에 관심을 갖게 한다. 12월령의 문면만을 놓고 볼 때, 초반 위에 놓인 젓가락은 상차림 할 때, 음식과 함께 놓인 젓가락으로 해석하기 쉽다. 초반 위의 젓가락은 당연히 음식과 관련된 물건이기 때문이다. 그러나 12월령에 나오는 '젓가락'은 이런 공식적인 해석만으로는 부족한 점이 있다. 화자는 자신이 초반 위에 놓여 진 젓가락과 같다고 인식하고 있다. 더욱이 '니믜 알픠 드러 얼이노니 (임의 앞에 가지런히 놓다)'라고 한 것으로 보아 젓가락이 무언가 다른 용도로 사용되고 있는 것이 아닌가 하는 의구심을 갖게 하기 때문이다.

이와 같은 의구심을 해소하기 위해서는 초반 위에 놓여 져 있는 젓가락의 의미를 좀 더 폭넓게 이해해야 한다. 앞서도 언급했듯이 젓가락을 두고 우리 선조들은 신체의 일부로서 인식했다. 또한, 중국의 풍속이기는 하지만 젓가락에 대한 흥미로운 단서가 있다.

> "중국의 거라오족(仡佬族)의 청혼 습관 중, 남녀 사이에 사랑이 싹트면, 남자는 품에 붉은 종이로 싼 젓가락을 여자집 객실의 책상 위에 예의 있게 올려놓고 간다. 그러면 신부집에서 사람을 파견하여 그 집의 정황을 알아오게 하고 혼인 의사를 결정한다."[21]

인용문에서 보듯, 남성이 청혼의 징표로 젓가락을 여성의 집 책상 위에 올려놓고 가면 여성은 그 젓가락을 통해 청혼의사를 확인하고 혼인을 결정한다는 것이다. 여기에서 '젓가락을 책상위에 올려 놓는다'라는 것과 〈동동〉에서의 '소반위의 젓가락으로 임 앞에 가지런히 놓다'라는 표현은 중요한 상관성을 갖는다고 생각된다. 비록 중국 풍속과 달리 젓가락을 내민 주체가 여성이지만 젓가락을 매개체로 마음을 전달하는 방법은 서로 맥락을 같이 하고 있다. 본고에서는 이 부분도 역시 여성이 젓가락을 통해 남자의 의중을 살피는 방법을 취하고 있다고 판단한다. '임의 앞에 얼이다'라는 말에서 '얼이다'가 '交, 合'의 의미가 있으니 '얼려서(겹쳐서)' 놓았다.[22]라는 의미로 해석할 수도 있지만 '가지런히 놓으니'라는 뜻[23]으로도 이해가 가능하다. 그렇다면 '젓가락을 임 앞에 가지런히 놓아둔다.'라는 의미로 해석이 될 수 있다. 즉 이러한 행위는 화자가 상대에 대한 구애의 표징인 동시에 임의 결정을 기다리는 방법이기도 하다. 12월령에서야 화자는 비로소 그동안 자신이 품고 있던 마음을 전부 드러내는 소극적이면서도 적극적인 애정표현을 보여준 셈이다.

그렇다면 '소니 가재다 므르숩노이다'에서 '므르숩노이다'를 어떻게 해석해야 할까. '므르숩노이다'는 지금까지 어간을 '믈(含)'로 보고 이 구절의 의미를 '무옵니다'로 파악한 견해24)가 제기된 이해로 대부분의 연구자들은 이 해석을 따르고 있다.25) 하지만 '믈다'는 'ㄹ'불규칙 동사이기에 어간 '믈'과 '숩'이 연결될 경우 '므르숩'이 아니라 '므숩'이 되어야 한다는 견해가 꾸준히 제기되고 있다.26) <동동>의 7월령 '니믈 흔디 녀가져 願을 비숩노이다.'에서 '비르숩노이다'로 하지 않고 '비숩노이다.'라고 한 것은 '빌다'가 'ㄹ'불규칙 동사이기에 구분한 것과 같은 이치이다. 그렇다면 12월령의 '므르숩노이다'는 어간이 '믈-'이라고 해서는 안되고 '무르-'여야 한다. '무르'가 객체존재 선어말어미 '숩'이 붙어있다는 것 자체가 이미 '므르'가 행동의 대상을 수반하는 타동사인 것을 뒷받침 해준다. '므르다'는 '므르다'와 혼용되기도 했는데, '므르다'가 타동사로 쓰일 경우에는 '물리치다(退)'나 '되돌리다(悔)' 또는 '물려받다(承)' 등의 뜻을 지닌다.27) '므르숩노이다'는 어간이 '믈-'이라고 해서는 안되고 '무르-'여야 한다고 주장한 서재극은 "15世紀 以來 '므르다'는 '退, 承, 崩, 摧' 등의 動詞와 '爛'이라는 形容詞로 쓰였는데, 本歌에서는 '-숩노이다'가 연결되기 때문에 形容詞로는 볼 수 없고 動詞로 보아야 한다. 動詞로 보되 自動詞냐 他動詞냐 하는 것은 先行語의 內容 如何에 따라서 決定되게 된다. 여기서는 自動詞로 볼 것임을 미리 말해 둔다."고 하면서 현대어로 '무너지다, 물러지다, 늘어지다' 등으로 해석하여 '소니 가재다 므르숩노이다'를 "쇠뇌가 지로 해서 온몸이 늘어지나이다."라고 이해하였다.28) 그러나 김완진은 서재극이 지나쳤던 '므르다'를 주목한다면서 무르다는 자동사와 타동사 모두 활용이 가능하며 '가재다 므르숩노이다'를 분디나무 가지에 되돌려 보낸다.29)로 이해하였다. 최미정은 '손이 (분디나무)가지에 다

물러져 버렸습니다.'[30]로, 임재욱은 '므르'의 의미를 '물려받다(承)'[31]
로 해석하였다. 또한, 박재민은 '나와 초반(椒盤)위의 젓가락'이 지닌
공통점을 찾아 손이 젓가락을 '므르숩'는 행위는 임의 곁에 놓아 둔
'님의 젓가락'을 손[客]중의 누군가가 '치워 버리거나', '사용하는' 행위
임을 다례(茶禮)·제례(祭禮)의 절차 중 '삽시정저(揷匙正箸)'한 이후에
응당 '하시저(下匙箸)'하게 되었을 때 수저를 제상(祭床)에서 내려 놓는
행위[下匙箸]를 본 구(句)가 형용하고 있다.[32]고 주장한다. 이처럼 '므
르숩노이다'에 대해 연구자마다 다른 뜻으로 이해하고 있는 것은 '므
르'가 의미하는 바를 어느 한 가지만으로 규정지을 수 없기 때문이다.
본고에서는 '므르'의 의미를 '물리치다(退)'로 보고자 한다. 박재민도
논자와 같이 해석을 하고 있으나 12월령을 다례·제례 절차의 하나로
보면서 풀이한 논의와 젓가락을 사랑의 징표, 구애의 도구로 보는 논
자의 주장과는 그 성격이 전혀 다르다.

그렇다면 '소니 가재다 므르숩노이다'는 "손이 (젓가락)을 가져다[33]
가 물리쳤다."라는 의미로 해석할 수 있다. 사랑의 징표로 올려 진 젓
가락은 임의 뜻을 알아보기도 전에 제3자에 의해서(고의성이 내포되었
는가에 대해서는 알 수 없지만)완전히 무시되고 차단되어버린 비참한 처
지를 보여준 것이 12월령이라고 생각한다. 이 때, 타자가 남성이라면
임의 곁에서 화자를 위시하여 여성이나 기타의 일을 관리하고 있는
부류로 볼 수 있다. 여성이라면 화자 이외에 임을 좋아하는 사람이라
고 상정할 수 있다. 여하튼 타자에 의해 젓가락이 치워지는 것을 보면
타자는 화자의 사랑에 장애가 되는 존재이다. 만약 타자가 고의성을
가지고 행해진 행동이었다면 그 사랑은 더더욱 장래가 험난하다. 임에
게 화자 자신의 사랑을 전하지 못한 것도 불행한 일이지만 더욱이 다
른 사람에 의해 사전에 거절되어버린 처지는 더 비참한 모습일 수 있

다. 아무튼 12월령은 타자에 의해 화자의 애절한 마음이 임에게 전달 되지 못하는 모습을 보여준 것이라고 생각한다.

3. 〈동동〉의 시간과 연정의 순환

〈동동〉은 정월부터 12월까지 달수에 맞춰 사랑의 정감을 노래한 다.[34] 또한, 이 노래에서는 두 가지 시간의 변화를 느낄 수 있다. 하나 는 정월, 2월, 3월 등의 자연적이고 객관적인 시간이며, 또 하나의 시 간은 사랑의 정념을 나타내는 마음의 시간이다. 그러니까 정월이 한 해의 시작이듯이 마음에서는 사랑이 싹트는, 사랑이 시작되는 시점이 다. 그 사랑은 홀로 살아갈 수 없는 고독감에서 눈을 뜬다.[35] 〈동동〉 의 이어지는 노래의 특성을 두고 박노준은 이 노래가 "매달 부르는 노래로서 '고리'현상의 순환구조를 보여주고 있다"고 전제하고 "한 해 는 12월로 끝나버리지만 인간의 정감과 상사의 심정은 세말(歲末)이 라고 해서 정리될 수는 없는 것이고 오히려 그리움과 고독의 심사는 해가 바뀜에 따라 더욱 고조되어 12월의 느낌이 새해 정월로 다시 연 결되는 것이 자연한 현상이 된다."[36]고 하면서 12월부터 이 노래를 해석하고 있다. 그런데 이런 방법은 오히려 1월에서부터 12월까지 한 번의 순환이 이루어진 후에야 적용이 가능하지 않을까 한다. 〈동동〉 에서는 물리적인 시간과 마음이 1월부터 동시에 시작한다고 보기 때 문이다. 정월부터 12월까지의 시간은 측정 가능한 시간이라는 점에서 객관적 시간이라고 할 수 있다.[37] 그런데 일 년이라는 시간은 정월부 터 12월이라는 달의 개념으로 분화되고, 각 달은 세시 절이라는 의례 화를 통해 그 성격이 분명해진다. 이것이 달거리, 월령체 노래들에서 공통적으로 드러나는 모습이다. 매년 정월 보름에 떠오르는 보름달도 그것을 바라보는 화자의 주관적 경험은 그때마다 다를 수 있다. 이런 현상 때문에 이승훈은 "동일한 시간의 무한반복이라는 관념은 동일한 시간이 상이한 여러 시간들 속에 일어난다는 관념을 전제로 한다. 그러나 이러한 주장은 논리적으로 모순이다. 언제나 시간들은 특수성의 세계로 나타나기 때문이다. 개별적 시간들은 오직 일회적으로 발생한다."[38]고 주장하고 있다.

이 노래는 한해가 시작되듯 시적화자의 사랑도 새롭게 시작될 수 있는 것으로 표현되고 있어 맺음이 없는 지속이라는 순환적 인식을 나타내지만, 매 해마다 겪게 되는 화자의 심사는 동일할 수 없다. 우리나라는 4계절이 분명하여 계절이 바뀌는 시기에 의례가 있다. 음력으로 정월은 겨울에서 봄으로 바뀌는 계절이고, 5월은 봄에서 여름으로 바뀌는 계절이며. 8월은 여름에서 가을로 바뀌는 계절이다. 11월은 가을의 끝인 겨울의 시작을 알린다. 따라서 정월은 설과 대보름이, 5월은 단오가, 8월은 추석, 11월은 동지 등의 명절이 설정되어 있다.[39] 그런데 〈동동〉은 열 두 달을 소재로 하지만 여타의 세시풍속을 노래하는 것과는 다른 형태로 구성되어 있다. 정월 대보름이 아니라 2월의 보름날(2월 15일)[40]을 이야기하고 있으며, 단오가 있는 5월령(5월 5일)과 8월의 한가위를 노래하면서 6월, 7월의 보름날과 중량절인 9월 9일이라는 특정일을 노래한다. 이에 반해 정월, 3월, 4월, 10월, 11월, 12월에는 특정일을 지정하지 않은 채 자신의 심정을 읊고 있다. 이런 점에서 본다면 이 노래는 화자가 기억하고 있는 특정한 달과 그렇지 못한 달에서 느끼는 자신의 생각을 자연물 혹은 풍습에 기대어 진술하고 있는 것이라고 할 수 있다. 이는 공교롭게도 '-다호라'라는 표현법을 사용하여 임 또는 자신의 모습이나 상태를 나타내는 것에서도 특정일(2월과 6월)과 불특정일(10월, 12월)로 나누고 있다.

	1행	2행	3행	4행
2월	二月ㅅ 보로매	노피 현 燈ㅅ블 다호라	萬人 비취실	즈싀샷다
6월	六月ㅅ 보로매	별해 ㅂ룐 빗 다호라	도라 보실 니믈	젹곰 좃니노이다
10월	十月애	져미연 ㅂ롯 다호라	것거 ㅂ리신 後에	디니실 혼부니 업스샷다
12월	十二月ㅅ 분디 남ㄱ로 갓곤	나슬 盤잇 져 다호라	니믜 알픠 드러 얼이노니	소니 가재다 므르숩노이다

위에서 보듯, 비유하고 있는 대상이 문면에 직접 나타나지 않지만
정황상 2월령이 임을 비유하고 있다면 6, 10, 12월령은 화자 자신을
나타내고 있다. 2월령에서 '높이 매달아 놓은 등불'같다고 읊고 있는
대상이 '임'이라면, '벼랑에 버린 빗', '가늘고 얇게 썰어진 ㅂ롯', '진상
할 소반위의 젓가락'은 '나'를 가리키는 어휘임을 3~4행의 진술을 통
해 알 수 있다. 2월령에서 '만인을 비출 모습'을 통해 임을 덕화(德化)
할 수 있는 기품을 갖춘 인물을 형상화하고 있고, 그 대상은 4월령에
서 '녹사(錄事)'로 구체화 된다. 녹사라는 직책이 고려시대와 조선 초
기 중앙에 설치된 하위관직에 해당된 것이지만 화자가 바라보고 있는
임의 모습은 그것 이상으로 훌륭한 인품을 간직하고 있는 사람으로
인식하는 사랑의 표현을 느낄 수 있다. 이에 반하여 나의 모습은 아주
왜소하게 표현하고 있다. 6월령에서 비유로 들고 있는 '빗'은 여러 사
람이 공유하면서 쓰는 물건이 아니라 개인적인 소품임을 감안할 때,
주인에 의해 버려진 것도 서러운데 벼랑에 버려져서 이제는 더 이상
주인이 곁으로 갈 희망이 없는 상황임을 알 수 있다. 그런 빗과 같은
존재가 자신이라고 화자는 고백하고 있다. 3행에서 '돌아보실 임'이라
고 표현했지만 결코 뒤돌아보지 않을 임에 대한 화자의 간절한 소망
을 표현한 것으로 보인다. 4행의 '젹곰 좃니노이다'에서 '젹곰'이라고

한 것은 임이 자신에게 관심을 가져주기를 바라는 간절한 속마음[41]을 에둘러 표현한 것이다. 10월령의 '보룟[42]'도 '져미연[43]'이란 말로 수식하고 있다. 가늘게 썰어진 보로쇠라는 말인데 3행에 '꺾어버린'이라는 서술어가 있는 것을 보아서 이것 또한 '빗'처럼 개인적 물품으로 가늘게 썰어서 지니고 있는 '보룟'인데 4행에서 이것을 지니고 있을 사람이 없다는 것으로 보아 '꺾었다'는 것은 더 이상 사용할 수 없이 파기된 것으로 해석할 수 있다. 이처럼 나에 대한 비유어로 사용하고 있는 '빗'과 '보룟'은 주인이 사용하다가 용도가 폐기되어 더 이상 쓸모가 없다는 공통의 특징을 지니고 있다. 그런데 12월령을 보면, '진상한 소반 위의 젓가락'은 임 앞에 가지런하게 드려진 모습으로 나타난다. 앞 장에서 논한 것처럼 12월령의 4행은 임의 의지와 상관없이 타자에 의해 임에게서 소외되었다는 고백이다. 2월, 6월, 10월의 3행은 행위의 주체가 임에 있었고 단지 화자는 자신의 신세만 토로하였을 뿐인데 반해 12월령에 와서는 임에게 자신의 뜻과 마음을 담은 젓가락으로 표현한다. 지금까지의 절망적인 모습과는 전혀 다른 적극적인 구애의 모습이다. 그러나 6월령과 10월령에서는 임의 행동 결과가 화자의 절망으로 이어지지만 12월령에서는 임이 아닌 다른 사람에 의해 거절되고 있음을 보여준다. 만약 여기에서도 임에 의해서 비관적인 결과가 나왔다면 비극으로 끝났을지도 모른다. 그러나 다행인지 불행인지 정확히 판단할 수 없지만 12월령은 일말의 변명과 기대를 할 수 있는 여지를 남기며 정월령으로 넘어가게 된다.

지금까지 정월령에서부터 화자는 줄곧 임을 향한 구애로 시작한다. 물론 그것은 임과 함께한 사랑이라기보다는 일방적인 짝사랑에 지나지 않는 것이다.[44] 앞서 언급한 '빗'이나 '보룟'은 개인용품이라는 특성을 고려할 때, 이미 전부터 함께 살아오며 한때는 정을 나눈 사이가 아닐까하는 의심을 가질 수도 있다. 그러나 문맥상 그런 둘의 관계라고 이해하기 보다는 그만큼 임에 대한 화자의 사랑이 어제 오늘의 단시간에 이루어진 것이 아니라 오랫동안 지속되어온 것으로 이해하는 편이 훨씬 효과적이다. 자연만물은 합일을 하지만 자신은 그렇지 못하는 것에 대한 아쉬움(1월)에다 2월 보름이 되어 높이 매단 등불을 보면서 임을 생각하기도 하고(2월), 3월에 핀 예쁜 진달래꽃을 보며 자신은 그렇지 못함에 대한 아쉬운 마음(3월), 4월이 되자 잊지 않고 찾아오는 꾀꼬리에 비해 내가 기다리는 임의 마음은 돌아올 기미가 없는 데에 대한 괴로움(4월), 그래도 화자의 마음은 변하지 않고 오래도록 사시라는 기원을 담아 임에게 약을 바치고(5월) 임과 함께하고자 하는 소원을 빌고(7월), 임과 함께 있어야만 한가위라는 표현(8월)등을 볼 때, 지금까지 화자가 임과 조우하여 자신의 마음을 직접 전한 경우는 없어 보인다. 중양절에 약으로 먹는 황국화를 보며, 혼자 있는 집에서 쓸쓸함을 느낀 것이 9월령이라면, 10월령에서는 용도 폐기된 모습으로 자신을 비하하고 있다. 다시 말해 임과 관련된 언급이 없는 9월령에서는 산에 올라가 국화주를 마신다는 중양절45)에 집에서 혼자남아 있는 자신의 처지에 급격한 외로움46)을 느끼기 시작했으리라 여겨진다. 평소에는 덜 느낄 수 있는 외로움이지만 사람들이 함께 모이는 특별한 시간과 공간에서 느끼는 외로움은 더욱 인간을 고독하게 만드는 환경의 요소가 되기 때문이다. 이런 화자의 눈에는 10월에 버려진 '브릇'이 가슴에 와 닿고, 마치 자신이 그와 같다는 생각을 하게 된다. 정월노래의 '시냇물'에서 시작하여 10월령의 '보로쇠'에 이르기까지 화자가 비유하는 소재는 주변에서 흔히 볼 수 있는 일상의 것으로 화자의 기다리는 애절한 심사를 반영한다. 이와 같은 언술은 자연을 통해 친숙함에서 우러나는 수수한 정감을 느끼게 하는47) 역할을 하기도 한다. 이런 정감을 갖고 있던 화자의 태도에 비해 12월령에서는 화자가 갑자기 임에게 적극적으로 자신의 의사 표시를 한다. 그렇다면 이렇게 화자의 태도가 바뀌게 된 데에는 10월과 12월 사이에 있는 11월에서 심경의 변화된 조짐이 있지 않았을까[48]를 상정해볼 수 있다. 11월령에 화자는 추운 겨울, 봉당자리에 한삼을 덮고 누워 슬픔을 억누르며 고운임과 함께 있지 않는 설움을 고백하고 있다. 실제 노래에서 말하듯이 거친 잠자리의 상태로 겨울을 보낼 가능성을 배제하지 않을 수 없지만 굳이 추운 겨울에 특별한 이유가 아니라면 스스로가 편하지 않은 잠자리와 한삼을 덮고 누워있을 이유는 없다. 아무리 좋은 잠자리와 침구가 갖추어져 있다할지라도 혼자 있는 화자에게 그 잠자리는 봉당자리와 한삼으로 느껴질 만큼 차갑고 고독하게 느껴질 따름이다. 봉당자리가 차가운 곳이라는 점에서 <만전춘 별사>의 '얼음 우희 댓닙자리'와 비슷하지만 <만전춘 별사>의 공간이 임과 사랑할 수만 있다면 죽음도 불사하겠다는 적극적인 의미를 지닌 동적인 공간인데 반하여 <동동>의 자리는 체념과 한탄으로 얼룩진 정적(靜的)인 공간[49]라고 할 수 있다. 이런 점에서 절대 고독을 뼈저리게 몸으로 느끼는 11월령에서의 화자는 사고전환의 계기가 되었으리라 생각한다. 지금까지 단지 임만을 기다리며 애태우던 태도에서 새로운 용기를 낼 수 있는 충분한 이유가 되었으리라 생각한다. 이제껏 상대가 전혀 눈치채지 못하거나 알아주지 않아도 화자는 어떤 대책이나 방도를 생각할 엄두도 내지 않았지만 절대 고독은 오히려 화자에게 새로운 도전을 꿈꿀 수 있는 기회가 되고 있다. 이렇게 혼자만의 사랑으로 남겨져야 하는 두려움에 전환을 시도하지만, 임에게 자신에 대한 사랑을 확인하고 싶었던 화자의 의도는 임의 마음을 알기도 전에 타자에 의해 수포로 돌아가며 정월로 넘어간다.

<동동>이 앞서 언급한 것처럼 순환하는 월령체임을 감안한다면 연속된 그리움의 무한 반복이라고 할 수 있다. 처음 겪게 되는 1년 동안의 화자의 마음과 매 해마다 동일한 과정을 겪고 있지만 해를 거듭할수록 느끼게 되는 화자의 감정은 같지 않다. 마치 <쌍화점>의 화자가 장소와 대상이 바뀌면서 겪게 되는 감정과 마음가짐이 다른 것과 동일한 심정50)을 <동동>의 화자에게서도 볼 수 있다. 이렇듯 <동동>은 자신이 감당해야 할 미래에 대한 설레임, 아쉬움, 닿을 듯 말 듯한 경계 속에서 혼자만이 안고 감수해내야 하는 고려여인의 슬픈 자화상을 보여주고 있다.

4. 맺음말

본고는 <동동>의 12월령에 나오는 젓가락의 의미를 살피고, 뒤에 나오는 "므르 습노이다"의 의미를 기존의 해석과 다른 방식으로 이해하고자 했다. 그리고 이 노래가 월령체 노래임을 중시하여 <동동>의 시간과 연정의 순환을 통해 이 노래의 성격을 찾아보았다.

한국인은 젓가락을 예로부터 몸의 일부로 여겼다고 한다. 한국인은 숟가락과 젓가락은 내 것, 네 것을 엄연히 구분해서 사용했으며 내 입에 닿은 물건은 그 쓰는 사람의 심신의 연장체로서 인식했다. 젓가락은 국수와 같은 면을 먹을 때가 아니라면, 집어먹을 반찬이나 요리가 여러 가지가 있다는 것을 전제한 도구이다. 집어먹을 것이 거의 없는 가난한 사람들에게 젓가락은 그렇게 유용한 도구가 아니었을 것이다. 이런 점에서 볼 때 우리의 전통사회에서 젓가락은 풍요의 상징이기도 하다.

중국의 거라오족의 풍습에서 남성이 여성에게 청혼을 할 때 '젓가락을 책상위에 올려 놓는다'라는 것과 〈동동〉에서의 '소반위의 젓가락으로 임 앞에 가지런히 놓다'라는 표현과 상관성이 있다고 보았다. 비록 젓가락을 내민 주체가 여성으로 되어 있어 중국의 풍속과는 차이를 느낄 수 있지만 젓가락을 통해 무엇인가 전달하는 것은 동일하다고 할 수 있다. 본고에서는 이 장면이 젓가락을 통해 상대의 의중을 살피는 방법을 취하고 있다고 본다.

뒤의 절에 나온 '소니 가재다 므르숩노이다'에서 '므르숩노이다'를 해석함에 있어서 지금까지 어간을 '믈(含)'로 보고 이 구절의 의미를 '무옵니다'로 파악한 대부분의 견해보다는 '믈다'는 'ㄹ'불규칙 동사이기에 어간 '믈'과 '숩'이 연결될 경우 '므르숩'이 아니라 '므숩'이 되어야 한다는 견해를 수용하여 '므르'의 의미를 '물리치다(退)'로 보았다. 따라서 '소니 가재다 므르숩노이다'는 "손이 (젓가락)을 가져다가 물리쳤다."라는 의미로 해석하였다. 이는 사랑의 징표로 내민 젓가락을 임이 판단하기도 전에 손님이라는 제3자에 의해 거부당한 처지를 보여준 것이 12월령이라고 생각한다.

〈동동〉은 열 두 달을 노래하고 있지만 여타의 세시풍속을 노래한 것과 다른 형태로 구성되어 있다. 2월의 보름날(2월 15일), 단오가 있는 5월령(5월 5일)과 8월의 한가위를 노래하면서 6월, 7월의 보름날과 중량절인 9월 9일이라는 특정일을 지정한 달을 노래한다. 이에 반해 정월, 3월, 4월, 10월, 11월, 12월에는 특정일을 지정하지 않은 채 자신의 심정을 읊고 있다. 이런 점에서 본다면 이 노래는 화자가 기억하고 있는 특정한 달과 그렇지 못한 달에서 느끼는 자신의 생각을 자연물 혹은 풍습에 기대어 진술하고 있는 것이라고 할 수 있다.

〈동동〉은 정월에서부터 11월까지 화자가 어디에서도 임과 조우하여 자신의 뜻을 보여주는 장면이 없었다. 그러던 화자가 12월에 들어서면서 갑자기 임에게 적극적인 마음의 표현을 시도한다. 이런 심경의 변화가 있게 된 계기는 그동안 쌓여진 여러 시간과 감정들에서 비롯되었지만 특히 11월이 급반전의 계기가 되었으리라고 판단했다. 9월령에서 중양절의 번잡함에서 느끼던 외로움은 10월령의 버려진 '브룻'으로 까지 자신의 처지를 생각하게 한다. 그 처참한 심정을 가진 화자는 어떠한 잠자리에서도 편안하지 못했을 것이다. 화자는 한해가 저물어 가는 12월에 마침내 자신의 뜻을 담은 징표의 수단인 젓가락을 임께 올리며 임의 마음을 조심스럽게 묻지만, 임의 뜻을 알기도 전에 제3자에 의해 젓가락은 치워지게 되었다. 화자는 그동안 품고 있었던 자신의 사랑을 전하며 임의 마음을 얻기 원했지만 결국 원점의 상태로 돌아가고 만 것이다. 화자는 또 다시 임을 향한 새로운 용기가 생기기까지 임을 그리워하고 괴로워하며 고독을 느끼는 것을 반복하게 될 것이다. <동동>이 앞서 언급한 것처럼 순환하는 월령체임을 감안한다면 이 노래는 연속된 그리움의 무한 반복을 표현한 것이라고 할 수 있다. 이런 점에서 <동동>의 화자는 고려여인의 슬픈 자화상을 보여주고 있다. 하지만 <동동>이 조선조에까지 궁중악으로 연행된 것은 여타의 고려가요가 보여주었던 것처럼 임을 향한 화자의 끝없는 애정이 조선의 유가사회에서 충(忠)으로 전환하여 인식되었기 때문으로 생각한다.

〈雙花店〉의 구조를 통해 본
性的 욕망과 그 의미

1. 머리말

　〈쌍화점〉은 주지하듯 남녀상열의 외설적인 내용의 노래라고 평가된 작품이다. 『고려사』 「악지」에는 이 작품의 2연이 〈삼장(三藏)〉이라는 제목으로 한역되어 있고, 노래의 생성과 관련된 기록문이 남아있다. 따라서 〈쌍화점〉은 여타의 고려가요와 달리 창작시기와 연행상황이 잘 알려져 있다. 또한 이 작품은 전체 4연으로 연마다 공간과 인물이 교체되고 비슷한 구조로 그 내용의 흐름이 이어진다. 때문에 얼마든지 연이 확장될 수 있는 개연성이 있다.

　지금까지 〈쌍화점〉에 대한 대부분의 연구는 『고려사』 「악지」의 기록문과 관련지어 작중 상황을 역사적인 사건과 대비하거나 〈쌍화점〉의 내용을 중심으로 그 의미를 도출하였다. 곧 『고려사』 「악지」에 기록된 〈삼장〉은 〈쌍화점〉 2연의 일부가 한역된 것이라고 보고, 먼저 기록문에 언급된 충렬왕의 패행적 기호와 연관하여 작품을 해석하였다. 여기에는 작자 문제[1]를 비롯하여 〈쌍화점〉의 공연형태에 대한 논의[2], 〈삼장〉과 〈쌍화점〉의 관계 등의 논의[3]가 있다. 또한 작품의 내용을 무속적인 면과[4] 〈쌍화점〉의 후대적 변용[5]과 관련하여 연구가 되었다.

다음으로 작품의 구조적인 측면의 고찰이다. 여기에는 각 연의 내용을 중심으로 행간의 의미까지를 살피려는 시도와 전체 4연을 서로 유기적인 관계로 고찰한 논의 등이 있다. 전자는 김대행, 김기형, 황보관의 논의가, 후자에는 양희찬과 최미정의 논문을 들 수 있다. 김대행은 각 연이 6개행으로 구성된 것을 1~3행까지를 행위부로, 4~6행까지를 심리표출부로 구분하여 반전(反轉)의 의미를 살폈다.[6] 또 김기형은 여성화자의 심리상태를 수치와 과시의 복합심리로 보고, 집밖 화자의 심리 변화에 초점을 두어 내외공간과 화자의 이중성을 고찰하였다.[7] 황보관은 <쌍화점>이 성관계의 직접적인 제시보다는 암시적인 표현, 행간을 통한 사건의 나열을 통해 독자에게 성적 행위에 대한 상상의 공간을 마련하여 시상 전개에 흥미를 느낄 수 있게 하는 구조라고[8] 평가하였다.

이에 반해 양희찬은 <쌍화점>의 전체 4연이 표면적으로 동일한 표현 틀을 사용하여 동형반복(同形反復)의 병렬구성을 이룬 것을 특징으로 파악, 내적 결구(結構)문제에 주목하였다. 그래서 '육욕적 열락'이라는 초점에 맞추어 짜여진 "육욕의 소지(所持)-육욕의 발로(發露)-육욕의 행위-육욕의 열락"이라는 구조로 파악 하였다.[9] 최미정은 성에 대한 능동적/수동적 태도 또는 강요된 현실에 저항 혹은 영합하는 태도가 결국은 하나의 동일한 심정 상태에 있음이 밝혀지고, 장면을 바꿔 계속됨으로써 성 혹은 부당한 현실까지도 점차 당연한 것으로 암시하게 된다고 하였다.[10]

본고는 <쌍화점>에 대한 역사적 사료를 통한 검증관계는 선행연구로 미루고 작품의 구조 분석을 통해 작품을 이해하려고 한다. 이 작품이 공간과 인물이 교체되지만 내용의 흐름이 비슷한 구조로 되어있다는 점 때문에 선행연구는 이 작품의 구조분석을 <쌍화점> 전체 연을 대상으로 하기보다는 개별적인 연에 집중하였다. 또한 작중 인물들의 발화를 중심으로 그 의미를 살피고 있다.

본고에서는 이 작품이 표면적으로는 동형반복의 병렬구성이지만 심층적인 부분에서는 각 연의 의미가 동일하지 않다고 본다. 이를 위해 먼저 개별 연들의 화자와 청자를 통해 작품의 구조와 그들이 지니고 있는 성적 욕망을 찾아본다.11) 이어 전체 작품 속에서 작중 인물들의 성적 욕망이 어떤 방식으로 전개되고 있으며 그 속에 담겨진 욕망의 의미를 규정하고자 한다.

2. 〈쌍화점〉의 구조

1) 개별 연 안의 화자와 청자
- 성적 관계 사실과 성적 장소의 공개적 담론 형성

<쌍화점>은 가사 내용이 『악장가사』와 『악학편고』에 전한다. 그리고 『대악후보』에는 3연의 일부와 4연이 생략된 채 수록되어 있다. 다음은 『악장가사』에 실린 1연의 전문이다.(*논의의 편의상 행 앞에 숫자를 표기함)

1. 雙花店에 雙花사라 가고신딘
2. 回回아비 내손모글 주여이다
3. 이 말스미 이 店밧긔 나명들명
4. 다로러 거디러
5. 죠고맛감 삿기광대 네 마리라 호리라
6. 더러둥셩 다리러디러 다리러디러 다로러 거디러 다로러
7. 그 자리예 나도 자라가리라

8. 위위 다로러 거디러 다로러

9. 긔잔디 그티 덦거츠니 업다[12]

위의 작품 가운데 여음이라고 할 수 있는 (4행), (6행), (8행)을 제외하면 <쌍화점>은 각 연이 총 6행으로 구성된다. 이를 다시 유의미를 중심으로 그 틀을 도식화[13] 하면 다음과 같다.

(1행) A에 B하러 가고신딘

(2행) C가 내 손모글 주여이다

(3행) 이 말ㅅ미 이 A밧긔 나명들명

(4행) 죠고맛간 D 네 마리라 호리라

(5행) 긔 자리예 나도 자라가리라

(6행) 긔 잔디 그티 덦거츠니 업다

〈표 1〉

	A : 장소	B : 행위	C : A의 주체자	D : 목격자
1연	雙花店	雙花구매	回回아비	삿기광대
2연	三藏寺	懸燈	社主	삿기上座
3연	드레우물	물 긷기	우믓龍	드레박
4연	술집	술 구매	짓아비	싀구박

위의 <표 1>에서 보면 A와 B는 장소에 맞게 그 목적이 분명하게 드러난다. 그런데 C와 D는 1연과 2연과 달리 3연과 4연에서 행위의 주체와 목격자가 상징성을 띠고 있다. 다만 C에 해당되는 행위의 주체가 동일하다면 3연의 우믓龍의 정체는 1연과 4연의 '-아비'와 2연의 사주처럼 남성을 용으로 비유한 것임을 알 수 있겠고, 우물가에 물 길러 온 사람에게 손을 잡는 행위를 한 인물이다. 이런 논리로 D의 3연

과 4연의 드레박과 쇠구박의 존재 역시 1연과 2연의 삿기광대나 삿기 상좌처럼 A라는 장소에서 기거하며 C를 돕는 역할을 수행한다. 이들의 공통점은 '죠고맛간'이라는 말로 보아 A장소에서 보잘 것 없고 하찮은 존재에 불과하다.

이 작품을 대부분 연구자들은 1~4행까지를 시적화자(제 1여인)의 진술로 보고 5행을 제 2여인의 진술, 6행을 제 1여인 혹은 제 2여인의 진술로 본다. 따라서 <쌍화점>은 복수화자를 통한 극적인 성격의 도입과 그녀들의 충격적인 성 체험과 성적 욕망의 표출, 예상을 뛰어넘는 반전 등으로 농밀한 성애의 정감을 드러내고 있다14)고 보기도 한다. 이도흠은 이를 세분화하여 6행의 진술의 주체를 제 1여인과 제 2여인으로 구분하고 '덦거츠니15)'의 의미를 부정적인 경우와 긍정적인 경우로 나누어 설명하고 있다. 그러면서 <쌍화점>이 조선조에도 명맥을 유지한 것을 고려하여 6행을 제 1여인이 말하였고 '덦거츠니'를 부정적인 경우가 가장 타당성이 있다고 주장한다.16) 곧 "그 자리에 나도 자러 가리라"라는 의미는 이 노래를 발화하는 자 뿐만 아니라 수신하는 자 모두의 욕망을 대변하는 언술이다. 6행의 진술이 처음 진술했던 제 1여인이 욕망을 따라 행하는 것처럼 '지저분한 곳이 없다'라는 진술을 통해 제 2여인이나 이를 듣는 수신자에게 경계의 뜻을 전달함으로써 당시의 성 풍속도를 풍자한 노래라는 것이다.

그런데, 이러한 견해는 고려 당대의 시각을 통해 살피기보다는 인간의 성적 욕망에 대한 경계를 지향하는 조선조의 성리학적 사유를 기반으로 평가하고 있다는 혐의가 있다. 하지만 조선조까지 이 노래가 명맥을 유지한 것을 보면 노래에는 항상 교훈적인 측면만을 강조한 것이 아님을 알 수 있다. <쌍화점>을 비롯한 고려속요는 아악, 당악과 마찬가지로 속악으로서 고려 궁중에서 뿐만 아니라 조선조

에 들어와서도 200여 년 동안이나 제향(祭享)을 비롯한 각종 연행에
서 불러진 노래이다. 조선조 성종 때에 '속악을 남녀상열지사나 음
란한 가사 등으로 인식하여 가사를 고쳐 부르도록 했지만, 노래를
부르는 관기들의 습속에 따라 좀처럼 옛 노래를 바꿀 수 없었다'고
한다.17) 따라서 이 노래가 경계적인 내용 때문에 『악장가사』 등에
수록되어 전승되었다기보다는 고려조에 궁중에서 불렸던 속악이었
기에 궁중악의 속성상 그대로 전승했던 것으로 보는 편이 옳다고 생
각한다.

그래서 <쌍화점>을 굳이 경계의 뜻으로 이해하여 교훈적인 방식으
로만 해석할 것이 아니라 조선조에 이 작품을 음란한 노래로 규정했
다는 사실에 더 의미를 둘 수 있다. 그런 점에서 최미정이 '덦거츠니'
를 '무성하며 아늑하고 둘러싸이는 기분을 느끼는 곳'이라고 긍정적으
로 해석하여 이 노래의 음란성을 지적한 것은 타당하다고 판단된다.
그러나 '덦거츠니'를 부정적인 방법으로 해석해도 이 노래의 음란성을
지적하기에 족하다는 점도 고려할 수 있다. 이 작품은 일반적인 진술
이 아니라 시적인 표현법이라는 점에서 6행을 제 1여인의 위장된 언
술로 볼 수 있기 때문이다. 곧 자신과 정을 통한 남성을 다른 여인에게
빼앗기지 않으려는 화자의 심리가 소문을 듣고 정욕을 일으키고 있는
제 2의 여인에게 대응18)하는 언술로 본다면 이 작품은 욕망을 대변하
는 노래로 읽힐 수 있다는 견해이다.

그런데 본고에서는 1~4행을 처음 발화자인 제 1여인, 5행을 제 2여
인, 6행을 제 1여인의 진술로 보지 않고 1~4행을 제 1여인, 5~6행을
D의 진술로 보고자 한다. D는 A라는 장소에 기생(寄生)하며 C에 종속
된 하급의 존재이다. 더욱이 시적화자가 D에게 '조그만'이라는 형용사
로 한정함으로써 D는 무시와 경멸을 받고 있는 존재 또는 신체적으로

어리다는 것뿐만 아니라 주인에게 의존해야 하는 처지를 나타내고 있다고 볼 수 있다.[19] 따라서 4행은 화자가 A라는 장소에서 겪었을 행위를 두고 소문이 나지 않기를 바라면서 D에게 위협을 가하는 형국이다. 특히 1~2연에서 D가 사람이라면 3~4연에서 D의 '드레박', '싀구박'은 말을 못하는 사물이다.[20] 어느 것으로 보나 D는 시적화자에게 위협을 가할만 한 존재는 못되어 보인다. 그렇지만 D의 존재는 결코 무시하지 못할 만큼 작품 내에 큰 비중을 차지한다. D가 보잘 것 없지만 사건 진행에 중요한 기능을 하는 인물로서 우리나라 고전 소설이나 탈춤 등에 등장하는 "방자"나 "말뚝이"와 같은 역할을 한다고 보는가 하면,[21] 박노준은 "소문을 퍼뜨린 행위만 가지고서도 삿기광대의 비중은 대단한데 그로 인하여 두 여인이 갈등 양상을 노출케 한 계기까지 그가 제공하고 있음을 계산에 넣으면 삿기광대의 역할은 엄청난 것이라고 하여도 무리가 아니다. 뒷 절 전체가 그로 하여 존재하게 된 것이라고 단언을 내려도 무방하다"라며 "삿기"의 역할의 중요성을 지적하기도 하였다.[22] 그런데 이들 논의는 소문의 확산을 D가 주도하고 있다는 데에는 일치하지만 D가 5~6행의 진술자라고까지는 파악하지 않고 있다. 이런 점에서 고정희가 삿기광대를 주인이나 '사주'가 되기를 염원하는 존재로 보고, "긔 자리예 나도 자라 가리라"는 말을 제2의 여인이 아닌 '삿기광대'의 발언이라고 주장한 것[23]은 의미있는 견해라고 생각한다. 그러나 고정희가 5행을 D가 진술하고 6행을 '삿기광대'의 성숙을 위해 그의 욕망을 거절하는 여인의 말로 보고 있다는 데에서 논자와 생각이 다르다. 후술하겠지만 5~6행 모두 D에 의해 진술된 것으로 판단하기 때문이다.

그렇다면 5~6행을 왜 D의 진술로 보아야 하는 가에 대해 살펴보도록 하자. 먼저 1행에서 화자가 A에 간 목적은 B하러 간 것으로 되어 있다. 그런데 C가 화자의 손목을 잡는 사건이 발생한다. 5행에서 "그 자리예 나도 자라 가리라"에서 "자리"라는 어휘가 있는 것으로 보아 손목잡힌 행위24)는 성적인 관계를 은유적으로 표현한 진술이라고 할 수 있다. 그런데 이런 성적 관계로 인식될 수 있는 손목을 잡힌 행위를 표면적인 진술만을 두고 볼 때 화자가 C에게 성폭행을 당한 것처럼 그려지고 있다. 그런데도 이처럼 원하지 않던 부적절한 관계를 진술하는 화자의 태도는 이런 상황에 대해 전혀 감정을 느낄 수 없을 만큼 담담한 어조로 표현한다. 그러면서 화자가 내뱉는 것은 자신이 겪었을 사건을 "이 말씀"이라고 객관화 시키고 있다는 사실이다. 그리고 이 말이 A밖에 소문이 난다면 이는 D가 옮긴 것이라며 일방적으로 D에게 책임을 전가하고 있다. 4행의 "네 마리라 호리라"를 "네가 소문을 낸 것으로 알겠다"로 해석한다25)면 화자의 진술로 미루어 자신이 겪은 사건이 밖으로 소문나는 것을 꺼려 D를 입 단속하는 것처럼 보인다. 그런데 3~4행에서 화자의 진술은 소문이 날까봐 걱정을 하는 말투를 취하면서 실은 은근히 그 일에 대해 드러내고픈 마음으로 자랑 삼아 공개하는 것인지, 아니면 그것이 소문으로 퍼질까봐 노심초사하고 그것을 사전에 막으려 단속하는 것인지 단정 지을 수 없다. 둘 중 하나이거나 아니면 둘 다를 포함한 이중적 심리로 해석할 수 있기 때문이다.26)

1~4행의 진술로 보아 D가 그 사건을 목격한 것처럼 보이지만, D가 그 사건을 목격하지 않았을 경우도 가정해 볼 수 있다. D가 목격했다면 4행은 화자의 입단속 협박일 수 있다. 그러나 D가 실제로 그 사건을 목격하지 못했다면, 화자의 1~2행의 진술은 오히려 새로운 이야기를 D뿐만 아니라 다른 이에게 전달하는 역할을 한다.

5행과 6행의 진술자가 누구냐에 따라서 이 노래의 해석은 달라질

수 있다. 본고는 5행과 6행의 진술자를 D라고 간주한다. 이렇게 되면
1~2행처럼 화자가 C와의 관계사건을 입단속하기 위해 D에게 4행과
같이 진술하였는데, D가 그 사실을 인지하지 못했다면 D에게 새로운
정보를 알려준 것이고, 만약 D가 그 사실을 알고 있었다면 4행의 진술
은 알고 있었던 사실을 재확인시켜주는 구실을 한다. 이때 D의 발언
이 5행이라고 한다면 화자도 전혀 예상하지 못한 언행이다. 화자는 D
에게 입단속을 시키거나 한편으로는 자신이 겪은 일에 대한 소문이
확산되기를 은근히 바라던 것에 허를 찔린 상황이 되기 때문이다. 4행
에서 화자가 "네 마리라 호리라"라는 언사에 D가 위협을 느꼈다면 그
것은 D가 C에게 속한 이 여인을 욕망했다는 것을 반증하는 셈이 된
다.27) 그런데 여기서 한걸음 나아가 D가 5행의 "그 자리예 나도 자라
가리라"라고 했다면 "그 자리"란 C와 관계맺고 있는 현장을 지칭한
것이므로 거기에 자신도 함께 끼어들겠다는 의지로 해석할 수 있다.
그러면 남녀간의 1:1의 관계가 아니라 거기에 자신마저 끼어들어 2:1
의 관계를 형성함으로써, 그야말로 난삽한 지경으로 몰아가는 형국이
된다. 6행에서"덦거츠니"를 긍정적이든 부정적으로 해석하든, "긔 잔
디ㄱ티 덦거츠니 업다"고 진술하는 것은 D가 A에서 지내면서 C를 포
함하여 많은 사람들의 성적일탈 장면을 수 없이 목격한 자로서의 발
언으로 볼 수 있다.

  이상의 내용을 토대로 본다면 D의 진술은 1~4행까지 화자의 발언
에 대해 그 의미를 보다 분명히 해주고 있다. D가 5행을 발언함으로써
1~2행에서의 화자가 C에게 손목을 잡힌 행위를 성적인 관계로까지
그 의미를 확대하고 있다. 또한 6행의 진술이 A라는 장소에서 벌어진
일련의 사건들을 목격한 자로서 토로된 발언이라는 점에서 그 의미의
파장은 적지 않다. A라는 장소에서 C와의 성적관계로까지 진행된 사

람이 비단 화자만이 아니고 그곳을 다녀간 사람들의 행적까지도 들춰내는 역할을 하기 때문이다. 그러므로 D라는 인물을 통해 A라는 장소가 대중들 혹은 청자에게 온통 음란한 성적인 장소임을 알려주는 구실을 하고 있는 셈이다. 이는 5행을 제 2여인의 진술이라고 본 것과는 차원을 달리한다. 제 2여인의 진술이 A라는 장소에서의 C와의 관계 소문을 듣고 찾아온 자의 발언이라면 D의 진술은 A에서 기거하며 그곳의 사정을 누구보다도 잘 알고 있는 직접 당사자라는 점에 있어서 실제적 사실에 가깝다고 하겠다. 더욱이 소문의 진원지가 화자의 우려하는 바와 같이 D라는 점에서 진술의 무게는 더욱 중하다고 보겠다. 따라서 5~6행의 진술을 D가 했다고 할 때, 이 작품은 당대 민중들의 성적 욕망을 경계한다기보다는 민중들에게 오히려 성적 욕망을 증폭시키는 역할을 하였다고 볼 수 있다.[28]

이상의 상황을 도식화하면 다음과 같다.

〈표 2〉

행	진술자	발언태도	표면적 의미	이면적 의미
1~2	시적화자	미확인	행위의 사실 회상	행위의 사실 회상
3	시적화자	미확인	소문의 결과 예상	소문의 결과 예상
4	시적화자	미확인	D를 위협	위협 혹은 소문확산 기대
5	D	미확인	난삽한 자리 욕망	C와 대등한 관계지향 혹은 음한한 행위의 주동자 역할
6	D	긍정	좋은 곳	목격자로서 성적 야합 사실 확인 / 性的장소로서 A를 일반화
		부정	지저분한 곳	

2) 전체 연 안의 화자와 청자 - 성적 욕망의 해소

〈쌍화점〉은 공간과 화자만 서로 다를 뿐 똑같은 내용과 구조가 여

러 번 반복한다. 따라서 원래 현전의 4개 연 이외 또 다른 여러 개의
연이 더 있을 가능성이 높은 노래이다. 만약 청자가 이 노래를 들으면
서 성적 충동이 고조됨을 느꼈다면 그것은 같은 줄거리의 이야기가
반복됨에 따라 색정적인 흥분이 겹겹으로 쌓인 결과에서 비롯되었을
뿐이다.29) 때문에 과문한 경우인지 모르나 대다수의 연구자들도 이
작품을 두고 전체 연을 대상으로 구조적인 분석을 시도한 경우가 양
희찬과 최미정의 논고30) 이외에 거의 있지 않다.

양희찬이 〈쌍화점〉을 '육욕적 열락'이라는 초점에 맞추어 "육욕의
所持 - 육욕의 發露 - 육욕의 행위 - 육욕의 열락"이라는 구조를 취
했다고 본 반면, 최미정은 〈쌍화점〉의 반복적 병렬 구조는 성에 대한
능동적 / 수동적 태도 또는 강요된 현실에 저항하는 / 영합하는 태도
가 결국은 하나의 동일한 심정상태에 있음이 밝혀짐으로써 관객 혹은
청자는 기만당한다. 이것이 장면을 바꿔 계속됨으로써 성 혹은 부당한
현실까지도 점차로 당연한 것으로 암시하게 된다.31)고 하였다. 그런
데 양희찬의 논의는 이 작품을 네 단계로 나누어 구조를 밝히고 있지
만, 이미 육욕적 열락이라는 결과에 각 연을 도식화 한 점이 보인다.
그것은 1연에서 발견한 육욕의 소지가 각 연에도 동일하게 적용될 수
있는 개연성이 있고, 나머지 육욕의 발로·행위·열락 또한 특정한 연
에만 해당된다고 볼 수 없기 때문이다. 또 최미정의 경우 성에 대한
태도가 동일한 심정상태에 있다는 것으로 일원화함으로써 각 연을 거
듭하면서 변화하는 시적화자의 이면적인 성적 욕망을 발견하지 못한
점이 있다.

그렇다면 이 작품이 공간과 화자만 서로 다를 뿐 똑같은 내용과 구
조가 거듭되어 있기 때문에 연의 중첩에 따른 의미부여를 할 수 없는
것일까? 이 절에서는 연의 중첩에 따른 구조가 어떤 의미를 갖고 있는

가에 대해 살펴보고자 한다.

앞 절에서 <쌍화점>이 각 연마다 1~4행(前節)을 시적화자, 5~6행
(後節)을 D가 발화한 것으로 보았다. 또 D의 5~6행의 발언은 1~4행
에서 언급한 화자의 진술을 더욱 구체화하여 그 의미를 부여하였다.
그만큼 이 작품의 각 행에서 D의 존재는 중요한 위치를 차지한다.

그런데 전체 작품의 틀에서 볼 경우, D보다는 화자의 역할이 주목
된다. 물론 개별 연에서의 역할 또한 사건의 발화 당사자로서 주동적
인 역할을 한다. 그러나 이때의 역할은 D라는 존재에 의해 그 의미가
상쇄된다. 반면 전체 연을 대상으로 하여 각 연에 등장하는 화자가 다
른 인물이 아니라 동일인물이라고 할 때 상황은 달라진다. 각 연에서
표출하는 화자의 심사를 결코 동일한 심적 상태라고 볼 수 없기 때문
이다. 1연의 장소에서 체험한 인물이 2연의 장소로 옮겨가고, 이어 3
연, 4연으로 장소를 거듭 이동한다는 점이 변화하는 환경을 접하면서
그 마음가짐도 다를 수 있다는 이유이다.

앞 절에서 시적화자의 발언이 D에 의해 성적 욕망의 확인으로까지
확대되었음을 알 수 있었다. 1연에서 쌍화를 사러 쌍화점에 갔던 화자
가 회회아비에게 손목을 잡힌 사건이 발생한다. 여기에서 화자가 처녀
인지 유부녀인지 문면(文面)만을 놓고 볼 때 알 수 없다. 다만 여자라
는 점만은 확실하다. 이는 <쌍화점>의 2연에 해당하는 내용이 『고려
사』 「악지」에 <삼장>으로 한역되었고, 급암 민사평(閔思平, 1295~
1359)또한 한역을 하고 있는 것[32]에서 단서를 찾을 수 있다. 곧 급암이
2행에 "오섬수(吾纖手)"라고 표현한 것에서 시적화자의 존재는 여린
손을 지닌 여성임을 알 수 있다. 손목을 잡힌 사건을 대하는 화자의
태도는 표면적으로는 3~4행에서 새끼광대(D)에게 소문발설 금지를
하고 있는 것으로 보아 외부로 자신의 행동이 공개되기를 원하지 않

는 것처럼 보인다. 그런데 5행에 와서 D의 갑작스런 발언은 화자로 하여금 현실을 직시하게 하는 역할을 한다. 곧 자신의 손목을 잡힌 사건을 D가 잠자리 사건으로까지 그 의미를 확대하여 이해하고 있다. 또 그 장소에 D가 가겠다고 함으로써 그곳을 화자와 회회아비만의 은밀한 만남의 형태를 벗어나 집단 성적인 야합의 자리로 환원시키겠다는 데에까지 이르게 된다. 나아가 D의 6행의 발화를 통해 화자는 쌍화점에서 자신만이 회회아비(C)와의 성적 교합을 이룬 것이라고 생각했는데, 이곳이 화자이외에도 많은 사람들이 C와 관계를 갖고 있다는 사실을 인지하게 된다.

이처럼 〈쌍화점〉이 한 개 연만으로 구성되었다면 이 정도로 그 의미를 한정지을 수 있다. 그런데 이 작품은 이와 동일한 형태의 연이 장소와 행위의 주체자, 목격자가 다른 채, 4개연으로 구성되었다는 사실이다. 각 연의 화자가 다른 인물일 경우 각각의 의미는 첫 연에서 찾을 수 있는 것 이상의 내용으로 의미를 확대하기는 어렵다. 하지만 각 연의 화자가 동일인이라고 가정하면 그 의미는 연이 바뀔 때마다 새로운 사실이 드러나고, 그만큼 성적 욕망의 의미는 최고조로 확산된다고 하겠다. 곧 1연을 거쳐 2연으로 장소를 바꾸어 삼장사에 등불을 켜려 온 화자는 1연에서 겪었던 경험을 토대로 보았을 때, 앞으로의 진행되는 과정을 상정하면서 찾아간 행위로 간주할 수 있다. 그곳에서 1연에서처럼 사주(寺主)와의 잠자리를 하고, 새끼 상좌에게 입단속으로 소문의 확산을 방지한다.

그러나 1연에서 새끼광대가 어떤 식으로 자신에게 발화한 것을 경험했기 때문에 화자는 새끼 상좌가 자신에게 어떤 반응을 보일 것인가를 이미 마음속을 꿰뚫어 보듯 기대하게 된다. 새끼 상좌가 자신의 기대에 걸맞게 1연에서의 것처럼 동일한 발언을 해줌으로써 화자는 삼장사 또한 쌍화점처럼 난잡한 성적행위의 장소요, 나만의 은밀한 행위가 아니라 나와 같은 사람들이 많이 있다는 것을 다시금 확인하게 된다. 설령 2연까지는 화자가 1연에서와 같이 동일한 심정으로 A에 찾아가서 동일한 경험을 하였다고 하더라도 1연에서 겪었던 것과 체험의 결과는 사뭇 다를 것으로 보인다. 마찬가지로 화자가 이런 심정으로 3연을 거쳐 4연까지 지속된다면 시적화자가 추구하고자 하는 욕망의 의미를 분명하게 인식할 수 있다. 화자는 장소를 옮겨 다님으로써 성적 충족감을 느끼고 있다고 보아야 할 것이다. 곧 화자가 장소를 옮기면서 새로운 사람을 만날 것을 기대하는 심리를 알 수 있겠고, 그 장소를 자신의 성적욕구를 해소하는 곳으로 이용하고 있다. 또 그곳의 목격자를 끌어들임으로써 그 장소를 난잡한 곳으로 알리는 역할을 하는 것도 처음에는 새끼광대(D)에 의해 이루어 진 것이지만, 장소를 옮겨가면서 화자 자신이 오히려 목격자(D)를 유도하여 그 장소를 난잡한 곳으로 만들고 있다. 더욱이 3연과 4연에 나오는 목격자(D)는 앞서 1연과 2연에서 보여준 "새끼 광대"나 "새끼 상좌"처럼 특정한 사람이 아니라 "두레박", "싀구박"으로 비유적인 모습으로 등장한다. 이처럼 비유적인 표현으로 목격자(D)를 삼은 것은 한편으로는 시적화자에게 "두레박"과 "싀구박"이 '볼 수는 있지만 말할 수는 없는' 사물이므로, 소문에 대한 여성의 중압감이 줄어든다.[33]고 볼 수도 있다. 그런데 두레박이 물을 기를 때 필요한 도구라면, 싀구박은 술을 술병에 담을 때 필요한 도구로써 둘 다 자신의 역할을 할 때 소리를 내는 특징을 지닌다. 이도흠의 지적처럼 '떠버리'나 '수다쟁이'로 은유화 될 가능성을 갖고 있다.[34] 그러므로 이들의 등장은 앞의 1·2연의 새끼광대나 새끼상좌보다 오히려 소문의 확산을 표면에 내세운 것으로 볼 수 있다.

따라서 화자는 가는 곳마다 목격자를 지목하여 소문발설 금지를 당부하지만 돌아온 반응은 그곳에 목격자 자신도 참여하겠다는 언사이다. 그러므로 화자의 발언은 소문의 발설 방지, 혹은 성적 욕망의 억제보다는 D를 통해 소문을 확산하고, 화자 자신의 성적 이탈의 행위를 정당화 하고 있다. 특히 3, 4연에 목격자(D)를 익명화 하여 지목함으로써 1, 2연 보다 더욱 소문을 확대 조장하여, 성적야합의 장이 한 곳에서 여러 곳으로 확산하는 역할을 하게 한다.

이상의 장면을 다음과 같이 도식화 할 수 있다.

〈표 3〉

행	진술자	1 연	2 연	3 연	4 연
1~2	시적 화자	행위의 사실 회상	기대된 행위의 결과	2연의 결과 재확인	시적화자의 주도로 목격자를 끌어들여 그동안의 사실을 확인하고 자신의 성적 이탈 행위를 정당화 시킴.
3~4	시적 화자	소문의 결과예상 -염려	소문을 유도, 조장	2연의 결과 재확인	
5	목격자	난잡한 성적욕망	화자에 의해 목격자가 지목되고, 기대한 발언유도확인	2연의 결과 재확인	
6	목격자	목격자의 사실 확인	경험자로서 목격자의 발언기대 확인	2연의 결과 재확인	

3. 성적 욕망의 의미

<쌍화점>은 『고려사』 <속악>조에 소개된 <삼장>의 내용과 제2연의 내용의 일부가 같은 것을 볼 때, 충렬왕 때 전 후로 창작된 것으로 보는 것이 학계의 공통견해이다. 다만 두 작품 간의 상관성은 인정하지만 <삼장>이 확대되어 현전의 <쌍화점>이 되었는지 아니면 <쌍화점>의 일부만을 한역하여 전한 것인지는 아직까지 명확하게 밝

혀지지 않았다. 따라서 총 4연 가운데 <삼장>만 떼어내어 「속악」조에 실은 것은 15세기 『고려사』찬자들이 배불론적(排佛論的) 차원에서 승려의 비행(非行)을 강조하기 위해 의도적으로 전재한 결과로도 해석하는[35] 논의도 있었다.

<쌍화점>이 왕명으로 찬술된 『대악후보』에 노랫말과 악보가 실려 있는 것으로 보아 이 노래의 4연 전체가 궁중음악으로 존재하였음을 알 수 있다. <쌍화점>이 쌍화점, 삼장사, 드레우물, 주점 등 다양한 장소를 노래무대로 설정하고 있다는 점은 노래 해석에 중요한 시사점을 준다. 이들 장소는 충렬왕대 고려인들의 비난과 원성의 대상으로 부각되었던 색목인을 비롯한 승려와 무격의 활동장소였고 퇴폐적인 술집이기 때문이다.[36]

앞 장에서 보았듯 <쌍화점>은 작중 화자의 성적 욕망이 각 연마다 장소와 대상이 바뀌면서 제시되고 있다. 이런 현상을 두고 일부에서는 작품 속의 현장을 고려조의 역사적 사실의 맥락에서 해석함으로써, 당대 민중들의 성적 욕망을 대변한 것으로 이해하기도 한다. 곧 1연의 쌍화점에서 회회아비를 두고 충렬왕 때 제국대장공주(齊國大長公主)를 따라왔던 겁령구(怯怜口)의 일종인 회회인(回回人)으로 보아 이국인(異國人)의 고려여성에 대한 성폭력 현장 고발을, 2연의 삼장사 주지와의 관계에서 불교의 타락상을, 3연과 4연의 우물용과 술집주인과의 관계에서 시정의 여인들의 모습을 읽어내었다.[37] 더욱이 <삼장>으로 번역된 이 작품이 충렬왕을 성색(聲色)으로 기쁘게 해주기 위해 행신(幸臣)들에 의해 제작되었다는 기사[38]는 <쌍화점>을 이해하는 데 외설적인 노래로 해석하기에 일정한 작용을 한다. 또한 조선조에 고려 속요에 대한 재평가 작업을 근거로 남녀상열지사 혹은 비리지사(鄙俚之詞)의 개념[39]으로 이 작품을 지목한 것도 <쌍화점> 이해에 한

방법을 제시한다.

그러나 이 노래가 고려조에 당당하게 속악으로 불리었고, 조선조 200여 년 동안 궁중악으로 사용되었다는 점은 고려조 당대의 시각으로 작품을 보려는 자세가 필요하다. 남녀 간의 성적 교합의 관계를 성리학적인 사유가 지배하던 조선조의 관점[40]으로 보아, 이를 음란하여 지탄의 대상으로 이해할 것이 아니라 당시 민중들의 관심과 호기심을 자극하여 대중성을 꾀하려는 노래로 보아야 한다는 것이 논자의 생각이다.

『고려도경』의 다음과 같은 기사는 고려 당대의 민중들의 삶의 편린을 볼 수 있는 자료이다.

> 19권 「民庶」 : (고려인들은) 은혜를 베푸는 일이 적고 여색(女色)을 좋아하여, 분별 없이 사랑하고 재물을 중히 여기며, 남자와 여자의 혼인에도 경솔히 합치고 쉽게 헤어져, 전례(典禮)를 본받지 않으니 진실로 웃을 만한 일이다.
> 22권 「雜俗1」 : 부가(富家)에서는 아내를 3~4인이나 맞이하되 조금만 맞지 않아도 바로 이혼하고,
> 23권 「雜俗2」 : (고려의 여성들은) 여름에는 날마다 두 번씩 목욕을 하는데 시내 가운데서 많이 한다. 남자 여자 분별없이 의관을 언덕에 놓고 물구비 따라 몸을 벌거벗되, 괴상하게 여기지 않는다.[41] (*밑줄 필자)

여색을 좋아하여 분별없이 사랑한다는 것과 인생의 중대사인 결혼 또한 가볍게 생각하여 만나고 헤어지는 것이 다반사라는 사실, 남녀 간 혼욕 또한 자연스럽게 여기는 일 등은 외국인의 눈에 비친 고려인들의 단면이다. 송나라 사신으로 고려에 왔던 서긍(徐兢)이 작성한 위의 기록은 개경에 1개월 정도 머물면서 쓴 고려 견문록인 점을 생각할

때, 일부의 장면으로 전체를 속단하는 위험도 없지 않다. 하지만 오히려 이 기록은 고려 당대의 남녀유별에 대한 인식이 조선조에 비해 낮았음을 반증하는 것으로도 볼 수 있다.42) 이런 정황을 바탕으로 <쌍화점>을 이해할 때, 고려조 민중들의 현실과 관련하여 당대 문화를 올바로 읽을 수 있으리라고 본다.

<쌍화점>에 나오는 주 무대는 고려 당대의 여성들이 쉽게 접근할 수 있는 활동 공간이다. 그 속에서 겪게 되는 남녀 간의 은밀한 이야기가 대중들의 관심을 유도하기에 적합한 방식으로 전개된다. 각 연은 앞서 2장의 <표 2>에서 보듯 "C와의 행위사실 회상(1~2행) → 소문의 결과 예상(3행) → D를 위협(4행) → D의 C와 대등한 관계지향 혹은 음한한 행위의 주동자 역할(5행) → 목격자로서 사실 확인, 성적 장소로 A를 일반화(6행)"로 진행된다.

이와 같은 각 연의 구조를 통해 볼 때 5~6행의 D의 진술은 1~4행까지 시적화자의 발언에 대해 그 의미를 분명하게 해준다. 곧 D가 발화한 5~6행은 당대 민중들의 성적 욕망을 경계한다기보다는 성적 욕망을 증폭시키는 역할을 한다. 더욱이 2장에서 보았듯 이 노래는 4개연으로 이루어졌다는 점에서 1개연에서 보여준 것과는 화자의 성적 욕망이 연이 바뀔 때마다 다르게 나타나고 있음을 알 수 있었다. 그렇다면 이런 현상을 통해 과연 노랫말 속의 시적 화자의 정체는 무엇이며 이 여인의 행위가 갖는 의미는 무엇일까? 이 노래는 고려 당대의 민중들에게 어떤 의미로 다가왔을까? 그리고 이 노래가 당시 궁중의 속악으로까지 활용된 것은 무슨 이유 때문일까? 하는 의문을 갖게 한다.

고려조가 아무리 성문화가 자유로웠다 하더라도 남녀 간의 성적인 문제는 은밀한 부분이지 공개하여 밝힐 수 있는 내용이 아니다. 그런데도 그 내용이 감추어있기 때문에 오히려 알고 싶어 하는 사람들의 욕망 또한 무시하지 못할 것이다. 문학이 당대의 실상을 반영한다는 점에서 볼 때, 이 노래는 당대의 민중들의 삶을 여과 없이 보여주었다고 할 수 있다. 그런 차원에서 보면 시적화자는 누구라고 단정하기보다는 당대 민중의 성적 욕망을 대변하고 있다고 보는 편이 옳다고 생각한다. 이 때 고려조 민중들이 이런 노래를 부르며 느낄 수 있는 사실은 성적 욕망의 문제를 두고 시적화자와 교감을 갖거나, 새로운 사실의 확인으로 성적 욕망에 대한 관심 또는 이런 사실에의 거부감을 느낄 수도 있을 것이다. 한편 『고려사』「악지」, 〈속악〉조에 수록된 〈삼장〉과 〈사룡〉이 충렬왕의 패행적인 기호를 의식하고 행신들에 의해 왕 앞에 연행된 점과 관련하여, 이 노래들이 궁중에서 연행된 것을 두고 이를 궁중에서 퇴폐적이고 음란함을 조장하기 위한 방법의 일환으로 해석하기도 한다.

그러나 성적 욕망을 표현하고 있는 이런 노래가 그대로 궁중예악으로 연행된 사실은 충렬왕의 성색을 돕기 위한 방편도 있겠지만, 당대 민중의 삶을 공유하려는 왕실의 의도 또한 반영된 것으로 볼 수도 있겠다.

조선조 성종·중종 대에 이르기까지 상층 지식인들이 향유할 만한 세련된 노래문화는 왕실음악 외에 이렇다 할 다른 무엇이 뚜렷하게 형성되어 있지 않았다고 한다.43) 속요를 비롯한 왕실의 향악곡들은 음악문화의 모든 영역을 감당해야 했기에 성리학적 예악관에 투철한 유학자들에게 속악은 남녀상열지사로 문제시될 소지가 잠재되어 있다.44) 따라서 고려조 당대 민중의 삶을 조선조 도덕주의자들의 입장을 추종하여 무조건적인 배척을 경계해야 할 것이다. 이런 점에서 〈쌍화점〉에 담겨진 성적 욕망을 도덕과 윤리적인 측면에서만 놓고 부정적인 차원으로만 접근하지 말고, 궁중에서 민간에 이르기까지 함께 즐기는 문화의 일환으로 보는 시각도 필요하다고 본다.

4. 맺음말

<쌍화점>은 『고려사』 <속악>조에 한역된 <삼장>이 <쌍화점>의
제2연의 일부와 동일함을 들어, 다른 작품에 비해 비교적 창작시기와
주변정황을 알 수 있는 작품으로 알려졌다. 그런데 사료적인 정황과
전승된 작품 때문에 작품해석이 한 편으로 고착화되는 면도 없지 않
았다.

한편, <쌍화점>은 총 4개연으로 되어 있으나 장소와 인물만 다를
뿐 각 연의 내용이 동일하다는 특징을 갖고 있다. 하지만 표면적으로
보면 동일한 구조이지만 심층적으로 연이 바뀜에 따라 동일한 구조에
서 또 다른 점을 발견할 수가 있다.

본고는 기존의 논의가 <쌍화점>이 동일한 구조이므로 전체적인 구
조에 의미가 중요하지 않다는 점에 이의를 제기하였다. 또한 각 연에
서 등장하는 화자가 바뀌는데 주목하여, 기존의 논의가 화자와 다른
제2여인의 등장으로 해석함으로써 <쌍화점>을 여인의 성적 욕망의
기대 혹은 경계의 의미로 한정하고 있는 것과도 다른 의견을 제시하
였다.

먼저, 개별 연에 담긴 <쌍화점>의 구조를 각 행별로 의미를 분석하
였다. 행에 담긴 내용이 시적화자와 제 2의 여인 간의 대화라기보다는
시적화자와 목격자(D) 간의 대화로 해석하여, 작품에 담긴 의미를 규
명하였다. 이를 통해 성적 욕망의 극단적 상황과 성적 장소가 두 사람
간의 대화를 통해 공개되고 있는 것을 알 수 있었다.

다음으로, 전체 연에 담긴 <쌍화점>의 구조를 살폈다. 장소와 인물

만 바뀌며 동일한 구조를 취하고 있지만, 각 연에서 발화하는 화자가 다른 인물이 아니라 동일한 인물이라고 보면, 각 연마다 전혀 다른 상황이 연출되는 것으로 드러난다. 1연의 장소에서의 경험을 토대로 2연의 장소로 옮겨가고, 3연과 4연을 거치면서 화자가 겪는 내용은 사뭇 다르게 전개된다. 1연의 쌍화점에서 회회아비가 자신의 손목을 잡은 사건을 새끼광대의 입을 통해 성적 관계로 까지 그 의미가 확대 혹은 확인된다. 또한 그곳에서 화자 자신만 체험했을 것이라고 믿었던 사실을 5~6행의 새끼광대의 언술을 통해 자신 이외의 다른 사람들도 쌍花店에서 성적 욕구를 해소하고 있다는 사실을 인지하게 된다. 이런 경험을 바탕으로 2연의 삼장사에서도 쌍화점에서와 같은 일이 발생하는데도, 3연의 우물가로 장소를 이동하는 것을 통해 화자의 마음가짐을 엿볼 수 있다. 마지막 4연의 술집에 오게 되면, 화자가 알고 있던 사실이 재확인되고, 나 혼자만의 경험이 아니라 많은 사람들도 나와 같은 성적 욕망을 해소하고 있음을 알게 된다. 특히 3연과 4연에 오면 목격자가 사람이 아니라 '두레박'과 '쇠구박'의 사물로 나오는데, 그들의 고유역할이 소리를 낸다는 점을 들어, 이 장소가 오히려 소문의 확산이 되는 역할을 하고 있음도 밝혔다.

이상의 사실을 통해 <쌍화점>은 각 연에 나타난 장소에서 행해진 성적 교합의 장면이 연이 바뀌면서 동일하게 행해지고, 그런 사실이 화자 자신만이 아니라 다른 사람들의 행위들도 목격자를 통해 새롭게 알려준다. 또 화자의 주도로 이런 사실을 확인하는 과정을 거침으로써 성적 욕망의 확산과 기대가 전달되고 있었다.

조선조의 상층지식인들이 향유할 만한 세련된 노래가 없던 점을 고려할 때, 속악이 예악으로 쓰이면서 성리학적 사유를 지닌 유학자들에게 속악은 그 내용이 남녀상열지사로 문제될 소지를 담고 있다. 따라

서 오늘날 고려조 당대의 민중의 삶을 이해하는 데에는 조선조 도덕
주의자들의 입장에서 해석하는 것을 경계해야 한다. <쌍화점>에 담
겨진 성적 욕망을 인간 성정의 일환으로 볼 때, 궁중과 백성들이 함께
즐기려는 고려시대의 문화적 특성을 살필 수 있는 계기가 되리라고
생각한다.

〈鄭石歌〉의 소재의 의미와 구조로 본 사랑과 그 한계

1. 머리말

<정석가>는『악장가사』와『악학편고』에 전 편이,『시용향악보』와 『금합자보』에 첫 연이 실려 전한다. 이 노래는 가사 이외에 노래와 관련한 어떠한 기록도 문헌에서 보이지 않지만 여타 고려가요의 형식과 내용, 표현기법이나 정조(情調) 등이 유사하여 다른 고려가요와 동일한 맥락에서 이해된다. 또한, 일명 '구슬사'라고 하는 끝 연(제6연)은 <서경별곡>의 제2연과 같은 내용의 가사로 되어 있는데, 이 부분은 고려조의 문헌인『익재난고』「소악부」에도 한역되어 있다. 그리고『악학편고』에서 <정석가>를 고려조의 것으로 명기된 사실 등을 들어 이 노래를 고려 시대의 작품으로 추정한다.[1] 또한, 이 노래는 주지하듯 임에 대한 열렬한 사랑의 정, 또는 송도(頌禱)의 정을 표현하는 방법으로 불가능한 상황을 조건으로 제시하며 자신의 영원한 사랑을 기구하는 것이 특징이다.

『악장가사』에 수록된 <정석가>는 장과 장 사이에 ○표를 넣어 모두 11장으로 구분하고 있는데, 이를 구와 장으로 구별하면 총 6연으로 나뉜다. 이를 궁중음악으로서 송도를 위한 목적이 드러나는 1연을 서사(序詞), 2~5연까지를 본사(本詞), <서경별곡>에 공통으로 삽입된 6

연을 결사(結詞)로 하여 3개 단락으로 나눌 수 있다.[2] 2~5연까지는 "有德유덕ㅎ신 님믈 여희 ᄋ와지이다"라는 종결사를 공통으로 유지하고, 같은 구조를 가진 문장을 반복하고 있다. 그리고 소재와 행위를 다르게 바꿔가면서 절대 불가능한 조건을 내세워 임과 헤어질 수 없는 의지를 각인시키고 있다. 이처럼 불가능한 조건을 말하면서 자신이 원하는 상황만을 고집하는 방식은 이규호의 논의[3]에 따르면 우리 시가에 형성된 하나의 관습형태라고 한다.

<정석가>에 대한 연구는 어문학적인 해석을 시도한 김태준 이래로 다양한 논문이 제출되었다.[4] 그중에는 작품의 첫머리에 나오는 "딩아 돌하"를 어떻게 해석하느냐에 대한 논의가 있었고, 남녀 간의 애정을 노래한 민요라는 견해와 궁중에서 송도의 목적으로 창작되었다는 견해, 연정과 송도를 위한 노래라는 절충적 태도를 보인 견해가 있는가 하면, 작품의 구조를 중심으로 살핀 견해도 있다. 이처럼 다양한 논의에도 불구하고 작품에 등장하는 소재[5]를 두고 그 의미를 천착한 논문[6]은 많지 않다. 또한, 이 작품의 구조를 중심으로 본 논의가 있으나,[7] 표면적인 노랫말에 따라 살피다 보니 거기에 따른 심층적인 의미가 간과된 점이 있었다. 따라서 본고에서는 본사(2~5연)에 등장하는 소재의 역사적 유래를 찾아보고, 거기에 견주어 그 의미를 살펴보고자 한다. 그리고 <정석가>가 남녀 간의 애정을 노래한 여타의 고려가요와 맥을 같이한다고 보면서 이를 노랫말에 담긴 내용과 그 구조를 통해 화자의 정서를 찾아보고자 한다.

본고에서 주목하는 것은 임과의 이별을 부정하는 본사의 표현법이다. 연마다 바뀌는 소재와 그것을 뒷받침하고 있는 서술방법이 이별에 대한 안타까움에서 우러나온 감정의 표출이기보다는 이미 계산된 작가의 의도를 반영하고 있다고 보이기 때문이다. 그래서 본사의 각 연

에서 제시하고 있는 소재 곧 밤, 옥, 쇠는 어떤 의미를 갖고 있는지, 이런 재료를 이용하여 만든 구운밤과 연꽃, 철릭과 무쇠 소가 의미하는 바는 무엇인지, 그리고 서술방법에서 드러난 작가의 의도가 무엇인지를 천착하려고 한다. 이를 통해 임과의 애정을 지속하고자 하는 이 노래의 정서가 더욱 명확하게 규명될 것으로 기대한다.

아래는 『악장가사』에 수록된 〈정석가〉 전문이다. (* 논의의 편의상 각 연 앞에 숫자를 표기함)

1연
딩하 돌하 當今당금에 계샹이다
딩아 돌하 當今당금에 계샹이다
先王聖代션왕셩딕예 예 노니ᄋ와지이다

2연
○삭삭기 셰몰애 별헤 나는
  삭삭기 셰몰애 별헤 나는
  구은 밤 닷되를 심고이다
○그 바미 우미 도다 삭나거시아
  그 바미 우미 도다 삭나거시아
  有德유덕ᄒ신 님믈 여희ᄋ와지이다

3연
○玉옥으로 蓮련ㅅ고즐 사교이다
  玉옥으로 蓮련ㅅ고즐 사교이다
  바회 우희 接柱졉주 ᄒ요이다
○그 고지 三同삼동이 퓌거시아
  그 고지 三同삼동이 퓌거시아

有德유덕하신 님 여희ᄋ와지이다

4연

○므쇠로 털릭을 몰아 나는
 므쇠로 털릭을 몰아 나는
 鐵絲털스로 주롬 바고이다
○그 오시 다 헐어시아
 그 오시 다 헐어시아
 有德유덕하신 님 여희ᄋ와지이다

5연

○므쇠로 한 쇼를 디여다가
 므쇠로 한 쇼를 디여다가
 鐵樹山텰슈산애 노호이다
○그 쇠 鐵草텰초를 머거아
 그 쇠 鐵草텰초를 머거아
 有德유덕하신 님 여희ᄋ와지이다

6연

○구스리 바회예 디신돌
 구스리 바회예 디신돌
 긴힛돈 그츠리잇가
○즈믄 히롤 외오곰 녀신돌
 즈믄 히롤 외오곰 녀신돌
 信신잇돈 그츠리잇가

2. 〈정석가〉에 등장하는 소재의 의미

〈정석가〉의 본사에 등장하는 소재는 2연에 밤, 3연에 옥(玉), 4연과 5연에 철(鐵)이다. 이들의 공통적인 특징은 무엇보다도 '단단함'에 있다. 연이 바뀌면서 그 소재가 밤 → 옥 → 철로 변화하며 단단함의 강도가 강해진다. 단단함이란 어떤 특정한 사물들이 지닌 하나의 속성이다. 주위를 둘러보면 단단한 속성을 지닌 것이 적지 않다. 우리가 살고 있는 집에도 단단한 벽이 있고, 발을 딛고 있는 아스팔트 길 또한 단단하다. 이처럼 단단함이라는 속성 때문에 우리는 발을 내디디며 살아가고, 외부로부터 자신을 보호할 수도 있다. 〈정석가〉의 화자는 이러한 단단한 사물들을 통해 자신의 마음을 표현하는 매개체로 사용하고 있다고 생각한다.

2연에 등장하는 밤은 딱딱한 껍질로 둘러싸여, 알맹이를 꺼내려면 예리한 칼이나 도구를 통해서만 가능하다. 이 밤은 대추, 잣과 함께 관혼상제에 빼놓을 수 없는 것으로 다남(多男)을 상징하여 혼례 때 필수적으로 사용하는 과실이기도 하다. 그래서 폐백을 올릴 때 시부모님이 아들을 많이 낳으라는 뜻으로 며느리에게 밤을 던져주는 풍속이 있다.[8] 이상에서 보는 것처럼 밤에는 '단단함'이라는 특성에 다남을 상징하는 것에서 알 수 있듯 자손의 번성은 곧 '영원성'이라는 특성이 있다. 그런데 3~5연에서 처음부터 옥과 철이라는 원재료를 내세우는 것과 달리 2연에서는 원재료인 '밤' 대신에 곧바로 '구운밤'을 언급하고 있다는 점이 특이하다. '구운밤'이라는 어휘에는 군밤이 주로 겨울밤이면 누구나 먹을 수 있는 기호식품이라는 점에서 다른 사람들에게 자신의 뜻을 쉽게 전달할 수도 있고, 겨울밤에 임과 함께했던 추억의 산물임을 뜻하는 의미가 담겨있다.[9]고 보인다. 따라서 2연에서 등장

하는 군밤은 단단함과 영원성을 갖는 '밤'이 갖는 상징성에 임과 함께
한 추억을 떠올릴 수 있는 매개물로 이해할 수 있다.

2연의 밤과 비교되는 소재를 3연에서는 옥으로 설명한다. "옛사람
이 좋은 옥을 예찬하면서 그 노란 색깔이 삶은 밤 같다고 하였다(古人
贊良玉, 其黃如蒸栗)"[10]라는 구절에서 보듯 예로부터 밤을 옥에 견주
어 제시한 것에서 밤과 옥의 상관성을 엿볼 수 있다. 옥은 동양에서는
고대부터 귀하게 여겼으며, 이를 세공하여 장식석, 옥기(玉器) 등으로
사용했을 정도로 귀하고 단단한 광물이다. 옥은 철분의 함량에 따라
여러 가지 색깔을 띠는데, 백옥(白玉)·황옥(黃玉)·적옥(赤玉)·벽옥(碧
玉, 혹은 청옥(靑玉))·현옥(玄玉, 혹은 흑옥(黑玉)) 등으로 구분되며, 가끔
반점이나 무늬가 있는 것도 있다. 후한 때 허진(許愼)의 『說文解字』에
서 보면 옥은 아름다운 돌로서 다섯 가지 덕(德)을 지닌다(玉石之美者,
有五德者)[11]고 하였다. 바로 이러한 상징성 때문에 옥기(玉器)의 고향
인 중국을 비롯한 동양 문화권에서는 옥을 인간의 고매함·순결함·아
름다움·영구성 등의 미덕과 결부시켜 귀중하게 여겨왔다.[12]

이러한 특성이 있는 옥을 가지고 3연에서는 연꽃을 새긴다고 한다.
많은 꽃 중에서 연꽃을 지정한 것에도 작자의 의도가 개입된 것으로
보인다. 연꽃은 물속의 썩은 진흙에 뿌리를 박고 자라지만 그 조건에
물들지 않고 청아한 향기를 지니고 자태 고운 꽃을 물 위로 피운다.
고대 이집트의 경우, 연꽃을 '자연의 부활', '물의 신'이라는 신성한 의
미를 부여하였다.[13] 또한, 연꽃의 뿌리줄기는 다음 해에도 잎이 나고
꽃을 피워 열매를 맺는 등 끊임없이 순환한다. 따라서 불교에서는 해
마다 졌다가 다시 살아나는 연꽃의 자연적인 습성을 이용해서 인간은
죽지만 영혼은 죽지 않고 끊임없이 윤회한다는 유심적인 사상을 발전
시켰다.[14] 그리고 이 꽃은 부처의 지혜를 믿는 사람이 서방정토에 왕

생할 때 연꽃 속에서 다시 태어난다는 연화화생(蓮花化生)의 의미로 거듭난다.15)

한편, 중국 민간에 퍼져 있는 연꽃에 얽힌 의미나 꽃말은 남녀의 애정이나 화합에 관한 것이 많다고 한다. 이는 중국어에서 연꽃의 씨방[꽃받침]을 가리키는 말이었던 연(蓮, lián)이 애정이나 사랑을 의미하는 연(憐, lián)과 발음이 같은 데서 비롯한다. 원래 lián이라고 발음되는 중국어에는 '사물의 연속'이라는 기본 뜻이 있다. 그래서 상대에 대한 생각이 면면히 이어지는 감정이 '연(憐)'이나 '연(戀)'이고, 작은 구멍이 연속해서 뚫린 씨방이 다름 아닌 '연(蓮)'이 된 것이라고 한다.16) 그리고 마음에 담고 있는 상대에게 연꽃을 선물하여 사랑을 전하던 풍습이 굴원(屈原, B.C.343?~B.C.278?)의 작품에서 발견되는 것17)을 통해 볼 때 연꽃과 관련된 풍속의 연원은 오래된 것임을 알 수 있다. 우리나라의 경우, 이규보의 <水多寺 八詠>이란 시에서 하지(荷池)18)가 나오는 것을 볼 때 고려시대에 이미 연지(蓮池)가 조성되었을 것19)으로 판단된다. 고려시대의 우수한 귀족문화는 고려청자의 당초문과 연꽃문양에서도 엿보이는데 그중에서도 연꽃문양은 고려 귀족들의 국제적 안목과 수준 높은 예술적 식견을 읽을 수 있는 실증적인 자료가 된다.20) 이상에서 보듯 3연에서 등장하는 연꽃문향은 고려조에 이미 익숙한 것임을 알 수 있다. 옥의 단단함과 숭고함에 연꽃이라는 의미까지 결합된 '옥으로 새긴 연꽃'을 통해서 사랑과 부활의 영원성을 나타내고 있다. 게다가 바위에 접주한 그 옥년화(玉蓮花)가 삼동(三同)21)이 피기를 바라는 화자의 마음에는 임과의 영원성을 소망하는 것으로 이해할 수 있다.

4연과 5연에 등장하는 무쇠는 철광석에서 직접 제조되는 철로서 강하고 단단함을 나타낸다. 옥이 철분의 함유량에 따라 색깔별로 분류되

는 것에서 알 수 있듯, 옥과 철은 불가분의 관계이다. 이런 관점에서
볼 때 옥에서 철로 소재가 바뀐 것은 자연스러운 변화로 보인다. 4연에
서 화자는 무쇠로 철릭을 재단하여, 철사로 주름을 박아 쇠로 된 철릭을
만들겠다고 한다. 철릭은 앞뒤 몸판과 허리 아래 치마 부분을 따로 재단
하고, 치마허리 부분에 주름을 잡아 상의의 허리와 연결한 옷으로 치마
폭이 넓어 활동적이면서 간편한 의복이다.[22] 철릭은 몽골의 어휘인
'terlig'에서 유래한 것으로 복식과 함께 명칭을 빌리면서 음은 몽고음
그대로 차용하였고 표기는 중국의 한자 '첩리(帖裏)'를 빌려 사용하였
다. 고려 말기부터 중국어 교습서로 사용된『노걸대언해(老乞大諺解)』
에는 '텬릭'으로 표기되었다.[23] 이것은 중국의 백과사전인『삼재도회』
에 철릭을 입고 있는 고려사신을 소개한 그림[24]에서도 볼 수 있다.

고려의 의복 중에는 허리에 여러 줄의 선을 둘러 장식한 요선 철릭
이 있다.[25] 4연에 등장하는 '텬릭'은 노랫말에 '주롬 바고이다'라는 표
현에서 알 수 있듯, 주름이 잡혀있는 옷이었음을 짐작하게 한다. 1326
년 해인사 금동비로자나불 복장물에서 나온 요선 철릭은 현존하는 최
고 철릭의 실물로 알려져 있다.[26] 서민층이었던 15세 소년이 입었다
고 한 이 유물은 1326년 이전에 철릭이 이미 서민층에까지 일반화했
다는 사실을 말해준다. 철릭이 위로는 임금에서 백관까지 두루 착용했
다는 사실은 변수묘 출토 복식유물(邊脩墓出土服飾遺物)[27] 30점 중에
철릭이 15점이나 들어 있는 사실에서도 확인된다.

그런데 <정석가>에서 말하고 있는 철릭은 재질이 무쇠로 되었다는
점에서 일반적으로 천을 이용하여 제작된 例의 철릭과는 다른 것으로
보인다. 생김새가 주름이 있는 '철릭'이라는 옷으로 지칭하고 있지만
<정석가>에 등장하는 철릭은 '철로 만든 갑옷'을 가리킨다고 보아야
한다. 우리나라에서 철갑옷이 등장하게 된 것은 고구려, 백제, 신라 삼

국시대의 정복 전쟁이 활발해지면서부터라고 한다. 가야가 백제, 왜와 연합군이 되어 고구려와 신라에 저항하여 전쟁에 참여하게 되는데 그 때 병사들이 입었던 철갑옷의 부장 모습이 김해 대성동 39호 무덤에서 발굴되면서 철갑옷의 정체를 알 수 있게 되었다. 고구려의 갑옷이 중국과 북방 지역의 영향으로 비늘 갑옷이 주류였다면, 가야는 4세기 경에는 판갑옷이었다가 5세기 중엽으로 들어가면서 활동력이 있는 비늘 갑옷이 증가하게 된다. 판갑옷은 넓은 철판을 통째로 이어 붙여서 사람의 몸에 맞게 만든 갑옷으로 가야에서 전통적으로 사용한 갑옷을 말한다.28)

여하튼 4연에서 무쇠라는 단단한 속성을 지닌 물질을 이용하여 철 갑옷을 만든다는 것은 외부의 공격을 방어하기 위함이다. 이 옷은 창 이나 칼과 같은 날카로운 도구로부터 생명을 보전할 수 있는 도구인 셈이다. 생명의 보존은 곧 영원성과 상통한다. 쇠로 제작한 철갑옷은 화자가 어떤 상황에 처했더라도 이를 보호해주는 구실을 한다. 4연에서 이야기하는 화자의 전언은 표면적으로는 이러한 옷이 다 헐게 된다면 임과 헤어지겠다고 하지만, 심층적인 면에서 본다면 철갑옷이 '다' 헐게 되기까지는 오랜 세월이 경과하더라도 쉽지 않다고 볼 때, 임과 결코 헤어질 수 없다는 고백이다.29)

5연에는 철우(鐵牛)가 등장한다. 소는 전통적인 농경사회에서 전원적 삶의 건강성을 대변하며 목가적 이상형의 동물이다. 또한, 주지하듯 소는 12간지 중 하나로 기울고 차는 달의 이미지와 연결되어 부활과 재생을 상징한다. 이 소를 <정석가>에는 일반적인 소가 아니라 무쇠로 만든 '철우'를 등장시켜 자신의 의견을 개진하는 도구로 사용한다. 철우는 쇠로 주조하여 만든 소를 일컫는데, 옛날 우(禹) 임금이 수환(水患)을 막기 위하여 이 소를 만들어 황하(黃河)에 넣었다는 고사에

서 비롯된 말이다. 그런데 이 철우가 고려시대에 실제로 존재했다는
사실이 흥미롭다. 한국토지공사에서는 지난 2004년에 남북한 공동으
로 개성공단 사업부지의 유물 산포지 12곳에 대한 문화재 발굴조사를
하였는데, 그곳에서 구석기시대로부터 조선시대에 이르기까지 모든
시기의 유적과 유물을 발굴하였다고 밝혔다. 유물 중에는 고려시대 건
물지에서 '철우'로 추정되는 철제 동물상이 나왔는데, 철우는 건물 축
조과정의 땅 고르기 의식인 지진의례(地鎭儀禮)에 따라 묻은 것으로
추정된다.[30]고 한다. <정석가> 5연에 등장하는 철우를 지진의례로
사용되는 것으로 본다면 이 또한 땅의 기운을 진압하는 도구인 셈이
고, 땅 위에 사는 사람들의 안녕과 질서를 관장한다는 점에서 '영원성'
을 상징한다고 볼 수 있다. 그 소를 방목하려는 철수산(鐵樹山)은 <만
전춘 별사>의 5연에 등장하는 금수산(錦繡山)이나 옥산(玉山)처럼 실
제로 존재하는 산이 아니고 가상적으로 설정하여 상징적으로 표현한
산으로 볼 수 있다. 철수산이 쇠나무가 숲을 이룬 산의 개념이니 '쇠나
무가 숲을 이룬 가상적인 산'이라 할 수 있다. 따라서 <정석가>에 등
장하는 철초는 '쇠로 된 풀'의 개념이지만 영원무궁한 가상적인 풀을
상징적으로 표현한 말이므로 '쇠로 된 풀 즉 강인하여 영원무궁토록
변화가 없음을 상징한 말'[31]로 해석된다.

이상에서 보듯, <정석가>에서 등장하는 밤, 옥, 철과 함께 구운밤,
옥연화, 무쇠로 만든 철릭, 무쇠로 제작한 철우는 '단단함'을 기반으로
한 '영원성'이라는 공통적인 속성을 지니고 있다. 화자는 그 영원성에
초점을 두고 도저히 현실에서는 이루어질 수 없는 조건을 내세워, 그
것이 이루어진다면 임과 헤어지겠다고 한다. 자신은 임과 헤어질 수
없다는 적극적인 표현인 셈이다. 그런데 강한 부정은 강한 긍정과 상
통한다고 볼 때, 화자의 진술은 자신에 찬 목소리가 아니라 자신도 어

찔할 수 없는 처지에서 억지를 부리고 있는 상황으로도 인식할 수 있다. 일상생활에서 쉽게 구할 수 있는 밤을 구운밤으로 전환하는 과정에서 임과의 지난 시절의 추억을 연상케 한다. 사람들에게 귀하고 순결한 의미를 가진 옥에 연꽃을 새기므로 임과의 약속이나 임을 향한 절개나 충절을 다지는 효과를 보여주었다고 생각된다. 또한, 철로 만든 옷은 위험한 상황에서 몸을 보호한다는 개념으로 이해될 수 있다. 이어 등장하는 '철우를 땅에 묻는다'는 의미는 마음 속에 철우와 같은 신의를 묻어 변절하지 않게 하는 것으로도 해석할 수 있을 것이다.

이처럼 〈정석가〉는 이상의 소재를 사용함으로써 임과의 지난 시절을 추억하며 임에 대한 절개와 충절을 보호하고 지켜야 한다는 것을 많은 사람에게 각인시키는 효과가 있다고 생각한다. 본사에서 등장하는 소재가 함의한 '단단함'과 '영원성'은 6연에서 '바위'와 '천 년'으로 수렴된다. 본사에서 자신의 마음을 보여주었던 것을 6연에서 마무리하고 있는 형국이다. 6연이 〈서경별곡〉에 동일하게 등장하는 것을 볼 때, 본사 다음에 6연을 배치한 것은 편사자의 안목이 돋보이는 부분이라고 생각한다.

3. 〈정석가〉의 구조로 본 사랑과 그 한계

〈정석가〉는 총 6개 연으로 되어있다. 각 연은 1행을 반복하고 2행과 결합하여 3행을 한 단위로 한다. 그런데 2연부터 6연까지는 1행을 두 번, 2행을 한 번 하여 3행을 이루는 한 단위가 두 개의 단위로 구성되어 형식면에서 1연은 다른 연과 차별화된다. 6연 또한 두 개 단위가 1개 연으로 구성되는 형식은 동일하지만 담긴 내용에서 2~5연과 다르다. 앞서 언급했듯 6연을 당시 널리 알려진 노래라고 본다면 〈정석가>는 크게 세 단락으로 나눌 수 있다. 바로 서사라고 할 수 있는 1단락이 1연이고, 본사인 2~5연이 2단락이며, 결사인 6연이 3단락이다.

그런데, 이 노래를 편집한 편사자는 이처럼 이질적인 단락이 결합되어 이루어진 <정석가>를 정교하게 배치하여 마치 처음부터 한 노래로 인식할 수 있을 만큼 공을 들인 흔적이 보인다. 그것은 우선 형식을 통일하였다는 점이다. 1연의 경우 한 개 단위로 1연을 만들었지만 "1행 반복, 2행 한 번"이라는 규칙을 잘 적용하고 있다. 그리고 6연의 경우, '끈과 믿음'이라는 두 축을 중심으로 2개단위로 1개 연을 만들어 2~5연과 같은 형식을 취하고 있기 때문이다.

본고에서 주목하고자 하는 것은 본사인 2단락이다. 2연에서 5연까지는 소재만 달리할 뿐, 이들 소재가 전혀 변화되지 못할 상황을 제시하면서 임과의 영원성을 당연하게 받아들이고 있다. 따라서 연마다 공통서술어인 "有德유덕하신 님믈 여희ᄋ와지이다[32]"는 불가능의 역설을 전제로 할 때, '임과 이별하고 싶지 않습니다'로 간절함이 담긴 표현임을 알 수 있다. 이러한 구조는 2연부터 5연까지 계속되어 민요가 가진 병렬형식을 그대로 노출하고 있는 점에서 민요의 궁중속악화 현상을 본사에서 보여주고 있다고 하겠다. 우선 2연부터 5연까지의 내용을 도식화하면 다음과 같다.[33]

단락	A			B		후렴
연	①	②	③	④	⑤	
2	생밤을	구워	군밤을 만들어	거친모래 벼랑에 심고	움이돋고 싹이나면	有德하신 임과 헤어지겠 습니다.
3	玉을	다듬어	연꽃을 만들어	바위에 접주하고	꽃이 三同이 피면	
4	무쇠를	재단하여	철릭을 만들어	鐵絲로 주름박아	옷이 다 헐면	
5	무쇠를	주조하여	큰소를 만들어	鐵樹山에 놓고	鐵草를 먹으면	

  <정석가>는 연마다 ①을 재료로 ②처럼 인위적인 가공을 통하여 ③을 만든다. 그런 후에 ④와 같이 2차적인 행위를 하고서 ⑤와 같은 결과가 나타난다면 임과 헤어지겠다고 한다. 그런데 2연의 경우 실제 <정석가>에서는 ①과 ②의 과정이 생략된 채 바로 '군밤'으로 나온다. 그러나 3~5연의 경우와 대비할 때 ①과 ②의 내용을 유추할 수 있다. 이렇다면 이런 구조를 통해 얼마든지 연을 확장할 수 있다고 보인다.

  여기에서 주의 깊게 살펴보면 화자가 연마다 소재만 달리할 뿐 전혀 현실에서는 이루어질 수 없는 것을 제시하면서 임과의 영원한 사랑을 구하고 있는 점을 알 수 있다. A의 경우는 사람의 노력으로 충분히 할 수 있는 것들이다. B의 ④의 경우, 2연에서 보이는 거친 모래[34] 벼랑에 (구운밤)을 심는 행위나 3연에서 옥으로 새긴 연꽃을 바위에 접주하는 것, 4연에서 무쇠로 만든 철릭에 철사로 주름을 박는 일도 사람이 하기가 힘들다뿐이지 현실에서 절대 불가한 일은 아니다. 그렇다면 5연에서 무쇠로 만든 소 곧 '철우'라고 하는 것을 '철수산'에 놓는 행위도 충분히 가능한 일이다. 다만 철수산의 존재 여부가 관건인데, 이는 앞 장에서 보았듯 창작자의 상상력에서 발화된 장소라고 보는 것이 타당하다.

  그런데 4연 ⑤번의 '옷이 다 헐면'이라는 진술에서 주목해야 하는 부분이 '다'라는 부사어이다. 연마다 ③을 ④처럼 억지로 한다고 해도 ⑤라는 결과는 일어나지 않는다. 생밤도 아닌 구운밤을 심는다고 움이 돋고 싹이 나거나, 옥으로 만든 연꽃을 바위에 접주하였다고 꽃을 피울 수는 없다. 또한, 쇠로 만든 소가 무엇을 먹는다는 것도 불가능하다. 그러나 무쇠로 만든 철릭에 철사로 주름 박은 옷은 시간이 흐르면 조금이라도 낡아지거나 헐 수도 있다. 이 노래의 창작자는 이런 작은 실수도 허용하지 않았다. 부사 '다'를 사용하여 '그 옷이 전부 헐어서

못 입게 되는 경우'로 상황을 한정시킨다. 이것은 창작자의 의도에 맞도록 탁월하게 어휘를 배치한 세심한 배려라고 생각한다.

⑤만을 두고 박진태는 '삭나거시아'와 '퓌거시아'가 생성과 성장, 증가와 확대의 의미를 지닌 반면, '헐어시아'와 '다머거아'는 소멸과 파괴, 경감과 축소의 의미를 지닌다고 하였다.[35] 이를 기호화하면 움이 돋고 싹이 나는 것(+), 꽃이 피는 것(+), 옷이 헐다(-), 철초가 먹힌다(-)로 해석하여 위의 본사라고 일컫는 2~5연은 ++ -- 라는 구조로 되어 있다고 의미를 부여하였다. 이에 반해 조하연은 생명체가 없던 대상인 ③이 ⑤에서 생명이 있는 존재로 변모되고 있다고 주장하였다.[36] 이를 기호화하면 2~5연이 모두 ++++라는 구조를 갖는다는 것이다. 같은 내용을 두고 이렇게 다르게 바라보는 데에는 다음과 같은 이유에서다. 박진태의 경우 ⑤의 서술어가 보여주는 것을 문자 그대로 해석한 경우라면, 조하연은 4연의 ⑤를 해석하면서 무쇠옷이 다 헐 정도가 되려면 그 옷을 입은 주체가 능동적으로 왕성하게 활동해야 하는 것을 뜻한다고 하였다. 그리고 5연의 ⑤ 또한 무쇠로 된 소가 풀을 먹는 행위도 생명체로 재탄생하는 것을 보여준 것이라고 하면서 앞서 박진태가 --구조로 보았던 4연과 5연을 ++구조로 보았던 것이다.

이들 연구는 일찍이 김상억이 이 노래의 구조를 '식물 생태적 비유'에서 '광물 가공적 비유', '광·식물의 혼합 소재', '광·동물적 혼합' 등으로 파악하여 분석하였던 것[37]에서 한 걸음 진전 되었다. 그래서 '서술어의 변화를 주목'하거나 '무생물의 생물로의 전환'으로 해석한 이들의 주장은 평면적이며 단조로운 구조로밖에 보이지 않았던 이 작품을 '입체적으로 해석'(박진태)하거나 '생기발랄한 생명의 부활'로 인식(조하연)하였다는 것은 의미 있는 주장이라고 할 수 있다. 그러나 박진태의 경우는 서술어에만 집착하여 입체적인 면만을 강조하려다 보니 전체적인 맥락에서 이 노래를 바라보는 부분이 부족해 보인다. 조하연의 경우 무생물이 생명체로 변화하였다고 보려고 했던 점은 주목되지만 4연의 ⑤를 해석하는데 무쇠로 만든 철릭에 철사로 주름을 박은 옷이라는 대상보다는 옷을 입는 주체에 초점을 맞춤으로써 2, 3, 5연의 경우와 대응하는 대상을 달리하고 있다는 점이 문제로 지적된다.

<정석가>의 본사는 총 4개 연으로 소재와 장소만 다르게 나타난 <쌍화점>의 경우와 대비된다. <쌍화점>은 공간과 화자만 서로 다를 뿐 똑같은 내용과 구조가 여러 번 반복하며, 현전의 4개 연 이외에 또 다른 여러 개의 연이 첨가될 수 있는 노래이다. 그런데 <쌍화점>의 경우, 각 연의 화자가 동일인이라고 가정하면 그 의미는 연이 바뀔 때마다 새로운 사실이 드러나고, 거기에서 느끼는 화자의 인지상황은 다를 것이며, 그에 따라 대응하는 화자의 태도 또한 수동적인 것에서 적극적으로 변모한다.[38] 이에 반하여 <정석가>는 본사의 4개 연이 같은 구조로 되어 있지만 <쌍화점>처럼 화자가 장소를 이동하는 것과 다르다. 오직 현실에서는 도저히 일어나지 못할 상황을 말로써 제시하며 임과의 영원한 사랑을 토로하고 있다.

하지만 여기에서 화자가 간직하고 있는 마음의 태도에 의문이 든다. 오로지 이루어질 수 없는 조건을 말로써 제시할 뿐이지 정작 임과의 사랑을 지키기 위한 화자의 애타는 심정과 실질적인 노력의 행위를 전혀 찾아볼 수가 없기 때문이다. 동일한 패턴으로 어휘의 탁월한 안배를 통한 지적인 유희와 임과 헤어질 수 없다는 강력한 메시지만 전할 뿐이다. 이와 같은 화자의 언술은 임과의 사랑을 끝끝내 유지하고픈 시적 화자의 강력한 사랑의 열망으로도 볼 수 있지만, 이보다는 상대에게 보여주기 위한 연출의 성격이 강하다. 일종의 "강짜 부리기"로서 임과 헤어질 수 없다는 떼쓰기 정도로 폄하될 수도 있는 부분[39]이

라고 생각한다.

불가능한 것을 마치 가능한 것으로 설정해 놓고 거기에 맞추어 영원하기를 비는 수법은 앞서 언급하였듯 우리 시가에 형성된 하나의 관습이었다. 따라서 <정석가> 이외에도 문충이 지었다는 <오관산(五冠山)>, 춘향전의 <사랑가>, 중국의 <상사(上邪)> 등에서도 이런 방식이 발견된다. <오관산>은 이제현의 「소악부」에 한역되어 다음과 같이 전한다.

나무 토막으로 조그만 닭을 깎아	木頭雕作小唐鷄
젓가락으로 집어 벽위 횃대에 앉히고	筋子拈來壁上棲
이 닭이 꼬끼오 하고 때를 알리면	此鳥膠膠報時節
어머님 얼굴이 비로소 서산에 지는 해와 같아라	慈顔始似日平西40)

이 시는 <정석가> 본사의 표현과 같이 불가능한 정황을 제시하고, 이러한 일이 일어나야만 어머니께서 늙으셔야 한다는 역설적인 표현법을 통하여 어머니의 만수무강을 빌고 있다. 문충은 오관산 밑에 살면서 모친을 지극히 효성스럽게 섬겼다. 그의 집은 서울에서 30리나 떨어져 있었는데, 벼슬살이를 하느라고 아침에 나갔다가 저물어서야 돌아오곤 하였다. 그러나 모친의 봉양과 보살핌을 조금도 게을리 하지 않았다. 자기 모친이 늙는 것을 개탄하여 이 노래를 지었는데, 이제현은 시를 지어 이 노래를 풀이하였다고 한다.41) 이러한 <오관산>의 진술을 두고 <정석가>의 화자와 같은 일명 "강짜 부리기"라고 이야기 할 수는 없다. <정석가>는 서사와 결사라고 하는 부분에서 유추할 만한 내용이 보이지 않지만, 이 노래에서는 저간의 사정이 명백하게 나와 있기 때문이다.

또한, 중국의 <상사>42)의 경우와도 다르다. <정석가>가 자신의 상상을 통해서 정교하게 어휘를 선택하며 토로한 것이라면 <상사>는 천지 자연의 현상을 빗대어 이를 설명하고 있기 때문이다. 하늘이 땅에 맞닿는다거나 여름에 우박이 내리고 겨울에 태양이 뜬다는 것은 나의 의지와 관계없는 자연의 현상일 뿐이다. 자연에 자신의 운명을 의탁하는 경우로서 자연현상은 자신의 노력으로 변화시킬 수는 없다.

　그러나 <정석가>에 담긴 어휘 안배는 창작자 자신의 의도대로 선택하고 구성한 것이다. 앞서도 언급하였듯이, "다"라는 부사어의 활용으로 글의 구성을 치밀하게 만드는 역할까지 하고 있다. 이렇게 계산된 창작은 노래의 의미를 강화하는 작용으로 볼 수 있지만 오히려 작품의 정서적인 의미를 약화시키는 구실이 되기도 한다. 임에게 아무런 언질을 받지 않은 화자가 자신의 존재를 나타내기 위한 선제적 고백일 수 있다. 그리고 같은 유형으로 임과 헤어질 수 없다는 의사를 반복적으로 표현하는 화자의 언술은 진정성을 지나 상대에게 환심을 사기 위한 태도로 볼 수도 있다. 또한, 동일한 구조의 반복은 주문을 외우는 듯한 주술적인 행위와도 유사하다. 이렇게 볼 수 있는 근거를 서사와 결사의 내용에서 찾을 수 있다. 서사인 1연은 "쇠로 된 악기와 돌로 된 악기의 소리를 내며 지금 여기에 계십니다.[43]"라고 1행과 2행에서 두 번 말한다. 그러면서 선왕성대(先王聖代)에 노닐고 싶다고 한다. 선왕성대란 옛날의 훌륭한 왕들이 다스리던 때처럼 아무 걱정이 없이 편안하고 평화로운 세상이란 의미이니, 그런 세상에서 놀고 싶다는 말로 해석할 수 있다. <가시리>의 후렴구 '위 증즐가 大平盛代'에서 대평성대를 '임금님의 은혜나 덕이 가득 차 넘치는 태평한 시대'라는 뜻으로 해석할 수 있지만, 두 남녀 간의 애정이 아무런 갈등과 어려움이 없이 평온하고 좋은 상태로서 두 사람 간 사랑의 관계가 돈독하고 지극히 행복한 상태로 풀이할 수 있다.[44] 이런 사례를 참조한다면 <정

석가>의 선왕성대 또한 두 남녀 간의 개인적인 상황으로 좁혀서 이해할 수도 있으며, 설령 그렇게 이해하지 않더라도 그 의미는 이별이나 고통, 슬픔을 함유한 긍정 혹은 긍정의 의지를 내포한다고 보인다.

이처럼 1연에서 화자의 진술이 그런 시대를 원하고 있다는 것은 곧 현재 처해있는 현실은 그렇지 못하다는 것을 반증한다.45) <청산별곡>에서 어디에서 누구를 맞히는 돌인지 모르지만 그 돌에 맞아 화자는 울고 있다는 5연이 이 노래의 창작동기가 되는 것46)처럼 <정석가>의 1연은 이 노래의 창작동기가 될 수 있다. 예전과 같이 임과 함께 노닐기를 바라는 소망은 현실에서는 도저히 이루어질 수 없어 체념47)으로 나타날 수 있다. 현재 임과의 관계가 분명하게 나타나지 않는 상황에서 화자는 임과 절대로 이별할 수 없다는 고백을 본사에서 소재만 바꾸며 반복하여 진술한다. 강한 부정은 강한 긍정의 의미를 낳는다고 볼 때, 임과의 관계가 화자 자신의 일방적인 고백의 성격에 가깝다. 하지만 임과 헤어지게 되는 6연의 상황이 발생한다 할지라도 화자는 임에 대한 변함없는 고백과 다짐을 하고 있다. 구슬이 바위에 떨어지면 구슬이 깨지는 것은 자명하다. 그러나 그 구슬을 묶고 있는 끈은 끊어지지 않는다. 화자는 절대로 그럴 리가 없지만 혹시라도 임과 이별하게 되어 천년을 혼자서 살아도 임을 계속 사랑하고 믿을 것이라고 말한다. 천 년을 떨어져 있더라도 둘 사이의 믿음은 변하지 않는다는 것이 6연이 주는 전언이다.

앞장에서 보았듯, 본사에서 등장하는 소재들은 단단함과 영원성을 뜻한다. 그 단단함은 바위로, 영원성은 천년으로 대응되어 6연에 나타난 것이다. 그러나 6연에서 간과해서는 안 되는 사실은 '끈과 믿음'을 강조하는 듯 보이지만, 실제로는 구슬이 없는 끈이나 임과 천 년을 떨어져 혼자 지내면서 지니고 있는 신의가 얼마나 가치가 있을 것인가

하는 부분이다. 믿음이란 임과의 쌍방 간에 발생하는 것이지 임이 아무런 반응을 해주지 않는 상황에서의 믿음은 공허할 뿐이다. 아무리 임에 대한 나의 사랑이 변함이 없을 것이라고 강조하지만 임의 뜻과 상관없는 나의 일방적인 고백이다. 여기에 <정석가>의 화자가 기구(祈求)하고 있는 사랑에 한계48)가 있다고 생각한다.

4. 맺음말

본 연구에서는 <정석가>가 남녀 간의 애정을 노래한 여타의 고려가요와 맥을 같이한다고 보고, 이를 노랫말에 담긴 내용과 그 구조를 통해서 살펴보았다. 이 노래는 총 6연으로 구성되어 있지만, 궁중음악으로서 송도의 성격이 드러나는 1연을 서사(序詞), 2~5연까지를 본사(本詞), <서경별곡>에 공통으로 삽입된 6연을 결사(結詞)로 하여 3개 단락으로 나눌 수 있다. 이 연구에서 중점적으로 다루었던 본사는 "有德유덕ᄒᆞ신 님믈 여희ᄋᆞ와지이다"라는 종결사를 반복하고, 같은 구조를 가진 문장을 되풀이한다. 또한, 소재와 행위를 교체하면서 불가능한 조건을 내세워 임과 헤어지지 않겠다는 의지를 보인다. 그런데 본사에서의 표현법이 예사롭지 않다. 연마다 바뀌는 소재와 그것을 뒷받침하고 있는 서술방법이 고도로 계산된 작가의 의도를 반영하고 있기 때문이다.

본 연구에서는 각 연에서 제시하고 있는 소재 곧 밤, 옥, 무쇠는 어떤 의미를 가졌는지, 이런 재료로 만든 구운밤과 연꽃, 철릭, 무쇠 소가 의미하는 바는 무엇인지, 그리고 서술방법에서 드러난 작가의 의도는 무엇인지를 천착하였다. 그 결과 이들 소재는 '단단함'이라는 공통적인 재료를 통하여 '영원성'을 지향하고 있음을 알 수 있었다. 그러나 소재와 어휘의 탁월한 배치를 통한 지적인 유희(遊戲)로 임과 헤어질 수 없다는 메시지를 전하고 있는 이 노래는 '임에 대한 *끈끈한 사랑의 진술*'보다는 임의 마음과 상관없는 일종의 '떼쓰기' 정도로 폄하될 가능성도 엿보인다. 여기에 <정석가>의 사랑에 한계가 드러난다고 판단하였다.

〈履霜曲〉의 사랑과 그 한계

1. 머리말

　<이상곡>은 작자 연대 미상의 고려속요로, 궁중악 중 하나인 속악에 속한다. 이 노래가 『고려사』「악지」에는 그 명칭이나 내용에 대한 설명이 없어 고려속요라고 단정하기가 어렵다. 그러나 형식 및 내용, 그리고 운율적 정조가 다른 고려가요와 비슷하다는 점에서 고려속요로 간주하고 있다. 『세종실록』, 『경국대전』에서는 이 노래가 향악정재의 속악가사로 존재했다는 기록[1]이, 『성종실록』에는 <쌍화곡>, <북전가> 등의 노래와 함께 가사가 산개되었다는 내용[2]이 남아있다. 『악장가사』, 『악학편고』, 『대악후보』에는 노랫말이 전하며, 『병와선생문집(甁窩先生文集)』에는 이 노래의 작자를 채홍철(蔡洪哲, 1262~1340)이라 전하기도 한다.[3]

　<이상곡>에는 임에 대한 환상과 정욕의 번민에 떠는 여심이 담겨있다 하여 <만전춘 별사>, <쌍화점> 등과 함께 남녀상열지사에 해당된다고 평가한다. 따라서 이 노래에 대한 대부분의 연구가 '남녀의 사랑'에 초점이 맞춰졌다.[4] 나아가 음란한 노래,[5] 청상과부의 정절에 대한 노래,[6] 충주지사(忠主之詞)로 본 경우[7] 등으로 나눌 수 있다. 그 밖에 종교적인 측면,[8] 향가의 잔존형태로 본 연구[9]가 있는가 하면, 이 작품의 작자를 규명하기 위한 논의도 있었다.[10]

이 노래는 『시경』과 『주역』을 비롯하여 주나라 때 길보(吉甫)의 아들 윤백기(尹伯奇)가 지었다는 <이상조(履霜操)> 등에서 사용된 '이상(履霜)'을 제목으로 삼고 있는 점에서 선학들의 논의에서 관심이 집중되기도 했다. 따라서 이 노래는 오랜 역사적 맥락에서 유래되어 전통성을 잇고 있으며, 거기에 작자 자신의 심정을 피력한 작품이라는 것이다. 13행의 짧은 노래에서 드러나는 내용만 본다면 '이상'이라는 용어가 갖는 전통적인 의미와는 직접적인 연관성이 그렇게 나타나 보이지 않는다. 하지만 과연 쉽게 단정 지을 수 있는 문제인지 의심해 볼 여지가 있다. 이를 여타 고려가요 제명(題名)에 관한 내용을 살펴보며 '이상'이라는 두 글자가 등장하는 관련 문헌의 내용과 비교 분석하여 작품의 내면적 의미를 도출하고자 한다. 특히 6~9행의 진술은 표면적으로는 화자의 진술로 보이지만, 10행 이하의 내용을 대비하면 꼭 그렇게만 보이지 않는 면이 있다. 왜 화자는 갑자기 벼락이 치는 가운데 산채로 무간지옥에 떨어져 곧바로 죽을 것이라고 고백하고 있을까? 생의 절박한 환경으로 인한 연유와 자신이 지은 죄에 대한 참회 등으로 해석하기에는 명확하지 않은 점이 발견된다. 이 부분을 좀 더 세밀하게 분석해보면 <이상곡>에 담긴 사랑에 대한 성격을 이해하는 데 도움이 되리라 생각한다.

아래는 논의에 앞서 『악장가사』에 수록된 <이상곡>의 전문이다. 행 구분은 박병채의 『고려가요의 어석연구』[11]를 따랐다.

1. 비 오다가 개야 아 눈하 디신 나래
2. 서린 석석사리 조본 곱도신 길헤
3. 다롱디우셔 마득사리 마두너즈세 너우지[12]
4. 잠 짜간 내 니믈 너겨

5. 깃든 열명길헤 자라오리잇가

6. 종종霹靂벽력 生陷墮無間싱함타무간

7. 고대셔 싀여딜 내 모미

8. 종霹靂벽력아生陷墮無間싱함타무간

9. 고대셔 싀여딜 내 모미

10. 내 님 두숩고 년 뫼롤 거로리

11. 이러쳐 뎌러쳐

12. 이러쳐 뎌러쳐 期約긔약이잇가

13. 아소 님하 흔딕녀젓 期約긔약이이다

(*논의 편의상 행 앞에 숫자를 표기함)

2. 〈이상곡〉의 제명(題名)과 작품의 성격

고려가요 제명의 방법으로 작품 속의 반복 구절을 취하거나 (<동동>, <청산별곡>), 첫 구절의 어휘를 차용(<서경별곡>, <가시리>, <쌍화점>) 하기도 한다. 그런데 <이상곡>은 이러한 제명법과는 다르다.

기존 제명에 대한 연구는 주로 <이상곡>이라는 제명의 의미와 그 유래에 관한 문제에 집중하여 '이상'의 어원이 중국에서 유래하였고, 그 의미는 중국의 경서나 문학 작품의 틀 안에서 해석하고자 했다. 그러다가 <이상곡> 제2행의 일부 구절-서린 석석사리-에서 제명을 취했다는 견해13)도 제출되었다. 한편에서는 <이상곡>이라는 제목은 작품의 전체 내용과 주제, 그리고 작품의 정서까지도 고려한 상징적인 표현14)으로 보는 견해도 있다.

'이상'이라는 말은 『시경』, 『주역』, 『예기』 안에도 언급되어 있다. 또 악부 장르 중에 금곡(琴曲)이라는 가사가 있는데 주나라 때 길보(吉

甫)의 아들 윤백기가 지었다는 <이상조>라는 작품명에 나타난다. 그리고 서진(西晉) 시대 반악(潘岳, 247~300)이 지은 <과부부(寡婦賦)>에도 등장한다.

『주역』<곤위지괘(坤爲地卦)>에 나오는 '서리를 밟으면 단단한 얼음이 이른다(履霜堅氷至)'가 자연의 이치에 순응해야 하며 미리 앞으로 일어날 일을 경계해야 한다는 사실을 말한 것이라면, 『시경』<위풍(魏風)>·<갈구(葛屨)>의 '성근 칡 신발이면 서리를 밟을 만 해(糾糾葛屨, 可以履霜)'란 구절은 옹색한 가난을 이야기하고 있다. 『예기』의 '서리이슬 내리니 군자가 밟는다. 반드시 처량하고 슬픈 마음이 생기지만 추워서 그런 것은 아니다(霜露旣降, 君子履之, 必有悽愴之心, 非其寒之謂也)'는 후한(後漢)의 정현(鄭玄, 127~200)의 주(註)에 이르기를 '시절에 느껴워 어버이를 생각함(鄭注云, 感時念親也)'이라고 한 것으로 미루어, 자식이 어버이에 대한 그리움을 나타낸 것이라 할 수 있다. 이에 반해 윤백기의 <이상조>는 '서리를 밟는 추운 상황과도 같은, 참소를 입은 자신의 억울한 처지'에 대한 호소를 담고 있다. 특히 이 노래는 역대로 수많은 시인 문객들의 사랑을 받았는데, 송나라 황정견(黃庭堅, 1045~1105)의 <검남도중행기(黔南道中行記)>나 원나라 홍희문의 <청금가(聽琴歌)>등에도 <이상조>라는 작품을 연주하는 장면이 등장한다. 더욱이 한유(韓愈, 768~824)의 경우 백기의 뜻을 모방하여 동일한 제목으로 창작하기도 하였다. <이상조>는 어떤 노래였기에 이처럼 많은 사람에게 사랑을 받았을까? 『악부시집(樂府詩集)』, <이상조>에 나오는 관련 기록을 보면 다음과 같다.

<이상조>는 윤길보의 아들 백기가 지은 것이다. 백기가 죄없이 계모의 참소를 받아 쫓겨났다. 그래서 연잎을 모아 옷을 짓고, 팥배나무 꽃을

따서 먹었다. 새벽엔 서리를 밟으며 스스로 쫓겨난 것을 가슴 아파했다. 이에 거문고를 당겨 연주하며 이 노래를 지었다. 곡을 마치고 강물에 뛰어들어 죽었다.(履霜操, 尹吉甫子伯奇所作也, 伯奇無罪, 爲後母讒而見逐, 乃集芰荷以爲衣, 深樟花以爲食, 晨朝履霜, 自傷見放, 於是授琴鼓之, 而作此操, 曲終投河而死.)

아래는 백기가 지었다는 〈이상조〉이다.

새벽 서리 밟으며 추위 견디네	晨朝霜兮採晨寒
아버지 맘 밝지 못해 헐뜯는 말 들으셨지.	老不明其心兮聽讒言
외론 은혜 헤어지매 억장이 무너져라	孤恩別離兮摧肺肝
무슨 죄 지었기에 이런 허물 만나는가?	何辜皇天兮遭斯愆
아파 죽음 같지 않으니 은정에 치우침 있거늘	痛殀不同兮恩有偏
뉘 말해 돌아보아 내 원통함 알아주리오	誰說顧兮知我寃

정민은 백기의 〈이상조〉에서 가장 중요한 말은 '자상견방(自傷見放)' 또는 '견축자상(見逐自傷)'이라고 보고 죄없이 쫓겨나며 스스로 상심한 것임을 주목하여 고려가요 〈이상곡〉을 위의 '자상견방'의 코드만 따오면 "쫓겨난 여인이 혼자 상심하면서 님이 자신을 믿어 줄 것을 원하는 노래"15)라고 해석하였다. 이런 추론은 악부 금곡 〈이상조〉와의 관련성을 전제하여 나온 견해로써 하나의 가능성으로 상정할 만하다. 한편, 〈이상곡〉을 '아소 님하'라는 감탄사에 주목하여 참소의 허망함을 읍소하는 내용으로 보는 견해16)도 있었다. 그러나 다음 장에서 상술하겠지만 〈이상곡〉의 내용에 '참소의 허망함'이라는 것으로 볼만한 요소가 보이지 않는다면 이런 해석은 재고해 보아야 한다. 또 한편에서는 〈이상곡〉의 제10행의 의미로 미루어 화자를 과부로 보기도

하고,17) 반악의 <과부부>와 비교를 통해서 과부의 노래로 해석하기도 한다.18) 과부의 남은 삶이 결코 녹녹치 않음을 보이는 <과부부>의 정서가 <이상곡>의 화자와 상통하다고는 볼 수 있겠지만 <이상곡>의 화자가 죽은 사람을 두고 '잠따간 내 님'이 새벽길을 열며 내게 자러 오겠는가하고 고백하는 4~5행의 진술은 어울리지 않는다. 또, 신재홍의 지적과 같이 10행처럼 이미 관계를 맺어 두고 나서 이쪽 산길, 저쪽 산길을 택할 수 있는 처지라면 그것은 과부가 아니라 유녀(遊女)일 가능성19)이 높다. 그리고 4행의 '열명길'을 두고, 대개 '죽음의 길'로 해석하는 데서 논의의 출발점을 삼고 있다. 그렇다면 열명길의 의미가 기존 논자들이 주장하는 죽음의 길이라는 뜻이 아니라면 <이상곡>의 화자를 과부로 해석하려는 주장은 그만큼 설득력이 약화될 수 있다. 열명길을 죽음의 길이라고 주장하게 된 배경은 일찍이 양주동의 다음과 같이 설명한 것에 기인한다.

아마 「十明」의 俗稱, 곧 佛典語 「十忿怒明王」을 當時 「十明」(열명)이라 略稱함이겠다.
「열명길헤」는 「十忿怒明王」과 같이 무시 무시한 길에20)

양주동은 '열명'을 '길헤'에 붙여 '열명길헤'라고 쓰고 있는 것에서 '열명'을 명사로 간주하고 있음을 알 수 있다. 그러나 주석 머리에 '아마'라는 부사를 놓고 있음에서 느낄 수 있듯 그 자신도 이 해석을 확신하고 있지 않게 느껴진다. 그런데 '십분노명왕'을 줄여서 '十明'이라고 약칭한다고 하는 그의 해석을 보면, '十明'을 다시 '열명'으로 전환한 것은 <왕랑반혼전(王郎返魂傳)>에서 명부의 '十王'을 '열왕'이라고 언해한 것을 유추하여 추정한 듯 보인다. 그러나 김완진이 지적하듯 이

'열명'이라는 어휘는 '十明'이 성립되고 나서야 생각할 수 있는 존재이다.[21] 그런데 전수연은 이에 대해 양주동이 근거로 삼은 '십분노명왕'은 명부를 주관하는 10명의 분노한 명왕이고, 명왕이란 밀교의 삼륜신(三輪身)의 하나로 불타가 음란한 중생을 제도하기 위해서 분노신으로 변신해서 나타난 것이니, 열명길은 분노한 명왕이 다스리는 곳으로 가는 길 즉 '지옥으로 떨어지는 길'이라는 의미이지 '십분노명왕과 같이 무시무시한 길'이 아니라고 했다.[22] 한편, 지헌영은 '열명'을 '열망(熱望)'과 '연망(戀望)'으로 보았는가 하면, 박병채는 동사어간 '열[開]과 명(明)'으로 보고, '열명길 > 薄明길' 즉 '어두운 새벽길'[23]로 해석하기도 하였다. 본고에서도 '열명길'을 '어두운 새벽길'로 본 박병채의 견해를 취하기로 한다. 다만 그것을 풀이하는 과정을 달리 생각한다. '열명길'은 열다의 용언 어간의 활용어 '열며'에 'ㅇ'을 첨가한 형태인 '열명'에 명사 '길'이 결합한 복합어로서 '여는 길', 곧 '(아침을) 여는 길' 정도로 해석할 수 있지 않을까 한다. 용언 어간의 활용어에 'ㅇ'을 첨가한 경우는 시가에서 보이는 형태로서 경쾌한 느낌을 주는 효과가 있다고 한다. <쌍화점>에도 "이 말슴미 이店밧긔 나명들명"이라는 구절에서도 확인되듯 원 형태는 '나명들명 ᄒ거든'과 같은 조건형이었을 것이나, 운율적 고려로 인하여 'ᄒ거든'이 생략되었던 것이라고 보더라도 '나며들며'에 각각 'ㅇ'이 첨가한 형태라고 할 수 있다.[24]

그렇다면 5행의 열명길은 '저승길'이나 '십분노명왕과 같이 무시무시한 길'이라기보다는 '새벽길'로 볼 수 있다. 4행의 "잠 따간 내 니믈 너겨"의 주어가 '나'임을 고려할 때, 5행의 서술어는 "……자라가리잇가"로 되어야 하는 데 "……자라오리잇가"로 되어있기에 융통성 있는 문학적인 접근이 필요하다는 박노준의 견해를 취하면 "잠 앗아간 내 님을 (내가) 그리워한들 그같은 열명길에 (님)이 자러 오시겠습니까"로 해석할 수 있다.[25] 따라서 5행에는 4행에서 임 생각에 잠 못 이룬 화자가 시간이 흘러 새벽녘이 되어버린 것을 깨달으며, 남의 시선을 피해 어둠속에서도 못 온 임이 어두움이 걷히는 새벽녘에는 오히려 내게 오지 못하리라는 절망감이 내포되어 있다. 그러므로 '그러한 새벽길에 자신에게로 자러오겠는가' 라는 화자의 진술에는 오늘도 기다리는 임은 자신에게 결코 오지 않을 것이라는 사실을 직감한 처지를 담고 있기에 더욱 비참하고 처량해지는 것을 느낄 수 있기 때문이다. 또한, 여기에는 오히려 체념하지 못하고 기대하는 자신의 어리석은 모습을 스스로 비웃는 의미도 내포하고 있다고 생각한다. 이는 마치 <만전춘 별사>의 4연에서 화자의 눈에 여울을 버려두고 연못으로 돌아오는 오리의 모습에서 여울에 지나지 않는 자신의 처지를 인식하며 '소가 얼면 여울도 좋다'라는 화자의 목소리 또한 힘없이 던지는 소리와 상통하다.[26]

더욱이 6행에서 9행까지의 말이 다음 장에서 언급하겠지만 외부사람들에게까지 '벼락운운하며 산채로 지옥에 떨어져 곧 죽을 사람'이라고 알려진 것이라면, 화자 스스로도 임과의 관계가 일반 사람이 인정할 수 없는 부적절한 관계임을 인식하고 있음을 알 수 있다. 그렇지 않고서야 한 여성이 한 남자를 사랑하는 일이 벼락을 맞고 지옥에 떨어질 일이라고까지 생각할 수 없기 때문이다. 그런데 이 사랑에는 임의 의지가 그렇게 중요하지 않다. 중요한 것은 화자 본인만이 상대를 사랑하고 있다는 점이다. 여기에서 화자가 상대하는 대상은 화자가 감히 넘겨볼 수 없는 위치의 인물이거나 아니면 배우자가 있는 사람이라고 추론할 수 있다. 그렇다면 <이상곡>이 반악의 <과부부>의 내용처럼 과부의 진술이 아니라는 것을 알 수 있다. 그래서 외부인들이 인식하고 있는 6행에서 9행까지를 화자 자신이 그것을 인정하고 있다는 점에서 굳이 임에게 오해를 풀어달라는 것[27]으로 보기에도 어색하다. 오히려 <이상곡>은 임과 헤어진 여인의 슬프고 고통스러운 심정을 나타내면서, 다가올 미래에도 임과의 이별이 주는 괴로움은 화자에게 지금보다 더 큰 고통으로 다가올 것이라는 암시를 담은 노래라 할 수 있다. 따라서 '이상곡'이라는 제목은 『주역』의 <곤위지괘>에 나오는 '서리를 밟으면 단단한 얼음이 이른다 (履霜堅氷至)'라는 내용과 연관하여 해석하는 것이 옳을 듯하다. 서리가 내린 것을 보면 얼음이 꽁꽁 어는 혹한의 계절이 곧 닥친다는 것을 알아야 하는 것처럼, 기미를 보고서 미리 경계해야 한다고도 볼 수 있기 때문이다. 여기에 한 걸음 더 나아가 생명력이 약동하는 봄도 만물을 갈무리해 주는 추운 겨울이 있어서 가능하다는 사실[28]을 상기할 수 있다. 그러기에 <이상곡>의 화자는 앞으로 더 큰 어려움을 만나겠지만, 그렇게 되더라도 임에 대한 사랑의 끈을 놓지 않겠다는 의지[29]를 피력하고 있다고 생각한다.

결국, <이상곡>은 '이상'이라는 두 글자가 중국에서 유래했지만, 그 뜻을 전적으로 수용한 것이라기보다는 해당 작품의 문맥을 더욱 중요시하여 그 의미를 부여한 것으로 볼 수 있다.

3. 〈이상곡〉의 사랑과 그 한계

<이상곡>은 고려가요에서 남녀상열지사의 특성이 뚜렷한 작품이다. 두 사람의 은밀한 만남의 장소, 그곳까지 가는 길의 누추하고 을씨년스러움, 그 길만큼이나 서럽고 쓸쓸한 화자의 처지와 심정과 얼마 안 있어 쓰러질 운명에 대한 한탄, 끝까지 붙들고 싶은 임과의 기약 등 구구절절이 임과 이별한 여인의 애절한 정서를 표현하고 있다. 본장에서는 <이상곡>의 화자가 처해있는 환경과 위치, 태도를 중심으

로 논의하고자 한다.

<이상곡>의 작자를 두고 앞장에서 언급했듯 작자 미상의 창작가
요, 남편을 잃은 과부, 임을 잃은 기녀 또는 기녀 중에서도 사찰기 등
으로 보는가 하면,30) 유식층에 속한 인물이면서 불교적인 생활에 젖
은 남성의 작자가 여성의 목소리로 부른 것31)이라고 한다.

이들 제 견해에서 대개 작중 화자의 인물을 살피는 근거로 작품 속
에 등장하는 벽력(霹靂), 불교식 용어인 무간지옥(無間地獄) 등을 든다.
그리고 이와 함께 5행에 등장하는 '열명길'을 죽음의 길로 해석함으로
써 작중 화자는 죽은 임을 그리워하는 '과부'로 인식하기에 이르렀다.
그런데 앞장에서 보았듯, '열명길'의 의미가 죽음의 길이 아닌 '어둠을
여는 새벽길'로 이해한다면 4~5행은 오히려 화자 자신이 임을 생각하
며 뜬눈으로 밤을 샌 것처럼, 임 또한 자신을 그리워하여 새벽같이 화
자에게로 찾아오지 않을까 하는 희망을 나타내는 말로 해석할 수 있
다. 그러나 '자라 오리잇가'라는 반어적인 표현으로 볼 때, 임은 결코
오지 않을 것이라는 한탄이 엿보이는 부분이다. 그럼에도 자신의 현재
처지와 오직 임만을 사랑하고 있다는 의지를 밝히고 있는 것이 6행
이하라고 생각한다.

6행의 '죵죵霹靂벽력 生陷墮無間싱함타무간'과 8행의 '죵霹靂벽력
아生陷墮無間싱함타무간'을 보면 두 행은 서로 비슷하지만 6행의 '죵
죵'과 8행의 '죵'이 구분되고 8행의 '아'라는 감탄사가 6행에 없다는 차
이를 알 수 있다. '죵죵'을 두고 양주동은 '죵죵(種種)'의 음기(音記)로
서 '때때로'의 뜻으로 해석하였다.32) 그는 '죵죵'은 본래 '갖가지'의 뜻
이지만 '때로, 자조자조'의 뜻으로도 쓰인다고 하였다. 박병채는 '죵죵'
을 '때때로' 혹은 벽력 소리에 대한 의성어로 보았고33), 박노준은 6행
의 '죵죵'은 '자주, 가끔'의 뜻이고 8행의 '죵'은 '죵(終)'으로 인식하여

'마침내, 드디어'의 의미로 보아야 한다.[34]고 주장하였다. 그러나 장효현은 '때때로 벼락 맞는다'는 것은 있을 수 없으므로 '마침내'로 보아야 할 것이라고 피력했다.[35] 그런데 『악장가사』의 표기가 한자와 우리말을 분명하게 구분하여 사용하고 있는 것을 볼 때, 굳이 '죵죵'을 한자의 '종종(種種)'이나 '종종(伀伀)'으로, '죵'은 '종(終)'으로 이해하기보다는 박병채가 주장한 것처럼 벼락이 치는 상황을 사실적으로 묘사하기 위한 의성어로 보는 편이 나을 듯하다. 그렇다면 죵죵벽력이나 죵벽력은 '꽝꽝하며 벼락이 쳐서'나 '꽝하며 벼락이 쳐서'라고 설명할 수 있다. 다음 문장인 '생함타무간(生陷墮無間)'은 '살아서 무간지옥에 빠져서'로 풀이된다. 지금까지는 '霹靂벽력生陷墮無間싱함타무간'이 양주동의 주석이래 '霹靂벽력生 陷墮無間싱함타무간'으로 답습되어 '벼락이 치는 무간지옥에 떨어지다.'[36] '벼락소리, 몸은 무간지옥에 떨어지다.'[37]로 해석하였으나 이 문장은 생(生)이라는 글자가 함타무간(陷墮無間)에 붙어야 한다. 이는 8행의 벽력(霹靂)다음에 '아'라는 감탄사가 붙은 것과 전수연의 주장처럼 『능엄경』의 〈보연향비구니 일화〉에 등장하는 '타무간옥(墮無間獄)'과 『사미율의요략증주』에 소개하고 있는 이야기에 '생함지옥(生陷地獄)'이라는 구절에서 볼 때, 〈이상곡〉 8행의 '생함타무간'은 두 문헌에서 나오는 '생함지옥'과 '타무간옥'이 합쳐져서 이루어진 구절로 볼 수 있기 때문이다.[38] 더욱이 『사미율의요략증주』에는 '생함지옥'에 대해서 아래와 같은 주석을 하고 있다.

생함이란 육체가 죽는 것을 기다리지 않고 혼이 그 가운데로 떨어짐을 이름이니, 곧 이 산 몸이 땅이 갈라져 아비지옥으로 빠져 들어간다는 것이다. 무간은 곧 아비이다. 지옥이 비록 많지만 모두 세 갈래인데 하나가 열옥으로 여덟지옥이 섬부주 아래에 있는데 무간이 가장 아래에 있다.(生

陷謂不待身死魂墮其中, 卽此生身地裂陷入阿鼻⋯無間卽阿鼻⋯地獄
雖多總爲三攝, 一者熱獄有八在此瞻部州下, 無間最在其底)[39]

위의 설명에서 보듯 '생함'이란 산 채로 지옥에 떨어진다는 말임을
알 수 있다. 그렇다면 '죵죵霹靂벽력 生陷墮無間싱함타무간'은 '꽝꽝
벼락이 쳐서 산 채로 무간지옥에 떨어지다'는 의미로 이해된다. 7행과
9행의 '고대셔 싀여딜 내 모미- 곧 죽을 내 몸이'와 함께 해석해보면
"꽝꽝(하고) 벼락이 쳐서 산 채로 무간지옥에 떨어져 곧 죽을 내 몸이,
꽝(하고) 벼락이 쳐서 아! 산 채로 무간지옥에 떨어져 곧 죽을 내 몸이"
로 풀이할 수 있다.

벽력은 벼락을 가리키는 한자어인데, 여기에는 두 가지 측면으로
해석된다. '청천벽력(靑天霹靂)'에서와 같은 '갑작스러움, 순간성'을 나
타내거나, 벼락 맞아 죽다와 같이 죄의식을 강조할 수도 있다. 대개의
연구자는 '벼락'이라는 어휘에서 '죄의식'을 주목하였고. 화자가 '벼락
을 맞아 지옥에 갈' 이유를 찾기 위해 부단히 고심해 왔다.[40] 옛날부터
아주 악행을 일삼거나 죄를 많이 지은 사람, 혹은 나쁜 사람에게 하는
저주의 말로서 '벼락을 맞을 놈'이라고 하였다. 벼락이나 천둥은 하늘
이 내리는 벌이라 여겼기에 그러한 소망을 하는 저주나 화풀이라고
할 수 있다. 자연 현상 가운데도 예고 없이 내리꽂는 섬광과 함께 굉음
을 동반하는 번개와 천둥은 고대인들에게는 경이와 공포의 대상이었
을 것이다. 왜 이런 현상이 일어나는지 알지 못했던 그들은 이를 "하
늘이 노했기 때문[41]"이며 이로 인해 죽는 사람은 죄를 지었기 때문이
라고 생각했다. 과학의 발달로 벼락은 자연 현상에 불과하다는 것이
널리 알려졌는데도 아직까지 우리말에는 "벼락 맞아 죽을 놈" 같은
표현이 남아 있다. 그렇다면 <이상곡>의 화자가 자신의 행위를 벼락

맞아 죽을 것으로 인식하고 있는 것이라면, '지난날 임과의 사랑에 대한 뉘우침[42]'을 하고 있다기보다는 '임과의 관계가 정상적인 것이 아니라 부적절하다는 세상의 시선을 의식'하며 토해낸 발언으로 볼 수 있다. 곧, 6행에서 9행까지의 발언은 표면적으로 보면 화자의 일방적인 진술로 보이지만 심층적으로 살펴보면 타자가 '자신과 임과의 사랑이 정당하지 못하다'고 평가한 것을 듣고 화자가 토로하는 장면이다. 화자는 자신이 이처럼 '벼락이 쳐서 산채로 무간지옥에 떨어져 곧 죽을 사람'으로 낙인찍힌 사람임을 들어서 임에게 하소연하고 있다는 것이다. 이는 마치 <청산별곡>의 5연에서 누군지도 모르고 왜 맞아야만 하는지도 모른 체 당해야만 하는 자신의 현재 상황을 토로하며 울고 있다는 화자의 진술과도 흡사하다.[43] 그럼에도 자신이 처해있는 공간이나 세상의 좋지 않은 평판까지 들어야 하는 절망스러운 환경에서도 화자가 한결같이 임만을 사랑하겠다는 언사는 여타 고려가요에 나타난 화자의 모습과 크게 다르지 않다. 정월부터 12월까지 오로지 사랑하는 사람을 위해 자신의 마음을 담아 불렀던 <동동>이나 떠나는 임에게 옛 추억을 회상하면서 곧바로 돌아오기를 바라는 <가시리>, 임과 내가 얼어 죽을망정 정을 나눈 밤 더디 새기를 바라던 <만전춘 별사>의 화자의 모습에서 한결같이 임은 반응하지 않는데, 화자 혼자만의 일방적인 짝사랑의 비가(悲歌)가 엿보이기 때문이다. 이처럼 산 채로 무간지옥에 떨어져 죽게 될 것이라고 세상 사람들에게까지 낙인찍힌 사람이 어찌 다른 사람과 사귀기를 생각이나 할 수 있겠느냐는 말이 10행의 "내 님 두숩고 년 뫼룰 거로리"이다. '길이 있는데 뫼로 가랴' 하는 말이 '더 편리한 길이 있는데 굳이 불편한 곳으로 가랴'라는 뜻이고, 이는 당연히 가야 할 길을 버려두고 다른 방법을 택하느냐는 말로 해석되는 것처럼 10행의 의미는 자신은 오로지 임만을 따르겠다는 의지의 표현이다. 10행의 '년 뫼'가 원래의 임이 아닌 다른 남자를 의미하는바, '년 뫼'의 존재 때문에 화자 스스로 원치 않는 어떤 정황으로 인해 본의 아니게 임으로부터 배척받는 상황으로 되었다는 견해도 있다.44) 그러나 10행의 의미는 이러한 견해보다 자신은 임이 아니면 안된다는 화자의 적극적인 의지의 표현으로 보는 편이 옳다고 생각한다. 이는 이어지는 11~12행의 진술에서 보이는 임의 태도와는 너무도 다르기 때문이다. "이러쳐뎌러쳐 이러쳐뎌러쳐 期約긔약이잇가"라는 화자의 진술로 미루어 임의 행위는 이렇게 저렇게 하고자 하는 기약으로서, 상황에 따라 변화할 수 있고 화자의 의지와 달리 자신의 형편에 따라 얼마든지 파기할 수 있는 약속에 불과하다. 이는 마치 <만전춘 별사>에서 "넉시라도 님을 흔듸 녀닛景경 너기다니"라는 말에서처럼 임보다 자신이 먼저 임과 함께하겠다고 고백하는 것과 흡사하다. 그런데 <이상곡> 화자는 마지막 행에서 "흔듸 녀젓 期約긔약이이다"라면서 임과 한 곳에 살아가고자 하는 기약임을 분명히 밝히고 있다. 더욱이 13행의 "아소 님하"라는 진술에서 '아소'가 오늘날의 '아서라'와 같은 표현으로서 '그렇게 하지 말라'는 금지어로도 볼 수 있지만, 한편으로는 '아소'가 원망과 기원의 의미를 동시에 내포하고 있음에서도 화자의 의지를 엿볼 수 있다. 이는 '아소 님하'가 등장하는 <정과정>에서처럼 앞의 진술이 잘못되었음을 말하기보다는 <만전춘 별사>와 <사모곡>에서와 같이 자신의 뜻을 강조하기 위한 어휘로 볼 수 있기 때문이다. 특히, 13행은 <만전춘 별사>의 화자가 6연에서 영원히 임과 헤어지지 않겠다는 '원대평생(遠代平生)'이라는 어휘를 통해 현재 상황은 이별해 있지만 임에 대한 화자의 태도만큼은 이별이 아니라 화합을 위한 기다림의 정서 속에 있음을 보여 준 것과 맥을 같이한다.

따라서 <이상곡>은 임의 태도 여부와 무관한 화자의 일방적 짝사랑의 슬픈 노래라 할 수 있다. 화자 자신도 언급하고 있듯 이렇게 저렇게 하자는 임의 태도에는 아무런 책임감도 없다. 오로지 화자의 목소리만 존재할 뿐이고, 임에게 함께해달라고 하는 화자의 애원에 불과하다. 두 사람의 관계 또한 정상적이 아니라 누군가에게 떳떳하게 말할 수 없는 부적절한 관계임을 알 수 있다. 그런 생각이 비단 자신만이 아니라 주변 사람들의 입에서 나오는 평판임을 화자 자신은 수용하고 있는 셈이다. 그래서 내뱉은 언사가 10행처럼 이런 자신이 어디 감히 다른 사람과 같이 할 수 있겠느냐 하는 것이고, 13행처럼 임이 어떠하더라도 나는 임과 함께하기만을 바란다고 고백한다. 그러나 그 고백이 화자 자신의 일방적인 언사라는 점에서 이들의 사랑은 기약할 수 없고, 허공 속의 메아리처럼 공허할 뿐이다. 그만큼 <이상곡>의 사랑에는 한계가 드리워져 있다.

그런데도 이 노래가 궁중의 속악으로 연주되고 불렸다는 사실은 남녀의 관계가 군신의 관계로 치환될 수 있다는 점에서 그 원인을 찾을 수 있다. 더욱이 절대군주로서 수없이 많은 신하의 부침을 목도하겠지만 신하는 임금의 태도 여부와 무관하게 오직 충성만을 하는 것이 자연스러운 도리로 보기 때문이고, 이를 교화적인 측면에서도 효율성을 얻을 수 있기 때문이다.

4. 맺음말

<이상곡>은 <만전춘 별사>, <쌍화점> 등과 함께 남녀상열지사에 해당된다고 알려져 왔다. 따라서 이 노래에 대한 지금까지의 연구는 대개 '남녀의 사랑'이라는 관점에서 집중되었다.

이 노래는 『시경』과 『주역』을 비롯하여 주나라 때 길보(吉甫)의 아들 윤백기가 지었다는 <이상조> 등에서 사용된 '이상'이라는 용어를 그 제목으로 삼고 있는 점에서 선학의 연구에서 주목을 받았고, 거기에 자신의 심정을 담아 피력한 작품이라고 해석하였다. 이 논문에서는 이에 대한 기존의 해석을 재검토하여 새로운 견해를 도출하였다.

그것은 첫째, 용어의 문제는 "서리를 밟으면 그것이 굳어져서 얼음이 된다 (履霜堅氷至)"는 『주역』의 '경계'의 의미에서 착안한 것이지만, 생명력이 약동하는 봄도 만물을 갈무리해 주는 추운 겨울이 있기 때문에 가능하기에 어떤 순간에도 임에 대한 사랑의 끈을 놓지 않겠다는 화자의 희망이 담겨있다고 보았다.

둘째, '열명길'에 대한 해석이다. '십분노명왕과 같이 무시무시한 길'이나 '지옥으로 떨어지는 길'보다는 본고에서는 박병채가 열명길을 '열[開]과 명(明)'으로 보아 '어두운 새벽길'로 해석한 것을 취하지만 그 풀이 과정을 달리한다. 곧, 열명길은 '열다'라는 동사활용형 '열며'에 'ㅇ'을 더한 것에 '길'이 합성된 복합어라고 생각한다.

셋째, 6행~9행까지를 화자 자신의 목소리가 아니라 외부 사람들이 자신을 일러 지칭한 말로 해석하였고, 그 사실을 화자 자신이 수용하고 있다고 보았다. 따라서 10행은 이런 자신이 어디 감히 다른 사람과 같이 할 수 있겠느냐 하는 것이고, 13행처럼 임이 어떠하더라도 나는 임과 함께하기만을 바란다고 고백한 것으로 보았다.

그런데 임에 대한 고백이 화자 자신의 일방적인 언사라는 점에서 이들의 사랑은 기약할 수 없고 공허하여 <이상곡>의 사랑에는 한계가 있을 수밖에 없다. 그런데도 이런 작품은 조선조에 와서 궁중의 속악으로 연주되고 불렸다는 사실은 남녀의 관계가 군신의 관계로 치환될 수 있다는 것에서 그 원인을 찾을 수 있다. 또한, 이 노래를 들어

'음란하다, 남녀상열지사이다' 등등으로 지칭되었지만 그것이 내용의 음란성을 지적했다기보다는 정치적인 수사에 불과하였다는 사실[45]에서 〈이상곡〉을 위시하여 고려가요 연구에 새롭게 접근할 필요가 있다고 생각한다.

〈靑山別曲〉의 공간과 구조를 통해 본 현실인식

1. 머리말

　〈청산별곡〉은 작자와 연대 미상의 노래로 〈서경별곡〉·〈가시리〉등과 함께 고려가요 가운데 서정성이 뛰어난 작품으로 꼽힌다. 『악장가사』와 『악학편고』에 전문이 실려 있고, 『시용향악보』에도 1연과 곡조가 실려 있지만 『고려사』 「악지」 등의 옛 문헌에서 그에 관한 제목이나 해설 등을 찾아볼 수 없다. 그래서 이 노래를 고려시대의 노래라고 단정하기에는 어려움이 따른다. 하지만 〈청산별곡〉이 〈서경별곡〉·〈쌍화점〉과 형식이 거의 비슷하고 언어구사나 정조(情調)가 조선 초기의 노래와는 차이가 있어 연구자들은 이 작품을 고려가요라 규정한다.1)

　〈청산별곡〉은 일찍부터 연구가 활발히 진행되어 많은 성과를 나타내고 있다.2) 그러나 아쉽게도 아직까지 작품의 성격이나 구조 등에서 연구자들의 주장이 일치하지 않는다. 이는 〈청산별곡〉이 노래로 불리던 시기와 기록으로 남게 된 시기가 상당한 차이가 있고 아직도 해결되지 않은 난해한 어휘 등이 남아 있기 때문으로 보인다.

　지금까지 이 작품의 성격에 대한 주된 견해는 유랑민의 노래(신동욱), 민란에 가담한 반란민의 노래(김학성), 몽고족의 침입에 쫓겨 청산과 바다로 헤매며 시대가 가져다 준 삶의 고통과 고뇌를 되씹은 평민들의 노래(박노준), 여인의 한과 고독을 담은 노래(김완진, 이인모, 성현경) 등으로 해석이 다양하다.[3] 하지만 이 노래에는 현실 속의 괴로움과 시름 때문에 고독하게 살아가는 사람들의 이야기를 담고 있다는 공통적인 견해를 가지고 있다.

그리고 작품의 구조에 대한 제 견해는 크게 세 가지로 요약된다. 첫째, 김택규에 의해 제기된 합성설이다. 전 8연으로 짜여 있는 <청산별곡>에서 청산에 관한 부분은 대체로 의미가 연결되지만 바다에 관한 부분은 무리하게 짜 맞춘 듯이 의미가 서로 통하지 않는다는 주장이다. 정기호, 박노준, 이성주, 서철원 등이 이를 수용하고 있다.[4] 둘째, 분단교체설이다. 1~4연을 전반부, 5~8연을 후반부로 나누는데, 이는 <청산별곡>이 『악장가사』에 처음으로 실릴 때 5연과 6연의 순서가 뒤바뀌어 기록되었을 가능성을 주장한다. 장지영에 의해 처음으로 거론되어 김상억, 정병욱, 성현경 등에 의해 체계화되면서 최근까지 수용되고 있다.[5] 마지막으로, 현존 인정설이다. 1~6연까지를 전반부, 7~8연까지를 후반부로 나누어 5연과 6연의 순서를 원본 그대로를 인정하는 학설이다.[6] 이처럼 합성설과 교체설, 현존 인정설 등 여러 주장을 하게 된 배경은 이 노래와 관련하여 신뢰할 만한 기록 없이 노래 가사만으로 작품을 해석해야 하는 한계 때문이다.

대부분 연구자들은 이 노래의 주된 공간을 청산과 바다로 인식하고, 화자가 공간이동을 통해 자신의 어려운 삶에서 벗어나고자 하는 욕망을 토로했다고 주장한다. 그래서 <청산별곡>의 화자가 방황하는 원인을 두고 역사적 자료를 통한 창작배경 등을 고찰한 선행연구[7]도 있다.

본고는 이상에서 검토된 연구 성과를 토대로 하되, 이들과는 다른 관점에서 접근하고자 한다. 그 방법은 공간에 대한 천착과 서술 어조

에서 드러난 화자의 태도, 구조 분석을 통해 화자가 갖고 있는 현실인
식을 찾아보려고 한다. 공간은 청산과 바다, 물아래와 에정지, 그리고
이 노래가 조선조까지 악장으로 사용된 점과 추강(秋江) 남효온(南孝
溫, 1454~1492)의 <송경록(松京錄)>에서 <청산별곡>을 향유한 정황
을 소개한 것을 중시하고, 역으로 수용층을 통해 노래하는 화자의 태
도를 살피고자 한다. 작품의 구조는 서술 어조와 작품 내에서 창작배
경을 찾아내는 방법을 통해 분석하려고 한다. 본 논의에서는 이 노래
를 특정한 역사적 사건과 결부시키지 않고 작품에서 표출되는 의미를
통해 이해하려고 한다. <청산별곡>을 특정한 시대적 배경에 귀속시
켜 해석하기 보다는 작품의 보편성을 추구하고자 하기 때문이다.

2. 〈청산별곡〉에 나타난 공간의 의미와 화자의 태도

<청산별곡>은 『악장가사』에 전편이 'ㅇ'로 구분되어 8연으로 나뉘
어 전한다. 각 연에서 반복되는 후렴구를 매 연마다 그대로 적시하여
후렴구만으로도 연을 구분할 수 있고 각 연마다 분명한 메시지가 있
다. 이는 『악장가사』에 실린 <서경별곡>이 3개의 연과 14단락[8])으로
구성되어 있어서 연구자가 문학적인 의미구조에 따라 분리하여 해석
하는 것과 다르다. 따라서 <청산별곡>은 8개의 연을 그대로 두고 해
석해도 무방하다. 다음은 『악장가사』에 실린 <청산별곡>의 전문이
다. 분석을 위해 후렴구[9)를 제외하고 편의상 연 앞에 숫자로 표기하
고 8연을 아래와 같이 구분하였다.[10)]

1연
살어리 살어리랏다
靑山애 살어리랏다
멀위랑 ᄃ래랑 먹고
靑山애 살어리랏다

2연
우러라 우러라 새여
자고 니러 우러라 새여
널라와 시름 한 나도
자고 니러 우니로라

3연
가던 새 가던 새 본다
믈 아래 가던 새 본다
잉무든 장글란 가지고
믈 아래 가던 새 본다

4연
이링공 뎌링공 ᄒ야
나즈란 디내와손뎌
오리도 가리도 업슨
바므란 ᄯ 엇디 호리라

5연
어듸라 더디던 돌코
누리라 마치던 돌코

믜리도 괴리도 업시
마자셔 우니노라

6연
살어리 살어리랏다
바르래 살어리랏다
ᄂᆞ모자기 구조개랑 먹고
바르래 살어리랏다

7연
가다가 가다가 드로라
에졍지 가다가 드로라
사스미 짒대예 올아셔
奚琴을 혀거를 드로라

8연
가다니 비브른 도긔
설진 강수를 비조라
조롱곳 누로기 믜와
잡ᄉᆞ와니 내 엇디 ᄒᆞ리잇고

　　<청산별곡>에 나타난 공간은 1연에서 '청산'과 3연의 '믈 아래', 6
연의 '바다', 7연의 '에졍지'를 들 수 있다. 이들 공간을 천착하면서 공
간과 관련하여 진술하는 화자의 서술 어조를 통해서 화자의 태도를
살피고, 향유공간은 추강의 <송경록>의 기사만을 통해 검토하기로
한다.

1) 靑山과 바다

'청산'과 '바다'의 두 어휘는 이 노래의 기본이 되는 단어이자 핵심 어이다. 우선 김쾌덕의 지적처럼[11] 노래의 제목이 〈서경별곡〉이나 〈가시리〉처럼 첫 행의 첫 어휘로써 제목을 삼는 속요의 일반적인 관행을 따르지 않는다. 또한, 〈사모곡〉의 제목이 그 작품의 주제를 암시하듯 〈청산별곡〉도 그 제목이 작품의 주제와 관련성을 고려할 때, '청산'은 이 노래의 중심축이다.[12] 그리고 바다가 등장하는 6연 또한 1연의 청산에서 보여준 것처럼 동일한 구조이다. 'ᄂᆞ믓자기 / 구조개'가 '멀위 / ᄃᆞ래'처럼 자연의 산물인 속성을 고려하면 청산과 바다는 이 노래에서 같은 비중으로 다루어졌다고 볼 수 있다. 따라서 김택규는 '청산의 노래'와 '바다의 노래'가 합성되었다고 주장하는가 하면, 박노준은 〈청산별곡〉에서 등장하는 청산과 바다를 두고, "遣使諸道 徙民山城海島"라는 『고려사』 세가편(世家篇)의 기록을 고려 후기의 혼란한 시대상과 결부시켜 해석할 논증의 단서로 삼았다.[13]

먼저, 〈청산별곡〉에서 등장하는 청산과 바다는 각각 '멀위'/ 'ᄃᆞ래'와 'ᄂᆞ마자기' / '구조개'를 먹고 살 수 있는 공간이다. 이것들은 특별하거나 지속된 노동력을 동원하지 않고도 구할 수 있는 자연적인 산물이다. 그런 점에서 본다면 이 두 공간은 현실과 유리된 장소이며 낙원과 같은 장소이다. 그러나 청산과 바다에서의 삶은 모두가 간절히 바랄만큼 풍요롭고 완벽한 공간이 아니다. 이를 두고 낙원은 현실과 따로 구분되어 있고 생활에 불편함이 없으며 모든 것이 넉넉한 곳인데 비해, 이 노래 속의 청산과 바다는 머루나 다래, 그리고 나무자기나 굴조개를 먹으면서 유족하지 못한 삶을 이어가는 곳이므로 이들 공간을 낙원으로 보는 견해는 재고해야 한다.[14]고 말한다. 하지만 낙원의 의미를 육체적인 욕구 충족의 목적으로 이해하기보다는 청산과 바다가 화자에게 정신적인 위안처가 되는 점을 주목할 필요가 있다. 다만, 이 노래의 화자가 그토록 가고자 하는 곳이 청산만이 아니라 바다까지도 상정하고 있다는 점에서, 현실의 시공간을 벗어나고픈 욕망을 더욱 강하게 표출하고 있다고 볼 수 있다. 후술하겠지만 화자가 지향하는 곳은 지금 현재에 겪고 있는 시름에 대한 고뇌에서 벗어나려는 비상구의 역할을 한다. 따라서 화자가 <청산별곡>에서 지향하는 청산과 바다를 '낙원'으로 보아서는 안 된다.15)

이 점을 이해하기 위해서는 1연의 서술 어조를 어떻게 해석하느냐에 달려있다. 1연의 의미가 현재의 진술인지 혹은 원망형(願望形)인 가정의 경우인지에 따라 상황이 다르게 이해될 수 있기 때문이다. 첫 행에 "살어리 살어리랏다"는 2행과 4행에 "청산에 살어리랏다"라는 말과 호응을 이루면서 화자의 강렬한 심정을 나타낸다. 이 때 "살어리 살어리랏다"는 "살아갈 것이러라,"16) "살리로다,"17) "살았으면 좋았을 것을"18) 등으로 해석된다. 그러나 "살어리랏다"는 '살+어(←거)+리+랏(←닷)+다'로 분석되어. '살-'은 어간, '-어-'는 확인법 선어말 어미 '-거-'에서 'ㄱ'이 약화된 형태이다. 그리고 '-리-'는 추측법의 선어말 어미, '-랏-'은 두 형태소의 융합형 '-닷-'(←더+옷)의 변이형이고, '-다'가 평서법어미19)라는 점을 고려할 때 미래 원망형인 "살리로다"보다는 과거 원망형인 "살았더라면 좋았을 것을" 혹은 "살 것을 그랬도다"라는 의미로 해석하는 것이 자연스럽다.20) 더욱이 "살어리"가 "살어리랏다"에서 '-랏다'가 생략된 표현21)이라고 한다면 1연에서 화자는 현재 처해진 상황에서 벗어나고픈 간절한 마음으로 과거에 선택하지 못한 것에 대한 아쉬움과 후회를 표현하고 있다고 보인다.

이런 맥락에서 화자의 청산 지향은 앞으로 살았으면 하는 기대나

지금 살겠다고 하는 의지와는 다르다고 볼 수 있다. 또한 이전에 가보지 못했던 곳을 원망하며 꿈꾸는 의미도 물론 아니다. 앞서도 언급했듯이, 대부분 연구자들은 이 노래의 주된 공간을 청산과 바다로 인식하고 화자가 직접 공간이동을 하면서 편하지 않은 현실에서 벗어나고자 하는 욕망을 토로했다고 한다. 그러나 서술 어조를 살펴볼 때 이 노래는 화자가 청산과 바다를 실제로 옮겨 다니면서 하는 고백이라기보다는 현재 겪는 고통 때문에 현실과는 다른 곳을 생각하게 되는 '피안지향성'22)적인 노래라고 판단한다. 화자에게 현실적인 고통이 따르지 않았더라면 청산과 바다에서의 삶을 지향하지도 않았을 것이다. 이처럼 자신이 처한 지금의 현실에서 마음대로 벗어날 수 없는 상황이라면, 화자는 그 곳을 벗어나 살고자 하는 열망을 어떤 바람보다도 강하게 <청산별곡>에 투영했으리라 보는 것이 논자의 판단이다.

더욱이 1연과 같은 진술이 6연에서도 동일하게 나타난다는 점에서 이 노래의 화자가 탈 현실을 지향하는 욕망의 층위를 가늠할 수 있다. 다만 6연에서는 청산이 바다로 바뀌면서 '머루와 다래'가 '나무자기와 구조개'로 교체되었을 뿐이다. 다시 말해 6연을 1연과 비교하면 어휘만 다를 뿐 의미는 변함이 없는 것처럼 보이지만, 화자의 지향처는 특정한 장소만을 고집하는 것이 아니라 다면적임을 알 수 있다. 그러나 후술하겠지만 6연과 1연의 화자의 심층적인 태도를 같은 관점에서 이해해서는 안 된다고 판단된다.23)

2) 믈 아래와 에정지

'믈 아래'는 3연의 2행과 4행에서 "믈 아래 가던 새 본다"라는 표현에서 나타난다. 이를 두고 논자들은 '水中'(김사엽), '평원지대'(정병욱), '一定 水域보다 下位의 江'(이인모), '물에 비친'(김완진), '냇물 하류쪽'

(서재극)24) 등으로 해석하였다. 이들의 주된 논지는 약간의 차이는 있지만 '믈 아래'를 '청산'과 대비되는 공간으로 보고 있다는 점이다. 따라서 "믈아래 가던 새 본다"를 두고 '평원지대를 향해 날아가는 새를 바라보는'으로 해석하여 연구자들은 화자가 청산에서 새를 바라보는 장면으로 이해한다. 그러나 믈 아래가 어떤 장소이든 3연에서는 'ㅇㅇ ㅇ으로 가는 새'를 화자가 바라보고 있다는 점이 중요하다고 생각한다. 화자가 청산이 아닌 현재 있는 장소에서 믈 아래로 떠나는 새를 보는 상황이다. 따라서 '믈 아래'는 위의 제 견해를 두루 포괄하지만 청산과 대비되는 장소가 아니라 청산과 같은 동류의 장소로 규정할 수 있다. 그러나 3연에서 화자는 공간을 자유롭게 이동하는 새와는 달리 그럴수 없는 처지가 대비된다.

이런 현실에 처한 한탄의 목소리는 전 8개연 중 5연에서 알 수 있다. 5연에서 "어듸라 더디던 돌코 / 누리라 마치던 돌코 / 믜리도 괴리도 업시 / 마자셔 우니노라" 며 자신은 어느 누구를 미워하거나 사랑한 적도 없는데 자신이 그 고통을 당해야 하는 것을 이해할 수 없다고 호소한다. 이때 돌은 주체의 시름과 외로움을 울음으로 표출하게 만드는 역할을 한다고 서철원은 주장한다.25) 따라서 화자는 고통의 원인을 찾지 못하고 온전히 그 아픔을 감내해야 하는 실정이다.

또한 '돌'을 현실세계의 '미움과 시기', '음해와 오해' 등으로 해석되는 상징적인 돌26)로 설명하기도 한다. 그렇다면 돌에 맞아 우는 화자의 모습은 4연에 쓰인 밤의 외로움과 함께, 서정적 자아의 억울한 심회를 드러내는 전형적 비유27)로 해석할 수 있다. 이처럼 어려운 형편 때문에 화자가 괴로워하고 있다면 5연은 이 작품의 창작배경을 내포한다고 볼 수 있다. 2연의 4행에서 화자의 "자고 니러 우니로라"라는 고백처럼 그가 끊임없이 고통을 겪고 있음을 짐작할 수 있다. 이런 상황에서 '잉무든 장글란 가지고' 믈 아래로 가던 새[28]를 보고 있는 장면이 3연이다. 그리고 2연의 '우는 새'와 3연의 '떠나는 새'는 동일한 '새'라고 볼 수는 없지만 '새'에게 화자 자신의 감정을 이입시키는 방법은 유사하다. 그러므로 3연에서 화자는 자신과 달리 마음만 먹으면 언제든지 '믈 아래'로 떠날 수 있는 새를 바라보면서 현재의 처지에서 벗어날 수 없는 사실에 절망하며 슬퍼하고 있다.[29]

7연에서 '에정지'는 화자가 가고자하는 장소로 등장한다. 후술하겠지만 6연에서 화자는 "아서라!" 심사가 발동한 상태이다.[30] "바다에서나 살았더라면 좋았을 것"이라는 과거의 가정에 대한 집착이 현재 자신의 처지에 아무런 도움이 되지 못한다는 사실을 화자는 직시하게 된다. 6연에서 화자는 이런 넋두리나 하소연이 전혀 부질없음을 깨닫게 되자 체념의 상태로 돌변한다. 그러므로 6연에서 "바다에 살았더라면 좋았을 것을"이라는 원망형의 언술로 극적인 반전을 취한다.

지금까지 화자는 청산을 가거나 바다를 간 것이 아니다. 본문에서 살펴보면 화자는 아침에 일어나 울고, 낮에는 이끼가 낀 농기구나 들고 믈 아래로 가던 새를 보다가 오고갈 사람이 없는 밤의 적적함을 토로하는 일이 전부다. 4연에서 "이링공 뎌리공 ㅎ야 나즈란 디내와손뎌"라고 진술하는 것으로 보아 3연의 시간적 배경이 '낮'이라 짐작된다. 그리고 "바므란 쪼 엇디 호리라"라는 것을 보아 오늘 밤에 대한 예상이나 걱정이지 밤을 지나 다음 날로 시간이 변한 것이 아니다. 이런 상황에서 자리를 박차고 나선 곳이 '에정지'라고 보는 것이 논자의 판단이다.

'에정지'는 고문헌에도 아직까지 그 용례를 찾을 수 없는 어휘이기 때문에 정확한 의미의 추정이 어렵다. 논자에 따라 '부엌'(양주동), '갈림길'(성호경, 허남춘), '해 저물 무렵'(서재극), '고종때 奚琴의 명수 宗智

(서수생)[31] 등으로 해석할 뿐이다. 따라서 아직까지 명확하게 의미가 확정된 상태가 아니므로 에정지의 기능에 특별한 의미를 부여하기보다는 6연에서 화자의 태도와 관련해서 접근하고자 한다. 청산과 바다로의 지향이 부질없음을 깨닫고 무작정 나섰던 곳이 에정지이고 보면, 에정지는 화자에게 익숙한 장소이다. 또한, 앞서 청산이나 바다와 같이 과거로 지향했던 마음이 현실로 다시 돌아온 증거가 되기도 하는 곳이다.

화자는 에정지로 향하다 "사스미 짒대예 올아셔 奚琴(희금)을 혀거"는 소리를 듣게 된다. 이 구절을 두고 비교적 잘 알려진 해석으로는 '기적설(奇蹟說)'(정병욱, 이승명), '사룸의 오각설(誤刻說)'(김형규), '해학설(諧謔說)'(양주동), '사슴 분장설(扮裝說)'(김완진)[32] 등이 있다. 그런데 이 구절은 당시 유행하던 산대잡희나 팔관회의 연희와 연관하여 이해할 필요가 있다. 고려말 이색의 <구나행(驅儺行)>[33]과 <산대잡극(山臺雜劇)>[34]에는 줄타기, 솟대타기, 각종 동물로 분장한 가면희 등 산대잡희의 장면이 자세하게 묘사되어 있다.

> "(지금 중동(仲冬)에) 거룩한 예식을 크게 여니, 상서로운 징조가 마구 이르러 <u>자라는 산을 이고 거북은 그림을 졌으며,</u> 온갖 악기를 다 벌이니 <u>용은 피리를 불고 범은 비파를 타나이다.</u> 첩(妾) 등은 궁중에 처한 몸으로 뜰에 나아가 구주(九奏)의 소리를 들으니, 균천(鈞天)의 음악을 꿈에 듣는 듯하옵니다. 만수무강을 빌어 올리되 숭악(嵩岳)의 환호를 간절히 기약하나이다. 운운."[35](*밑줄 필자)

위의 내용은 이규보의 <교방에서 팔관을 하례하는 표[敎坊賀八關表]>의 일부분이다. 용과 호랑이가 피리를 불고 비파를 연주하고 있다고 묘사하는 것을 볼 때, <청산별곡> 7연의 사슴이 해금을 켜는 장면

도 사슴으로 분장한 광대의 연주임을 유추해 볼 수 있다. 이러한 역사
적 사실을 근거한다면 생각이 과거에서 현실로 돌아온 화자가 에정지
를 가다가 팔관회나 산대잡회 등의 공연소리를 듣고 잠시 발길을 멈
추는 상황으로 이해할 수 있다. 화자는 사슴의 탈을 쓴 광대가 높다란
장대에 올라 해금을 켜는 장면을 마주하면서 광대와 자신이 비슷한
처지인 감정을 느낀다고 할 수 있다. 철저한 고독과 슬픔에 잠겨있던
화자에게는 산대놀이나 팔관회 같은 흥겨운 놀이판이라 할지라도 해
금소리와 어울린 광대의 모습이 결코 즐거운 유희로 느끼기에는 한계
가 있을 것이다.36) 마치 2연에서 매일 밤을 눈물로 지새우는 화자가
새소리를 우는 소리로 인식하며 새가 자신처럼 슬프고 처량하게 보이
는 것과 같은 이치다.

  3) 〈청산별곡〉의 향유 공간과 그 의미

  <청산별곡>은 고려시대부터 제례나 연희에 사용되었던 궁중속악
이고, 조선조에 와서 노랫말이 궁중악의 가사로는 적합하지 않다는 판
정을 받았지만 새로 창작된 악장인 <납씨가>등에 그 선율이 차용되
었다.37) 또한 이 때 산개(刪改)되었던 노랫말이 성종 때 간행된『악장
가사』에 실려 전하는가 하면, 남효온이 1485년에 <청산별곡>을 향유
했다는 기록이 <송경록>에 남아 있다. 특히 남효온의 기록은 고려 당
대의 기록은 아니지만, 이 노래의 향유과정을 알 수 있는 좋은 자료라
고 생각한다. <청산별곡>의 향유의 상황을 통해, 역으로 이 노래의
화자의 태도를 살필 수 있다는 이유에서다. 한 개인의 기억은 제한적
이며 자기중심적이지만, 기억의 주체들은 현재 자신이 처한 상황의 논
리에 따라 무의식적으로 기억을 떠올리며 그것을 재생산한다는 점38)

에서 향유 공간의 의미를 살피는 것은 이 노래 해석에 유용하다고 판
단되기 때문이다.

　<송경록>은 추강이 1485년 9월 7일에서 9월 18일까지 10여 일 동
안 고려의 수도였던 개성 부근을 유람하고 쓴 일기이다. 추강은 자용
(子容), 정중(正中), 숙형(叔亨), 백원(百源), 한수(韓壽), 송회령(宋會寧),
석을산(石乙山) 등과 함께 송도 인근의 산수와 고적을 유람하면서 시
를 짓거나 춤을 추며 노래를 부르기도 하였다. 그 중 송회령은 악사로
서 피리를 불고, 정중은 거문고를 타며, 석을산은 노래를, 자용은 춤을
추는 것으로 묘사하고 있다. 추강 일행은 1485년 9월 14일 원통사(元
通寺)를 출발하여 중암(中庵), 수정굴(水精窟), 남쌍연사(南雙蓮寺), 서
성거암(西聖居庵)을 거쳐 차일암(遮日巖)에 머물며 사주 사식(思湜)에
게서 성거산의 내력을 듣는다. 그 뒤 추강은 <청산별곡>을 연주한 전
말을 다음과 같이 기록하고 있다.

　이때 서쪽에서 남북의 두 성거암을 굽어보다가 또 성거산 상봉에 올라
갔다. 남풍이 매우 거세고 암석이 매우 험하여 발을 땅에 붙일 수 없으
니, 정중이 크게 두려워하여 굳이 우리들을 끌고 내려가려 하기에 나와
자용이 따랐다. 북쌍련암에 이르러서는 바람이 더욱 거세지고 찬비가
얼어 눈이 되어 누른 낙엽과 뒤섞여 공중에 날렸다. 창을 열고 바다를
바라보니, 마치 신령이 기운을 일으키는 듯하여 정중과 자용이 크게 기
뻐하였다. 정중이 <청산별곡>의 첫 번째 곡을 타니, 주지승인 성호(性
浩)도 크게 기뻐하여 포도즙을 걸러 내와 우리들의 마른 목을 적셔 주
었다. 나 또한 기뻤으니, 근래 먹었던 산중의 음식 중에 이것과 견줄 것
이 없었다.[39](*밑줄 필자)

　추강 일행이 강화도와 교동도(喬桐島)가 바라보이는 곳에 위치한 성

거산에서 〈청산별곡〉을 부르며 함께 즐기는 장면을 두고 임주탁은 "〈청산별곡〉에 형상화되어 있는 시적 공간배경과 매우 흡사하다는 것을 알 수 있다."며, 포도즙을 짜서 갈증을 푸는 것은 "머무랑 다래랑 먹고"사는 "청산"의 삶에 상응한다고 하였다.[40] 이 기사를 두고 이처럼 생각하는 것도 무리는 아니다. 그러나 이런 장면이 〈청산별곡〉의 배경과 비슷하다고 하는 것보다 이들이 어떤 환경에 처한 인물이고, 왜 그런 자리에서 이 노래를 연주하며 즐겼냐 하는 점을 고려해 볼만하다.

종실 사람인 이정은은 "음률에 널리 통하여 거문고를 잘 탔는데 거문고 곡조가 간결하고 절조에 맞았으며 염우(廉隅)롭고 직상(直上)하여 뛰어난 소리라고 칭하였다."[41]고 할 정도로 거문고 솜씨가 빼어난 인물이다. 『미수기언(眉叟記言)』에는 남효온이 이정은을 〈사우명행록〉에 소개한 사실을 이야기 하면서 "사화 뒤에는 세상일을 저버리고 매양 달 밝은 고요한 밤이면 거문고를 어루만지며 한숨짓다가 87세에 세상을 떴다."[42]고 기록하고 있다. 추강 또한 생육신(生六臣)의 한 사람으로, 김종직의 문인(門人)으로서 김시습(金時習, 1435~1493) 등과 친교가 있었으며, 세속에 뜻을 두지 않고 유랑 생활로 생애를 마쳤던 인물이다. 이런 점으로 보아 이들은 서로 의기투합하는 사이였으며 기개가 높고 강직한 성격의 소유자임을 알 수 있다.

현실과 부합할 수 없었던 고단한 처지에 놓여있던 그들에게 〈청산별곡〉은 산과 바다가 보이는 성거산에서의 환경이 아니더라도, 충분히 공감할 수 있는 노래였을 것으로 보인다. 따라서 김성언이 지적했듯 이 노래가 남효온의 무리와 같이 현실에서 패배한 젊은 이상주의자들에 의해 기억되고 재생되었다는 사실[43]에 주목할 필요가 있다. 이는 현실에서 벗어나고픈, 또는 어쩔 수 없이 당해야만 하는 고통을 안고 있는 사람들에게 오늘날에도 <청산별곡>은 계속 향유될 수 있기 때문이다.

3. <청산별곡>의 구조와 현실인식

<청산별곡>은 연과 연 사이가 비약적인 장면이 있어 시의(詩意)가 순조롭지 않은 부분이 있다. 대개 1연에서 5연까지는 청산에서의 삶을 연상할 수 있는 반면, 6연은 바다로 시상이 전환됨에 따라 앞서의 화자의 진술과 연결하기가 쉽지 않다는 것이 연구자들의 견해이다. 따라서 일찍이 김택규는 이 노래를 '청산곡'과 '바ᄅ노래'의 합성곡이라고 주장하였다. 원래 '청산곡'이라 할 만한 노래와 '바ᄅ노래'라 이름 지음직한 노래의 사설을 어떤 새 가락에 맞추기 위해 합성한 것, 혹은 원래 사설의 일부분이 합성과정에서 제거된 것이 아닐까 하는 의문이라고 했다.[44] 그러나 의미의 일관성 문제에 대한 근본적인 물음을 제기했음에도 불구하고 두 곡을 합성했다는 작품 외적인 증거가 있지 않고는 이 주장은 설득력이 약하다. 또한 이 노래는 표면적으로는 의미 연결의 단절, 불균형이 보이는 것 같아도 내용적인 면에서 화자의 태도를 고려할 때 연과 연의 의미연결이 가능하다고 보기 때문에 합성설은 동의하기가 어렵다고 생각한다.

한편, 연의 분단으로 <청산별곡>을 이해하는 견해가 있다. 이는 5연과 6연의 교체가능성을 염두에 둔 경우와 그렇지 않은 경우로 구별된다.

먼저 5연과 6연의 교체가능성을 염두에 둔 견해를 보면, 총 8개연으로 된 <청산별곡>에 동일한 표현법을 구사한 1연과 6연이 있고, 거기에는 '청산'과 '바다'라는 이질적인 공간이 제시된다. 따라서 '청산의 노래'를 1-2-3-4연, '바다의 노래'를 6-5-7-8연으로 바꾸어 놓으면 완벽하게 대응된다는 것이다. 김상억은 작품구조의 내적 필연성과 시어체계, 무우드를 포함한 일련의 용어와 조사법(措詞法)을 고찰한 결과 전승과정이나 악장에 채입(採入)되는 과정에서 착간(錯刊)되어 바뀌었다고 주장하였다.45) 따라서 조사법, 시어체계, 내적 구조전개가 1:1로 대비된다고 하였다. 정병욱 또한 앞 단락이 청산에서의 생활이라면 뒤 단락은 바다에서의 생활로 구분된다고 주장한다.46)

그러나 『악장가사』편자의 음악적 식견과 후렴구와 같은 반복구를 생략하지 않은 채 그대로 기록한 편자의 태도, 악장이 궁중의 연례악(宴禮樂)으로 쓰였던 점 등을 볼 때. 편자의 의도적인 실수 등이 발견되지 않고는 교체가능설에 대한 견해는 일정한 한계를 갖고 있다.

다음으로 원전에 충실하면서도 작자가 의도적으로 논리적 순차에 따른 연 배열을 꺼렸다는 견해이다. 이승명은 '동기(motive)[5연]'를 '과정(procedure)[제1차 - 1, 2, 3, 4연 / 제2차 - 6, 7연]'과 '결과(result)[8연]'중간에 놓은 것은 음악에 있어서 기두강세(起頭强勢 : head stress)와 같은 것이라고 주장하였다. 동기를 먼저 보이고 과정과 결과를 보였다면 밋밋한 작법이지만 문장에 있어서 도치법이 강세와 변화로 문장에 새맛을 불어 넣는 일은 자주 보는 예라는 것이다.47) 이런 발상은 박병채가 일찍이 제기한48) 이래 전규태에 의해 '기점강조법(起點强調法)'49)으로 확인된 내용을 이승명이 도식화시킨 셈이다. 이밖에 장성진, 김재용, 정기철 등의 논의50)가 뒤따랐다.

이상에서 보는 바와 같이 원전에 충실한 제 견해는 전해지는 하나의 작품 그대로를 유기적인 통일체라는 가정 아래 분석하고 있다는 점에서 일정한 의의를 갖는다. 다만 이들 대개가 화자의 공간이동을 주목하여 논의했다면, 정기철의 경우만 앞서 언급한 김대행의 피안지향성에 근거하여 이 작품을 고찰하고 있다.

이렇게 논자들마다 <청산별곡>을 두고 연의 교체설을 주장하거나 현실과 가상의 세계라고 설명하는 것은 이 노래가 그만큼 『악장가사』의 원전 그대로를 놓고 볼 때 짜임새 있는 구조로 되어 있지 않다는 점을 반증한다.

이 장에서는 앞서 밝힌 공간의 의미와 화자의 태도를 토대로 작품의 구조를 규명키로 한다. 논자는 특히 5연과 6연은 <청산별곡>을 이해하는 데 중요한 부분이라고 생각한다. 이 부분에서 화자의 드러나지 않은 감정을 읽을 수 있기 때문이다.

본고에서는 위의 세 번째 견해처럼 <청산별곡>을 전 8개연이 순차적으로 진행된다고 본다. 1연에서 화자의 과거로의 지향(志向)이 2·3·4연에서 현재 자신의 모습과 대비되면서 과거에 행하지 못한 것에 대해 후회하는 심사를 노출한다. 앞장에서 5연은 이 노래를 창작하게 된 원인이라고 했다. 따라서 5연의 진술은 자연스럽게 1~4연을 토로하게 된 계기로 작용한다. 그래서 5연에는 화자가 시련에서 벗어나고 싶은 간절한 심정으로 시작하여 현재가 아닌 다른 공간을 원망하는 상황이지 화자가 청산에 들어간 것을 의미하지 않는다.[51]

화자의 심적 상태가 극도로 흥분된 상태이기 때문에 1연에서 폭발한 감정이 자제되지 않고 반복되어 6연에서까지 계속 이어진다. 이렇게 본다면 5연의 진술은 1~4연을 이끄는 계기로도 작용하지만 6연의 바다에서의 삶을 떠올리는 역할을 하기도 한다. 여기에서 화자의 '청산'과 '바다'로의 지향은 앞장에서 살펴본 바와 같이 이상향과는 그 의미가 다르다.

6연에서는 1연처럼 현실을 벗어나고픈 간절한 열망이 담긴 연으로 화자의 현실적 자각이 큰 비중을 차지하고 있다. 하지만 6연은 표면적으로는 1연과 동일한 표현법을 사용하고 있지만 여기에는 이 노래의 놀라운 함축적인 간결미가 담겨져 있으며, <청산별곡>의 구조를 이해하는 데 중요한 역할을 하고 있다고 보는 것이 논자의 생각이다.

1연에서 "청산애 살어리랏다"라고 발언한 뒤 2~4연과 같은 자신의 처지를 빗댄 심정고백이 이어졌던 것처럼 6연에서도 "바른래 살어리랏다"라고 심정을 표현했기 때문에 2~4연에 상응한 심정고백이 있어야 자연스럽다. 그런데 문제는 2~4연에 상응한 심정고백이 6연 다음에는 찾아볼 수 없다. 차라리 6연이 없다면 오히려 뒤의 7·8연을 순차적으로 해석하는 것도 의미의 전달이 가능하다. 이와 같이 6연 뒤 1연에서처럼 2~4연에 버금되는 내용이 이어져야 하지만 그것이 없이 바로 7연으로 이어지고 있다. 따라서 6연과 7연 사이의 논리적 흐름이 단절되는 느낌을 준다.

논자는 이 부분을 화자의 "아서라!" 심사가 발동했다고 생각한다. 이는 "청산에서 살았으면 좋았을 것"이라 원망하며, 할 수 없는 것에 대한 애태움과 그에 대한 현실의 처지를 넋두리(?)하다가, 이제는 청산이 아닌 바다라는 공간으로 바꾸어 6연처럼 토로한다. 그 순간 화자는 이런 넋두리나 하소연이 현실의 나의 생활에 전혀 도움이 되지 않은 부질없는 행위임을 깨닫게 되자 체념으로 급반전 하게 된다.[52] 이처럼 6연에서 갑자기 체념으로 전환되는 감정은 오히려 청자 혹은 수용자에게 화자의 괴로운 심사를 전달하는데 효과적이라 할 수 있다. 이런 의미에서 6연의 감정 절제의 표현 방식은 <청산별곡>의 문학적 가치를 더 하는 효과가 있다고 생각한다.

5연에서의 표현처럼 아무런 이유도 없이 당해야만 하는 현실에 대한 억울함에서 비롯된 화자의 정신적 유랑은 1연의 청산에서의 삶에 대한 동경을 하게 되고, 6연의 바다로의 삶을 소망하게 된다. 그러나

이런 바람은 결코 자신에게 일어날 수 없다는 사실을 자각하면서 "아
서라!"의 심정으로 7연의 내용이 나타나고 있다고 본다. 청산과 바다
로의 꿈이 오히려 자신의 현재에 놓인 힘겨운 처지만을 부각시켜준
셈이다. 화자의 이런 태도는 현재의 우리 삶에서도 어떤 일에 대한 소
망이나 기대가 부질없다고 느낄 때, 당사자는 지금까지의 생각을 접으
며 한탄하는 장면을 예상할 수 있기 때문이다.

7연에서 '가다가 가다가'의 표현이 암시하듯 화자는 이제야 지금까
지 사로잡혀있던 생각에서 벗어난다. 따라서 그는 자리를 털고 나와
'에정지'로 가다가 광대의 해금연주소리를 듣게 된다.

그러므로 논자는 7연에서 광대의 공연을 두고 축제공간으로서 인생
고와 생활고를 잊게 해주고 활기를 불어넣어 화자의 마음이 6연의 암
(暗)과 비애에서 명(明)과 희열로 전환된다[53]거나 홍겨운 광대들의 놀
이를 보면서 절대고독에서 벗어나는 계기를 갖게 된다[54]는 주장과는
견해를 달리한다. 지금껏 푸념하던 사고의 범위에서 겨우 벗어나 7연
에서 광대의 해금소리를 접하지만 2연에서 새 소리를 두고 울음소리
로 인식했던 화자에게는 해금소리가 위로가 되지 못하는 것은 당연하
다. 장대에 올라 애처롭게 해금을 연주하는 광대의 모습이 현재 자신
의 처지와 결코 다르지 않기 때문이다. 그런 비애감은 결국 화자를 술
로 이끄는 계기로 작용하여 8연에서 "조롱곳 누로기 미와 잡스와니
내엇디 흐리잇고"라는 체념과 한탄의 마음을 갖게 된다. 화자는 그곳
에서 누군가 배부른 독에 진한 강술을 빚는 장면을 목격하게 되고[55]
게다가 조롱박꽃 모양의 누룩까지 진한 냄새로 자신을 붙잡기에 이곳
에 이끌리고 만다.[56] 이 장면은 박목월(朴木月, 1915~1978)의 <나그
네>의 "술익는 마을마다 타는 저녁놀 구름에 달 가듯이 가는 나그네"
의 서정과 흡사하다. 다만 <나그네>의 화자가 술이 익는 마을을 지나

면서도 거기에 빠지지 않고 유유자적하게 지나가고 있다면 <청산별
곡>의 화자는 에정지에서 잠시나마 술에 자신을 맡기는 형국이다. 4
행의 "내 엇디 ᄒᆞ리잇고"를 두고 양주동은 체념적 소극적인 듯하나
실제로는 함축적이며 달관적인 정서를 나타낸 것[57]이라고 한 반면 장
성진은 극도로 절박한 한탄이나 좌절을 나타낸다고 하였다.[58] 그러나
화자의 지금까지의 심정을 참고하면 장성진의 견해처럼 극도의 절박
한 한탄이나 좌절을 무기력하게 보여주었다고 생각한다. 그에게는 주
어진 현실을 타개할 아무런 대책이 없다. 그가 현실에서 할 수 있는
일은 독한 술에 의지하여 자신의 생각, 고뇌를 잠시나마 벗어나는 일
이다. 술에 자신을 맡기고 있는 8연을 통해 우리는 그가 처한 현실에
대한 고통의 무게가 짐작된다. 이 점은 화자가 탈현실을 꿈꿔보지만
그 꿈이 현실의 자신에게 어떠한 변화도 기대할 수 없다는 허탈감만
을 안겨주었다고 할 수 있다.

4. 맺음말

본고는 <청산별곡>의 공간과 구조로 본 현실인식에 대한 고찰이
다. 이 노래를 해석하는 데 중요한 것은 이 노래가 '탈현실의 삶의 세
계인가?' 아니면 '탈현실의 욕망을 지향한 세계인가?'에 있다. 흔히들
노랫말에 청산과 바다의 공간이 등장함에 따라 화자가 이들 공간으로
이동하면서 겪게 되는 삶의 기록으로 해석한다. 그러나 화자의 진술어
조를 면밀하게 살펴보면 이 노래는 공간이동에 따른 기록이 아니라
견디기 어려운 현실에서 비롯된 공간(산과 바다)을 열망하며 현실의 무
게를 소멸시켜 보려는 시도임을 알 수 있다.

이를 위해 먼저 청산과 바다, 들 아래와 에정지, 향유공간으로 나누

어 천착하였다. 청산과 바다는 화자가 체험한 공간이 아니라 현실의 고통에서 벗어나려는 심정에서 토로한 대체장소에 지나지 않는 곳으로 볼 수 있다. 그리고 믈 아래는 현재 자신이 있는 위치와 다른 곳으로, 화자에게는 청산이나 바다와 같은 정도의 의미로 해석하였다. 자신은 원하는 대로 이동할 수 없는 처지인데 비해 화자는 믈 아래로 가는 새를 보며 어찌할 수 없는 자신의 처지를 더욱 실감하게 된다. 에정지 또한 청산과 바다로의 지향이 헛된 꿈인 것을 깨달으며 이동했던 장소이다. 따라서 이곳은 화자가 현실로의 회귀를 알려주는 역할을 하는 셈이다.

그리고 향유공간은 현재 자신이 처한 상황의 논리에 따라 무의식적으로 기억을 떠올리며 그것을 재생산한다는 점으로 이해하여 <청산별곡>의 화자와 수용층의 처지가 동일하기에 이 노래를 향유한 것으로 보았다.

작품의 구조는 화자의 진술에서 행간에 감추어진 의미를 찾는 것에서 출발하였다. '살어리랏다'가 "살리로다"라는 미래 원망형이 아니라, 과거 원망형인 "살았더라면 좋았을 것을"으로 해석하여, 이 노래의 화자 태도를 규정하였다. 그리고 이 노래에서 시련에 대한 억울함을 호소로 일관하고 있는 5연은 <청산별곡>을 창작하게 되는 배경으로 보았다. 5연에서 시작된 한탄은 현실에서 벗어나 청산에서 살지 못하는 아쉬움으로 표현된다. 1에서 4연까지의 진술이 화자의 푸념과 하소연의 형태로 보인다.

그러나 6연에 오면 지금까지의 상황과는 전혀 다른 방향으로 화자의 태도가 급변한다. 1연에서처럼 과거를 지향하는 진술이 2~4연과 비슷한 고백이 이어져야 하지만 6연에서는 전혀 나타나지 않는다. 이는 화자가 "아서라!"와 같은 감정이 작용하여 그런 넋두리나 요란한 사설이 현재의 자신에게 아무런 필요가 없다는 사실을 깨닫게 된다. 따라서 6연의 표면적인 진술은 1연처럼 과거지향의 언사로 토로하고 있지만 그 이면적인 의미는 사뭇 다르다. 이 부분은 표현의 반전을 나타내는 감정의 미학이 돋보이는 장면이라고 할 수 있다. 이런 심사를 접고 나선 곳이 에정지이며, 그곳을 가는 중 들리는 광대의 해금소리에 화자는 자신의 처지를 광대와 동일하게 느낀다. 그러다가 마지막 8연에서 화자는 술에 자신을 의탁하는 모습을 보인다.

본고에서는 <송경록>의 자료를 통해 조선조에까지 이 노래가 향유되는 과정을 살펴보았지만, 오늘날에도 <청산별곡>은 <가시리>와 함께 노래로 불리고, 소설로도 창작되며, 시로서 재생산 되고 있다. 향후 이들 작품을 통해 향유와 변용양상을 살핀다면, <청산별곡>에 대한 이해를 심도 있게 할 수 있으리라고 생각한다.

주석모음

〈가시리〉의 編詞와 문학적 해석 / 13-34쪽

1) 이 책에서 '고려가요'라고 지칭하는 것은 '고려속요'를 의미한다. 속요는 『고려사』
「악지」, <속악> 조에 언급된 것과 『악학궤범』・『악장가사』・『시용향악보』 등에 실
려 있는 고려 속악가사 가운데 순수한 우리말 노래의 서정가요로 국한한다. 이들
은 대개 그 바탕은 민요이지만, 민요 그대로만이 아니라 새로운 상층 수요자의
요구에 따라, 새로운 악곡(궁중속악)에 맞게 개편 재창작의 과정을 거친 작품을
말한다. 속요의 개념 정의는 國文學新講 編纂委員會 編, 『國文學(新講)』, 새문
社, 1985, 70쪽 참조.

2) 박노준, 「「가시리」, 정한을 담아낸 이별의 전형」, 『옛사람 옛노래 향가와 속요』, 태
학사, 2003, 279쪽.

3) 梁柱東, 「評說 一, 가시리」, 『麗謠箋注』, 乙酉文化社, 1947 (東國大學校 出版部.
1995 영인본), 424쪽.

4) 양주동의 <평설>의 내용은 현행 고등학교 문학교과서에도 그대로 수용되어 교육
현장에서 교수되고 있고, 이는 결국 학생들에게까지 전이되어 아무런 의심없이 수
용된다는 점에서 이를 확인할 수 있다. 현행 교과서 수록에 관한 자세한 내용은
임주탁, 「<가시리>의 독법과 해석의 방향」, 『국어교과교육연구』 2, 국어교과교육
학회, 2001, 106쪽 참조.

5) 정병욱, 『한국고전시가론』 (증보판), 신구문화사, 1985, 124쪽.

6) 조동일, 『한국문학통사』 2, 지식산업사, 1983, 150쪽.

7) 어석적인 부분에 대한 연구는 다음과 같다. 양주동, 앞의 책 / 朴炳采, 『高麗歌謠의
語釋硏究』, 宣明文化社, 1973 / 金亨圭, 『古歌謠註釋』(重版), 一潮閣, 1993 / 池
憲英, 『鄕歌麗謠新釋』, 正音社, 1947 / 南廣祐, 「高麗歌謠 註釋上의 問題點에
관하여」, 『高麗時代의 言語와 文學』, 螢雪出版社, 1979.

8) 이에 대한 주요논의는 다음과 같다. 임주탁, 앞 논문 / 金琴南, 「<怨詞>와 관련한
<가시리> 生成動因」, 『語文論集』 第40輯, 중앙어문학회, 2009.

9) 이에 대한 주요논의는 다음과 같다. 박노준, <속요, 그 현대시로의 변용>, 『향가여
요의 정서와 변용』, 태학사, 2001 / 박경수, 「현대시의 고려 가요 패러디의 양상과
담론 - <가시리>・<만전춘 별사>・<한림별곡>의 패러디 시를 중심으로」, 『한국
문학이론과 비평』 제33집, 한국문학이론과 비평학회, 2006 / 김수경, 「속요의 현대
화, 그 몇가지 양상에 관한 시론」, 『韓國詩歌硏究』 제19집, 韓國詩歌學會, 2005.

10) 후렴구를 악기소리라고 파악한 논의는 정병욱이다. 그는 현행의 전통 악기 구음과 역대악보에 나타나는 각종 악기의 구음을 검토함으로써 각종 악기의 구음이 지닌 특징을 추출 분류하여 별곡의 여음구에 보이는 여음들이 어떤 악기의 구음인가를 추적하였다. 정병욱, 「악기의 구음으로 본 별곡의 여음구」, 앞의 책, 125~149쪽.

11) 이에 대한 선행연구의 검토는 "2) 궁중 가악으로 수용 될 때 삽입된 가사 : 후렴구" 참조.

12) 여음은 악곡상의 용어이며, 후렴구는 노랫말에 쓰이는 용어이다. 양태순, 『고려가요의 음악적 연구』, 이회문화사, 1997, 63쪽.

13) 『악장가사』는 고려 이후 조선 초기에 걸쳐 악장으로 쓰인 아악(雅樂)과 속악(俗樂), 가사(歌詞)를 모아 엮은 목활자본 가집(歌集)이다. 편자 및 편찬 연대는 미상이나, 조선 중종에서 명종 연간의 밀양 사람 박준(朴浚)이 편찬하였다는 설이 있다 ; 『시용향악보』는 조선 성종~중종 연간(1469~1544)에 향악의 악보를 기록한 악보집으로 1권 1책의 목판본이다. ; 『악학편고』는 병와(瓶窩) 이형상(李衡祥, 1653~1733)이 편찬한 음악이론서로 4권 3책의 필사본이다. 편찬연대는 1712년(숙종 38)에서 1725년(영조 1) 사이로 추정되고 있다.

14) 정혜원, 「가시리 小考」, 『한국 고전시가의 내면미학』, 신구문화사, 2001, 53쪽.

15) 이에 대한 자세한 논의는 "2) 궁중 가악으로 수용될 때 삽입된 가사 : 후렴구" 참조.

16) 박병채, 앞의 책, 305쪽.

17) aaba형은 "형님/형님/사촌/형님"형의 措辭法을 가진 민요의 구조를 명명한 김대행의 견해를 따랐다. 김대행, 「高麗詩歌의 文學的 性格」, 『高麗歌謠研究의 現況과 展望』, 集文堂, 1996, 38쪽.

18) 양주동, 앞의 책, 366쪽 / 박병채, 앞의 책, 309쪽 / 김형규, 앞의 책, 333쪽 / 지헌영, 앞의 책, 110쪽 / 남광우, 앞의 논문, 64쪽.

19) 남광우, 앞의 논문, 같은 곳.

20) 양주동, 앞의 책, 426쪽.

21) 최미정 또한 가시리의 화자의 이중성에 대해 논자와 견해를 같이한다. 즉 가시리의 화자는 "아직 감정적으로 성숙하지 못한 상대를 고려하여 자신의 감정을 조절할 줄 아는 여성이며 문제의 원인과 결과를 이미 파악하여 원인에 대하여는 입다물고 최소한의 결과라도 기대하며 대책을 강구하는 여인이다. 그에게는 인식과 판단이 있다. 그러므로 이러한 자기희생은 엄격한 자기통제와 사리분별의 능력에 의해 강구된 결과이다"라고 평가하였다. 최미정, 『고려속요의 전승연구』, 계명대출판부, 1999, 69쪽 ; 그런데 가시리의 화자에 대해 윤성현은 이와 달리 해석한다. 즉 그는 절박한 이별의 상황을 앞에 두고 북받치는 슬픔을 억제하면서 돌아옴을 기대하는 화자의 태도에서 일견 가식적으로 볼 수도 있지만, 슬픔을 있는 그대로 표출하지 못하고 숨겨야 하는 관습아래서 이만큼 솔직해지기도 쉬운 일이 아님을 들어 가식 없는 설움으로 해석하는 것이 옳다고 주장하였다. 윤성현, 『속요의 아름다움』, 태학사, 2007, 97쪽.

22) 조동일, 앞의 책, 150쪽.

23) 임주탁, 앞의 논문, 109쪽.

24) '드러나지 않은 곡절'을 두고 윤영옥은 '사랑하는 여자를 위해 그 여자의 아비의 兵役을 대신하기 위해 수자리를 떠나는 嘉實의 경우'에서, 이병기는 '唐商'과 자가 아내를 걸고 장기 내기를 하다 아내를 잃게 된 남자의이야기'에서 찾기도 하였다. 尹榮玉, 『高麗詩歌의 研究』, 嶺南大學校 出版部, 1991, 216쪽 / 李秉岐, 「時用鄕樂譜의 한 考察」, 국어국문학회 편, 『高麗歌謠의 研究』, 정음문화사, 1979, 25쪽.

25) 박병채, 앞의 책, 310쪽.

26) 임주탁, 앞의 논문, 110~111쪽.

27) 정혜원, 앞의 책, 53쪽.

28) 고려속요와 악곡과의 관계나 조흥구의 관계에 대한 자세한 논의는 양태순, 앞의 책, 참조.

29) 이에 대한 자세한 논의는 정병욱, 앞의 책, 125~149쪽.

30) 정병욱, 앞의 책, 146쪽.

31) <서경별곡>에 대한 전반적인 해석은 이정선, 「<西京別曲>의 창작배경을 통해 본 新해석」, 『韓國詩歌研究』 제27집, 韓國詩歌學會, 2009 참조. *이 논문은 이 책 57~93쪽 참조.

32) 李藤龍, 「靑山別曲 後斂句 -얄리 얄리 얄라셩 얄라리 얄라의 語彙的 意味研究」, 『大東文化研究』 第19輯, 成均館大 大東文化研究院, 1985.

33) 朴相圭, 「Altai諸語에서 본 <靑山別曲>의 新 考察」, 『中央 民俗學』 第3號, 中央大 韓國民俗學研究所, 1991, 171쪽.

34) "살어리랏다"는 "살+어+리러+옷+다"로 분석된다. '어'가 중세국어의 확인법 선어말 어미 '-거-'의 이형태, '-리러-'는 추측회상법의 선어말 어미, '-옷-'은 감동법의 선어말 어미, '-랏-'은 '-리러-'의 '-러-'와 '-옷-'이 화합한 형태 (이상의 분석은 이종덕, 「'청산별곡(靑山別曲)'의 한 해석」, 『한말연구』제11호, 한말연구학회, 2002, 208~209쪽 참조)라는 점을 고려할 때 "살어리랏다"는 미래 願望形인 "살리로다" 보다는 과거 원망형인 "살았더라면 좋았을 것을" 혹은 "살 것을 그랬도다"로 보는 것이 타당하다.

35) <청산별곡>에 대한 대부분의 선행연구는 이 노래의 주된 공간을 청산과 바다로 인식하고 시적화자가 공간이동을 통해 자신의 어려운 삶을 벗어나고자 하는 모습을 토로했다고 본다. 그러나 논자는 화자가 고통스럽고 절망적인 현실에서 벗어나고파 청산과 바다로 대변되는 도피처를 원망하는 노래라고 판단한다. 이에 대한 논의는 추후 다른 지면을 통해 밝히기로 한다. *이 논문은 이 책 240~261쪽 참조.

36) 성호경, 「고려시대 시가 작품의 시적 형태 복원」, 『고려시대 시가연구』, 태학사, 2006, 43~44쪽.

37) 이상 자세한 논의는 呂增東, 「雙花點考究」, 黃浿江·朴魯埻·林基中 共編『鄕歌麗謠研究』, 二友出版社, 1985, 614~623쪽.

38) 황보관, 「<雙花店>의 시상구조와 소재의 의미」, 『한국고전연구』 19집, 한국고전연구학회, 2009, 312~313쪽.

39) 박병채, 앞의 책, 320쪽.

40) 임주탁은 '증즐가'와 '아즐가'가 서로 짝을 이루고 있음을 주목하고 <서경별곡>과 <가시리>는 화답관계를 이룰 개연성이 매우 높은 작품이라고 주장하였다. 그에 따르면 '증즐가'가 태평성대를 구가하는 즐거운 감정 곧 '樂'이나 '流'에 가까운 감정이 배어있는 말로 볼 수 있음에 반해, '아즐가'는 서글픔이 배어 있는 말 곧 '哀'나 '悲'의 감정이 배어 있는 것으로 추정했다. 임주탁, 앞의 논문, 120쪽.

41) 『표준국어대사전』, 국립국어원, http://stdweb2.korean.go.kr/main.jsp

42) 박병채, 앞의 책, 306쪽.

43) 정혜원, 앞의 책, 59쪽.

44) 최철, 『고려국어가요의 해석』, 연세대학교 출판부, 1996, 274쪽.

45) 이런 첨사를 통한 궁중가악의 증거는 <동동>의 첫 연의 "德으란 곰비예 받줍고 福으란 림비예 받줍고 德이여 福이라 ᄒᆞᄂᆞᆯ 나ᅀᆞ라 오소이다"하는 頌禱之詞에서도 확인된다.

46) 논자의 해석과는 달리 최철과 박노준은 후렴구를 시대적 상황의 의미로 파악하였다. : 최철은 앞의 책에서 "위 증즐가 大平盛大"가 "세상은 태평한데 어찌된 일로 나에게는 이런 참을 수 없는 이별의 원통함과 슬픔이 닥쳤는가? 서로 다른 정서의 대조를 통해 가시리의 슬픔의 효과는 극에 달하는 것이다"고 하였다. 최철, 앞의 책, 275쪽 ; 박노준 또한 노래의 사설은 구슬프기만 한데 그런 비극적 정서와는 전연 맥이 통하지 않는 '태평성대'운운한 반복구가 덧붙여진 이유로 "노랫말과 후렴구의 불일치- 이런 현상은 경쾌한 후렴구가 각 연마다 뒤따르고 있는 「동동」, 「청산별곡」 등에서도 나타나는 데 음악적인 차원에서 가사의 처연함을 희석시키기 위한 의도에서 비롯된 것은 아닌지 모를 일이다"고 하면서 노랫말의 뜻과는 무관하게 오래 전부터 가창하기에 좋은 굳어진 가락이니까 후첨되었을 것으로 추정하였다. 박노준, 「「가시리」, 정한을 담아낸 이별의 전형」, 앞의 책, 280~281쪽.

47) 『影印 열여춘향슈졀가』, 교학연구사, 1990, 3쪽.

48) 논의의 편의상 연과 행 표시를 숫자로 표기하였음.

49) <가시리>가 수록된『악장가사』에는 'ㅇ'로 연 구분을 하고 있을 뿐 행을 구분하지 않고 있다. 연구자에 따라 각 연을 3행으로 보기도 하고 2행으로 보기도 한다. 박경수는 <가시리>의 1연을 3행으로 보는데, 3행이 후렴구이다. (박경수, 앞의 논문, 48쪽) 본고에서 2행으로 다룬 것은 <청산별곡>의 구조처럼 'aaba'형태에 적용했기 때문이다.

50) <가시리>는 '가시리잇고' 다음에 '나ᄂᆞᆫ'이라는 여음구가 있다. 여음구를 행을 나눌 수 있는 근거로 삼는다면 1연은 후렴구 1행을 포함하여 2행이 아니라 3행이 된다. 그런데 바로 2연에는 여음구 '나ᄂᆞᆫ'이 1번만 나오기에 이를 근거로 행을 나누기도 어렵다. 따라서 'aaba'인 민요조의 구조에 따라 행을 나누면 1연은 후렴구 1행을

포함하여 2행이 된다. 이는 <청산별곡>에서도 확인되는 구조이다.

51) 임주탁, 앞의 논문, 112쪽.

52) 趙萬鎬, 「고려가요의 情調와 樂章으로서의 성격」, 『高麗歌謠硏究의 現況과 展望』, 集文堂. 1996. 141쪽.

53) 조동일, 앞의 책, 150쪽.

54) 박노준, 『옛사람 옛노래 향가와 속요』, 태학사, 287쪽.

55) 속요의 형성과정에 대한 자세한 논의는 박노준, 『高麗歌謠의 硏究』, 새문社, 1990, 20~33쪽.

56) "특정노래가 유행한다는 것은 특정노래에 대해 다수의 사람들이 자신의 경험을 투영하며, 이는 곧 사람들의 선호 및 애창의 행위로 나타난다. 또한 대중가요는 노래를 듣고, 부르는 구체적 행위를 통해서 전달되고 공유된다. 따라서 그러한 노래는 개인의 구체적 경험과 결부되어 있을 가능성이 크다" - 최상진·조윤동·박정열, 「대중가요 가사분석을 통한 한국인의 정서 탐색 : 해방이후부터 1996년까지의 가요를 대상으로」, 『한국심리학회지』 20, 한국심리학회, 2000, 43쪽.

향 문화로 본 〈滿殿春 別詞〉 연구 / 35-56쪽

1) 이와 관련하여 자세한 논의는 尹榮玉, 「「滿殿春」別詞의 再吟味」, 『高麗歌謠硏究의 現況과 展望』, 集文堂, 1996, 239쪽 참조.

2) 이에 대한 주요 논의는 다음과 같다 : 成賢慶, 「滿殿春別詞의 構造」, 『高麗時代의 言語와 文學』, 螢雪出版社, 1975 / 박병채, 『고려가요의 어석연구』, 선명문화사, 1973.

3) 이애 대한 주요 논의는 다음과 같다 : 최정여, 「고려의 소악 가사 논고」, 『고려가요 연구』, 정음사, 1982 / 김택규, 「별곡의 구조」, 『고려가요 연구』, 정음사, 1982 / 김상억, 「고려 가사 연구 Ⅲ」, 『논문집』 제7집, 청주대학교, 1972 / 박노준, 『고려가요의 연구』, 새문사, 1990.

4) 『성종실록』 권219, 19년(1488 戊申年) 8월 13일(甲辰)조. ; 경연(經筵)에 나아갔다. 강(講)하기를 마치자, 특진관(特進官) 이세좌(李世佐)가 아뢰기를, "요사이의 음악(音樂)은 거의 남녀(男女)가 서로 좋아하는 가사(詞)를 쓰고 있는데 이는 곡연(曲宴)이나 관사(觀射)에 거둥하실 때는 써도 무방합니다만, 정전(正殿)에 임어(臨御)하시어 군신(群臣)을 대할 때 이 속된 말[俚語]을 쓰는 것이 사체(事體)에 어떠하겠습니까? 신(臣)이 장악 제조(掌樂提調)가 되었으나 본래 음률(音律)을 해득하지 못합니다. 그러하오나 들은 바대로 말씀드린다면 진작(眞勺)은 비록 속된 말이나 충신(忠臣)이 임금을 그리는 가사이므로 쓴다 해도 방해로울 것이 없으나, 다만 간간이 노래에 비루(鄙陋)하고 저속된 가사로 후정화(後庭花)·만전춘(滿殿春) 같

은 종류도 많습니다. (*밑줄 필자) ; 본고의 번역과 원문은 한국고전종합DB http://db.itkc.or.kr/itkcdb/mainIndexIframe.jsp를 인용함. 이하 동일.

5) 임주탁, 「역사적 생성 문맥을 고려한 <만전춘 별사>의 독법과 해석」, 『韓國詩歌研究』 제11집, 韓國詩歌學會, 2002.

6) 신재홍, 「원가와 만전춘 별사의 궁원 풍경」, 『국어교육』138, 한국어교육학회, 2012.

7) 金榮洙, 「「만전춘 별사」의 악장(樂章)적 성격 고찰」, 『東洋學』第51輯, 檀國大 東洋學研究院, 2012.

8) 김쾌덕, 「「만전춘 별사」5연의 시적화자와 어휘에 대한 한 고찰」, 『한국문학논총』 제18집, 한국문학회, 1996 / 황병익, 「<滿殿春別詞> 5聯의 語彙 再考」, 『韓國詩歌研究』 제16집, 韓國詩歌學會, 2004 / 여기현, 「시가 속 '오리[鴨]'의 변용- <만전춘>의 재해석을 위하여」, 『伴嶠語文研究』 25집, 반교어문학회, 2008.

9) 姜明慧, 「<滿殿春 別詞> 研究Ⅱ」, 『語文論文』 24, 韓國語文教育研究會, 1996.

10) 윤성현, 「만전춘 별사를 다시 생각함- 서정적 자아를 중심으로」, 『속요의 아름다움』, 태학사, 2007 / 이정택, 「<만전춘 별사>에 관한 어·문학적 연구 - 내용적 일관성을 중심으로」, 『인문논총』 제7집, 서울여대 인문과학연구소, 2000.

11) 려증동, 「<만전춘 별사>가극논 시고」, 『논문집』 제1집, 진주교육대학, 1967/ 곽동훈, 「만전춘 별사의 구조연구」, 『배달말』 제7집, 배달말학회, 1982.

12) 이경희, 「조선시대 香문화와 의생활」, 부산대 박사학위논문, 2011, 1쪽.

13) 『三國遺事』, 「紀異」 제1, <古朝鮮> : "환웅은 무리 3천 명을 거느리고 태백산 꼭대기- 곧 태백산은 지금의 묘향산-에 있는 神檀樹(신단에 서 있는 나무로 신께 제사를 지내는 처소) 밑에 내려 왔는데 이곳을 일러 神市(신정시대의 도시)라고 한다." 朴性鳳·高敬植 譯, 『譯解 三國遺事』, 瑞文文化社, 1985, 47쪽.

14) 이미석, 「향집에 관한 연구」, 숙명여대 석사학위논문, 1994, 9쪽.

15) 한상길, 『향료문화의 발달사』, 신광출판사, 2004, 128쪽.

16) 조미라, 「한국 향문화의 기호품적 성격연구」, 『문명연지』 제25호, 한국문명학회, 2010, 12쪽

17) 『삼국유사』 권3, 「흥법」, <阿道基羅(아도기라)>; 朴性鳳·高敬植 譯, 위의 책, 179쪽.

18) 『삼국사기』 권33, 「잡지」 제2, <車騎(거기)> ; 李丙燾 譯註, 『三國史記』, 乙酉文化社, 1983, 172~173쪽.

19) 『고려사』 권35, 世家35, <충숙왕>2, 505쪽.(북한·사회과학원 고전연구소 편찬, 『북역 고려사』 3, 아름출판사 ; 향후 고려사는 이 책을 인용하는 것으로 한다.)

20) "오직 회경전(會慶殿)과 건덕전(乾德殿)의 공회(公會) 때에만 두 기둥 사이에 놓는 것으로 영조(迎詔) 때에는 사향을 피우고, 공회 때에는 독누(篤耨)·용뇌(龍腦)·전단(旃檀)·침수(沈水)등속을 태우는데, 그것들은 다 어부(御府)에서 하사한 향이다. 하나에 은 30근을 썼고, 짐승의 형태가 받침에 연결되어 있는데, 높이가 4척이고 너비가 2척 2촌이다.『선화봉사고려도경』 제30권, 「기명(器皿)」1, <박산로(博山爐), 수로(獸爐)>

21) 『선화봉사고려도경』 제29권, 「부인(婦人)」, <귀부(貴婦)>.

22) 『선화봉사고려도경』 제30권, 「기명」1, <박산로, 수로>.

23) 『東文選』 권18, <上琴承制>.

24) 『東文選』 권18, <教坊小娥>.

25) 『益齋亂藁』 권4, <聽初生彈琵琶>.

26) 배동순, 「향주머니 -향낭-기능의 장신구 디자인 연구」, 한양대 석사학위논문, 2002, 23쪽.

27) 유희경, 『한국복식문화사』, 교문사, 1981, 360쪽.

28) 국립중앙박물관, 『한국 전통 매듭 : 균형과 질서의 미』, 2004, 116쪽.

29) 이미석, 앞의 논문, 45쪽.

30) 『선화봉사고려도경』 제29권, 「공장(供張)」2, <수침(繡枕)>.

31) 『오주연문장전산고』, 「인사편」 <性行- 夢境辨證說> ; "置麝枕中, 可絶惡夢".

32) 온양민속박물관, 『1302년 아미타불복장물의 조사연구』, 1991, 13~14쪽.

33) 이경희, 앞의 논문, 63~64쪽.

34) 이에 대해서는 다음 장에서 상론한다.

35) 전혜숙·이애련, <唐代 香文化 硏究>, 『한국의상디자인학회지』 제7권 3호, 한국의상디자인학회, 2005, 119쪽.

36) 『고려사』71, 「악지」2 ; 문종 27년 2월,11월, 문종 31년 2월.

37) '이원제자'라는 말은 정지상의 <西都>라는 題下의 시에서도 보인다. : 남쪽 길 실바람에 보슬비 내린 뒤/ 가벼운 띠끌조차 일지 않고 버들그늘 비껴있네 / 푸른 창 붉은 문에서 울리는 노래 연주 / 이 모두가 이원제자의 집이라네(南陌微風細雨過 輕塵不動柳陰斜 綠窓朱戶笙歌咽 摠是梨園弟子家), 최자, 『보안집』권상, 『한국시화선』, 태학사, 1983, 96쪽 ; 서경과 이원제자에 관한 논의는 이정선, 「<西京別曲>의 창작 배경을 통해 본 新해석」, 『韓國詩歌硏究』 제27집, 韓國詩歌學會, 2009, 20~21쪽.

38) 金昌賢, 『高麗의 女性과 文化』, 新書院, 2007, 310쪽.

39) 『고려사』 「악지」, <삼장·사룡>에 따르면 충렬왕의 측근들이 기악과 여색으로 왕의 환심을 사기 위해 각도에서 얼굴이 아름답고 기예를 가진 여자를 관기로 선발하여, 왕과 더불어 밤낮으로 가무를 하며 음탕하게 놀았다고 전한다.

40) 박병채, 앞의 책, 283쪽.

41) 윤영옥, 앞의 논문, 244쪽.

42) 김용숙, 『한국여속사』, 민음사, 1989, 69쪽.

43) 김쾌덕, 앞의 논문, 102쪽.

44) 한상길, 『천연향료백과』, 신광출판사, 2006, 121쪽.

45) 려증동, 「『만전춘 별사』 연구(1)- 대본해석을 중심으로」, 『語文學』, 第33輯, 韓國語文學會, 1975 / 조동일, 『한국문학통사』 2, 지식산업사, 1983, 147쪽.

46) 윤성현, 앞의 책, 333쪽.

47) 박노준, 앞의 책, 262쪽.

48) 손종흠, 『고전시가 미학강의』, 앨파, 2011, 139쪽.

49) 김쾌덕, 앞의 논문, 102쪽.

50) "너의 입에는 난택이 있고 / 너의 몸에는 사향이 있기에 / 연꽃은 버선발 밑에서 일어나고 / 금슬이 좋아 함께 잠자리 하네(爾口有蘭澤, 爾身有麝香, 蓮花起步幰, 連理拱寢床)"

51) 황병익, 앞의 논문, 176~180쪽.

52) "의종 17년(1163) 2월 정축일에 혜민국 남쪽 좌우편 거리에 웬 어린 아이들이 동서 두 패로 갈라서 각각 풀을 묶어 세 살 난 계집애와 비슷하게 하여 각색 비단 옷을 입히고 또 하나를 단장시켜 그 뒤를 따르게 하였다. 그리고 앞에는 책상을 놓고 작은 방을 금, 은과 주옥으로 장식하고 식찬을 차려 놓았는데 구경군이 몇 겹으로 둘려 쌌다. 그 두 패는 서로 다투어 애교를 부리고 재주를 경쟁하며 떠들고 장난하였다. 이렇게 5~6일 동안 하다가 그만 두었는데 어디로 갔는지 알 수 없었다."『고려사』권53, 지7, 300쪽.

53) 홍석모 편저, 진경환 역주, 『서울·세시·한시-都下歲時紀俗詩』, 보고사, 2003, 344쪽.

54) 이임수는 <만전춘 별사>의 시제에 대해 '궁전에 가득한 봄'이라고 주장했던 성현경의 논의가 1행에 걸쳐 단편적이며 작품구조와 밀접한 관계를 맺지 못한다고 보았다. 그는 전이란 원래 궁전을 뜻하는 데, 작품의 내용과 연관시켜볼 때 만전춘의 전은 곧 정전에 반대되는 북전, 후전을 의미하는 것으로 후정화의 후정과 같이 궁녀들이 거처하는 후궁을 만하는 듯하다고 주장하며, 이 노래는 이들에 의해 불러졌을 것이라고 추정하였다.(李任壽, 「麗謠「滿殿春」의 文學的 復元」, 『文學과 言語』, 제2집, 文學과 言語硏究會, 1981, 125~128쪽) 이임수의 주장은 대부분의 논문에 그대로 수용되어 있다. 다만 박노준은 '만전춘'은 詞가 관례상 작품 앞에 詞調名을 노래의 제목으로 붙이는 관행에서 비롯된 이름이므로 제목과 내용의 관계를 천착할 필요가 없다고 하였다. 박노준, 앞의 책, 245~246쪽.

55) 김열규, 『한국인의 에로스』, 궁리, 2011, 221쪽.

56) 이정선, 「<鄭瓜亭>의 編詞와 문학적 해석」, 『한국언어문화』 제14집, 한국언어문화학회, 1996. *이 논문은 이 책 94~128쪽 참조.

57) "흔디녀…"는 "함께 가다 혹은 함께 살다"로 해석될 수 있다. 이런 해석을 근거로 양주동은 "'흔디'위에 助詞 '과'를 쓰나 古語엔 目的格助詞를 씀이 慣例인듯하다." (양주동, 『양주동전집』2 여요전주, 동국대출판부, 1995, 112쪽)고 하였다. 그러나 <정과정>의 경우에서는 '흔디'위에 조사 '은'을 쓰고 있다는 점을 주시할 필요가 있다. "흔디녀…"라는 말을 임이 꼭 해야만 한다는 명확한 근거는 없다. 화자가 임에게 적극적으로 요청할 수도 있다고 보는 것이 논자의 판단이다.

58) 이에 대한 자세한 논의는 이정선, 「<靑山別曲>의 공간과 구조를 통해 본 현실인식」, 『한국언어문화』 제48집, 한국언어문화학회, 2012 참조. *이 논문은 이 책 240~261쪽

참조.

59) 이어령, 『노래여 천년의 노래여』, 문학사상사, 2003, 307쪽.

60) 김수온, 『拭疣集』 권1.

61) 허균, 『국조시산』 권1.

62) 날이 더디 새기를 바라는 마음을 담은 노래에 기생 松伊의 작품이 있다. "닭아 우지 마라 일 우노라 즈랑마라 / 半夜秦關에 孟嘗君이 아니로다 / 오늘은 님오신 날이니 아니 운들 엇더리"(鄭炳昱 編著, 『時調文學事典』, 新丘文化社, 1966, 148쪽) 닭이 울면 임은 날이 새었음을 알고 화자 곁에 떠나야 할 상황이다. 자신은 함곡관에 갇힌 채 닭이 울어서 수문장이 성문을 열러주기만을 초조하게 기다리는 맹상군이 아니라고 말한다. 화자에게 닭울음소리는 임과 헤어질 시간을 알리는 것이니 일찍 일어나서 울지말라고 한다. 닭이 울지 않는다 해도 날은 새고, 밝아오지만 단 일초 라도 임과 더 있고 싶은 마음은 간절하다. <만전춘 별사>의 화자가 직접적으로 날이 새지 말기를 기원했다면, 이 작품은 닭이 울지 말기를 바람으로써 자신의 소망 을 간접화시킨 점으로 미루어 <만전춘 별사>보다는 객관성을 유지하고 있다.

63) 정민, 「한시와 고려가요 4제」, 『고전시가 엮어읽기』 상, 태학사, 2003, 278쪽.

64) 이어령, 앞의 책, 309쪽.

65) 이임수, 앞의 논문, 132~133쪽.

66) 李聖周, 「고려시가의 연구- 그 사회의식을 중심으로」, 세종대 박사학위논문, 1988, 154쪽 / 최철·박재민, 『석주 고려가요』, 이회, 2003, 268쪽 / 신재홍, 앞의 논문, 214쪽.

67) 박노준, 앞의 책, 259쪽.

68) 정민, 앞의 논문, 281~282쪽.

69) 윤영옥, 앞의 논문, 244쪽.

70) 나정순도 여흘을 화자자신으로 인식하고 이 작품을 해석하고 있다.(「고려 가요에 나타난 성과 사회적 성격」, 『고전시가 엮어 읽기』 상, 태학사, 2003. 306쪽) 다만, '약든 가슴'을 해석하는 방식이 논자와 다르다.

71) 金昌賢, 『高麗의 女性과 文化』, 新書院, 2007, 143쪽.

72) 황병익, 앞의 논문, 180~181쪽 ; 남산이 "南京의 중심부 또는 바로 남쪽에 있는 子男山·龍嵒山을 지칭하는데, 울창하고 신비로워 四方의 瑞氣가 모이는, 영원하 고 무궁하고 안정되고 번성할 고려 皇都의 중심공간이란 의미를 내포"하고, '玉山' 은 "풍류를 아는 고매하고 수려한 '남성'의 신비하고 맑고 귀한 풍채를 산의 우뚝함 에 비유하여 이른 말', '금수산'은 대동강의 오른쪽 기슭에 위치하는 수려한 산으로 작품에선 "아름답고 화려한 이불, 즉 임과 사랑을 나눌만한 환상적 공간"이란 의미 를 지닌다고 하였다.

73) 이규보, 『백운소설』, 이같은 표현은 이백(李白)의 시에 "술에 취해 빈 산에 드러누 우면, 하늘과 땅이 바로 이불과 베개.(醉來臥空山, 天地卽衾枕)"에서도 보인다. 『李太白集』 卷22 <友人會宿>.

74) 이규보, 『동국이상국전집』 제1권.

75) 『동문선』 제12권.

76) 김쾌덕, 앞의 논문, 101~102쪽.

77) 이행, 『용재집』 제2권

78) 『詩經』「豳風」, <東山>

79) 梁太淳, 「音樂的 側面에서 본 高麗歌謠」, 『고려가요연구의 현황과 전망』, 집문당, 1996, 95쪽.

80) 김쾌덕, 앞의 논문, 105쪽.

81) 황병익, 앞의 논문, 177~178쪽.

82) 이어령은 약든 가슴에 대해 "임을 만나지 못해 답답한 것이 병든 가슴이라면 이 병든 가슴을 고쳐주는 임의 가슴은 약든 가슴이라고 볼 수도 있고, 보통 옛날 사람들이 향을 약이라 한 것으로 보면 사향각시란 말과 대구를 이루는 향기로운 가슴이라고 풀이할 수도 있을 것이다."고 하며 해석의 다양함을 보여주었다. 이어령, 앞의 책, 315쪽.

83) 나정순, 앞의 논문, 307~308쪽.

〈西京別曲〉의 창작배경을 통해 본 新 해석 / 57-93쪽

1) 『성종실록』 권 215 성종 19년 4월 4일: "전교(傳敎)하기를, "종묘악(宗廟樂)의 보태평(保太平)·정대업(定大業)과 같은 것은 좋지만 그 나머지 속악(俗樂)의 서경별곡(西京別曲)과 같은 것은 남녀(男女)가 서로 좋아하는 가사(歌詞)이니, 매우 불가(不可)하다. 악보(樂譜)는 갑자기 고칠 수 없으니, 곡조(曲調)에 의하여 따로 가사(歌詞)를 짓는 것이 어떻겠는가?"
   (『조선왕조실록』의 본문은 http://sillok.history.go.kr/ main/main.jsp 에서 인용함)

2) 고려가요의 <가시리>에서부터 김소월의 <진달래꽃>에 이르기까지 시적화자의 태도는 자신의 의지를 임에게 적극적으로 표출하기 보다는 참고 견디며 임에게 모든 것을 위임하고 있다. 이런 여인상을 범박하게 '인고의 여인상'이라고 일컬을 수 있을 것이다.

3) 李秉岐·白鐵 共著, 『國文學全史』, 新丘文化社, 1987.

4) 金宅圭, 「別曲의 構造」, 『高麗時代의 言語와 文學』, 형설출판사, 1975.

5) 박노준, 「<서경별곡>의 구조와 화자의 태도」, 『고려가요의 연구』, 새문사, 1990.

6) 呂增東, 「西京別曲考究」, 『金思燁博士頌壽紀念論叢』, 學文社, 1973.

7) 김창룡, 「<西京別曲> 硏究」, 『東方學志』 69집, 연세대 국학연구원, 1990.

8) 최동원, 「고려가요의 향유계층과 그 성격」, 『고려시대의 가요문학』, 새문사, 1982.

9) 徐首生, 「益齋小樂府와 高麗歌謠」, 『東洋文化研究』 11집, 경북대 동양문화연구

소, 1984.

10) 김창룡, 앞의 논문.

11) 임주탁, 「<서경별곡>의 텍스트 독법과 생성문맥」, 『한국민족문화』19·20, 부산대 한국민족문화연구소, 2002.

12) 梁柱東, 『麗謠箋注』, 乙酉文化社, 1947 ; 東國大學校 出版部, 1995 영인본.

13) 전규태, 「<서경별곡>연구」, 『고려시대의 가요문학』, 새문사, 1982.

14) 徐在克, 「西京別曲의 "네가시럼난디" 再考」, 『語文學』第27號, 韓國語文學會, 1972.

15) 조동일, 『한국문학통사』제2권, 지식산업사, 1983.

16) 『성종실록』권240, 21년 5월21일 ; "앞서 서하군(西河君) 임원준(任元濬)·무령군 (武靈君) 유자광(柳子光)·판윤(判尹) 어세겸(魚世謙)·대사성(大司成) 성현(成 俔) 등에게 쌍화곡(雙花曲)·이상곡(履霜曲)·북전가(北殿歌) 중에서 음란한 기사 를 고쳐 바로잡으라 명하였는데, 이때 와서 임원준 등이 지어 바쳤다. 전교하기를, "장악원(掌樂院)으로 하여금 익히게 하라.""＊위 밑줄은 필자가 편의상 부여함. 이하 본문과 각주의 밑줄도 필자 임의표시임.

17) 유동석, 「고려가요 <서경별곡(西京別曲)>에 대한 새 풀이」, 『韓國民族文化』14, 부산대 한국민족문화연구소, 1999. / 임주탁, 앞의 논문.

18) 임재욱, 「<西京別曲>에 나오는 '大同江'과 '배'의 상징성」, 『韓國詩歌研究』제24 집, 韓國詩歌學會, 2008.

19) 여기에서 '남녀상열지사'는 앞서 『성종실록』의 기록(각주 1참조)을 통해 볼 때 조선 조 성종 때 <서경별곡>을 위시한 고려가요를 지칭하며 '남녀가 좋아하는 가사'라 는 뜻으로 사용된 말이나 거기에는 음란성까지 포함하여 매우 좋지 않은 것으로 평가하고 있다. 본고에서는 이 말을 한자 그대로 '남녀간 애정의 가사' 정도로 의미 를 한정한다.

20) 서경 경영은 왕건이 왕위에 오른 지 3개월 뒤부터 시작하였고 송악[개성]으로 천도 보다 무려 4개월이나 앞선다. 이는 고려의 도읍지인 송악보다 평양에 대해 갖고 있던 왕건의 관심사를 반영한 것으로 풀이된다. 태조 2년(919) 겨울 10월조에 "城 平壤"이라는 기사가 태조 4년(921) 겨울 10월 임신조에 "幸西京"이라는 기사로 표기된 것으로 보아 2년과 4년 사이의 어느 시기에 평양이 서경으로 승격된 것으로 추정된다.; 『고려사』권1, 태조 2년 10월, 4년 10월. (古典研究室 編纂, 『北譯 高麗 史』第一冊, 신서원, 1992, 83~84쪽. ＊향후 고려사 인용은 이 책을 참고하고, 권수 와 참고쪽수만 표기함.

21) 『신증동국여지승람』제51권 「평양부」, (＊'한국고전종합DB http://db.itkc.or.kr/itkcdb/ mainIndexIframe.jsp'에서 인용함)

22) 서수생, 「익재소악부의 연구」, 『高麗歌謠研究』, 정음문화사, 1982, 209쪽.

23) 權寧徹, 「<維鳩曲>攷」, 『高麗歌謠研究』, 새문社, 1982, Ⅰ-444쪽.

24) 김창룡, 앞의 논문, 251쪽.

25) 박혜숙은 길쌈베를 버리고 임을 따르겠다는 행위를 두고 "여성적 경험에서 연유하는 독특한 여성언어라고 할 수 있다"고 했다. 박혜숙, 「고려속요의 여성화자」, 『고전문학연구』 제14집, 한국고전문학회, 1998, 15쪽. 그런데 논자는 이와 견해를 달리한다. 이는 여성적 경험이라기보다는 여성적 경험을 피상적으로 인식한 창자의 태도를 보여준 것이라고 생각한다.

26) 임주탁, 앞의 논문, 107~108쪽.

27) 자세한 논의는 '3. <서경별곡>의 신 해석' 참조.

28) 길쌈을 버리겠다는 행위를 두고 길쌈을 하다가 임이 간다는 말을 듣고 화자가 길쌈하는 걸 당장 그만두고 임을 따라가겠다는 정도의 범상한 해석도 할 수 있다. 그런데 "길쌈 운운"은 산문적 진술이 아니라 시적 진술이라는 점에서 하나의 어휘 선택은 특별한 의미가 부여되었다고 본다. 다만 본고에서 지적하고자 하는 것은 "길쌈 운운"의 대목을 과장하여 의미를 부여하는 것을 경계하고자 한다.

29) 권순형, 「고려시대 여성의 일과 경제활동」, 『이화사학연구』 31집, 이화사학연구소, 2004, 63쪽.

30) <김원의 처 인씨 묘지명>, 『고려묘지명 집성』, 한림대 아시아문화연구소, 2001, 392쪽. (권순형, 앞의 논문, 61쪽. 재인용)

31) 본고에서 '서경 경영'이란 西京거동, 그리고 서경에 대한 제반 시책을 통하여 서경 세력을 육성한다는 의미로, '서경인' 또는 '서경 세력'은 서경에 기반을 둔 세력이란 의미로 사용한 하현강의 견해를 취하기로 한다. 河紘綱, 「高麗 西京考」, 『歷史學報』 제35·36집, 歷史學會, 1967, 140쪽.

32) 『고려사』 정종 4년 3월조에 보면 "(정종)은 처음에 도참(예언)을 신빙하여 서경으로 천도할 것을 결심하고 장정들을 징발하여 시중 권직(權直)으로 하여금 궁궐을 건축하게 하였다. 이 때에 부역은 한이 없었고 또 개경 백성들을 뽑아서 서경을 채웠다. 이리하여 백성들이 불만을 품어 원성이 계속 일어났다."(第一冊, 127~128쪽.) 고 기록하고 있다. 이로 미루어 정종 재위 중에는 서경 세력이 개경세력보다 훨씬 우위에 있으리라 짐작할 수 있다. *『고려사』 원문은 지면관계상 생략하고 번역문만 인용함.

33) 『고려사』 권93, <최승로전>, 第八冊, 178쪽.

34) 『고려사』 권15, 인종 4년 2월, 第二冊, 185쪽. ; 『고려사』 권127, <이자겸전>, <척준경전>참조.

35) 『고려사』 권15, 인종 5년 3월, 第二冊, 199쪽.

36) 金塘澤, 「高麗 仁宗朝의 西京遷都·稱帝建元·金國征伐論과 金富軾의 『三國史記』 편찬」, 『歷史學報』 제170집, 역사학회, 2001, 15~16쪽.

37) 『고려사』 권127, <묘청전>, 『신편 고려사』 11, 신서원, 2002.

38) 『고려사』 권127, <묘청전>, 상동.

39) 『고려사절요』 권10, 인종 12년 9월. (*'한국고전종합DB http://db.itkc.or.kr/itkcdb/mainIndexIframe.jsp' 참조)

40) 『고려사』 권77, 「백관지」 <서경유수관>, 第七冊, 270쪽.

41) 河炫綱, 「高麗西京의 行政構造」, 『韓國史硏究』 5, 한국사연구회, 1980, 58쪽.

42) 『고려사』 권77, 「백관지」 <서경유수관>, 第七冊, 270쪽. ; 고려 개경에 잠시 머물며 고려의 풍속을 전한 서긍도 『고려도경』에서 고려의 군읍을 설명하는 부분에서 "오직 서경(西京 평양)이 가장 번성하여 성과 시가가 거의 왕성(王城)과 같다." 고한 것을 미루어 짐작할 수 있다. 서긍, 『선화봉사고려도경』 제3권 (『국역 고려도경』, 민족문화추진회, 1979), 50쪽.

43) 김창현, 「고려 서경의 행정체계와 도시구조」, 『韓國史硏究』 137, 한국사연구회, 2007, 65~66쪽.

44) 金庠基, 『新編 高麗時代史』, 서울大學校 出版部, 1991, 333~334쪽.

45) 『고려사』 권15, 인종 5년 3월, 第二冊, 198쪽.

46) 이밖에도 인종 7년 3월에도 인종은 서경에 궁궐의 완성으로 서경 백성들에게 수고를 치하하며 창고의 곡식을 풀어 진휼하고 조세를 면하게 하는가 하면, 새 궁궐 역사에 참여한 관리에게 벼슬을 올려주고 하인에게까지 은택을 입게 하였다고 기술하고 있다. 이를 통해서도 서경에 대한 국왕의 배려를 엿볼 수 있다. 『고려사』 권16, 인종 7년 3월, 第二冊, 222~223쪽.

47) 崔滋, 『補閑集』 卷上, 『韓國詩話選』, 太學社, 1983, 96쪽.

48) 앞서 보았듯 서경의 명칭은 "西都(광종11년;960년)→서경(성종14년;995년)"로 미루어 인종 당시는 '서경'으로 불렀다. 그런데 『고려사절요』 제9권, 인종 공효대왕 5년 3월조에 보면 "이제 일관의 건의를 따라 <u>서도(西都)에 행차</u>하여 지난날의 잘못을 깊이 뉘우치고, 새롭게 할 수 있는 가르침이 있기를 기대하여 중앙과 지방에 포고하여 모두 듣고 알게 하려 하노라."라는 기사에서 "西都에 행차"라는 구절이 보인다. 이 때 서도는 평양의 異稱이다. 이렇듯 사료에서조차 표기된 지명표시가 정확하지 않다. 하물며 문학작품에서 표기된 지명을 두고, 정지상의 작품에서 보듯 역사적인 사료에 적시된 데로 사용한다는 일은 쉽지 않음을 알 수 있다. 이는 <서경별곡>의 경우에도 '서경'이라는 명칭을 역사적으로 표기한 것을 참고하여 창작시기를 고찰하는 것은 적절하지 않음을 알 수 있다.

49) 당나라 현종이 梨園에 악부를 설치하고 남녀를 모아 속악을 가르쳤는데 이들 남녀를 지칭하는 데, 俳優라고부른다.

50) 권오경, 「南湖 鄭知常의 詩世界 硏究 - 上都指向과 西都回歸를 중심으로」, 『문학과 언어』 제23집, 문학과언어학회, 2001, 168쪽.

51) 『고려사』 권127, <묘청전>, 앞의 책, 361쪽.

52) 李仁老, 『破閑集』 卷下, 『韓國詩話選』, 太學社, 1983, 73쪽.

53) "西都 古高句麗所都也. 控帶山河, 氣像秀異. 自古奇人異士多出焉. 睿王時, 有俊才姓鄭者, 忘其名, <u>垂髫時送友人時</u>"

54) 권오경, 앞의 논문, 171쪽.

55) 『고려사』 권18, 의종 22년 3월, 第二冊, 364쪽.

56) 묘청의 난 이후 명종 4년에 서경을 거점으로 한 조위총의 거병은 명종 6년에야 진압할 만큼 개경세력에 큰 위협이 되었다. 이 사건으로 서경은 묘청난 이후 중앙정부의 방침에 따라 경제적 기반이 완전히 무력하게 되고 독립성을 상실하였다. 또한 고종 20년(1233)에 서경 출신의 郎將인 필현보와 홍복원이 서경에서 반란을 일으켜 진압 당한 뒤 고종 39년까지 서경은 황폐한 채로 방치되었다. 이런 사건을 통해 볼 때 서경 세력들의 정부에 대한 자신들의 주장은 지속되었다고 보인다. 묘청의 난의 평정 뒤에 이어진 서경에 대한 국왕의 태도는 상당히 단호하였고, 서경 천도로의 꿈이 순식간에 물거품이 되는 형국은 서경 세력들에게 자못 충격을 주었으리라 짐작된다.

57) 金學成, 「高麗歌謠의 作者層과 受容者層」, 『國文學의 探究』, 成均館大出版部, 1987, 30쪽.

58) 이에 대한 자세한 설명은 박노준, 앞의 책, 20~23쪽 참조.

59) 자세한 논의는 '3) 호소 : 3연' 참조.

60) 양태순, 「「서경별곡」과 이별 민요의 이별의 양상과 정서」, 박노준 편, 『고전시가 엮어읽기』 상, 태학사, 2003, 202~206쪽.

61) 양주동, 앞의 책, 428쪽.

62) 유동석, 앞의 논문, 6쪽.

63) 양주동은 "고외마른"을 「「고이오이마른」의 合成. 「寵」訓의 「괴」(原訓 「고이」), 「요」는 雅語助動詞 「오」가 上音 「ㅣ」(괴)에 依하야 「요」로 된 것, 「고외마른」은 곧 「고요이마른」形이니 根本的으론 「ᄒᆞ요이다」形이다. 우리는 「이마른」이 名詞밑에 뿐만아니오 動詞原形밑에도 承接될수잇음을 本條에 依하야알 수 잇다"라고 하였다. 양주동, 앞의 책, 283쪽.

64) 유동석, 앞의 논문, 9~10쪽.

65) 유동석, 앞의 논문, 16~17쪽.

66) 허왕욱은 행위 주체가 1인칭 '나'이면서 주체 높임법이 사용된 일을 행위 주체와 그 주체의 행위를 전달하는 화자가 다르다는 의미로 해석하였다. 작품의 내용 속에서 시적 자아로 나타나는 '나'와 그 내용을 서술하는 화자로서의 '나'를 구분해야 하는데 고려가요에서 시적 자아와 화자가 작품에 모두 나타나는 까닭은 노래가 연행되었기 때문이라고 한다.(허왕욱, 「<서경별곡>의 시적구조와 화자」, 『문학교육학』 제11호, 한국문학교육학회, 2003, 317쪽) 허왕욱의 이러한 견해는 문헌에 표기된 것을 토대로 -시-에 대한 주체존대의 불일치를 설명하는 데 일정한 설득력을 얻고 있다. 다만 당대의 표기법이 현재의 표기법과 상이하다는 점도 고려해 넣을 요소이다. 1인칭에도 -시-라는 주체존대보조어간을 사용할 수 있기 때문이다.

67) 양주동, 앞의 책, 286쪽.

68) 유동석, 앞의 논문, 11쪽.

69) 김명준, 「<西京別曲>의 구조적 긴밀성과 그 의미」, 『한국시가연구』 제8집, 한국시가학회, 2000, 64쪽.

70) '좃니노이다'를 '따릅니다'라고 해석했을 때, '사랑만 해 주신다면 저는 임을 따릅니다'처럼 오히려 '따르겠습니다'라는 해석보다는 화자의 의지가 명확하게 드러난다고 보인다. 유동석의 견해는 '-ㄴ-'라는 선어말어미가 현재형을 의미하기에 가정이나 조건절이 앞에 올 수 없다고 하였으나 오히려 조건절이 오고서 현재형을 표기함으로써 화자의 태도를 명확하게 밝혀주었다고 판단된다.

71) 『고려사』 권15, 인종 6년 11월, 第二冊, 215쪽.

72) 고전시가에서 발화하는 여성 화자는 작품이해의 중요한 단서가 된다. 박혜숙은 앞 논문에서 고려속요의 여성 화자를 작가가 텍스트의 여성 화자와 동일시 할 때를 '여성으로서 말하기'라 하였고, 텍스트에 구현된 여성은 특정 남성의 알레고리에 불과하여 여성의 목소리를 흉내 내고 있는 경우를 '여성에 빗대어 말하기'로 규정하였다. 또 자신이 남성임을 숨긴 채 여성을 가장하는 것을 '여성인 채 말하기'라고 한다. : 박혜숙, 앞 논문. 이 논리에 따르면 <서경별곡>의 화자는 남성의 알레고리에 불과하여 여성의 목소리를 흉내 내고 있는 '여성에 빗대어 말하기'라고 볼 수 있다. 그런데 작가의 생물학적 性을 떠나서 남성 주체의 의도를 파악할 수 있는 어떤 기준도 마련하지 않은 현실에서 여성 화자를 이렇게 규정하는 데는 한계가 있는 것도 사실이다.: 고정희, 「고전시가 여성화자 연구의 쟁점과 전망」, 『여성문학연구』 15집, 한국여성문학학회, 2006, 14쪽. 이런 한계에도 불구하고 본고에서 여성 화자를 주목하는 것은 시적 화자와 작자층이 성별이 다를 수 있다는 사실이 노랫말에 나타나기 때문이다.

73) 논의의 편의상 향후 <서경별곡>의 2연을 <구슬사>로 지칭하기로 한다.

74) 양주동, 앞의 책, 335쪽.; "本歌의 末聯은 「西京別曲」의 第三聯과 全혀 同一(該句가 本來 어느 노래의 原屬이엿는가는 問題이나 鄙見은 「西京別曲」의 것이라 생각한다)하니만치 麗謠로서의 確率은 爾餘의 諸篇보다 클 터이다"

75) 이에 대한 자세한 논의는 신은경, 「「西京別曲」과 「鄭石歌」의 共通 揷入歌謠에 對한 一考察」, 『고려가요·악장연구』, 태학사, 1997. 한편 박재민은 <정석가>를 악곡과 문헌 수록 상태를 통하여 조선 성종조의 노래로 추정하였다. 특히 <정석가>와 <서경별곡>의 악곡을 선율 비교를 통하여 유사 악곡임을 밝히고 <정석가>가 <서경별곡>에 후행하였음을 입증하고 있다. 또한 문헌자료를 통해서도 <정석가>는 성종시대를 기점으로 발생하였음을 추론하여 고려시대의 노래라기보다는 성종조에 <서경별곡>을 개찬하는 과정에서 생겨난 노래로 추정하였다. 박재민, 「<정석가> 발생시기 再考」, 『한국시가연구』 제14집, 한국시가학회, 2003.

76) 李齊賢, 「小樂府」, 『益齋亂藁』 권4.

77) 鄭敍가 창작한 원래의 노래 <정과정>은 익재가 한역한 4구가 전부이고, 나머지는 속요로 수용되면서 편사되었다고 보는 것이 논자의 판단이다. 이에 대한 자세한 논의는 이정선, 「<鄭瓜亭>의 編詞와 문학적 해석」, 『한국언어문화』 제14집, 한국언어문화학회, 1996.

78) 김창룡, 앞의 논문, 243쪽.

79) 이에 대한 자세한 논의는 최동원, 앞의 논문 참조.

80) 신은경, 앞의 논문.

81) 박노준, 앞의 책, 278쪽.

82) 정상균도 <구슬사>는 '임과의 이별'(구슬이 바위에 떨어짐)보다 '信義'[끈]가 더 중요한 것처럼 진술되어 있으나 실제로는 '신의'[끈]보다 '임'[구슬]이 중요하므로 '가려는 임을 만류하는 말'일 뿐이라고 주장하고 있는 데 논자도 이와 견해를 같이 한다. 鄭尙均, 『韓國中世詩文學史硏究』, 翰信文化社, 1986, 142쪽.

83) 『고려사절요』 권4 정종 7년 10월.

84) 최자, 『보한집』 권上, 앞의 책, 102쪽. : "大同江是西都人送別之渡 江山形勝 天下 絶景"

85) "네가시 럼난디 몰라셔"에서 "럼난디"의 「럼나」는 「넘나」의 俗綴. 「濫」의 原義로 「猥泆」의 뜻 곧 '음란하다'"라는 양주동의 해석을 취한다. 양주동, 앞의 책, 299쪽.

86) 김명준, 앞의 논문, 75쪽.

87) 백민정, 「<西京別曲>의 시적구조와 화자정서의 내면적 整合性」, 『인문학연구』 제 32권 제2호, 충남대 인문과학연구소, 2005, 160쪽.

88) 유동석, 앞의 논문, 22쪽.

89) 임의 침묵을 두고 임의 떠남은 불가항력적인 힘(사회 상황 등)에 의해서 맞이한 불행한 사건으로 말미암은 것이어서 임의 침묵과 말없는 실천이 여인의 가슴을 아프게 한다. 따라서 대동강 건너편 꽃을 꺾는 행위는 난리를 평정해 버리고 돌아오라는 기원과 바람이 섞인 다짐과 확인으로 해석한 견해도 있다. 李啓洋, 「서경별곡의 시간현상 연구」, 『人文科學硏究』 第15輯, 조선대 인문과학연구소, 1993, 103~105쪽. 그런데 이러한 해석은 3연의 화자의 태도로 볼 때 임에 대해 그렇게 관용적으로 보아줄 만큼 화자에게는 여유가 없다는 점에 대한 고려가 배제되었다.

90) 鄭尙均, 앞의 책, 143쪽.

91) 김충실, 「西京別曲에 나타난 別離의 情緖」, 『高麗詩歌의 情緖』, 開文社, 1985, 62쪽.

92) 박노준, 앞의 책, 286쪽.

93) 김창룡은 별리여인이 사공을 상대로 한 대사와 그 대상이 사공에게 있지 않음을 들어 전자를 '大同江 사공의 노래' 후자를 '건너편 꽃의 노래'라고 명명하여 3개연을 2개연으로 나누어 해석하고 있다. 김창룡, 앞의 논문, 260~266쪽.

94) 양주동, 앞의 책, 302쪽. 한편 임주탁은 대동강 남하금지 조서가 내려진 고려시대의 정치적 상황과 관련지어 "대동강이 넓다는 말은 대치하고 있는 군대사이의 간격이 멀다는 의미 외에 침투 가능성이 높은 데 비해 추적 가능성은 낮다는 의미도 가질 수 있다"고도 해석하였다. 임주탁, 앞의 논문, 123쪽.

95) 김창룡, 앞의 논문, 261~262쪽.

96) 임재욱, 앞의 논문, 264쪽.

97) 김창룡, 앞의 논문, 264쪽.

98) 임재욱, 앞의 논문, 264쪽. ; 따라서 임재욱은 대동강과 배를 상징적인 의미로 해석

하여 "대동강이 넓다"는 표현은 실제 강폭의 넓이를 말하기도 하지만 '대동강'으로 비유된 여성의 숫자가 많다는 의미로 해석하고, "네 가시 럼난다"의 '가시'는 임이 교제할 가능성 있는 여성이 많다는 데 대한 화자의 막연한 염려가 현실적이고 구체적인 것으로 바뀌는 계기가 되는 한 명의 개별적인 여성으로 풀이하기도 하였다. 277쪽.

99) 존칭보조어간 '-시-'가 대표적이다. 이에 대한 자세한 논의는 '1) 구애 : 1연' 참조.

100) 김창룡, 앞의 논문, 264~266쪽.

101) 『고려사절요』 인종 10년 4월 ; 정지상이 왕을 오래 서경에 머물도록 하려고 간관에게 귀띔하여 상경에 있는 궁궐 수리의 정지를 요청하니, 정항이 재차 소를 올려 옛 궁을 수리하고 상경으로 환궁하기를 청하였는데, 그 말이 매우 간절하고 곧으니 왕이 옳게 여겼다.

102) 인종은 묘청난이 진압된 이후 조서에서 자신의 지난 날을 후회하며 다음과 같이 토로하는 것에서 국왕의 서경에 대한 태도를 짐작할 수 있다. 『고려사절요』 인종 13년 2월 : "마침 음양학을 하는 사람이 서경으로부터 왔고, 더욱이 좌우에서 추천을 더하여 큰 현인으로 대우하였다. 짐이 진실로 밝지 못하여 드디어 그 말에 현혹되어 대화궁(大華宮)을 창건하여 조상의 유업이 중흥하기를 기대하였다. 한 몸의 노고를 생각하지 않고 누차 서경에 거가(車駕)를 움직였으나, 상서로운 감응은 적고 재이의 발생이 많았으며, 끝까지 분명한 징험이 없고 부질없이 많은 사람의 비방만 초래하고 아무런 성과가 없이 끝내고 말았다. 짐이 바야흐로 그 말을 듣고 따른 것을 경계하니, 저들은 어두워 자신의 허물을 모르고 날로 원망만을 품더니 제 맘대로 군마를 일으켜 관원을 가두었다. 천개(天開)로 연호를 표시하고 충의로 군대를 이름하고 공공연히 병졸을 징집하여 서울을 침범하려 하니, 변고가 의외에 일어나서 그 형세를 막을 길이 없었다. 예로부터 대역의 죄가 있었으나 그 누가 서경의 적에게 비하겠는가."

103) 이에 대한 자료는 『고려사절요』에 묘청의 서경 천도 전후에 인종에게 건의하는 신료들의 진언 등에서 나타난다. 주요 내용만 열거하면 다음과 같다. : ○ 인종 6년 8월 국왕의 서경 행차시에 "묘청(妙淸)은 성인(聖人)이요, 백수한(白壽翰)도 그 다음이니 국가의 일을 모두 물은 다음에 행하고 그들이 건의하는 것을 무엇이든지 받아들인다면 정치가 이루어지고 일이 잘 되어 국가를 보전할 수 있습니다." 하고, 이에 차례로 모든 관원에게 서명을 청하니 평장사 김부식(金富軾), 참지정사 임원애(任元敱), 승선 이지저(李之氐)만은 서명하지 않았다. 글이 올라가니 왕이 비록 의심을 가졌으나 여러 사람이 강력하게 말하므로 믿지 않을 수 없었다 : ○인종 11년 11월에 "직문하성 이중(李仲), 시어사 문공유(文公裕) 등이 상소하기를, "묘청과 백수한은 모두 요망스런 사람으로 그 말이 괴상하고 허탄하여 믿을 수 없는데도 근신인 김안·정지상·이중부(李仲孚)와 내시 유개(庾開)가 그의 심복이 되어 누차 서로 천거하여 그를 가리켜 성인(聖人)이라 부르고, 또 대신도 따라서 같이 믿기에 주상께서 의심치 않으시나, 올바르고 정직한 인사들은 모두 원수같이 미워

하니, 원컨대, 속히 멀리 배척하소서." 하여 말이 매우 간절하고 곧았으나 답이 없으
니, 이중 등이 물러나 대죄하였다. : ○ 인종 12년 3월 국자 사업 임완(林完)이 상소
하였는데, (중략) 폐하께서 묘청을 총애하고 신임하여 좌우에서 가까이 모시는 신
하에서부터 대신까지 서로 천거하고 찬양하기를 성인이라 하여, 뿌리가 깊고 꼭지
가 굳어서 쉽사리 뽑아 낼 수 없게 되었습니다. 대화궐의 역사를 일으킨 뒤로부터
지금 이미 7, 8년에 재변이 거듭 이르니 이는 하늘이 반드시 이것으로써 폐하께
경고하여 반성하고 깨닫게 하심입니다. 폐하, 어찌 한 간신을 애석히 여겨 하늘의
뜻을 어겨서야 되겠습니까. 원하건대, 묘청을 베어 하늘의 경계에 응답하시고 민심
을 위로하소서." 하였다.

104) 각주 1)과 동일

105) 『增補文獻備考』 제106 樂考 17, 동국문화사 영인본, 1957, 중권 282쪽. ; 安鼎福曰
光宗喜觀俗樂 崔承老上書非之 所謂俗樂倡伎之戲也 傳粉施朱 百媚千態 恣淫
褻之心 銷雅正之氣 莫此若也.

106) 『고려사』 권38, <오잠전>, 『신편 고려사』11, 221쪽.

107) 『조선왕조실록』 세종 1년 기해.

108) 柳孝錫, 「「西京別曲」의 編詞意識」, 『高麗歌謠 研究의 現況과 展望』, 集文堂,
1996, 459~460쪽.

〈鄭瓜亭〉의 編詞와 문학적 해석 / 94-128쪽

1) 본고에서 <三眞勺> 이라고 할 때에는 '편사된 뒤의 <鄭瓜亭>' 곧 『樂學軌範』에
게재된 그대로를 의미하는 것으로만 사용키로 한다. <삼진작>과 <정과정>의 차
이는 후술된다.

2) 鄭敍의 생애와 <정과정>의 생성배경에 대하여 상세히 논구한 것으로는 다음 세편
의 논문이 주목된다. 權寧徹, 「鄭瓜亭歌新研究」, 『鄕歌麗謠研究』(黃浿江·朴魯
埻·林基中 공편), 二友出版社 1985 / 朴魯埻, 「「鄭瓜亭曲」의 역사적 배경」, 『高
麗歌謠의 研究』, 새문社 1990 / 鄭武龍, 『鄭瓜亭研究』, 新知書院, 1996 : 권영철과
정무룡은 위의 두 논문에서 정서의 전기적 사실에 대한 검증과 <정과정>의 대비,
그리고 악곡적인 측면의 종합적인 고찰을 하고 있다. 전기적 사실의 논증은 두 분
모두 '정서가 주변의 모함에 의해 유배를 가게 되었고 그곳에서 본 노래를 짓게
되었다'는 史書의 기록을 입증하는데 초점이 주어졌다면, 박노준은 '정서가 주변의
모함도 있었겠지만 그 보다도 의종의 의도적인 배척'으로 간주하고 있는데서 전자
와 의견을 달리한다. 필자는 이들 세 논문에 힘입은 바 크다.

3) 梁太淳, 「정과정(진작)의 연구」, 서울대 박사학위 논문, 1991 / 양태순, 「音樂的
側面에서 본 高麗歌謠」, 『高麗歌謠研究의 現況과 前望』, 成均館大 人文科學研究

所 編, 集文堂, 1996, 89~110쪽 / 宋芳松,『韓國音樂通史』, 一潮閣, 1985, 177쪽.
4) 본고에서 원 가요라 함은 정서가 최초로 창작한 당시의 작품, 곧 '編詞前의 <정과정>'을 가리킨다.
5) 李齊賢,『益齋亂藁』卷四, 高麗名賢集 2 (『韓國文集叢刊』 2, 民族文化推進會, 1990) 537쪽.
6) 鄭瓜亭, 內侍郎中鄭敍所作也. 敍自號瓜亭, 聯婚外戚, 有寵於仁宗. 及毅宗卽位 於歸其鄕東萊曰 今日之行, 迫於朝議 不久當召還. 敍在東萊日久, 召命不至. 及 撫琴而歌之, 詞極悽惋.
7) 敍將行, 王謂曰 今日事迫於朝議也, 行當召還. 敍旣流, 召命久不至, 乃撫琴作歌, 詞極悽惋. 自號瓜亭, 後人名其曲, 爲鄭瓜亭.
8) 이에 대한 논의는, 권영철, 앞의 논문, 424쪽 / <三眞勺>·<眞勺>·<瓜亭曲> 등 은 본 노래의 曲에서 비롯되었으며, <정과정>자체는 이미 고려 때부터 사용된 曲 과 詩의 명칭이다. 따라서 본고에서도 그 명칭을 <정과정>이라고 부르기로 한다. ; 한편, 진작악조가 정서시대에 성행을 본 것이 아니며 간결과 명확을 생명으로 삼는 법전에서 <정과정>과 <삼진작>을 구별해 두었다는 점, 그리고 呈才에 사용 된 음악이 특수한 경우를 제외하면 신축과 변이가 따를 수밖에 없었다는 논리를 들어 양자를 구분해서 써야 한다고 하는 주장도 있다. 鄭武龍, 앞의 책, 151쪽 참조.
9) 이는 대다수의 논자들의 공통된 의견이다. 다만 형식상의 문제에서 얼마간의 차이 는 발견되나『악학궤범』에 재록된 것을 온전히 정서의 창작품이라는 전제에는 일 치한다. 제가의 논설요약은 정무룡, 앞의 책, 119쪽 참조.
10) 金尙億,「高麗歌詞硏究 1」,『淸州大學論文集』 5, 1966, 42~46쪽.
11) 송방송, 앞의 책, 177쪽 / 정무룡, 앞의 책, 180쪽 / 崔正如,「高麗의 俗樂歌詞論攷」, 『高麗歌謠硏究』, 正音社, 1979, 138쪽.
12) 申恩卿,「西京別曲과 鄭石歌의 공통 揷入歌謠에 對한 一考察」,『국어국문학』 제 96호, 국어국문학회, 1986, 209쪽.
13) 정무룡, 앞의 책, 216쪽.
14) 樂院所藏儀軌, 及譜, 年久斷爛, 其幸存者, 亦皆疎, 略誤謬, 事多遺闕 … 更加讎 校.『樂學軌範』, 大提閣, 1973, 4쪽.
15) 최정여, 앞의 논문, 291~307쪽 / 金學成,『國文學의 探究』, 成均館大學校出版部, 1987, 48쪽.
16) 신은경, 앞의 논문, 206쪽.
17) 이는 논자의 견해와는 조금 다르다고 본다. 최소한『악학궤범』에 개제된 <삼진작> 은 정서의 원래 작품에 대해 변개과정을 거쳐 진작형식을 갖춘 상태의 모습이라고 본다. 따라서 이 11행 전체를 두고 음악적인 분석은 본 논의와는 어느 정도 거리감 을 갖고 있음을 밝혀둔다. 다만 이와 같은 접근방법으로 본 가요가 독립적인 노래가 합성된 모습을 보여주고 있다는 점만을 취하도록 한다.
18) 양태순,「음악적 측면에서 본 고려가요」, 앞의 책, 92~93쪽.

19) 양태순, 위의 논문, 위의 책, 105쪽.

20) 정무룡 또한 앞서 언급한 대로 논자와 동일한 견해를 피력하고 있다. 그러나 정서의 원래 창작가요에 대한 의구심으로 출발하여 그 원형을 추론은 하고 있지만, 이를 근거로 작품을 해석하지는 않고 있다. 곧 실제 작품의 해석부분에서는 <정과정>의 1행에서 4행까지에 해당되는 것이 정서의 작품이라면 작가의 전기적 사실대비 또한 여기에 그쳐야 할 것이다. 그러나 4행 이하를 대상으로 하여 전기적 사실의 적용은 그 논리가 모순된다. 정무룡, 앞의 책, 287~288쪽.

21) 한편으로는, 정서의 원 작품인 <정과정>이 <삼진작>으로 변개되었는데도 이를 곧 바로 정서의 노래로 볼 수도 있겠다. 이는 聾巖의 <漁父歌>가 좋은 예가 될 것이다. 농암은 고려조부터 전해오던 <어부가>12장을 "意多不倫"하고 중첩되는 것이 많으며, 또한 성인의 經에 근거한 것이 아니기 때문에 '去三爲九'하여 不倫하고 중첩된 것으로 셋을 빼고 9장으로 만들었다고 했다. 그러나 실제로 농암은 9장으로 줄인 것만이 아니라 여기에 농암 자신의 말이 아닌 다른 사람의 시구절을 취하여 여기에 추가하기도 하였다. 그런데도 우리는 이처럼 변개된 <어부가>를 농암의 작품이라고 부르는데 주저하지 않는다. 이러한 논리라면 정서의 <정과정>도 이와 같은 시각으로 볼 수 있지 않을까 여겨진다. 후세에 <삼진작>을 악보에 올리면서 이를 정서의 작품이라고 하는 기록만 적시해 놓았다 하더라도 이같이 작가 추정의 번거로움은 없을 것이다. 이를 <속악>조의 기록과 익재「소악부」로서 추정하자니 이같은 문제가 야기된 것이다. 그렇다면 정서의 <정과정>도 위의 농암의 <어부가>처럼 변개된 모습으로 <삼진작>으로 기록되어 있는데, 이를 정서의 작품으로 간주하게 된 것이라고 볼 수도 있겠다.

22) 김학성, 「高麗歌謠의 作者層과 受容者層」, 앞의 책, 17쪽.

23) 박노준, 앞의 책, 358쪽.

24) 『高麗史』「樂志」<俗樂> '三藏 蛇龍'; 王狎群小, 好宴樂, 倖臣吳祁·金元祥, 內僚石天補·天卿等, 務以聲色容悅, 以管絃房太樂才人, 爲不足, 遣倖臣諸道, 選官妓有姿色伎藝者, 又選城中官婢及女巫, 善歌舞者, 籍置宮中, 衣羅綺, 戴馬鬃笠, 別作一隊, 稱爲男粧, 敎閱此歌

25) 박노준, 앞의 책, 166쪽.

26) 정무룡, 앞의 책, 151쪽.

27) <정과정>을 그 창작 동기를 두고 볼 때, 죄를 입고 유배지로 귀양가 있던 蔡洪哲이 '유배지에서 임금을 사모하고 지었다'는 <冬栢木>이 전래가요를 이용하였다는 사실을 주목하여 채홍철은 정서가 지은 <정과정>을 그대로 옮긴 것이 아니라 <정과정>에 기초하여 그것을 새롭게 보충하여 만든 것이 <동백목>일 수 있다는 견해가 제기되나(정홍교,『조선문학사』2, 과학백과사전종합출판사, 1994, 90쪽) <정과정>처럼 작가가 분명한 유명 작품을 수용했다면 채홍철의 <동백목>이 바로 유명한 <정과정>을 수용하여 개작한 것이라 해설했을 터인데, 그렇지 않고 막연히 예부터 전해오는 노래라고 한 것으로 보아, <정과정>를 수용했을 가능성은 극히 희

박하다는 견해를 취하기로 한다. 김학성, 앞의 논문, 앞의 책, 17쪽.

28) 李齊賢, 『益齋亂藁』卷四.

29) 구사회, 「고려가요의 생산과 수용」, 『고려가요의 문학사회학』, 임기중 엮음, 경운출판사, 1993, 94쪽.

30) '아니시며 거츠르신돌'은 해석이 다양하다. '옳고 글은 것은'(김태준), '(누가 옳고 그른 것이)아니며(모든 것이)거짓인 줄'(박병채), '(서울에)안 있으며 (여기)東萊에 (와서) 있다하더라도'(권영철), '님이 나를 아니(非)라 하시며 거짓이라 하신들'(정재호)들의 제 견해 중에서 박병채의 견해를 취한다. 최용수, 『고려가요연구』, 계명문화사, 1993, 60쪽 재인용, 이하 제 해석도 이 논문의 결과를 참조한다.

31) 이에 대한 논의는 權寧徹, 「鄭瓜亭歌 新研究」, 앞의 책, 394~421쪽 / 朴魯埻, 앞의 책, 355~362쪽 / 정무룡, 앞의 책, 61~111쪽 참조.

32) <鄭沆>, 『高麗史』 列傳 : 子敍(中略), 交結大寧侯璟, 常與遊戲. 鄭諴·金存中等, 誣構敍罪以聞. 毅宗疑之, 臺諫劾敍陰結宗室, 夜聚宴飲, 乃流于東萊. 語在大寧侯傳.

33) 『高麗史節要』 卷 11. 毅宗 5년(1151) 閏4월 : 宰相崔惟淸文公元庚弼等率諫官崔子英王軾金永夫朴䎸等, 伏閤請曰, "鄭叙交結大寧侯, 邀致其第, 宴樂遊戲. 又鄭諴以私怨謀陷臺諫, 罪不可赦."

34) 『高麗史節要』 卷 11. 毅宗 5년(1151) 5월 : 召還臺吏李份, 杖流鄭叙于東萊, 梁碧于會津, 金義鍊于淸州, 金呂于樸島. 又論平章事崔惟淸當叙之宴諸王也, 借助器皿, 失大臣之體, 貶爲南京留守, 雜端李綽升於臺省之論叙也, 在家不預, 貶爲南海縣令, 皆叙妹壻也.

35) 박노준, 앞의 책, 346쪽.

36) 정무룡, 앞의 책, 79쪽.

37) 박노준, 위의 책, 357쪽.

38) 고려조에는 益齋 「小樂府」를 위시하여 林椿의 <次韻鄭侍郎敍詩幷序>와 <追悼鄭學士>, 閔思平의 <鄭中丞月下撫琴>, 鄭樞의 <鄭中丞敍謫居東萊每月明彈琴達曙>, 韓脩의 <鄭中丞謫居東萊對月撫琴>, 柳淑의 <書懷寄趙瑚先輩>, 李崇仁의 <秋日雨中有感> 등의 7편과 조선조에는 金時習의 <鄭中丞謫居東萊對月撫琴>, 魚世謙의 <效益齋歌詞>, 李信元의 <鄭瓜亭>, 尹暄의 <鄭瓜亭>, 蘇斗山의 <題鄭瓜亭>, 李瀷의 <瓜亭曲>, 李學逵의 <鄭瓜亭>, 李裕元의 <眞勺>외 1편 등이 있다.

39) 朴魯埻, 「詩歌文學史의 관점에서 본 고려속요의 情緖」, 『慕山學報』 第7輯, 慕山學會, 1995, 119쪽.

40) 박노준, 「詩歌文學史의 관점에서 본 고려속요의 情緖」, 위의 책, 112쪽.

41) ㉮ ᄎ하리 싀여저 구름이ᄂ 되어이셔 / 祥光五色이 님 계신ᄃ 덥헛고져 / 그도 ᄆ소ᄒ면 ᄇ람이ᄂ 되야이서 / 夏日淸音의 님 계신ᄃ 부러고져 / 그도 ᄆ소ᄒ면 一輪明月 되여니서 / 映映 半夜의 두려시 비최고져 …… 金春澤의 <別思美人

曲> 中에서

㉑ 간밤에 우던 여울 슬피울어 지내거다 / 이제사 생각하니 임이울어 보내도다 /
저 물이 거슬러 흐르고저 나도 울어 예리라 ……元昊의 時調作品

위의 두 작품은 모두 유배지에서 임금을 그리며 지은 유배가사와 시조다. 그 양식상
의 차이는 있지만 전면에 흐르는 어조나 내용이 임과 함께하고 싶어하는 간절한
소망이 담겼다. 영월에 유배를 간 단종을 그리며 불렀던 원호의 작품에서는 임의
슬픔을 같이하고자 하는 작가의 심정을 엿볼 수 있다. 유배는 그 원인이 어디에
있던 간에 유배를 당한 사람의 입장에서는 억울하기 이를 데 없을 것이다. 그러나
그곳에서의 임에 대한 생각은 원망이나 불평보다는 끝까지 임과 함께하고자 하는
것으로 가득차 있다.

42) 鄭麟淑, 「朝鮮後期 戀君歌辭의 展開樣相」, 서울대 석사학위논문, 1993, 9쪽.

43) 이렇게 보는 근거로는 <怨歌>에 나타난 진술이, 원망이나 하소연보다는 감정의
절제 속에 오히려 염량세태를 염려하는 것으로 나타나고 있다는 데 있다. 이는 사대
부들의 연군가요에서 보이는 진술과 맥을 같이하기 때문이다.

44) 7행의 '過도 허물도 千萬없소이다' 의 진술도 서술형의 형태를 취하고 있지만 2행
과 4행의 서술형 진술이 山접동새와 殘月曉星을 보조관념으로 하여 자신의 의견을
말하는 간접적인 표현을 쓰고 있다면 7행에서는 자신의 행위에 대한 정당성을 직접
적인 언사로 하고 있다는 점이 다르다.

45) 이정선, 「沈義의 「記夢」을 통해 본 葛藤克復의 樣相과 詩意識 연구」, 한양대 석사
학위논문, 1989, 69쪽.

46) 鄭麟淑, 앞의 논문, 12쪽.

47) <三眞勺>에서의 화자의 언술을 두고, 정무룡은 주변의 무리들은 임금을 오도하고
백성들을 고달프게 하는 말뿐이니 총명을 되찾아 달라는 하소연이며 나아가 친근
하게 지내는 인물을 제거하라는 역설이기도 하다. 謫居하는 상태이면서도 국리민
복을 위해 직간을 서슴지 않고 있다고 보고 있다. 정무룡, 앞의 책, 293쪽.

48) 『成宗實錄』 성종 19년 8월 : 特進官李世佐啓曰 : "方今音樂率用男女相悅之詞,
如曲宴, 觀射, 行幸時, 則用之不妨, 御正殿, 臨群臣時, 用此俚語, 於事體何如?
臣爲掌樂提調, 本不解音律, 然以所聞言之, 眞勺雖俚語, 乃忠臣戀主之詞, 用之
不妨. 但間歌鄙俚之詞, 如後庭花, 滿殿春之類亦多.

49) 일이음이 삼사음으로 연속되고 /사삼이일로 역순하니 탁음이 청음되네/손가락 한
동작에 장단 한 번 떨어지고/조종을 오로지 하니 바늘도 허락잖네/ (一二音連三四
音, 四三二一濁淸音, 指一動時點一落, 一心操縱不容針) /외를 심고 남은 기운으
로 거문고 타니 / 처량한 악곡이 가로수를 흔드네 /정자 위엔 새소리요 아래는 달빛
인데 / 봄이 온 산은 두견새 울음인 양하여라 / (種瓜餘力撫玄琴, 曲目悽哀撼樾林,
亭上啼禽亭下月, 春山疑是蜀規音), 橘山藁, 「嘉梧樂府」 <眞勺>條, (정무룡, 앞
의 책 346쪽 재인용))

50) 이와같은 구절의 변이 모습은 <動動> 7월령에 '니믈 흔디 녀가져'로, <履霜曲>에

는 '아소님하 흔디 녀졋긔약이이다' 등으로 나타난다. 어느 것이 원천인가를 구별해 내기는 어렵다. 다만 표현상의 관용화로 볼 수 있다. 趙萬鎬, 「고려가요의 情調와 樂章으로서의 성격」,『高麗歌謠硏究의 現況과 展望』, 137쪽 참조 / 위에서 독립가 요라고 언급한 것은 <動動>과 <履霜曲>의 그것보다는 <정과정>과 <만전춘 별 사>에서의 형태가 거의 일치하고 있기 때문이다. 다만, '녀겨라 아으'와 '녀닛景 너 기다니'라는 표기상의 차이, 그리고 <만전춘 별사>에서는 1행의 반복과 앞구 반복 의 차이가 있으나, 이는 단연체와 연창체의 진술상 차이에 기인한다.

51) 최용수, 앞의 책, 61쪽 재인용.

52) '어기던 사람이 누구였습니까'는 한편으로는 상대방에게 그 책임을 전가하는 뜻으 로, 다른 한편으로는 어긴 사람이 없다는 강력한 호소로 해석된다. 최용수, 위의 책, 같은 곳.

53) 신은경, 앞의 논문, 212쪽.

54) 앞의 각주 30) 참조.

55) '물힛 마러신뎌'는 '衆讒言이러신뎌'(양주동), '말짱한 말이었구나'(박병채), '멀리 말으시오'(이병기), '말슴헛마르소서'(이가원), '몰랑 말이 있는 것이여'(권영철)라고 해석되고 있으나 본고에서는 양주동의 주장을 취하기로 한다.

56) '술읏븐뎌' 또한 해석이 분분하다. '슬프구나'(양주동), '사라지고만 싶구나' / '죽고 만 싶구나'(박병채), '아뢸말씀을 (쏟아) 붓는 것이여(붓도다)'(권영철) 등의 해석가 운데 박병채의 견해를 취한다.

57) 殘月曉星는 새벽달, 새벽별을 일컫는 말로, 밤새껏 온 세상을 지켜본 증인인 셈이 다. 이는 곧 하늘과 비견되는 말이기도 하다. 뭇 참언이나 비방이 떳떳하지 못하고 숨어서 조작된다고 본다면, 이는 밝음보다 어둠의 세계요 곧 밤의 세계와 맥을 같이 한다. 따라서 작가는 잔월효성이라는 상관물을 통해 자신의 결백을 입증하려고 한 것이다.

58) '아소님하'는 10구체 향가의 '阿也'와 같이 전체를 종결하는 기능을 발휘하고 있는 데 반해 '阿也'와 유사한 '아으'는 부분을 종결하는 기능을 갖게 되었다. 사뇌가의 '阿也'라는 落句를 <정과정>에서는 '아소님하'가 대신하고 있음을 들어 <정과정> 은 사뇌가의 잔존양식이 아니라는 견해가 있다. 양태순, 「音樂的 側面에서 본 高麗 歌謠」, 앞의 책, 92쪽.

59) 이는 앞장에서 언급한 것처럼 1행에서 4행까지의 진술만으로도 4행 이하의 내용을 포함하고 있다. 여기에 5행과 6행의 삽입으로 7·8·9행을 뒷받침해주고 있는 것은 바로 <정과정>의 구조가 편사자에 의해 인위적으로 엮어졌다고 보여주는 증거가 된다.

60) 김학성에 따르면 제1연은 기존 민요장르의 부분적 수용, 2·4·5연은 광의의 시조 양식을, 제3연은 당대의 기존민요의 사설을 그대로 차용하면서 경기체가의 장르양 식, 6연은 사뇌격 향가의 종결 부분의 양식을 각각 변용하여 수용한다는 것이다. 곧 이 작품은 속요·민요·시조·경기체가·향가의 양식적 특징을 각 연마다 고루

수용함으로써 형성된 장르 양식의 복합체라는 것이다. 김학성, 앞의 책, 57~58쪽.

61) 주요 논문으로는, 朴魯埻, 「「滿殿春 別詞」의 題名과 작품의 構造的 이해」, 앞의 책 / 成賢慶, 「滿殿春別詞의 構造」, 『高麗時代의 言語와 文學』, 螢雪出版社, 1975 / 현혜경, 「滿殿春 別詞에 나타난 和合과 斷絶」, 『고려시가의 정서』, 開文社, 1985 / 尹榮玉, 「「滿殿春」別詞의 再吟味」, 『고려가요연구의 현황과 전망』 등이 있다.

62) 대부분의 논자가 '님을'과 '님은', 이 둘을 통칭하여 사용하고 있다. 그러나 '을'과 '은'이라는 조사는 통칭적으로 볼 것이 아니라 대상의 주체를 결정지워 주는 것으로서 반드시 구분해서 보아야 한다고 판단된다. '넉시라도 님을 흔딕 녀깃景 너기다니'의 다음 구절 곧 '벼기더시니'에서 '-시-'라는 존칭보조어간의 존재로 이는 그 대상이 '님'(<만전춘 별사>)이나 '임금'(<정과정>)으로 보아야 한다는 견해가 있으나 '-시-'가 오늘날처럼 언제 어디서나 존칭의 의미로만 쓰이지 않고, 자연만물이나 일인칭인 '나'에게도 사용된다는 설(양주동, 『麗謠箋註』, 乙酉文化社, 1985, 185~186쪽)을 참조한다면 '-시-'를 통해 대상을 고착시킬 필요는 없다고 판단된다.

63) 윤영옥, 앞의 논문, 앞의 책, 243쪽. 그러나 윤영옥은 이하 해석에서 의지 실현의 자유가 임에게나 나에게는 없다고 보고 있다. 곧 인간의 현실에는 억압과 구속만이 있을 뿐이라는 것이다. 하지만 논자는 바로 이 삽입구에서 그 주체의 여부에 따라 화자에 대한 억압 또는 구속을 느낄 수 있다고 본다.

64) 윤영옥, 앞의 논문, 244쪽.

65) 박노준, 「「滿殿春 別詞」의 題名과 작품의 構造的 이해」, 앞의 책, 261쪽.

66) 박노준, 위의 논문, 262쪽.

67) 박노준은 바로 6연의 정신과 1연이 상통하다고 한다. 1연에서는 구체적인 장면이 있는 반면, 6연은 단조로운 구호식의 간략한 진술로 끝나고 있어서 피상적으로 관찰하면 상호 무관한 것처럼 보이나 서정의 본질인 '임과의 영원한 화합'을 지향하고 있다는 측면에서 두 경우는 별개의 것이 아니라는 것이다. 이로볼 때 <滿殿春 別詞>의 구조는 이른바 首尾雙關의 결구로 짜여 있다는 것이다. 박노준, 위 논문, 264쪽 / 그러나 논자는 본 노래의 비극이 바로 3연에 있다고 본다. 그것은 넋이라도 함께 살자고 언약한 주체가 임이 아니라 화자 자신이라는 점에서 그 비극은 처음부터 잉태되었다고 본 것이다. 따라서 6연과 같은 진술 또한 화자 일방의 언표라는 점에서 3연과 맥을 같이 한다고 판단된다.

〈고려 처용가〉의 형성과정 고찰 / 129-162쪽

1) <처용가>에 대한 논의는 다음의 논문에서 자세하게 정리되어 있다. 金榮洙, 「處容歌硏究 再考- 연구사를 중심으로」, 『신라문화』 7, 동국대 신라문화연구소, 1990

/ 최용수, 「처용(가)에 대한 연구사적 검토」, 『영남어문학』 제24집, 영남어문학회,
1993 / 김유미, 「처용전승의 전개양상과 의미연구」, 부산대 박사학위논문, 1998 /
金榮洙, <處容歌 硏究의 綜合的 檢討>, 『國文學論集』 제16집, 단국대 국어국문
학과, 1999 / 김수경, 『고려처용가의 미학적 전승』, 보고사, 2004.

2) 본고에서 <고려 처용가>라고 지칭한 것은 신라향가의 <처용가>와 구분하기 위함
이다. 따라서 고려조의 처용가를 <고려 처용가>로, 신라시대의 처용가를 <처용
가>로 표기하기로 한다.

3) 이에 대한 논의로 최근, 김명준은 「고려 處容歌의 巫歌的 성격에 대한 再考」(『한
국시가연구』 제28집, 한국시가학회, 2010)에서 고려 처용가는 무가일 수 없다는 견
해를 신라 처용가와 『시용향악보』에 실린 <잡처용>과 비교하여 설명하고 있다면,
조영주는 「신라 <처용가>와 고려 <처용가>의 내용과 기능의 차이」(『온지논총』
제40집, 온지학회, 2014)라는 논문에서 제목부터 두 처용가를 비교하면서, <고려
처용가>의 무가적인 성격을 집중적으로 조명하고 있다.

4) 이와 관련한 논의는 다음과 같다 : 하태석, 「處容 形象의 變容 樣相 - 處容傳乘을
중심으로」, 『어문논집』 47집, 민족어문학회, 2003 / 박경우, 「處容 談論의 推移와
그 傳乘의 問題」, 『洌上古典硏究』 제28집, 洌上古典硏究會, 2008 / 윤성현, 「처용
변용을 통해 본 시인의 세계 인식태도」, 『洌上古典硏究』 제31집, 洌上古典硏究會,
2010.

5) 박노준, 「<高麗處容歌>의 형성과정」, 『高麗歌謠의 硏究』, 새문社, 1990.

6) 처용의 존재에 대해 여러 견해가 있을 수 있지만, 본고에서는 동해용으로 일컬을
만한 특정집단이 동해에 거주하면서 용에 假託하거나 용신을 내세워 왕권에 저항
하였던 世襲巫 가족인 무당집단으로 보아, 처용은 그 가족중의 한 아들로 규정한
임재해(「'처용' 담론에 나타난 사회적 모순과 굿문화의 변혁성」, 『배달말』24, 배달
말학회, 1999. 209~212쪽)나, 서대석의 견해(『무가문학의 세계』, 집문당, 2011. 23
쪽)를 따르기로 한다 / 처용의 신분에 관련한 논의는 윤성현, 「처용가의 변전과 문
화사적 의미」(『속요의 아름다움』, 태학사, 2007, 310~311쪽)에 자세하다.

7) <處容郎望海寺>, 『三國遺事』 卷 第二 (紀異第二): 『삼국유사』, 『삼국사기』, 『고려
사』 등 역사서 자료 인용은 국사편찬위원회 한국사데이터베이스 (http://db.history.
go.kr)참조. 이하 동일.

8) 서대석, 앞의 책, 26쪽.

9) 현용준, 「처용설화고」, 『국어국문학』 제39·40 합병호, 국어국문학회, 1968, 11쪽/
<처용랑망해사>조에 등장하는 역신은 전염병가운데 痘瘡을 옮기는 귀신인데, 민
간의 질병에 대한 대응이 대부분 귀신을 내쫓는 방식으로 이루어진 반면, 두창에
대해서는 두신(痘神), 즉 손님이 일정기간 동안 환자의 몸을 지나가는 것으로 여겼
기 때문에 이 기간 동안 두신의 노여움을 사지 않아야 살 수 있다고 생각해서 두신
에게는 지극한 정성으로 정중히 대했다(김옥주, 「조선 말기 두창의 유행과 민간의
대응」, 『醫史學』 제2권 제1호, 대한의사학회, 1993, 38쪽)고 한다.

10) 황병익, 「역신(疫神)의 정체와 신라 <처용가>의 의미 고찰」, 『정신문화연구』 제34
   권 제2호, 한국학중앙연구원, 2011, 146쪽.

11) 이곡, 『稼亭集』 권20.

12) 김종직, 『佔畢齋集』 권4.

13) 성현, 『虛白堂詩集』 권9.

14) 성현, 『虛白堂補集』 권2.

15) 성현, 『慵齋叢話』 권2.

16) 이와 같이 새해를 맞이해 악귀를 쫓는 벽사의 상징물을 대문 양옆에 붙이던 그림을
   문배라고 한다.(정병모, 『미술은 아름다운 생명체다』, 다홀미디어, 2001, 256쪽) 김
   지연은 문배를 생활의 주변에 있는 각종 재해를 막기 위해 병을 해독하기 위해 인간
   들은 귀신의 형상과 삶의 공포를 극복하기위해서 창조적으로 구현한 지혜의 주술
   물로서, 미약한 인간이 문 안과 바깥에 신성과 금지라는 경계의 주술을 행해 이
   세계에서 행복하게 지탱할 수 있는 힘을 부여받고 싶었던 반란의 제의라고 규정하
   고 있다. 김지연, 「'처용'을 통해 본 한국 벽사전승의 원형적 상징성 연구」, 『한어문
   교육』 제35집, 한국언어문학교육학회, 2016, 268쪽.

17) 서긍, <祠宇>, 『선화봉사고려도경』 권17 : 臣聞高麗, 素畏信鬼神, 拘忌陰陽, 病不
   服藥. 雖父子至親, 不相視, 唯知呪咀厭勝而已 - 자료 인용은 '한국고전종합 db
   (http://db.itkc.or.kr)'참조, 이하 동일.

18) 서긍, <藥局>, 위의 책, 권16, 「官府」 : 高麗舊俗, 民病不服藥, 唯知事鬼神, 呪咀
   厭勝爲事.

19) 이색, <詠病中>, 『목은시고』 권7.

20) 이정숙, 「고려시대 전염병과 치병의례」, 『이화사학연구』 제34집, 이화사학연구소,
   2007, 90쪽.

21) 원천석, 『耘谷行錄』 권1 : 老來却恐看新曆, 病後無心換舊符.

22) 이색, <卽事>, 『목은시고』 권9 : 偶然病勢來相擾, 欲把生辰問歷翁.

23) 이규보, <老巫篇> 幷序, 『東國李相國文集』 제2권 : 士女如雲屬滿戶, 磨肩出門
   騈頸入 … 千言萬語幸一中 駭女癡男益敬奉 … 聚窮四方男女食, 奪盡天下夫
   婦衣.

24) 이정숙, 앞의 논문, 113~114쪽 참조.

25) 이에 대한 논의는 김수경, 앞의 책, 51~52쪽 참조.

26) <12월 대나의>, 『고려사』 권64, 지 권 제18, 예6(禮 六), 군례.

27) 金榮洙, 「處容歌 研究의 綜合的 檢討」, 『國文學論集』 제16집, 단국대 국어국문학
   과, 1999, 103쪽.

28) 이색, <驅儺行>, 『목은시고』 권21.

29) 이색, <自東大門至闕門前山臺雜劇前所未見也>, 위의 책, 권33.

30) 성현, <처용>, 『虛白堂詩集』 권9.

31) 『고려사』 권71, 「樂志」.

32) 박노준, 앞의 논문, 325~327쪽.

33) 『고려사』권13, 세가 13, 예종 4년 정월 정묘 : 정묘 왕의 동생인 대방후(帶方侯) 왕보(王俌)를 책봉하고, 제왕(諸王)·재추(宰樞)·시종(侍從)에게 곡연(曲宴)을 베풀었는데 새벽이 되어서야 끝났다. 어사대부(御史大夫) 최계방(崔繼芳)이 술에 취하여 일어나 춤을 추니 당시 사람들이 그를 비난하였다. ;『고려사절요』권13 명종 23년 2월 : 두경승(杜景升)을 삼한후벽상공신(三韓後壁上功臣)으로 삼았다. 중방(重房)의 여러 장수들이 연회를 열어 축하하였는데, 술이 취하자 각자 악기를 잡았다. 두경승이 노래하자 수사공(守司空) 정존실(鄭存實)이 작은 피리를 불었다. 의의민(李義旼)이 진노하여 꾸짖어 말하기를, "어찌 재상이 방자하게 노래하고 피리를 불어 스스로 광대[伶人]와 같이 구는가."라고 하였다. 이에 파하고 돌아갔다.

34) 김수경, 앞의 책, 87쪽. 그런데, 조선조 연산군조의 기록을 보면 연산군이 처용복장을 하고 처용무를 하며 스스로 노래를 하기도 하였다(연산군 11년 04월 07일)고 적고 있으며,『소문쇄록』의 <환관 김처선>조에는 "연산주가 어둡고 음란하였으므로 김처선이 매양 정성을 다하여 간하니, 연산주는 노여움을 속에 쌓아 둔 채 겉으로 나타내지 아니하였다. 일찍이 궁중에서 임금이 처용놀이를 하며 음란함이 도를 지나쳤다."라고 기록하는 것을 보아, 연산군의 처용놀이는 앞서 박노준의 지적처럼 처용의 아내와 역신으로 비의된 외간 남자와의 性戲의 동작을 그대로 모방한 것일 수도 있을 것이다.

35) 황경숙,『한국의 벽사의례와 연희문화』, 월인, 2000, 42-54, 93쪽.

36) <十一月十七日夜聽公益新羅處容歌聲調悲壯令人有感>, 李崇仁,『陶隱集』권2 : 夜久新羅曲, 聲音傳舊譜, 停盃共聽之, 氣像想當時, 落月城頭近, 無端懷抱惡, 悲風樹抄嘶, 公益稱何爲.

37) <고려 처용가>는『악학궤범』과 함께『악장가사』에도 동시에 전한다. 이들 문헌엔 전체적인 내용에는 차이가 없지만 어휘상 약간의 차이가 있다. 이를 구별하고자 『악장가사』에 표기된 어휘를 ( )안에 표기하였다.

38) <鶴蓮花臺處容舞合設>,『樂學軌範』: 十二月 晦前一日五更初 樂師女妓樂工等詣闕是日 儺禮時 樂師率妓工奏樂至驅儺後 設池塘具於內庭 樂師率兩童女 以入坐於蓮花中而出而待節次 凡驅儺後 處容舞二度前度則 無鶴蓮花臺回舞等 事 樂師執銅鉢道靑紅黃黑白五方處容 及女妓執拍樂師鄕樂工奏處容慢機 卽鳳凰吟一機 女妓唱處容歌.

39) 서대석,『무가문학의 세계』, 집문당, 2011, 27쪽.

40) <고려 처용가>의 내용별 단락 구분은 최철(「고려 처용가의 해석」,『처용연구전집』 Ⅱ-문학2, 處容刊行委員會編, 역락, 2005. 357쪽)의 견해를 우선 따르기로 한다. 논의를 진행하면서, 이런 구분이 다름을 밝혀지게 될 것이다.

41) 최철, 위의 논문, 368쪽.

42) 김수경, 앞의 책, 100쪽.

43) 양주동,『여요전주』, 을유문화사, 1971, 150쪽.

44) 김동욱, 『韓國歌謠의 研究』, 을유문화사, 1961, 219쪽.

45) <打芻人>, 『동국세시기』(『서울·세시·한시』, 洪錫謨 編著, 秦京煥 譯註), 보고
사, 2003, 233쪽.

46) 서대석, 앞의 책, 28~29쪽.

47) 최철, 앞의 논문, 357쪽 ; 나후가 한자어로 羅侯(『악학궤범』) 羅侯(『악장가사』)로서
한자어가 텍스트에 따라 서로 다른데서 오는 해석의 차이라고 할 수 있다.

48) 임주탁, 「고려 <처용가>의 새로운 분석과 해석」, 『한국문학논총』 제40집, 한국문
학회, 2005, 14쪽.

49) 임주탁, 위의 논문, 25쪽.

50) 이에 대한 논의는 이정선, 「<鄭石歌>의 소재의 의미와 구조로 본 사랑과 그 한계」,
『영남학』 제29호, 경북대 영남문화연구원, 2016. 참조.

51) 정운채, 「고려 「처용가」와 「처용랑망해사」조 재해석과 벽사진경의 원리」, 『국문학
연구』 3, 국문학회, 1999, 144쪽 : 壽命長願, 愛人相見, 風入盈庭, 人讚福盛, 설믜,
有德, 福智俱足, 同樂大平 등의 용어는 내면적인 것을 가리킨다.

52) 이곡, <次鄭仲夫蔚州八詠> 중 <개운포>, 『稼亭集』 권20.

53) 정포, <蔚州八景> 중 <개운포>, 『雲谷集』 下.

54) 이첨, <古蹟>, 『東京雜記』 권2.

55) 김수경, 앞의 책, 94쪽.

56) 양주동, 『여요전주』, 을유문화사, 1971.

57) 최철, 앞의 논문, 2005.

58) 임주탁, 앞의 논문, 20~21쪽.

59) 유동석, 「고려가요 「처용가」 연구-'마하만ᄒ니여'의 어석을 중심으로」, 『韓民族語
文學』 第62輯, 한민족어문학회, 2012.

60) 서대석, 앞의 책, 30쪽.

61) 각주 35) 참조.

62) 서대석, 위의 책, 36쪽.

63) 송태윤, 「고려가요 처용가의 텍스트성 연구」, 『韓民族語文學』 第62輯, 한민족어문
학, 2012, 51~52쪽.

64) <수로부인>, 『삼국유사』 권2.

65) 역병을 앓은 국왕 정조가 두역신을 보내며 쓴 시에 "공손히 神의 이름을 맞이하노
니 / 툭 트인 수레를 타고 봄을 영접하듯 하도다 / 무성한 오얏나무는 꽃향기가
좋은데 / 내 사랑하는 바를 마마신도 사랑하도다"(虆台御夫神之來兮, 敞輪軒兮迎
春, 穠李兮芳華, 予所愛兮神愛, 정조, 『홍재전서』 권56 『韓國文集叢刊』 v 263, <送
痘神文>, 民族文化推進會, 360a-360b쪽)에서 오얏나무와 마마신 곧 열병신과의
관계를 유추할만한 이야기가 나온다. 물론 정조 개인의 생각으로 생각할 수 있지만,
마마신을 전송하는 문장에 이런 내용을 나타내는 것에서 일정한 연관성을 찾을 수
있다고 판단된다.

66) 황경숙,『한국의 벽사의례와 연희문화』, 도서출판 月印, 2000, 213쪽 / 이윤선도 "향가가 가진 인간적인 매력으로서의 흔적인 '어찌하리오'의 목소리를 지워버리는 장치를 설정한다. 따라서 처용은 인간 위에 군림할 수 있으며, 열병신을 쫓아내는 권위를 지님으로서 숭배대상으로 자리를 매김한다."(이윤선,「향가 <처용가>와 고려 <처용가>의 인물 변이 양상과 그 의미」,『문학과 언어』제31집, 문학과언어학회, 2009, 178쪽)고 하여 <처용가>를 '머즌말'로 이해하고 있다.

67) 허남춘은 신라 <처용가>의 7·8구를 제외한 이 부분을 역신이 처용처를 간통한 상황인데, 역신의 정체를 폭로함으로써 역신의 위력을 상실케 하려는 의도를 드러내는 것이라고 하였다. 허남춘,「고려 처용가와 무가의 주술성 비교」,『고전시가 엮어읽기』상, 태학사, 2003, 267쪽.

<動動>의 한 해석 / 163-180쪽

1) 大提學南袞啓曰: "前者命臣, 改製樂章中語涉淫詞, 釋敎者, 臣與掌樂院提調及解音律樂師, 反覆商確, 如牙拍呈才動動詞, 語涉男女間淫詞, 代以新都歌, 蓋以音節同也. 中宗 32卷, 13年(1518 戊寅 / 명 정덕(正德) 13年) 4月 1日(己巳)

2) 이에 대한 주요 논의는 다음과 같다. : 양주동,『麗謠箋註』, 乙酉文化社, 1954 / 박병채,『高麗歌謠의 語釋研究』, 이우출판사, 1980 / 전규태,『고려가요』, 정음사, 1966 / 서재극,「노래 <動動>에서 본 高麗語」,『高麗時代의 言語와 文學』, 螢雪出版社, 1975 / 박노준,「<動動>의 한 理解」,『고려가요의 연구』, 새문사, 1990.

3) 이에 대한 주요 논의는 다음과 같다. : 최진원,「동동고」,『국문학과 자연』, 성균관대출판부, 1991 / 박혜숙,「동동의 님에 대한 一考察」,『국문학연구』제10집, 효성여대 국문학과, 1987 / 허남춘,「동동의 송도성과 서정성 연구 (1)」,『陶南學報』第14輯, 도남학회, 1993 ;「동동의 송도성과 서정성 연구 (2)」,『陶南學報』第15輯, 도남학회, 1996 / 조규익,「송도(頌禱)모티프의 연원과 전개양상」,『古典文學研究』第32輯. 한국고전문학회, 2007 / 이영태,「<동동>의 송도와 선어」,『민족문학사연구』36호, 민족문학사학회, 2008 / 황병익,「<動動> 頌禱之詞 盖效仙語의 의미 고찰」,『古典文學研究』第37輯, 한국고전문학회, 2010.

4) 임기중,「고려가요 동동고」,『고려가요연구』, 정음사, 1979 / 임동권,「동동의 해석」,『고려시대의 가요문학』, 새문사, 1982.

5) 황병익,「<동동> '새셔가만ᄒᆞ얘라'와 <한림별곡> '뎡쇼년(鄭少年)'의 의미 재론」,『정신문화연구』제30권 제4호, 한국학중앙연구원, 2007 / 임재욱,「11·12월 노래에 나타난 <動動>화자의 정서적 변화」,『古典文學研究』第36輯, 한국고전문학회, 2009 / 박재민,「<動動>의 어석과 문학적 향방 -12월령을 중심으로」,『泮橋語文研究』제36집, 반교어문학회, 2013.

6) 김학성, 『국문학의 탐구』, 성균관대출판부, 1987, 35쪽.

7) 박재민, 위의 논문. 208~209쪽.

8) 박노준, 앞의 논문.

9) '분디나무 저'를 둘러싼 제 해석은 박재민의 앞 논문에 상세하다. 박재민, 앞의 논문, 204~207쪽.

10) 김경은, 『한·중·일 밥상문화』, 이가서, 2012, 47쪽.

11) 李圭泰, 『재미있는 우리의 음식이야기』, 기인원, 1990, 24~25쪽.

12) 정의도, 「韓國古代靑銅匙箸硏究」, 『石堂論叢』38집, 동아대 石堂傳統文化硏究院, 2007, 121~122쪽.

13) <향음(鄕飮)>, 『선화봉사고려도경』 권22, 잡속(雜俗) 1.

14) <산원(散員)>, 『선화봉사고려도경』 권21, 조례(皁隷).

15) <주즙(舟楫)·궤식(饋食)>, 『선화봉사고려도경』 권33.

16) <취찬지구(炊爨之具)>, 『임원경제지(林園經濟志)』, 「섬용지(贍用志)」.

17) 배만실, 「李朝소반의 硏究」, 『韓國文化硏究院 論叢』제14집, 이화여자대학교 한국문화연구원, 1969, 224쪽.

18) 박재민, 앞의 논문.

19) 椒盤 : 새해에 산초를 드릴 때 쓰는 반(新歲用以進椒之盤) ; 『中文大辭典』(五), 中華學術院印行, 284쪽.

20) 박영하, 『우리나라 나무이야기』, 아비락, 2004, 234쪽.

21) 周季華, 「중·일 젓가락 습속 비교 연구」, 『국제아세아 민속학』 2, 국제아세아민속학회, 1998, 370쪽.

22) 김열규, 『한국인의 에로스』, 궁리, 2011, 224쪽.

23) 양주동, 앞의 책, 137쪽.

24) 양주동, 앞의 책, 139쪽.; "므르는 「므르」의 誤綴 「믈」(含)의 調音素連結形"

25) 김열규는 양주동의 견해를 그대로 수용하며 "이는 차려진 밥상을 앞에 두고서 임과 손님이 자리를 바꾸어 앉는 것으로 우원법을 나타낸 것이다. 곧 일편단심으로 내내 속마음 깊은 곳에 품어왔던 임을 여의고는 엉뚱한 사내의 아내가 된 것이며, 그게 임이 아닌 엉뚱한 손님의 입에 물린 젓가락에 비유된 것이다."라고 하여 이 부분을 해석하였고(김열규, 앞의 책, 225쪽) 양희찬의 경우 12월사에서 '젓가락을 임의 앞에 놓으니 그 젓가락을 다른 사람이 집어 음식을 먹는'묘사에는 주인을 비롯한 여러 사람이 함께 자리하고 있는 상황이 배경으로 다루어졌다고 한 뒤, 이런 자리에 어떤 젓가락을 특정한 사람의 것으로 지정하려면 젓가락을 놓는 사람이 그 의도를 밝혀야 하는데 그렇지 않다면 젓가락의 임자는 지정되지 않은 것이다. 12월사의 내용은 화자가 겉으로는 드러내지 못한 속마음을 굴절시켜 표현한 것임을 알 수 있다고 하였다.(양희찬, 「고려가요 <動動>의 美的 짜임과 性格」, 『古詩歌硏究』, 第122輯, 한국고시가문학회, 2008, 170쪽) 이러한 해석은 대개의 연구자들의 주장이기도 하다.

26) 이에 대한 논의는 서재극이 앞 논문(「노래 <動動>에서 본 高麗語」, 『高麗時代의

言語와 文學』, 螢雪出版社, 1975, 102쪽)에서 제기한 이래로 김완진(「고려가요 해석의 발전을 위하여」, 『韓國詩歌硏究』 제4집, 韓國詩歌學會, 1998, 125~126쪽), 임재욱(앞의 논문), 박재민(앞의 논문)의 연구에서 이를 지지하면서 기존의 논의와 다른 해석을 시도하고 있다. 본고 또한 이 견해에 동조하지만 전체 노랫말과 성격이 다르기에 이들 논의와는 다르게 적용되고 있음을 밝힌다.

27) 임재욱, 앞의 논문 16쪽 / 박재민은 므르·므르에 대한 옛 문헌의 사례를 7가지로 나누어 제시하고 있다. 박재민, 앞의 논문, 214~215쪽.

28) 서재극, 앞의 논문, 103~106쪽.

29) 김완진, 『향가와 고려가요』, 서울대학교출판부, 2000, 193쪽.

30) 최미정, 「<죽은 님을 위한 노래 - <동동>」, 『문학한글』 2, 한글학회, 1988, 74쪽.

31) 임재욱, 앞의 논문, 16쪽.

32) 박재민, 앞의 논문, 218쪽.

33) '가재'를 「갓」(取·持)의 連用副詞形 (양주동, 앞의 책, 138쪽)으로 보거나 '갓(枝)+ㅐ(처소격조사)'로 보는 경우(金完鎭, 「高麗歌謠의 語義 分析」, 『高麗歌謠硏究-高麗時代의 가요문학』, 새문사, 1982, Ⅲ-5쪽)로 이해하는데, '가재다'를 일반적으로 통용되는 양주동의 해석을 따르도록 한다.

34) 1월령 앞에 놓여진 "德으란 곰비예 받줍고~나ᄉ라 오소이다"는 1월령 이하의 내용과 상이하고, <정석가>의 첫 구절(딩아 돌하 當今당금에 계샹이다~先王 聖代 션왕셩더 노니ᄋ 와지이다)처럼 민간가요가 궁중의 속악으로 편사되면서 얹어진 부분으로 본다면, 송도의 내용으로 되어 있는 序聯과 임에 대한 그리움을 노래하고 있는 본사는 의미상 긴밀한 관련을 맺고 있지 않다. 따라서 본고에서는 서연을 제외한 1월에서 12월의 노래를 대상으로 하도록 한다. 『고려사』 「악지」의 기록 "歌詞多有頌禱之詞 盖效仙語而爲之"를 통해, 이 노래를 <송도>와 <선어>의 관점에서 해석한 견해는 각주3) 참조.

35) 이어령, 『노래여 천년의 노래여』, 문학사상사, 2003, 350쪽.

36) 박노준, 앞의 논문, 302~303쪽.

37) 이옥희, 「열두달을 노래한 민요의 연행 맥락과 시간의식」, 『韓國民謠學』 第30輯, 한국민요학회, 2010, 303쪽.

38) 이승훈, 『문학과 시간』, 이우출판사, 1983, 66쪽.

39) 최인학, 「한·중·일 세시풍속의 비교연구를 위한 제언」, 『비교민속학』 제37집, 비교민속학회, 2008, 28쪽. 37쪽.

40) 2월 보름 연등회는 고려 현종대부터 인종대까지 137년 동안 2월 보름에 행해졌는데. 이는 정월 대보름에 열리는 중국의 상원연등과는 차별화된 연등회를 지향한 현종의 '자주의식의 발로'로 보기도 한다. 2월 보름의 연등회는 농사를 시작하는 시기와도 맞물리면서 자연스럽게 백성들 사이에 뿌리내렸다고 한다. 이윤수, 「연등축제의 역사와 문화콘텐츠적 특성」, 고려대 박사학위논문, 2012, 105쪽.

41) 양희찬, 앞의 논문, 164쪽.

42) 'ᄇᆞ롲'은 '보로쇠'(양주동, 앞의 책, 123쪽), '보리수'(박병채,『高麗歌謠의 語釋研究』, 이우출판사, 1980, 115~116쪽) 등으로 해석된다.

43) 「細切·寸斷」의 義 – 양주동, 앞의 책, 123쪽.

44) 양희찬도 이 노래를 '錄事님' '화자' '序詞'의 성격으로 나누어 설명하면서 <동동> 의 화자가 임의 의중과 상관없이 일방적인 짝사랑임을 밝히고 있다. 양희찬, 앞의 논문, 172~178쪽.

45) 중양절은 중국의 전통풍습이다. 음력 9월9일이 되면 높은 산봉우리나 누대 위로 올라가 국화주를 마시면서 머리에는 수유(茱萸)를 꽂고 여러 사람이 어울려 즐겁게 하루를 보낸다. 중양절이 다가오면 사람들은 함께 하루를 즐길 사람들을 모은다. 그때 불현듯 생각나는 사람이 있게 마련이고, 그날의 감흥에 따라 떠오르는 사람을 찾아 불시에 방문을 하기도 한다. 김풍기,『삼라만상을 열치다』, 푸르메, 2006, 22 7~228쪽.

46) 황병익은 '새셔가만ᄒᆞ얘라'를 '새서(新醑, 新渭)'는 "새로 담은 좋은 술, 즉 미주(美 酒)"이고 '가만ᄒᆞ얘라'는 "은근하게 풍기는 그윽한 향기(微香)"를 뜻하므로 9월령 은 "약으로 먹는 황국(黃菊)이 안에 들어 새로 거른 맑은 술에 향기가 그윽하구나!" 로 해석하고 있다. 황병익,「<동동> '새셔가만ᄒᆞ얘라'와 <한림별곡> '뎡쇼년(鄭少 年)'의 의미 재론」,『정신문화연구』, 제30권 제4호(통권 109호), 한국학중앙연구원, 2007, 129~130쪽 / 그러나 본고는 9월령에 대한 해석이 대체적으로 통용하는 "구 월 구일에 약이라고 먹는 누런 국화꽃이 집안에 드니 초가집이 조용하구나"(박병 채, 앞의 책, 107~114쪽) 를 따르기로 한다. 이 주장을 수용하는 것은 화자가 임에 대한 일방적인 헌신과 애정의 표시를 하였고, 9월 이후에 등장하는 화자의 태도를 보았을 때를 고려하여 내린 결론이다.

47) 박노준,『향가여요 종횡론』, 보고사, 2014, 256쪽.

48) 임재욱은 앞의 논문에서 11월 노래의 "슬홀ᄉᆞ라온뎌"와 "고우닐스싀옴녈셔"를 난 해구로 지정하고 전자를 "슬픔을 삭여 왔구나!"로 후자를 "임을 스스로 가게 하노 라" 또는 "임을 스스로 가게 하는구나"로 이해하였다. 그래서 11월 봉당자리에 한삼 덮고 누워 슬픔을 삭여온 행위는 임을 떠나보내기 위해 서정적 화자가 겪어야 했던 인고의 과정이라고 해석하였다. 임재욱, 앞의 논문, 9~14쪽 / 그러나 본고는 "고우 닐스싀옴녈셔"를 "고운 이와 떠나 저 혼자 살아감이여"라고 일반적으로 통용되는 기존의 해석을 따른다. 혼자만의 외침에 지나지 않는 일방적인 짝사랑을 했던 화자 이고 보면, 11월에 봉당마루에서 추위와 함께 겪게되는 화자의 마음을 짐작할 수 있기 때문이다.

49) 趙然淑,「高麗俗謠의 時空意識 硏究」, 숙명여대 박사학위논문, 1996, 76쪽.

50) 이정선,「<雙花店>의 구조를 통해 본 性的 욕망과 그 의미」,『大東文化硏究』제 71집, 성균관대 대동문화연구원, 2010. *이 논문은 이 책 181~202쪽 참조.

〈雙花店〉의 구조를 통해 본 性的 욕망과 그 의미 / 181-202쪽

1) 梁柱東이 "당시 京都부근에 유행된 俗謠"라 하여 민간에 유행하던 속요라고 주장한 이래, 장덕순, 서수생, 전규태 등의 논의가 있었고, 정병욱, 려증동, 박노준에 의해 창작자에 대한 다양한 견해가 제출되었다. 양주동, 『麗謠箋注』, 乙酉文化社, 1947 (東國大學校 出版部. 1995 영인본) / 장덕순, 『國文學通論』, 新丘文化社, 1960 / 서수생, 「高麗歌謠의 연구-益齋小樂府에 한하여」, 『慶大 論文集(人文·社會)』 5, 경북대학교, 1962 / 全圭泰, 『韓國古典文學의 理論』, 正音社, 1974 / 정병욱, 「쌍화점고」, 『한국고전시가론』, 신구문화사, 1985 / 려증동, 「쌍화점 고구 (其一)」, 『어문학』 19, 어문학회, 1969 / 朴魯埻, 「<雙花店>의 재조명」, 『高麗歌謠의 研究』, 새문社, 1990.

2) 呂增東이 당시의 무대조건(香閣)과 배우(男粧別隊)를 들어 歌劇임을 주장한 이래로 전규태, 정혜원이 이에 동조하였다. 반면 박노준, 조동일, 여운필 등에 의해 반론이 제기되었다. 가극설 : 呂增東, 「雙花店考究」, 『鄕歌麗謠研究』, 二友出版社, 1985 / 전규태, 『韓國詩歌研究』, 고려원, 1986 / 정혜원, 「舞樂으로서의 高麗歌謠 고찰」, 『한국 고전시가의 내면미학』, 신구문화사, 2001.
반론 : 박노준, 위의 논문 / 조동일, 『한국문학통사』 2, 지식산업사, 1989 / 呂運弼, 「「雙花店」 研究」, 『국어국문학』 제92호, 국어국문학회, 1984.

3) 이에 대한 논의로 정운채, 「「쌍화점」의 주제」, 『논문집』 49, 한국국어교육연구회, 1993 / 임주탁, 「<三藏>·<蛇龍>의 生成 文脈과 含意」, 『韓國詩歌研究』 제16집, 韓國詩歌學會, 2004 / 崔龍洙, 「「三藏」·「蛇龍」攷」, 『嶺南語文學』 第13輯, 한민족어문학회, 1986 / 金榮洙, 「三藏·蛇龍 研究 再考」, 『國文學論集』 17, 檀國大 國語國文學科, 2000 등이 있다.

4) 이에 대한 논의로 崔東國, 「「雙花店」의 性格 研究」, 『文學과 言語』 第5輯, 文學과 言語研究會, 1984 ; 강명혜, 「豊饒의노래로서의 -<雙花店> 연구 Ⅱ-」, 『고전문학연구』 제11집, 한국고전문학회, 1996 / 최용수, 위의 논문 / 尹敬洙, 「双花店에 나타난 人間像에 關한 研究」, 『外大論叢』 第10輯, 부산외국어대학교, 1992 등이 있다.

5) 고정희, 「<쌍화점>의 후대적 변용과 문학치료적 함의」, 『문학치료연구』 제5집, 한국문학치료학회, 1996 / 김유경, 「「雙花店」연구」, 『洌上古典研究』 10, 洌上古典研究會, 1997 / 정운채, 김영수, 앞의 논문.

6) 김대행, 「「雙花店」과 反轉의 意味」, 『고려가요·악장연구』, 태학사, 1997.

7) 김기영, 「<쌍화점>의 내외 공간과 화자의 이중성 고찰」, 『語文研究』 43, 어문연구학회, 2003.

8) 황보관, 「<雙花店>의 시상구조와 소재의 의미」, 『한국고전연구』 19집, 한국고전연구학회, 2009.

9) 양희찬, 「雙花店의 構造에 대한 再考」, 『국어문학』 34, 국어문학회, 1999.

10) 최미정, 「雙花店의 解釋」, 『韓國文學史의 爭點』, 集文堂, 1986.

11) 나정순 또한 <쌍화점>이 공간을 통해 여성 화자의 성적 욕망 행위를 보여주었다는 점을 당대 사회와의 관련 속에서 해석하였다. 그러나 각 연에서 발화하는 당사자에 대한 논의는 기존의 견해와 같이 '제2의 여성화자'로 보고 있는 점이 논자의 생각과 다르다.(나정순, 「고려 가요에 나타난 성과 사회적 성격」, 『고전시가 엮어 읽기』 상, 태학사, 2003)

12) 原本 『樂章歌詞·樂學軌範·時用鄕樂譜』, 大提閣, 1988.

13) 이와 같은 도식은 김대행의 앞의 논문에서 차용하여 재구성함.

14) 이형대, 「고려가요·사설시조·대중가요와 에로티즘의 표정」, 『고전시가 엮어읽기』 상, 태학사, 2003, 321쪽.

15) '덦거츠니'는 부정적 의미로서 양주동이 '우울한 것, 답답한 것'(앞의 책, 266쪽), 박병채가 '거친 것, 지저분한 것'(박병채, 『高麗歌謠語釋研究』, 宣明文化社, 1968, 250쪽)으로 설명했다면, 최미정은 전체 노랫말에 대한 후대의 평가가 음란한 것으로 귀결되려면, 그 언술이 성적 욕망을 조장하는 것이 된다고 보아 6행이 긍정적인 의미로 해석해야 한다면서 '무성하며 아늑하고 둘러싸이는 기분을 느끼는 곳'(최미정, 앞의 논문, 257쪽)이라고 의견을 제시하였다. 한편 국립국어원 『표준국어대사전』(http://www.korean.go.kr/09_new/index.jsp)에는 '덦거츨다'가 '덩거츨다'의 옛말로서 ① 풀이나 나무의 덩굴이 뒤엉켜 거칠다. ② 사람의 생김새나 행동 따위가 매우 거칠다. ③『북한어』로 성미나 솜씨 따위가 세밀하지 못하고 거칠다.의 뜻을 지닌다고 풀이하고 있다. 따라서 본고에서는 '덦거츠니'는 박병채의 견해를 좇아 '거친 것, 지저분한 것'을 취한다.

16) 이도흠, 「高麗俗謠의 構造分析과 受容意味 解釋」, 『韓國詩歌研究』 창간호, 韓國詩歌學會, 1997, 375~378쪽.

17) 『성종실록』 219권, 성종19년(1488) 8월 13일(갑진) : "특진관(特進官) 이세좌(李世佐)가 아뢰기를, 「요사이의 음악(音樂)은 거의 남녀(男女)가 서로 좋아하는 가사[詞]를 쓰고 있는데 이는 곡연(曲宴) 이나 관사(觀射) 에 거둥하실 때는 써도 무방합니다만, 정전(正殿)에 임어(臨御)하시어 군신(群臣)을 대할 때 이 속된 말[俚語]을 쓰는 것이 사체(事體)에 어떠하겠습니까? 신(臣)이 장악 제조(掌樂提調)가 되었으나 본래 음률(音律)을 해득하지 못합니다. 그러하오나 들은 바대로 말씀드린다면 진작(眞勺) 은 비록 속된 말이나 충신(忠臣)이 임금을 그리는 가사이므로 쓴다 해도 방해로울 것이 없으나, 다만 간간이 노래에 비루(鄙陋)하고 저속된 가사로 후정화(後庭花)·만전춘(滿殿春) 같은 종류도 많습니다. 치화평(致和平)·보태평(保太平)·정대업(定大業) 같은 것은 곧 조종(祖宗)의 공덕(功德)을 칭송(稱頌)하는 가사로서 마땅히 이를 부르도록 해서 성덕(聖德)과 신공(神功)을 포양(褒揚)하여야 할 것입니다. 지금의 기공(妓工) 들은 누적된 관습(慣習)에 젖어 있어 정악(正樂)을 버리고 음탕한 음악[淫樂]을 좋아하니, 심히 적당하지 못합니다. 일체의 속된 말들은, 청컨대 모두 연습치 말게 하소서.」 하니, 임금이 좌우를 돌아보며 물었다.

영사(領事) 이극배(李克培)가 대답하기를, 「이 말이 옳습니다. 다만 누적된 관습이 이미 오래 되어 갑자기 개혁하지는 못할 것입니다. 해당 조(曹)로 하여금 상의하여 아뢰게 하소서.」하니, 임금이 말하기를, 「가(可)하다.」」

(*『조선왕조실록』의 본문은 http://sillok.history.go.kr/ main/main.jsp 에서 인용함 / 밑줄 필자)

18) 박노준, 앞의 책, 201쪽.

19) 고정희, 앞의 논문, 59쪽.

20) '드레박'과 '싀구박'을 '삿기광대'와 같이 바가지 탈을 쓴 광대로 추정한 견해도 있다. 이는 <청산별곡>에서 해금을 켜는 '사슴'은 사슴으로 분장한 사람 즉 광대라고 추정하는 것에서 유추한 해석이다. 허남춘, 「청산별곡의 당대성과 현재성」, 『한국언어문화』제28집, 한국언어문화학회, 2005, 502쪽.

21) 강명혜, 앞의 논문, 79쪽.

22) 박노준, 앞의 책, 195쪽.

23) 고정희, 앞의 논문, 59쪽.

24) 『고려사』「악지」의 <濟危寶>에는 부인이 죄를 짓고 제위보에서 부역을 하던 중 어떤 사람에게 손을 잡히었는데 그 수치를 씻을 길이 없어 이 노래를 지어 자기를 원망하였다고 기술하고 있다. 익재 이제현이 한역한 노래(浣沙溪上傍垂楊, 執手論心白馬郎, 縱有連簷三月雨, 指頭何忍洗餘香)에는 기사 내용과는 다르게 되어 있다. 이는 <제위보>의 표면적인 내용만을 보고 단순한 남녀상열지사의 노래로 생각한 유교적 사유에 비롯되었다고 볼 수 있다. 황수연, 「한역 고려가요의 수용 양상」, 『고려가요의 문학사회학』, 경운출판사, 1993, 443쪽 ; 한편 최동국은 중에게 딸아기가 손목을 잡힘으로써 잉태의 계기를 삼고 있다면서 현실생활 속에서는 손목을 잡고 잡히는 것이 문제가 안되나 무속에서는 접촉에 의한 주술을 중요한 의미를 지닌다고 주장한다. 최동국, 앞의 논문, 9쪽.

25) "네 마리라 호리라"를 "네가 소문을 낸 것으로 알겠다"로 해석하지만 "그것은 네가 지어낸 말일 뿐 사실과는 다르다"로 풀이할 수도 있다. 전자의 해석대로라면 위협일 수 있겠으나, 후자의 풀이로 보면 변명이라 해야 할 것이라는 주장도 있다. 정운채, 앞의 논문, 35쪽. 그러나 후자와 같은 해석은 <쌍화점>의 제2연이『고려사』「악지」에 <삼장>으로 한역되었고 <사룡>과 함께 소문에 대한 진술을 하는 것과 관련하여 유추한 것이다.

26) 김유경, 앞의 논문, 9쪽.

27) 고정희, 앞의 논문, 64쪽.

28) 특히 <쌍화점>의 2연인 <삼장>의 4행까지가『고려사』<속악>과, 及庵의「소악부」에 漢譯된 것으로 보아 5~6행의 진술은 <삼장>과 변별을 해주는 중요한 요소이다. 이는 고려 속요가 당대 민요를 궁중악으로 채택하면서 변개과정을 거쳤을 것임을 알 수 있는 부분이기도 하다. 이에 대한 자세한 논의는 각주 3)의 논문참조.

29) 김현양은 이 부분을 두고 "<쌍화점>은 전체 4연이 같은 시적 구조로 되어 있다.

일방적인 성적 관계, 성적 욕구의 충족에의 기대 등 타락한 소외된 성적 관계가
제시되고 이에 대한 비판적 기분이 정서적으로 표출되고 있는 것이 그것이다. 이러
한 타락한 성적관계와 그에 대한 비판은 당시의 소외된 인간관계를 일정하게 반영
하고 있는 것이라고 생각된다"고 하여 전체 4연의 시적구조의 동일성만을 지적하
고 있다. 김현양, 「고려가요의 소외 양상」, 『고려가요의 문학사회학』, 경운출판사,
1993, 57쪽.

30) 양희찬, 앞의 논문 / 최미정, 앞의 논문.

31) 최미정, 앞의 논문, 258쪽.

32) <三藏>, 『고려사』 권71 「악지」 : "三藏寺裏點燈去 有社主兮執吾手 倘此言兮出
寺外 謂上座兮是汝語" / 「小樂府 六章-4」, 『及庵先生詩集』 卷之三, : "三藏精廬
去點燈 執吾纖手作頭僧 此言若出三門外 上座閑談是必應" (*『급암선생문집』의
원문은 한국고전종합 DB : http://db.itkc.or.kr/itkcdb/mainIndexIframe.jsp 참조.)

33) 고정희, 앞의 논문, 65쪽.

34) 이도흠, 앞의 논문, 371쪽.

35) 崔圭成, 「고려 俗謠를 통해 본 고려후기의 사회상 - 쌍화점에 대한 분석을 중심으
로」, 『사학연구』 제61호, 한국사학회, 2000, 119쪽.

36) 이에 대한 자세한 논의는 최규성 위의 논문 참조.

37) 정병욱, 앞의 책, 121쪽.

38) 『고려사』 권71 「악지」 : 위의 <삼장(三藏)과 사룡(蛇龍)> 두 노래는 충렬왕(忠烈
王) 시대에 지어진 것이다. 왕이 군소(群小)를 가까이 하고 연회 즐기기를 좋아하
니, 행신(倖臣) 오기(吳祈)·김원상(金元祥)과 내료(內僚) 석천보(石天補)·석천
경(石天卿) 등이 음악과 여색(女色)으로 아첨하기에만 힘써서 관현방(管絃房)과
태악(太樂)의 재인(才人)이 부족하다고 생각하여 여러 도(道)에 행신을 보내서 관
기(官妓) 가운데 자색과 기예가 있는 자를 선발하였다. 또 도성 안에서 관비(官婢)
와 무당 가운데 가무를 잘하는 자를 뽑아서 궁중의 장부에 등록하고는, 비단옷을
입히고 말총갓을 씌워 특별히 한 무대(舞隊)를 만들어 남장(男粧)이라 부르면서,
이 노래들을 교육하고 검열하여 군소들과 더불어 밤낮으로 노래하고 춤추면서 무
례하고 방자히 굴어 군신의 예의를 회복하지 못하였으며, 접대하고 내려 주는 비용
을 이루 기록할 수 없었다.
(자료인용은 국사편찬위원회 한국사데이터베이스http://db.history.go.kr를 따랐다.)

39) 『성종실록』 240권, 21년(1490) 5월21일(임신) : "앞서 서하군(西河君) 임원준(任元
濬)·무령군(武靈君) 유자광(柳子光)·판윤(判尹) 어세겸(魚世謙)·대사성(大司
成) 성현(成俔) 등에게 쌍화곡(雙花曲)·이상곡(履霜曲)·북전가(北殿歌) 중에서
음란한 기사를 고쳐 바로 잡으라 명하였는데, 이때 와서 임원준 등이 지어 바쳤다.
전교하기를, 「장악원(掌樂院)으로 하여금 익히게 하라.」하였다." (*밑줄 필자)

40) 조선조의 가악관이 원천적으로 규범성·공리성과 법열성·서정성이 균형을 이루고
있었던 점을 고려한다면 고려 속요에 대한 성종·중종조의 비판은 서정성보다는

공리성 즉 '文以載道'문학관에서 이들 노래를 판단했기 때문이다. 김문태, 「高麗俗謠의 朝鮮朝 受容樣態」, 『韓國詩歌研究』 제5집, 韓國詩歌學會, 1999, 185쪽.

41) 서긍, 『선화봉사고려도경』 제3권(*원문은 한국고전종합DB : http://db.itkc.or.kr/itkcdb/mainIndexIframe.jsp 참조.)

42) 여기에는 여러 원인이 있겠지만, 원 문화의 영향도 일정한 작용을 한 것으로 보인다. 원 문화에는 유목민족의 습성에 따라 남성과 여성이 분업을 통한 역할분담으로 성 평등 인식, 노동력의 거래로 생각하는 혼인관, 일부다처제와 축첩제 허용 등이 있다. 충렬왕 이후 부마국으로 전락했던 고려조에 원의 영향력은 왕실에서부터 일반 서민들에게 까지 미쳤을 것으로 짐작된다. 이에 대한 자세한 논의는 김현라, 「고려 충렬왕비 齊國大長公主의 위상과 역할」, 『지역과 역사』 23호, 부경역사연구소, 2008 / 권순형, 「원 공주 출신 왕비의 정치 권력연구 – 충렬왕비 제국대장공주를 중심으로-」, 『史學研究』 77, 한국사학회, 2005 참조.

43) 성기옥, 「『樂學軌範』과 성종대 俗樂 논의의 행방」, 『詩歌史와 藝術史의 관련양상 –14~15세기를 중심으로-」, 보고사, 2000, 264쪽.

44) 성기옥, 위의 논문, 265쪽.

〈鄭石歌〉의 소재의 의미와 구조로 본 사랑과 그 한계 / 203-222쪽

1) 〈정석가〉의 발생 시기를 두고 박재민은 이 노래가 〈서경별곡〉의 악곡을 변개·습용한 〈和泰〉(1445년?)의 악곡을 다시 변개·습용하였다고 판단하여 〈정석가〉가 〈화태〉보다 늦게 제작되었다고 주장함으로써 고려시대의 노래라는 사실을 부정하고 있다.(박재민, 「〈정석가〉발생시기 再考」, 『韓國詩歌研究』제14집, 韓國詩歌學會, 2003) 그런데 조선 초기 악보의 혼효 현상은 선후의 관계를 명징하게 분별하기 어렵다는 반론(임주탁, 「〈鄭石歌〉의 含意와 生成 文脈」, 『한국문학논총』 35, 한국문학회, 2003, 2쪽)도 있다. 본고는 〈정석가〉를 위의 논의대로 고려시대의 노래라고 판단한다.

2) 이 노래가 3개 단락으로 구분할 수 있는 이유는 형식과 내용이 상이하기 때문이다. 특히, 결사인 6연의 경우 〈서경별곡〉의 2연과 내용이 동일하며 익재 이제현이 「소악부」에 한역을 한 것으로 미루어 당시 사람들에게 널리 유행했던 노래였을 것으로 추정한다. 1연 또한 본사의 내용과 다르다. 따라서 이 노래는 단일한 노래라기보다는 궁중 속악화 과정에서 세 노래가 결합된 편사된 노래라고 판단한다. 그러므로 각 노래를 지은 '창작자'가 있고 세 노래를 편집한 '편사자'가 존재한다. 형식과 내용의 차이와 관련한 상세한 논의는 '3. 〈정석가〉의 구조로 본 사랑과 그 한계'에서 다룬다.

3) 李圭虎, 「鄭石歌式 表現과 時間意識」, 『국어국문학』 제92호, 국어국문학회, 1984.

4) <정석가>의 연구사 검토는 임주탁, 「<정석가(鄭石歌)>의 문학적 성격」, 『古典文學硏究』 第11輯, 韓國古典文學會, 1996)에 상세하다. 이후에 발표된 논의는 이경자, 「鄭石歌 新考」, 『語文學』 第75輯, 韓國語文學會, 2002 / 임주탁, 위의 논문 (2003) / 박재민, 위의 논문(2003), / 박재민, 「<鄭石歌>註釋 再考와 文學的 向方 (1)-'三同·삭삭기'를 中心으로」, 『고전과해석』 제12집, 고전문학한문학연구학회, 2012 / 박재민, 「<鄭石歌> 註釋 再考와 文學的 向方(2)-'딩아 돌하'를 中心으로」, 『古典文學硏究』 第41輯, 韓國古典文學會, 2012 / 조하연, 「<鄭石歌>의 구조와 상상력」, 『先淸語文』 40, 서울대 국어교육과, 2012 등이 있다.

5) <정석가>에 등장하는 소재는 원재료(밤-玉-鐵)와 이를 가공한 재료(구운밤-연꽃 -옷-소)로 구분할 수 있다.

6) 이에 대한 논의는 임주탁, 앞의 논문(2003) / 조하연, 앞의 논문(2012)에 간략하게 언급하고 있다. 임주탁의 경우, 2연에 등장하는 '밤'을 두고 夏·殷·周 세 나라에서 神主를 쓴 관례가 주목하여, '밤이 움이 돋아 싹이 나다'는 진술을 '사막과 같은 불모지가 주나라 시대와 같은 세계의 문화적인 질서 체계 안으로 편입되다'는 상징적인 의미로, 3연의 옥으로 만든 연꽃 또한 문화적인 질서의 상징으로 해석하고 있다. (6~9쪽) 조하연은 밤을 '多産'과 '豊饒'의 상징, 옥은 사악한 것을 물리쳐 주는 영험한 광물, 무쇠는 생산력의 상징이라고 주장하였다.(676쪽)

7) 이에 대한 주요 논의는 다음과 같다. 金尙億, 「<鄭石歌> 考」, 金烈圭·申東旭 編, 『高麗歌謠硏究』, 새문社, 1982 / 朴鎭泰, 「「滿殿春別詞」와 「鄭石歌」의 構造」, 『人文科學硏究』 2, 대구대 인문과학연구소, 1983 / 김미영, 「<정석가>의 의미소통구조에 관한 연구」, 『연세어문학』 26, 연세대 국어국문학과, 1994 / 조하연, 앞의 논문.

8) 밤의 역사와 생태와 관련하여서는 任慶彬, 『나무百科』, 一志社, 2000, 143~152쪽 참조.

9) 구운밤과 관련하여서는 <어머니를 그리는 노래>나 <군밤타령>이라는 민요에서도 살펴볼 수 있다. 전자는 "군밤닷되 찐밤닷되 문턱밑에 묻어놓고 / 그뱀이 쌕이나면 네거머니 모습이란다"(서영숙, 『한국 서사민요의 날실과 씨실-우리 어머니들의 노래』, 역락, 2009, 538쪽)라는 것에서 '군밤닷되'라는 표현과 그곳에서 싹이 나기를 소망하는 표현이 <정석가>와 유사하다. 후자는 경기민요로서 군밤타령이라는 곡명은 제창 부분에서 따온 것이다. 가사 내용은 군밤과는 상관이 없고, 자연이나 풍광을 노래하고 있으며, 빠른 장단과 당김음의 사용으로 곡의 분위기가 매우 경쾌하다. "나는 총각 너는 처녀 처녀와 총각이 잘 놀아난다 잘 놀아나요"하면서 후렴구로 등장하는 "얼싸 좋네 – 아 좋네 군밤이요 – 에헤라 생률(生栗) 밤이로구나"에서 군밤과 생률밤은 흥을 돋구는 역할을 한다. <정석가> 또한 당대의 민요가 궁중으로 전해져 불린 노래라는 점에서 이들 노래와 일정한 상관성을 갖는다고 할 수 있다.

10) 『梅泉集』 제3권, <밤[栗]>, 이상 자료는 한국고전종합 DB, http://db.itkc.or.kr 에서 인용함.

11) 『中文大辭典』(六), 中華學術院印行, 372쪽. ; "玉石之美者, 有五德者, 潤澤以溫, 仁之方也, 觀理自外可以知中, 義之方也. 其聲舒揚專以遠聞, 智之方也. 不撓而 折, 勇之方也. 銳廉而不忮, 絜之方也."

12) 옥의 특성과 관련하여서는 <실크로드 백과사전 '옥'> 참조.
http://terms.naver.com/entry.nhn?docId=2783401&cid=55573&categoryId=55573

13) 연꽃의 유래와 특징과 관련해서는 趙容重, 「朝鮮總督府 建物에 대한 硏究-文樣 을 중심으로」, 『中央史論』第10-11合集, 한국중앙사학회, 1998, 237~239쪽 참조.

14) 리상즈·리귀타이·왕만 편저, 박종한 옮김, 『연꽃의 세계』, 김영사, 2007, 44쪽.

15) 허균, 『사찰장식 그 빛나는 상징의 세계』, 돌베개, 2000, 12~13쪽.

16) 연꽃과 관련한 중국의 풍속은 나카무라 고이치 저, 조성진·조열렬 역, 『한시와 일 화로 보는 꽃의 중국문화사』(뿌리와이파리, 2004)에 자세하다.

17) 굴원의 작품은 <思美人>이란 제목으로 다음과 같다. "벼려로 이 마음을 설명하려 해도 / 발을 들어 나무에 타기 겁난다 / 연꽃에게 다리를 놓아달라고 하려 해도 /옷을 걷고 갔다 발 더러운 물에 적실까 두려워라.(令薜荔以爲理兮, 憚擧趾而緣 木,因芙蓉而爲媒兮, 憚褰裳而濡足)"- 나카무라 고이치 저, 조성진·조열렬 역, 위 의 책 143쪽에서 재인용.

18) "그윽한 새가 물에 들어가 푸른 비단을 가르니 /온 못을 뒤덮은 연꽃이 살며시 움직 이네 / 참선하는 마음이 원래 스스로 청정함을 알려면 / 맑고 맑은 가을 연꽃이 찬 물결에 솟은 걸 보소 /(幽禽入水擘靑羅,微動方池擁蓋荷,欲識禪心元自淨,秋蓮 濯濯出寒波)" 李奎報, 『東國李相國文集』제2권 古律詩, 이상 자료는 한국고전종 합 DB, http://db.itkc.or.kr 에서 인용함.

19) 최상범, 「蓮池造景에 관한 硏究」, 『寺利造景硏究』제3집, 동국대 사찰조경연구소, 1995, 44쪽.

20) 최윤철, 「고려청자에 표현된 연꽃문양의 유래에 대한 연구」, 『한국도자학연구』6, 한국도자학회, 2010, 145쪽.

21) 이 노래의 3연에 등장하는 '三同'은 대략 '三冬'의 誤字說, 묶음단위설('세 묶음'이 나 '삼백송이'), 三層, 평생동안 등으로 해석해왔다. 최근 박재민은 『악장가사』가 한자어와 한글의 구분을 비교적 철저히 지키고 있는 문헌임을 중시하고, '동'이란 音借語로서 '동강·토막'을 나타내는 수량단위로 보아 '꽃 석동[꽃 세 송이]'이라고 주장하였다. 박재민, 「<鄭石歌>註釋 再考와 文學的 向方(1)-'三同·삭삭기'를 中 心으로」, 『고전과해석』제12집, 고전문학한문학연구학회, 2012, 18~19쪽.

22) 홍나영·신혜성·이은진, 『韓中日 동아시아 복식의 역사』, (주)교문사, 2011, 173쪽.

23) 이은주, 「철릭의 명칭에 관한 연구」, 『韓國衣類學會誌』12권 3호, 한국의류학회, 1988, 367쪽.

24) 王圻, <高麗國>, 『三才圖會』2권, 人物十二卷.

25) 홍나영 외, 위의 책, 173쪽.

26) 금동비로자나불 복장물인 요선철릭의 형태와 특성에 관한 자세한 논의는 소황옥·

이경희, 「요선철릭의 형태와 특성에 관한 연구」, 『중앙대학교 생활과학논집』 18, 중앙대 생활문화산업연구소, 2003.

27) 변수묘 출토 유물은 피장자[묘주] 邊脩의 생몰년(1447~1524)과 피장시기가 명확하며, 16세기 초의 복식, 목인형 명기, 묘지(墓誌) 등 다양한 부장품으로 이루어져 당시의 상·장례풍습 연구 및 생활상 복원 유물로서의 가치가 매우 높다고 한다. 이상의 내용은 문화재청 문화재 검색에서 참조함. ; http://www.cha.go.kr/korea/heritage/search/Culresult_Db_View.jsp?mc=NS_04_03_01&VdkVgwKey=18,02640000,11&ref=naverdic

28) 철갑 옷과 관련된 내용은 최종순, 「철갑 옷으로 읽어보는 가야이야기」를 참조함. http://www.cha.go.kr/cop/bbs/selectBoardArticle.do?nttId=14115&bbsId=BBSMSTR_1008

29) 4연에서 철릭을 두고 "그 오시 다 헐어시아"로 표현하는 문장에 '다'라는 수식어는 화자의 탁월한 어휘의 안배가 엿보인다. 이에 대한 논의는 다음 장에서 상론한다.

30) 당시 이와 관련한 언론기사에는 관계자의 말을 인용하여 발굴된 철우를 두고, "지진의례로 묻힌 동물은 말(馬)이 일반적인데 이처럼 소나 다른 동물이 묻힌 것은 매우 보기 힘든 사례"라면서 "고려시대 건축사 연구에 소중한 자료가 될 것"이라고 소개하고 있다. <정석가>에서 말하는 철우와 관련하여 살필 수 있는 흥미로운 자료로 판단된다. 『조선일보』 2004. 08. 16.

31) 김응모, 『고려가요의 낱말밭 연구』, 박이정, 2011, 104쪽.

32) '有德'이라는 말이 왕실에서만 사용될 수 있는 아주 한정된 궁중어가 아니고 민간 상용어에도 해당된다. 임금이 아닌 일반 사회에서의 염정 대상인 임에게도 얼마든지 쓰여질 수 있다. 동일한 용례가 없다는 단 하나의 사실만 가지고 유덕하신 임은 곧 임금이라는 등식을 내세우는 일은 매우 위험한 주장이다. 극단으로 말해서 <정석가> 자체가 현전하는 유일한 용례가 될 수 있다는 논리도 얼마든지 성립될 수 있기 때문이다. 또한, 염정의 대상보다는 격을 높이기 위하여 이런 식의 첨가, 개변의 가능성을 상정해 볼 수 있다. 『고려사』 「악지」, <당악>조의 <헌선도>에 '임금의 德'이라는 구절이 나오는 데, 이런 영향을 받아 '임' 혹은 '고운 님'이 '유덕ᄒ신 님'으로 바뀌었을 가능성을 점처볼 수 있다. '유덕ᄒ신 님'으로 해서 <정석가>의 유래를 민요로 규정치 않고 왕실 제정의 전문 송도가로 이해하고자 하는 견해는 성립하기가 어렵다는 박노준의 견해를 취한다. 朴魯埻, 『高麗歌謠의 硏究』, 새문社, 1990, 67~68쪽.

33) 이에 대한 도식은 조하연, 앞의 논문에서 차용하여 재구성함.

34) "삭삭기 셰몰애"를 대부분 '바삭바삭한 거친모래'로 해석하고 있는데, 박재민은 이를 '연하고 보드라운 새모래'로 해석하기도 한다.(박재민, 「<鄭石歌>註釋 再考와 文學的 向方(1)-'三同·삭삭기'를 中心으로」, 『고전과 해석』 12, 고전문학 한문학 연구학회, 2012, 26쪽) 그런데 거친 모래이든, 가늘고 고운 모래이든 뒤에 나오는 어휘인 '별혜'가 벼랑이라는 점에서 밤을 심을 수 있는 장소로서는 적합하지 않는

곳이다. 생밤을 심는 것으로도 적합하지 않는 곳인데, 그것도 구운밤을 이렇게 험악한 곳에 심겠다는 발상은 처음부터 전혀 이룰 수 없는 상황을 연출하기 위한 방법이라고 할 수 있다.

35) 朴鎭泰, 앞의 논문, 9쪽.

36) 조하연, 앞의 논문, 679~683쪽.

37) 金尙億, 앞의 논문, Ⅰ-172~173쪽.

38) 이에 대한 자세한 논의는 이정선, 「<쌍화점>의 구조를 통해 본 性的 욕망과 그 의미」, 『대동문화연구』 제71집, 성균관대 대동문화연구원, 2010. *이 논문은 이 책 181~202쪽 참조.

39) 박노준도 <정석가>를 당시 선남선녀들이 평소 품고 있던 '反이별의 정서'를 일반화시켜놓은 노래로 이해하는 것이 가장 합당한 해독법이라고 전제하고, <정석가>의 세계는 이별을 원천적으로 강하게 부정하는 어법, 이별을 인정하지 않고 전면 無化시키고자 하는 의도요 발상으로 보고 있다. 박노준, 『향가여요 종횡론』, 보고사, 2014, 319~320쪽.

40) 『益齋亂藁』 권4.

41) <五冠山>에 관한 이야기는 『高麗史』 권71 「樂志」에 전한다.

42) 『宋書』 권 22, 志12, 樂4 (臺北: 鼎文書局, 民國 64년) : "하늘이시여! / 바라옵나니 내가 당신과 서로 알게 되고부터 / 내 마음 변치 않고 쇠하지 않게 하옵소서. / 산 언덕 다 없어지고 / 강물 모두 마르며 / 겨울에 천둥치고 / 여름에 눈내리며 / 하늘이 무너져 땅과 하나되는 끝날이 온다면 / 그제서야 나는 할 수 없이 그대와 헤어지리다!(上邪! 我欲與君相知, 長命無絶衰. 山無陵, 江水爲竭, 冬雷震震, 夏雨雪, 天地合. 乃敢與君絶!)"

43) 1연에서 표현하고 있는 '딩아 돌하'와 관련하여 제가의 학설에 대한 자세한 논의는 박재민, 「<鄭石歌> 註釋 再考와 文學的 向方(2)-'딩아 돌하'를 中心으로」, 『古典文學硏究』 41, 한국고전문학회, 2012.

44) 이에 대한 자세한 논의는 이정선, 「<가시리>의 編詞와 문학적 해석」, 『한국언어문화』 제41집, 한국언어문화학회, 2010, 245~246쪽. *이 논문은 이 책 13~34쪽 참조.

45) 김미영은 1연을 두고 '딩아 돌하'다음에 '우리 임금께서'라는 주어가 생략된 것으로 보고, 선왕성대같은 태평스런 시대에 今王과 노닐고 싶다는 것은 지금 현재가 바로 태평성대라는 것을 빗대어 나타낸 말로 해석할 수 있다고 했다. 김미영, 앞의 논문, 15쪽 ; <정석가>를 송도의 성격을 갖고 있다고 보는 논의는 대개 이와 같은 방식으로 이해한다. 그러나 본고는 이 노래를 송도적 성격보다는 남녀 간의 애정에 초점을 두고자 한다. 또한, <정석가>가 궁중 속악화 과정을 거치며 편사를 하여 1연을 통해 송축의 의미(?)를 부여하려고 했지만 그 의도와 다르게 해석될 수 있는 것은 충분히 가능한 일이라고 생각한다.

46) 이정선, 「<靑山別曲>의 공간과 구조를 통해 본 현실인식」, 『한국언어문화』 제48집, 한국언어문화학회, 2012, 318쪽. *이 논문은 이 책 240~261쪽 참조.

47) 尹榮玉, 『高麗詩歌의 硏究』, 嶺南大學校出版部, 1991, 200쪽.

48) 이 노래를 송축의 노래로서 여러 노랫말이 편사된 합성가요라는 점을 전제하고, 그 노랫말은 상대를 향한 변함없는 믿음과 관계의 지속을 열망하는 송도적 주제를 강화하는 데에 기여할 수 있는 내용들로 선택, 합성, 윤색된 것으로도 본다면 '사랑의 한계'운운의 평가가 적절하지 않다고 볼 수도 있다. 그러나 <정석가>의 서사인 1연을 송축의 내용이라고 단정하기도 어렵고, 설령 송축의 내용이 담겨있다고 하더라도 이 노래 전체를 송축의 노래라고 규정하기는 무리라고 보인다. 오히려 이 노래의 성격은 2~5연의 본사와 함께 6연에서 드러난다고 보아야 할 것이다. 궁중 속악으로 불렸던 <이상곡>이나 <동동>, <만전춘 별사> 등에서도 화자 일방적인 사랑의 고백은 볼 수 있기 때문이다.

〈履霜曲〉의 사랑과 그 한계 / 223-239쪽

1) "속악(俗樂)을 정하여 환환곡(桓桓曲)·미미곡(亹亹曲)·유황곡(維皇曲)·유천곡(維天曲)·정동방곡(靖東方曲)·헌천수(獻天壽)·절화(折花)·만엽치요도최자(萬葉熾瑤圖㜻子)·소포구락(小抛球樂)·보허자파자(步虛子破子)·청평락(淸平樂)·오운개서조(五雲開瑞朝)·중선회(衆仙會)·백학자(白鶴子)·반하무(班賀舞)·수룡음(水龍吟)·무애(無㝵)·동동(動動)·정읍(井邑)·진작(眞勺)·<u>이상곡(履霜曲)</u>·봉황음(鳳凰吟)·만전춘(滿殿春) 등 곡조로써 평시에 쓰는 속악(俗樂)을 삼았는데, 악보 1권이 있다"『세종실록』세종 29년 정묘. *『조선왕조실록』이나 문집 등 특별한 주석을 붙이지 않은 경우 우리말 해석 자료는 한국고전종합DB http://db.itkc.or.kr.를 참조함. (＊ 밑줄 필자)

2) "앞서 서하군(西河君) 임원준(任元濬)·무령군(武靈君) 유자광(柳子光)·판윤(判尹) 어세겸(魚世謙)·대사성(大司成) 성현(成俔) 등에게 쌍화곡(雙花曲)·<u>이상곡(履霜曲)</u>·북전가(北殿歌) 중에서 음란한 기사를 고쳐 바로잡으라 명하였는데, 이때 와서 임원준 등이 지어 바쳤다. 전교하기를, 장악원(掌樂院)으로 하여금 익히게 하라." 하였다. 『성종실록』성종 21년 경술.

3) 李衡祥, <答學子問目>, 『瓶窩先生文集』8 ; "高麗侍中, 蔡洪哲作. 淸平樂, 水龍吟 金殿樂, 履霜曲, 五冠山, 紫霞洞."

4) <이상곡>에 대한 논의는 梁柱東의 내용(『麗謠箋注』, 乙酉文化社, 1963, 348~355쪽)을 토대로 진행되며 새로운 견해가 나와 쟁점으로 부각되기도 하지만 아직까지 정설로 확립되어있지 않다. 남녀상열의 노래로 보는 견해는 『성종실록』의 <이상곡>이 "淫藝의 歌詞"라는 기록을 근거하여 이 노래의 내용을 '邪淫의 결과'라고 분석한 논의(박성의, 「고려가요 연구」하, 『민족문화연구』5, 고대민족문화연구소, 1971)와 <이상곡>의 작자가 누구이든 간에 화자는 지난날에 저지른 자신의 바르

지 못한 행위에 죄의식을 느끼고 다시는 그런 일을 하지 않겠다는 화자의 충정어린 다짐의 노래라는 견해(박노준, 「이상곡과 윤리성의 문제」, 『고려가요의 연구』, 새문사, 1990)가 있다.

5) 조용호, 「<履霜曲>의 의미와 淫辭的 성격」, 『東方學志』 148, 연세대 국학연구원, 2009.

6) 李壬壽, 「<履霜曲>에 대한 문학적 접근」, 『語文學』 第41輯, 어문학회, 1981 / 김창룡, 「<이상곡>, 누가 부른 노래인가」, 『한국 노래문학의 의혹과 진실』, 태학사, 2010 / 민 찬, 「<이상곡>의 시적 정황 및 독법의 논리」, 『인문학연구』 86, 충남대 인문과학연구소, 2012.

7) 박노준, 위의 책, 1990 / 강명혜, 「이상곡 연구」, 『한국언어문화』 제13집, 한국언어문화학회, 1995.

8) 최철, 「고려시가의 불교적 고찰 - <처용가>·<동동>·<이상곡>·<정석가>·<쌍화점>을 중심으로」, 『東方學志』 96, 연세대 국학연구원, 1997 / 김종우, 『향가문학연구』, 이우출판사, 1983 / 全秀燕, 「楞嚴經의 유포와 <履霜曲>」, 『牧園語文學』 第12輯, 목원대 국어교육과, 1993.

9) 정기호, 「이상곡 이해를 위한 몇 문제」, 『한국고전시가작품론 1』, 집문당, 1992 / 신재홍, 「이상곡의 분절과 해석- 향가와 관련하여」, 『국어교육』 140, 한국어교육학회, 2013.

10) 박노준과 장효현은 앞의 논문에서 이 노래를 『병와선생문집』의 기록을 근거로 고려 때 시중(侍中) 채홍철(蔡洪哲, 1262~1340)이 지은 것으로 보고 있다. 그러나 채홍철 작가설은 이임수의 지적처럼 병와의 기록이 많은 오류로 인해 신빙성을 의심받고 있다는 점에서 일정한 한계가 있다. 이영태는 사찰기생의 생활양태를 통해 사찰기의 창작으로(「<이상곡>과 사찰기(寺刹妓)」, 『고려속요와 기녀』, 경인문화사, 2004) 보았다.

11) 박병채, 『고려가요의 어석연구』, 국학자료원, 1994.

12) 『악장가사』에 '다롱디'가 『대악후보』에는 '다롱디리'로 되어있다. 그래서 이를 끊어 읽을 때, '다롱디'와 '다롱디리'로 대변되는 데, 음악으로 연주할 때와 가사 자체의 의미 분절은 일치하지 않을 수 있다는 점을 고려할 필요가 있다는 조용호의 견해를 취하기로 한다. 그에 따르면 『대악후보』에 실린 <眞勺三>의 일부인 '산 졉동새 난 이슷ᄒ요이다'는 '山졉○○동○○새○○○○난이○○슷○○○○○○○ᄒ요○○이○○다○○○○○○○○○○○○○○○○'로 되어 있어서, '山의 졉동새와 나는 비슷합니다'라고 의미를 새기는 시와 노래로 부르는 가사의 분절이 같지 않음을 보여준다. 이는 『대악후보』에 수록된 <이상곡>의 일부인 '다롱디이우셔마득사리마득넌즈세너우지잠싸간내니믈녀겨'를 '다롱디리 우셔마득 사리마득 넌즈세너우지 잠싸간 내니믈 너겨'로 끊어 읽고 여타의 속요들에서처럼 '다롱디리'를 여음구로 해석해야만 한다는 견해에 대한 반증으로 제시할 수 있다고 한다. 조용호, 앞의 논문, 151쪽. // 이 구절은 아직까지 학계에서 명쾌한 해독이 안 된 난해구로 알려져

있다. 이를 '첫새벽 눈이 많이 온 수림 중을 지나가는 무서운 기분을 내기 위하여 眞言을 誦呪하는 양 해학적으로 부르는 사설'(양주동, 앞의 책, 350~351쪽), '눈밟는 소리'(이임수, 앞의 논문, 122~123쪽), '시적 화자의 내적 갈등을 의성적으로 표현한 것'(강명혜, 앞의 논문, 746쪽) 등으로 해석하거나, 이를 '어우러져 모이어 온통 너저분한 모습에'(장효현, 「「이상곡(履霜曲)」語釋의 再考」, 『語文論集』22집, 안암어문학회, 1981, 315~316쪽)처럼 뜻이 있는 구절로 풀이하는 경우도 있다. 그러나 본고에서는 아직까지 분명한 해독이 이루어지기 전까지 해석을 유보하고 이를 여타의 작품에서처럼 '여음구'이지만 시적 긴장을 높이기 위한 장치 정도로 이해하고자 한다.

13) 이에 대한 논의는 남광우가 선편을 잡은 이후, 장효현, 최미정 등으로 이어졌다. 南廣祐, 「高麗歌謠 註釋上의 問題點」, 『高麗時代의 言語와 文學』, 螢雪出版社, 1975 / 崔美汀, 「履霜曲의 綜合的 考察」, 『高麗歌謠硏究의 現況과 展望』, 集文堂, 1996 / 장효현, 「<이상곡>의 생성에 관한 고찰」, 『국어국문학』제92호, 국어어문학회, 1984.

14) 이임수도 앞의 논문(113쪽)에서 <이상곡>의 제목이 뜻하는 바는 "어머니를 잃고 들에 방황하는 伯奇의 신세와 獨守空房하는 여인의 고통을 비유하여 지은 것"이라 하였고, 윤영옥도 이상이라는 제명이 지닌 특이성을 지적하고 이는 "단순히 主題를 나타낸 것이 아니라, 작품에 흐르고 있는 정서까지도 상징적으로 표현한 것"으로 파악하고 있다. 尹榮玉, 『高麗詩歌의 硏究』, 嶺南大學校出版部, 1991, 230쪽.

15) 정민, 「한시와 고려가요 4제」, 『고전시가 엮어읽기』 상, 태학사, 2003, 285쪽.

16) 최미정, 앞의 논문, 264쪽.

17) 이임수, 앞의 논문, 113~118쪽 / 민 찬, 앞의 논문, 41~47쪽.

18) 김창룡, 위의 책, 267쪽.

19) 신재홍, 앞의 논문, 199~200쪽.

20) 양주동, 앞의 책, 352쪽.

21) 金完鎭, 「'열명'에 대하여」, 『새국어생활』, 10권 3호, 국립국어연구원, 2000, 115쪽.

22) 전수연, 앞의 논문, 16쪽.

23) 박병채, 『고려가요의 어석연구』, 국학자료원, 1994, 300쪽.

24) 그밖에 다음의 예에서도 그러한 모습을 엿볼 수 있다. 『진본청구영언』 399번(177) "白日이 昭滄浪흔제 오명가명 흐리라"와 『진본청구영언』 78번(1102) "홍뇨화 빅빈쥬ㅣ제의 오명가명 흐노라", 『聾巖集』2(265) "草堂에 淸風明月이 나명들명 기드리ᄂᆞ니", <自菴집(1462)> "이몸이 蝴蝶이 되어 오명가명 흐고져", <진본청구영언 256번(1479)> "夕陽에 낙싯대 두러메고 오명가명 흐리라"(이상 자료의 출처는 鄭炳昱 編著, 『時調文學事典』, 新丘文化社, 1966 참조.( )안의 번호는 위 자료집의 순서임.) 이와 같은 견해는 어법의 적절성에 대해 논란의 여지가 있으나, 어법과 실제의 활용이 다른 경우가 많이 있고, 문학적 표현으로는 가능할 수 있다고 생각한다.

25) 박노준, 앞의 책, 211쪽.

26) 이정선, 「香 문화로 본 <滿殿春 別詞> 연구」, 『순천향 인문과학논총』, 제31권 2호, 순천향대 인문과학연구소, 2013, 56쪽. *이 논문은 이 책 35~56쪽 참조.

27) 최미정은 앞의 논문에서 <이상곡>의 주지는 오해로 인한 억울함을 풀어 달라는 것임을 전제하고, 이 테마를 노래한 <정과정>에는 '아소 님하'라는 감탄구가 있는데 이 '아소 님하'를 공유하고 있는 후대의 시가가 이 테마를 그대로 가지고 있다는 사실을 주목하였다. 최미정, 앞의 논문, 252~253쪽.

28) 이와 관련하여 고려말 문신 이색도 <눈 내리는 것을 기뻐하며(喜雪)>라는 아래의 시 3~4행에서 언급하고 있는 것에서도 확인할 수 있다.
"요순 때부터 한서의 이변을 없애려고 기도하였나니 / 기후가 시절에 맞아야 세도도 편안해지기 때문이라 / 서리가 내리면 얼음이 언다는 말이 있긴 하지만 / 봄의 약동도 단지 겨울의 갈무리 속에 있느니라 / 시의 재료 제공해 주는 뜨락 가득 옥가루요 / 술잔을 다투게 하는 자리 위의 구슬 꽃이라 / 다만 농가를 위해서는 기쁨이 한이 없다마는 / 나무꾼의 헐벗은 발도 감히 잊어선 안 되겠지 (禳祈寒署自陶唐, 天氣和時世道康, 霜落雖然有氷至, 春生只是在冬藏, 滿庭玉屑供詩料, 入座瓊花鬪酒觴, 只爲農家喜無極, 樵夫跣足敢相忘)" 『목은집』, <목은시고> 30. (*밑줄 필자)

29) 손종흠, 『고전시가 미학강의』, 앨피, 2011, 133쪽.

30) 각주 6번과 10번 참조.

31) 임소영, 「고려속요의 여성화자 목소리 연구」, 국민대 석사학위논문, 2010, 50쪽.

32) 양주동, 앞의 책, 352쪽.

33) 박병채, 앞의 책, 301쪽.

34) 박노준, 앞의 책, 214쪽.

35) 장효연, 「「이상곡(履霜曲)」어석의 재고」, 『어문논집』 22집, 안암어문학회, 1981, 324쪽.

36) 池憲英, 『鄕歌麗謠新釋』, 正音社, 1947, 107~109쪽.

37) 박병채, 앞의 책, 306쪽.

38) 전수연, 앞의 논문, 71쪽.

39) 전수연, 앞의 논문, 71쪽 재인용.

40) 최정윤, 「<履霜曲>研究」, 부산대 석사학위논문, 1997, 47쪽.

41) <겨울철 천둥에 대해서 논한 옥당의 차자(玉堂論冬雷箚)>라는 글에서 장유(張維, 1587~1638)는 "신들이 삼가 듣건대, 뇌정벽력(雷霆霹靂)은 바로 하늘의 위노(威怒)와 호령(號令)을 상징하는 것이라고 하였습니다. 그렇기 때문에 어떤 물건에 벼락이 치는 것은 형벌을 내리는 것과 같다고 하는 것입니다."라는 글에서도 확인된다. <소차(疏箚)>, 『계곡집(谿谷集)』, 『계곡선생집』 17.

42) 윤성현, 『속요의 아름다움』, 태학사, 2007, 120쪽.

43) 이정선, 「<靑山別曲>의 공간과 구조를 통해 본 현실인식」, 『한국언어문화』 제48집, 한국언어문화학회, 2012. *이 논문은 이 책 240~261쪽 참조.

44) 윤성현, 「<이상곡>과 민요에 나타난 이별의 양상비교」, 『고전시가 엮어읽기』 상, 태학사, 2003, 232~233쪽.

45) 이에 대한 자세한 논의는 김광조, 「高麗歌謠 비평에 나타난 '男女相悅之詞'의 用例와 意味」, 『開新語文研究』 33, 개신어문학회, 2011.

〈靑山別曲〉의 공간과 구조를 통해 본 현실인식 / 240-261쪽

1) 이와 같은 해석은 초기 양주동, 박병채 등의 선행연구자들에 의해 주장된 이래 통설로 인정되고 있다. : 梁柱東, 『麗謠箋注』, 乙酉文化社, (東國大學校 出版部, 1995 영인본), 1947, 307쪽 / 朴炳采, 『高麗歌謠의 語釋研究』, 宣明文化社, 1973, 215~216쪽.

2) <청산별곡>에 대한 논의는 국회도서관에 검색한 결과(2009년 기준) 단행본 25건, 석/박사학위논문 94건, 학술지 논문 101건이 검출되었다.

3) 이상의 논문 출처는 다음과 같다. : 申東旭, 「<청산별곡>과 평민적 삶의식」, 『高麗歌謠研究』, 새문社, 1982 / 金學成, 『韓國古典詩歌의 研究』, 圓光大出版局, 1980 / 朴魯埻, 「<靑山別曲>의 재조명」, 『高麗歌謠의 研究』, 새문社, 1990 / 김완진, <靑山別曲에 대하여>, 金烈圭외 編 『고전문학을 찾아서』, 문학과지성사, 1976 / 李仁模, 「<靑山別曲> 내용의 재검토」, 『국어국문학』 제61호, 국어국문학회, 1973 / 成賢慶, 「靑山別曲考」, 『국어국문학』 제58~60합, 국어국문학회, 1972.

4) 金宅圭, 「別曲의 構造」, 『高麗時代의 言語와 文學』, 螢雪出版社, 1975 / 鄭琦鎬, 「高麗俗謠의 形態論的 研究」, 『東岳語文論集』, 東岳語文學會, 1978 / 李聖周, 「社會學的으로 본 靑山別曲」, 『關大論文集』, 16, 關東大學校, 1985 / 박노준, 위의 논문 / 서철원, 「<청산별곡>의 구성 방식과 향가와 속요의 전통」, 『批評文學』 38, 한국비평문학회, 2010.

5) 장지영, 「옛노래 읽기(청산별곡)」, 『한글』 통권 110, 한글학회, 1955 / 金尙億, 「靑山別曲 研究」, 『國語國文學』 제30호 국어국문학회, 1965 / 朴鎭泰, 「靑山別曲과 西京別曲의 構造-對稱·對立性을 중심으로-」, 『국어교육』 46·47, 한국국어교육연구회, 1983 / 허남춘, 「청산별곡의 당대성과 현재성」, 『한국언어문화』 제28집, 한국언어문화학회, 2005 / 성현경, 앞의 논문 / 정병욱, 『증보판 한국고전시가론』, 신구문화사, 1985

6) 『악장가사』 수록 그대로를 인정하는 견해로 주요 논의는 다음과 같다 : 金在用, 「<靑山別曲>의 再檢討」, 『西江語文』 第2輯, 서강어문학회, 1982 / 정기철, 「<청산별곡> 5·6연의 뒤바뀜 문제에 대한 연구」, 『韓國言語文學』 第45輯, 한국언어문학회, 2000.

7) 신동욱, 박노준, 김학성 등의 논의는 고려조 당시의 상황과 결부하여 이 작품을 해

석하고 있다.

8) 본고에서 '연'과 '단락'은 사전적인 정의와는 달리 논의의 편의상 '연'은 자체적으로 의미구조를 이루는 것을, '단락'은 자체적으로 의미구조를 이루지 못한 것으로 구분하였다.

9) <청산별곡>의 후렴구인 "얄리 얄리 얄라셩 얄라리 얄라"는 일반적으로 악기의 口音으로 알려져 왔으나 이등룡, 박상규에 의해서 의미 있는 어휘로 해석되고 있다. 본고에서는 후렴구에 대한 명확한 사실이 확정되지 않은 상황이기에 추후의 과제로 미루고 본문만 가지고 해석하기로 한다. : 李藤龍, 「靑山別曲 後斂句 －얄리 얄리 얄라셩 얄라리 얄라의 語彙의 意味硏究」, 『大東文化硏究』 第19輯, 成均館大 大東文化硏究院, 1985 / 朴相圭, 「Altai諸語에서 본 <靑山別曲>의 新 考察」, 『中央 民俗學』 第3號, 中央大 韓國民俗學硏究所, 1991.

10) 『악장가사』에 <청산별곡>은 'ㅇ'로 연이 구분되었을 뿐 행에 대한 언급이 없기에 각 연마다 2행 혹은 4행으로 표기할 수 있다. 1연을 예로 들면 2행일 경우 "살어리 살어리랏다 靑山(청산)애 살어리랏다 / 멀위랑 ᄃ래랑 먹고 靑山(청산)애 살어리랏다"로서 민요에서 볼 수 있는 'aaba형'의 구조를 취한다. (김대행, 「高麗詩歌의 文學的 性格」, 『高麗歌謠硏究의 現況과 展望』, 集文堂, 1996, 38쪽) 그런데 『악장가사』에 수록된 노래의 행 구분은 일관성이 없어 보인다. <청산별곡>은 2행이 1연으로 되어있는 반면 <가시리>는 1행을 1연으로 구분하고 있다는 사실이다. 다만 본고에서 <청산별곡>을 4행으로 표기한 것은 기존 학계의 관례를 따랐다. 이에 대한 자세한 논의는 이정선, 「<가시리>의 編詞와 문학적 해석」, 『한국언어문화』 제41집, 한국언어문화학회, 2010 참조. *이 논문은 이 책 13~34쪽 참조.

11) 김쾌덕, 「<靑山別曲>의 상징성과 현실인식」, 『고려노래 속가의 사회배경적 연구』, 국학자료원, 2001, 217쪽.

12) 청산이 내포하고 있는 의미를 캐기 위한 노력은 많은 연구자들에 의해 이루어졌다. 주요 논의는 다음과 같다. ; 청산을 '현실과 유리된 탈속의 공간'(오상태, 「고려가요의 비유구조」, 『영남어문학』 제4집, 영남대학교, 1977, 142쪽), '현실에 대한 불만이 가져온 유토피아'(全圭泰, 『高麗歌謠』, 正音社, 1976, 98쪽), '낙원으로서의 요건을 전혀 갖추지 못한 곳이며, 동시에 고려인들의 암울한 삶을 구원받을 수 있는 도피처로도 인식되지 않은 곳'(김쾌덕, 위의 논문, 227쪽), '자연의 세계이며 인위적인 속세에 대한 탈속의 공간'(최정윤, 「<청산별곡>의 의미와 향유의식」, 『한국문학이론과 비평』, 제33집, 한국문학이론과 비평학회, 2006, 137쪽)

13) 박노준, 앞의 논문.

14) 김쾌덕, 위의 논문, 224~225쪽.

15) 최정윤 또한 현실에 불만을 지닌 화자가 막연한 탈속의 공간으로서 자연인 청산과 바다를 설정해 두고 현실을 벗어나고 싶은 마음을 표출하고 있다고 보고 있다. 최정윤, 앞의 논문, 139쪽.

16) 梁柱東, 앞의 책, 309쪽.

17) 徐在克, 「麗謠注釋의 問題點 分析 ; - 動動·靑山別曲을 中心으로-」, 『語文學』 19, 語文學會, 1968, 7쪽.

18) 정병욱, 앞의 책, 106쪽.

19) 이상의 분석은 장윤희, 「국어사 지식과 고전문학교육의 상관성」, 『국어교육』 108, 한국어교육학회, 2002, 385쪽.

20) 장윤희는 "살어리랏다"는 "(과거의 어떤 상황과 반대상황이 되었더라면) 틀림없이 살았겠구나 /살 수 있었겠구나"정도의 의미로서 과거 사실과 반대상황을 표현한 것으로 "살았어야 했다"의 의미도 看取될 수 있다고 보았다. 장윤희, 위의 논문, 387쪽.

21) 이종덕, 「'청산별곡(靑山別曲)'의 한 해석」, 『한말연구』 제11호, 한말연구학회, 2002, 208~209쪽 참조.

22) '피안지향성'이란 이미 지니고 있는 것, 체험한 것보다는 지니지 못한 것, 체험해 보지 못한 것이 아름답고 멋져 보이기 때문에 생기는 감정이다. 김대행은 <청산별곡>과 같은 피안지향의 심성이 김소월의 <엄마야 누나야>와 예이츠(W. B. Yeats)의 <이니스프리 호도(湖島)> 등에 그대로 드러남으로써 전 세계적 보편성에 맥이 닿고 있음을 주장하였다. 김대행, 『시가문학의 탐구』, 亦樂, 1999, 222쪽.

23) 이에 대한 자세한 논의는 "3. <청산별곡>의 구조와 현실인식" 참조.

24) 김사엽, 『改稿 國文學史』, 정음사, 1956 / 정병욱·김완진, 앞의 책 / 이인모·서재극, 앞의 논문.

25) 서철원, 앞의 논문, 15쪽.

26) 정기철, 앞의 논문, 292쪽 ; '돌'을 시시각각 변하는 전시의 상황에서 피난하는 백성을 산에서 바다로 이동시키는 긴급한 조치발동에 따른 물리적인 압력(朴魯埻, 앞의 책, 111쪽) '투석전의 돌'(金學成, 『韓國古典詩歌의 硏究』, 圓光大出版局, 1980, 138쪽)로 보는 견해도 있다. 이는 작품 외적인 배경을 염두에 둔 해석으로, 이때의 '돌'은 육체적 고통을 감내케 하는 물질적 도구로 이해된다.

27) 윤성현, 『속요의 아름다움』, 태학사, 2007, 133쪽.

28) '가던 새'는 연구자들에 의해 '갈던 사래'와 '가던 새<鳥>'의 두 가지로 해석된다. '갈던 사래'는 '가던'을 '갈(耕)-'의 활용형으로, '새'를 '사래'가 준 꼴로 인식한 견해이다. 서재극, 앞의 논문, 8쪽 ; 양주동, 김형규, 박병채 등 대부분의 연구자들은 '새'를 '鳥'로 본다. / 새를 '사래'라고 보면 3행의 '잉 무든 장글란 가지고'와 의미상으로 호응된다. 쟁기로 물아래(평원지대, 논밭)를 가는 것이 자연스럽기 때문이다. 이런 사실은 화자가 농토를 잃었거나 또는 농사일을 할 수 없게 된 불행한 농민(신동욱, 앞의 논문, Ⅰ-35쪽)으로 보는 근거가 되기도 한다. 하지만 '가던 새'를 3행과의 호응을 위해 '갈던 사래'로 해석하려는 혐의가 있다. 그러나 2연과 3연에서 동일하게 표기된 '새'를 두고 3연의 '가던 새'를 2연의 '우는 새'의 '새'와 굳이 서로 다른 의미로 보아야 할 이유가 없다. 때문에 '새'를 '사래'의 준 꼴이 아닌 '새<鳥>'로 보는 것이 더 타당하다고 여겨진다.

29) 정기철 또한 2연에서 나와 동일한 슬픔에 싸여있던 새가 3연에서 현실을 떠나고 있는데 비해 화자는 떠날 수 없음에 슬픔과 시름이 커지고 있다고 보고 있다. 정기철, 앞의 논문, 291쪽.

30) '아서라'의 사전적인 정의는 "'해라'할 자리에 그리 말라고 금하는 말"(『엣센스 國語辭典』, 民衆書林, 1995 1415쪽)로 풀이된다. 따라서 이제 와서 후회한 들 그것이 무슨 필요가 있겠느냐하는 悔恨의 언사라고 말할 수 있다.

31) 성호경, 「청산별곡의 '에정지'에 대하여」, 『한국시가의 유형과 양식연구』, 영남대학교 출판부, 1995 / 徐首生, 「靑山別曲小考」, 『敎育硏究誌』 1, 慶北大 國語敎育學科, 1963 / 양주동, 앞의 책 / 허남춘, 서재극, 앞의 논문.

32) 이에 대한 출처는 다음과 같다 : 정병욱, 앞의 책 / 李勝明, 「靑山別曲 硏究」, 『高麗時代의 言語와 文學』, 螢雪出版社, 1979 / 김형규, 앞의 책 / 양주동, 앞의 책 / 김완진, 앞의 논문.

33) 驅儺는 세모(歲暮)에 역귀(疫鬼)를 몰아내는 의식을 말하고, 行은 詩歌의 한 體이다. 『後漢書』 「禮儀志」에 의하면, 대략 10세 이상, 12세 이하인 중황문 자제(中黃門子弟) 120인을 아이초라니[侲子]로 삼고, 방상시(方相氏)는 황금사목(黃金四目)의 가면(假面)을 쓰고, 십이수(十二獸)의 가면극(假面劇)을 벌이면서, 갑작(甲作), 필위(胇胃), 웅백(雄伯), 등간(騰簡), 남저(攬諸), 백기(伯奇), 강량(强梁), 조명(祖明), 위수(委隨), 착단(錯斷), 궁기(窮奇), 등근(騰根) 등 십이신(十二神)을 시켜 금중(禁中)의 악귀(惡鬼)들을 몰아낸다고 되어 있다. 『牧隱詩藁』 권 21 <驅儺行>에 전한다.

34) 고려 시대에 국가의 특별한 경사가 있을 때면 채붕(綵棚)을 진설하고 그 위에서 가무 백희(歌舞百戲)를 상연(上演)하는 것을 말하는데, 이를 산대잡극이라 이름한 것은 산형(山形) 또는 산과 같이 높은 채붕을 산붕(山棚) 또는 산대(山臺)라고 부른 데서 연유한 것이라 한다. 산대놀이는 고려 때부터 조선 왕조를 통하여 성행하던 우리나라의 대표적인 가면극이다. 처음에는 고려 초기에 중국의 옛날 의식(儀式)이던 나례(儺禮)를 모방하여 궁중에서 행하다가, 예종(睿宗) 때부터 연극 형식으로 바뀌어 산대잡극(山臺雜劇)이란 이름으로 불리었으며, 조선 왕조에 들어와서 궁중 연극으로 하게 되었고, 특히 중국 사신을 맞이하기 위하여 도감(都監)을 설치하여 이를 상연하였다. 이것이 다시 민간에 등장, 가설무대에서 하기 시작하여 평민극(平民劇)으로 변하였다. 내용은 종이나 나무로 만든 탈을 쓰고 소매가 긴 옷을 입은 광대들이 풍류에 맞추어 춤과 노래와 재담 등으로 꾸며서 극을 하는 것이다. 나례(儺禮), 나예(儺藝), 산대희(山臺戲), 산붕(山棚) 등으로 불리기도 한다. 『牧隱詩藁』 권 33에는 <自東大門至闕門前 山臺雜劇 前所未見也>라는 제목으로 산대잡극의 내용을 시로 표현하고 있다.

35) 大開盛禮, 休祥沓至, 鼇戴山而龜負圖, 廣樂畢張, 龍吹箎而虎鼓瑟. 姜等身棲紫府 迹適彤庭, 聞九奏聲, 似入釣天之夢. 奉萬歲壽, 切期嵩岳之呼 云云 : 李奎報, <敎坊賀八關表>, 『東國李相國集』 後集 卷12. ; 본고의 번역과 원문은 "한국고전DB

http://db.itkc.or.kr/itkcdb/mainIndexIframe.jsp 자료"를 참조하였다. 이하 동일.

36) 정재찬 또한 奚琴 소리란 소위 '心琴을 울린다'는 표현으로 본다면 화자는 산대잡희 놀이판에서 흥취를 맛보긴 커녕, 群衆 속의 孤獨을 느끼고 있을 것이며, 마치 자신만을 위한 소리인양, 그 소리에 그만이 홀로 서러워하고 있다고 보았다. 정재찬, 앞의 논문, 274쪽.

37) 張師勛, 『國學論攷』, 서울대학교 출판부, 1966, 52쪽 (宋芳松, 『韓國音樂通史』, 一潮閣, 1983, 248쪽 재인용)

38) 김성언, 「鮮初 지식인의 고려 문화 기억과 문학적 재생산」, 『石堂論叢』 44집, 동아대 石堂傳統文化硏究院, 2009, 14쪽.

39) 남효온, <松京錄>, 『秋江集』 卷 6, 雜著 : 時西邊俯視南北聖居二庵, 又上聖居上峯. 南風甚勁, 巖石甚險, 足不接地, 正中大恐, 固引余輩下, 余與子容從之. 至北雙蓮, 風力益緊, 凍雨成雪, 雜與黃葉飛空. 開囱望海, 如有神颭作氣者, 正中子容大喜. 正中彈靑山別曲第一闋, 主僧性浩亦大喜, 灘葡萄汁, 沃余輩渴喉. 余亦喜比, 來山中之味無此比.

40) 任周卓, 「受容과 傳承 樣相을 通해 본 高麗歌謠의 全般的인 性格」, 『震檀學報』 83호, 진단학회, 1997, 214쪽.

41) <秀泉君遺事>, 『眉叟記言』(外家墓文遺事) : 善鼓琴琴, 操簡而節, 廉而直, 稱絶響.

42) 위의 책, 같은 곳.

43) 이성언, 앞의 논문, 12쪽.

44) 김택규, 앞의 논문, 250쪽.

45) 김상억, 앞의 논문, 134~138쪽.

46) 정병욱, 앞의 책, 108쪽.

47) 이승명, 앞의 논문, 133쪽.

48) 박병채는 5연을 설명하면서 "「믜리도 괴리도 업시 마자셔 우니노라」는 애꿎게 被害를 입고 苦生하는 것은 나 아닌 罪 없는 百姓임을 노래함이리라 볼 수 있어 정작 初聯에 둘 것을 짐짓 뒤에 미룬 것이다"라고 하였다. 박병채, 앞의 책, 238쪽.

49) 전규태는 "첫 스탠자에는 高調點을 設定하여 詩를 鑑賞하려는 이에게 궁금증을 주어 深刻味와 好奇心과 焦燥感을 자아내게 하는 效果를 노리는 手法"으로 기점 강조법을 설명하고 있다. 全圭泰, 『高麗歌謠』, 正音社, 1976, 203쪽.

50) 장성진, 김재용, 정기철, 앞의 논문 ; 주요내용을 요약하면 다음과 같다. : 장성진은 작자의 위치의 시점이 가변적임을 중시하고 5연까지는 청산에서의 삶의 모습이 시간의 진행을 따라 순차적으로 그렸다면 6연 이후는 비현실적 환상이라고 평가하였다. 6연은 첫 연과 같은 발상에서 이루어졌지만 실제 바다에 옮겨서 산 것이 아니라 바다에 가서 살겠다는 것을 상상한 것으로 보고 6연이 시 전체에서 시의를 전환시킨다고 보았다. 또 비현실적인 세계의 희구를 7연과 8연을 거치며 8연 4행인 '내 엇디 ㅎ리잇고'에서 현실세계에로 시점이 급반전한다고 주장하였다. 곧 현실적 생

활 → 비현실적 회구 → 현실로의 급반전으로 이어지는 시점의 입체적 이동으로 구성되었다는 것이다. 김재용은 1연이 序詞에 해당한다면 6연은 結詞에 對應되며 그 감싸기 내에 2-3-4-5연은 각기 아침-낮-저녁-밤의 자연적인 시간의 진행을 따라서 변화되는 정서를 담은 계기적 구조로 짜여졌다. 1~6연까지를 유랑생활에서 오는 悲感이라면 7~8연은 유랑생활 가운데 찾아드는 즐거움으로 규정하였다. 정기철은 1연~6연까지가 속세를 떠나고 싶은 세계를 7~8연은 속세를 떠나고 싶으나 떠나지 못하는 현실의 자각으로 크게 구분하였다. 1연과 6연이 2~5연을 감싸고 있는 것으로 분석하였다

51) 강명혜는 <청산별곡>을 병렬적 관점에서 본다면 "미래원망형"으로 해석할 수 있지만 시간의 순서에 따른 繼起的인 관점에서 본다면 '청산'과 '바ᄅ'의 관계는 '청산'이 '바ᄅ'보다 앞선 체험이 되어 '살았더라면 좋았을 것이로라'(과거가정형)로 보아야 한다고 주장한다. 따라서 '바ᄅ'의 경우는 '청산'에서의 삶을 경험한 후 '바ᄅ'로 간다는 것이다. (강명혜, 앞의 논문, 113쪽) 그러나 본고는 <청산별곡>은 계기적 관점이라 할지라도 앞서 어원적 고찰을 통해 '살으리랏다'를 "과거원망형"으로 해석하여 실제로 이루지 못한 일에 대한 후회로 보기 때문에 이들 견해와 달리 생각한다.

52) 장성진과 이화영 또한 6연을 시상의 전환을 가져온 것으로 파악하고 있다. 그러나 장성진이 "1연과 6연의 해석을 각각 '현실'과 '상상'으로 구분한 점"(장성진, 앞의 논문, 109~110쪽)이나 이화영이 "6연에서 푸른 바다를 향한 심상은 未知의 세계에 대한 호기심과 地上的 존재의 理想으로서 순수와 동경을 내재하는 바, 화자의 현실 초월의 의지가 암시된다"(이화형, 『고전문학 연구의 새로움』, 태학사, 1996, 19쪽)고 한다. 그러나 논자는 1연과 6연 모두 화자가 탈현실로의 이탈을 꿈꾸고 있다고 보기 때문에 이들 견해와 성격을 달리한다.

53) 박진태, 앞의 논문, 136~137쪽.

54) 김재용, 앞의 논문, 165쪽.

55) 2행의 '비조라'의 주체를 7연의 '드로라'처럼 화자로 볼 수도 있다. 그러나 이제까지 화자의 소극적인 태도와는 이질적이라는 점과 화자의 행동의 轉移를 설명할 만한 계기 또한 발견되지 않는다는 점(정재찬, 앞의 논문, 277쪽)에서 수용하기 어렵다. 따라서 '비조라'의 주체를 '생략된 他者'로 보는 것이 타당하다고 판단된다.

56) 김완진은 "잡ᄉ와니 내 엇디 ᄒ리잇고"를 해석하면서 형태소 <-ᄉ->이 주체겸양 또는 객체존대의 기능을 지니기에 타동사 '잡ᄉ와니'의 목적어는 '나' 이외의 인물이 되어야 한다면서 화자를 여성으로 보아 그 목적어로서 '임'을 가정하였다. (김완진, 앞의 논문, 160~161쪽) 그러나 성호경은 <動動>에서 '므릇 ᄉ옵노이다'에서 객어(목적어)인 '나' 또는 그 비유어인 '져'(箸)는 주어인 '소니'(손님)나 화자인 '나'보다도 상위자라고 할 수 없다는 사실을 들어 <청산별곡>의 8연에 등장하는 겸양보조어간 'ᄉ옵'의 존재 및 그 일반적인 용법에 지나치게 구애되어, 난데없이 '임'을 등장시키고 화자가 여성이 되는 등 전체 시상 전개와는 상충되는 해석법을 반드시 따를 필요가 없다고 주장했다.(성호경, 「<청산별곡>의 해석」, 앞의 책, 371쪽) 논자 또한 성

호경의 주장에 동조한다. 고대가요의 해석에 당대의 어법은 중요하다, 그러나 이처럼 상충되는 사례가 있는 상황에서 문법적으로만 적용하여 문학작품을 이해하는 데에는 일정한 한계가 있다고 판단되기 때문이다.

57) 양주동, 앞의 책, 331쪽.
58) 장성진, 앞의 논문, 111쪽.

참고문헌

• 자료

『고려사』
『고려사절요』
『대악후보』
『동문선』
『삼국사기』
『삼국유사』
『선화봉사고려도경』
『시경』
『시용향악보』
『신증동국여지승람』
『악장가사』
『악학궤범』
『악학편고』
『조선왕조실록』
『증보문헌비고』

김수온, 『식우집』
민사평, 『급암선생문집』
성 현, 『허백당시집』
이 곡, 『가정집』
이규경, 『오주연문장전산고』
이규보, 『동국이상국전집』
이숭인, 『도은집』
이제현, 『익재집』
이 첨, 『동경잡기』
이 행, 『용재집』
이형상, 『병와선생문집』
정 포, 『운곡집』
최 자, 『보안집』
허 균, 『국조시산』

국립국어원, 『표준어국어대사전』(http://www.korean.go.kr/09_new/index.jsp)
국사편찬위원회 한국사데이터베이스 (http://db.history.go.kr)
한국고전종합DB (http://db.itkc.or.kr/itkcdb/mainIndexIframe.jsp)

• 단행본

국립중앙박물관, 『한국 전통 매듭 : 균형과 질서의 미』, 2004.
국문학신강 편찬위원회 편, 『국문학특강』, 새문사, 1985.
김동욱, 『한국가요의 연구』, 을유문화사, 1961.
김경은, 『한·중·일 밥상문화』, 이가서, 2012.
김대행, 『시가문학의 탐구』, 역락, 1999.
김사엽, 『개고 국문학사』, 정음사, 1956.
김상기, 『신편 고려시대사』, 서울대학교 출판부, 1991.
김수경, 『고려처용가의 미학적 전승』, 보고사, 2004.
김열규, 『한국인의 에로스』, 궁리, 2011.
김완진, 『향가와 고려가요』, 서울대학교출판부, 2000.
김응모, 『고려가요의 낱말밭 연구』, 박이정, 2011.
김종우, 『향가문학연구』, 이우출판사, 1983.
김창현, 『고려의 여성과 문화』, 신서원, 2007.
김풍기, 『삼라만상을 열치다』, 푸르메, 2006.
김형규, 『고가요주석』(중판), 일조각, 1993.
김학성, 『한국고전시가의 연구』, 원광대 출판국, 1980.
_____, 『국문학의 탐구』, 성균관대학교출판부, 1987.
박노준, 『고려가요의 연구』, 새문사, 1990.
_____, 『향가여요의 정서와 변용』, 태학사, 2001.
_____, 『옛사람 옛노래 향가와 속요』, 태학사, 2003.
_____, 『향가여요 종횡론』, 보고사, 2014.
박병채, 『고려가요의 어석연구』, 선명문화사, 1973.
박영하, 『우리나라 나무이야기』, 아비락, 2004.
서대석, 『무가문학의 세계』, 집문당, 2011.
서영숙, 『한국 서사민요의 날실과 씨실-우리 어머니들의 노래』, 역락, 2009.
손종흠, 『고전시가 미학강의』, 앨파, 2011.
송방송, 『한국음악통사』, 일조각, 1985.
양태순, 『고려가요의 음악적 연구』, 이회문화사, 1997.
양주동, 『양주동전집』2 『여요전주』, 을유문화사, 1947 : 동국대학교 출판부, 1995 영
    인본.

온양민속박물관, 『1302년 아미타불복장물의 조사연구』, 1991.
유희경, 『한국복식문화사』, 교문사, 1981.
윤성현, 『속요의 아름다움』, 태학사, 2007.
윤영옥, 『고려시가의 연구』, 영남대학교 출판부, 1991.
이규태, 『재미있는 우리의 음식이야기』, 기인원, 1990.
이병기·백철 공저, 『국문학전사』, 신구문화사, 1987.
이승훈, 『문학과 시간』, 이우출판사, 1983.
이어령, 『노래여 천년의 노래여』, 문학사상사, 2003.
이영태, 『고려속요와 기녀』, 경인문화사, 2004.
이화형, 『고전문학 연구의 새로움』, 태학사, 1996.
임경빈, 『나무백과』, 일지사, 2000.
장덕순, 『국문학통론』, 신구문화社, 1960.
장사훈, 『국학논고』, 서울대학교 출판부, 1966.
전규태, 『고려가요』, 정음사, 1966.
_____, 『한국고전문학의 이론』, 정음사, 1974.
_____, 『한국시가연구』, 고려원, 1986.
정무용, 『정과정연구』, 신지서원, 1996.
정병모, 『미술은 아름다운 생명체다』, 다홀미디어, 2001.
정병욱, 『증보판 한국고전시가론』, 신구문화사, 1985.
정병욱 편저, 『시조문학사전』, 신구문화사, 1966.
정상균, 『한국중세시문학사연구』, 한신문화사, 1986.
조동일, 『한국문학통사』 제2권, 지식산업사, 1983.
지헌영, 『향가여요신석』, 정음사, 1947.
최미정, 『고려속요의 전승연구』, 계명대출판부, 1999.
최용수, 『고려가요연구』, 계명문화사, 1993.
최 철, 『고려국어가요의 해석』, 연세대학교 출판부, 1996.
최 철·박재민, 『석주 고려가요』, 이회, 2003.
한상길, 『향료문화의 발달사』, 신광출판사, 2004.
_____, 『천연향료백과』, 신광출판사, 2006.
허 균, 『사찰장식 그 빛나는 상징의 세계』, 돌베개, 2000.
홍석모 편저, 진경환 역주, 『서울·세시·한시-도하세시기속시』, 보고사, 2003.
홍 교, 『조선문학사』 2, 과학백과사전종합출판사, 1994.
홍나영·신혜성·이은진, 『한중일 동아시아 복식의 역사』, (주)교문사, 2011.
황경숙, 『한국의 벽사의례와 연희문화』, 도서출판 월인, 2000.

나카무라 고이치 저, 조성진·조열렬 역, 『한시와 일화로 보는 꽃의 중국문화사』, 뿌리와이파리, 2004.

• 참고 논문

강명혜, 「이상곡 연구」, 『한국언어문화』 제13집, 한국언어문화학회, 1995.

_____, 「〈만전춘 별사〉 연구Ⅱ」, 『어문논문』 24, 한국어문교육연구회, 1996.

_____, 「풍요의 노래로서의 -〈雙花店〉 연구 Ⅱ-」, 『고전문학연구』 제11집, 한국고전문학회, 1996.

고정희, 「〈雙花店〉의 후대적 변용과 문학치료적 함의」, 『문학치료연구』 제5집, 한국문학치료학회, 1996.

_____, 「고전시가 여성화자 연구의 쟁점과 전망」, 『여성문학연구』 15집, 한국여성문학학회, 2006.

곽동훈, 「만전춘 별사의 구조연구」, 『배달말』 제7집, 배달말학회, 1982.

구사회, 「고려가요의 생산과 수용」, 『고려가요의 문학사회학』, 임기중 엮음, 경운출판사, 1993.

권순형, 「고려시대 여성의 일과 경제활동」, 『이화사학연구』 31집, 이화사학연구소, 2004.

_____, 「원 공주 출신 왕비의 정치 권력연구 - 충렬왕비 제국대장공주를 중심으로-」, 『사학연구』 77, 한국사학회, 2005.

권영철, 「〈유구곡〉고」, 『고려가요연구』, 새문사, 1982.

_____, 「정과정가 신연구」, 『향가여요연구』 (황패강·박노준·임기중 공편), 이우출판사 1985.

권오경, 「남호 정지상의 시세계 연구 - 상도지향과 서도회귀를 중심으로」, 『문학과 언어』 제23집, 문학과언어학회, 2001.

김금남, 「〈원사〉와 관련한 〈가시리〉 생성동인」, 『어문논집』 제40집, 중앙어문학회, 2009.

김기영, 「〈雙花店〉의 내외 공간과 화자의 이중성 고찰」, 『어문연구』 43, 어문연구학회, 2003.

김당택, 「고려 인종조의 서경천도·칭제건원·금국정벌론과 김부식의 『삼국사기』 편찬」, 『역사학보』 제170집, 역사학회, 2001.

김대행, 「고려시가의 문학적 성격」, 『고려가요연구의 현황과 전망』, 집문당, 1996.

_____, 「「雙花店과 반전의 의미」, 『고려가요·악장연구』, 태학사, 1997.

김명준, 「〈서경별곡〉의 구조적 긴밀성과 그 의미」, 『한국시가연구』 제8집, 한국시가학회, 2000.

_____, 「고려 처용가의 무가적 성격에 대한 재고」, 『한국시가연구』 제28집, 한국시가학회, 2010.

김문태, 「고려속요의 조선조 수용양태」, 『한국시가연구』 제5집, 한국시가학회, 1999.

김미영, 「〈정석가〉의 의미소통구조에 관한 연구」, 『연세어문학』 26, 연세대 국어국문학과, 1994.

김상억, 「청산별곡 연구」, 『국어국문학』 제30호 국어국문학회, 1965.

_____, 「고려가사연구 1」, 『논문집』 제5집, 청주대학교, 1966.

_____, 「고려 가사 연구 Ⅲ」, 『논문집』 제7집, 청주대학교 1972.

_____, 「〈정석가〉 考」, 김열규·신동욱 편, 『고려가요연구』, 새문사, 1982.

김성언, 「선초 지식인의 고려 문화 기억과 문학적 재생산」, 『석당논총』 44집, 동아대 석당전통문화연구원, 2009.

김수경, 「속요의 현대화, 그 몇가지 양상에 관한 시론」, 『한국시가연구』 제19집, 한국시가학회, 2005.

김영수, 「처용가연구 재고 – 연구사를 중심으로」, 『신라문화』 7, 동국대 신라문화연구소, 1990.

_____, 「처용가 연구의 종합적 검토」, 『국문학논집』 제16집, 단국대 국어국문학과, 1999.

_____, 「삼장·사룡 연구 재고」, 『국문학논집』 17, 단국대 국어국문학과, 2000.

_____, 「「만전춘 별사」의 악장(樂章)적 성격 고찰」, 『동양학』 제51집, 단국대 동양학연구원, 2012.

김옥주, 「조선 말기 두창의 유행과 민간의 대응」, 『의사학』 제2권 제1호, 대한의사학회, 1993.

김완진, 「청산별곡에 대하여」, 김열규외 편 『고전문학을 찾아서』, 문학과지성사, 1976.

_____, 「고려가요의 어의 분석」, 『고려가요연구 – 고려시대의 가요문학』, 새문사, 1982.

_____, 「'열명'에 대하여」, 『새국어생활』, 10권 3호, 국립국어연구원, 2000.

김유경, 「「쌍화점」연구」, 『열상고전연구』 제10집, 열상고전연구회, 1997.

김유미, 「처용전승의 전개양상과 의미연구」, 부산대 박사학위논문, 1998.

김재용, 「〈청산별곡〉의 재검토」, 『서강어문』 제2집, 서강어문학회, 1982.

김지연, 「「처용'을 통해 본 한국 벽사전승의 원형적 상징성 연구」, 『한어문교육』 제35집, 한국언어문학교육학회, 2016.

김창룡, 「〈서경별곡〉 연구」, 『동방학지』 69, 연세대 국학연구원, 1990.

_____, 「〈이상곡〉, 누가 부른 노래인가」, 『한국 노래문학의 의혹과 진실』, 태학사, 2010.

김창현, 「고려 서경의 행정체계와 도시구조」, 『한국사연구』 137, 한국사연구회, 2007.

김충실, 「서경별곡에 나타난 별리의 정서」, 『고려시가의 정서』, 개문사, 1985.

김택규, 「별곡의 구조」, 『고려시대의 언어와 문학』, 형설출판사, 1975.

김쾌덕, 「「만전춘 별사」 5연의 시적화자와 어휘에 대한 한 고찰」, 『한국문학논총』 제18
집, 한국문학회, 1996.

_____, 「〈청산별곡〉의 상징성과 현실인식」, 『고려노래 속가의 사회배경적 연구』, 국
학자료원, 2001.

김현라, 「고려 충렬왕비 제국대장공주의 위상과 역할」, 『지역과 역사』 23호, 부경역사
연구소, 2008.

김현양, 「고려가요의 소외 양상」, 『고려가요의 문학사회학』, 경운출판사, 1993.

나정순, 「고려 가요에 나타난 성과 사회적 성격」, 『고전시가 엮어 읽기』 상, 태학사,
2003.

남광우, 「고려가요 주석상의 문제점」, 『고려시대의 언어와 문학』, 형설출판사, 1975.

려증동, 「〈만전춘 별사〉가극론 시고」, 『논문집』 제1집, 진주교육대학, 1967.

_____, 「쌍화점 고구(其一)」, 『어문학』 19호, 한국어문학회, 1969.

_____, 「서경별곡 고구」, 『김사엽박사송수기념논총』, 학문사, 1973.

_____, 「『만전춘 별사』 연구(1) - 대본해석을 중심으로」, 『어문학』 33호, 한국어문학
회, 1975.

_____, 「쌍화점 고구」, 황패강·박노준·임기중 공편 『향가여요연구』, 이우출판사,
1985.

민 찬, 「〈이상곡〉의 시적 정황 및 독법의 논리」, 『인문학연구』 86호, 충남대 인문과학
연구소, 2012.

박경수, 「현대시의 고려 가요 패러디의 양상과 담론 - 〈가시리〉·〈만전춘 별사〉·〈한
림별곡〉의 패러디 시를 중심으로」, 『한국문학이론과 비평』 제33집, 한국문학이론
과 비평학회, 2006.

박경우, 「처용 담론의 추이와 그 전승의 문제」, 『열상고전연구』 제28집, 열상고전연구
회, 2008.

박노준, 「시가문학사의 관점에서 본 고려속요의 정서」, 『모산학보』 제7집, 모산학회,
1995.

_____, 「속요, 그 현대시로의 변용」, 『향가여요의 정서와 변용』, 태학사, 2001.

_____, 「「가시리」, 정한을 담아낸 이별의 전형」, 『옛사람 옛노래 향가와 속요』, 태학
사, 2003.

박상규, 「Altai諸語에서 본 〈청산별곡〉의 신 고찰」, 『중앙 민속학』 제3호, 중앙대 한국
민속학연구소, 1991.

박성의, 「고려가요 연구」하, 『민족문화연구』 5, 고대민족문화연구소, 1971.

박재민, 「〈정석가〉발생시기 재고」, 『한국시가연구』 제14집, 한국시가학회, 2003.

_____, 「〈정석가〉주석 재고와 문학적 향방(1)-'三同·삭삭기'를 中心으로」, 『고전과
해석』 제12집, 고전문학한문학연구학회, 2012.

_____, 「〈정석가〉 주석 재고와 문학적 향방(2)-'딩아 돌하'를 中心으로」, 『고전문학

연구』 제41집, 한국고전문학회, 2012.

_____, 「〈동동〉의 어석과 문학적 향방 -12월령을 중심으로」, 『반교어문연구』 제36
집, 반교어문학회, 2013.

박진태, 「「만전춘 별사」와 「정석가」의 구조」, 『인문과학연구』 2, 대구대 인문과학연구
소, 1983.

_____, 「청산별곡과 서경별곡의 구조-대칭·대립성을 중심으로」, 『국어교육』 46·
47, 한국국어교육연구회, 1983.

박혜숙, 「동동의 님에 대한 일고찰」, 『국문학연구』 제10집, 효성여대 국문학과, 1987.

_____, 「고려속요의 여성화자」, 『고전문학연구』 제14집, 한국고전문학회, 1998.

배동순, 「향주머니 -향낭-기능의 장신구 디자인 연구」, 한양대 석사학위논문, 2002.

배만실, 「이조소반의 연구」, 『한국문화연구원 논총』 제14집, 이화여대 한국문화연구
원, 1969.

백민정, 「〈서경별곡〉의 시적구조와 화자정서의 내면적 정합성」, 『인문학연구』 제32권
제2호, 충남대 인문과학연구소, 2005.

서수생, 「고려가요의 연구-익재소악부에 한하여」, 『경대 논문집(인문·사회)』 5, 경북
대학교, 1962.

_____, 「청산별곡소고」, 『교육연구지』 1, 경북대 국어교육학과, 1963.

_____, 「익재소악부의 연구」, 『고려가요연구』, 정음문화사, 1982.

_____, 「익재소악부와 고려가요」, 『동양문화연구』 제11집, 경북대 동양문화연구소,
1984.

서재극, 「여요주석의 문제점 분석 ; - 동동·청산별곡을 중심으로-」, 『어문학』 제19
호, 한국어문학회, 1968.

_____, 「서경별곡의 "네가시럼난다"재고」, 『어문학』 제27호, 한국어문학회, 1972.

_____, 「노래 〈동동〉에서 본 고려어」, 『고려시대의 언어와 문학』, 형설출판사, 1975.

서철원, 「〈청산별곡〉의 구성 방식과 향가와 속요의 전통」, 『비평문학』 38, 한국비평문
학회, 2010.

성기옥, 「『악학궤범』과 성종대 속악 논의의 행방」, 『시가사와 예술사의 관련양상-1
4~15세기를 중심으로-』, 보고사, 2000.

성현경, 「청산별곡고」, 『국어국문학』 58~60합, 국어국문학회, 1972.

_____, 「만전춘 별사의 구조」, 『고려시대의 언어와 문학』, 형설출판사, 1975.

성호경, 「청산별곡의 '에정지'에 대하여」, 『한국시가의 유형과 양식연구』, 영남대 출판
부, 1995.

_____, 「고려시대 시가 작품의 시적 형태 복원」, 『고려시대 시가연구』, 태학사, 2006.

소황옥·이경희, 「요선철릭의 형태와 특성에 관한 연구」, 『중앙대학교 생활과학논집』
18, 중앙대 생활문화산업연구소, 2003.

송태윤, 「고려가요 처용가의 텍스트성 연구」, 『한민족어문학』 제62집, 한민족어문학,

2012.

신동욱, 「〈청산별곡〉과 평민적 삶의식」, 『고려가요연구』, 새문사, 1982.

신은경, 「서경별곡과 정석가의 공통 삽입가요에 대한 일고찰」, 『국어국문학』 제96호, 국어국문학회, 1986.

신재홍, 「원가와 만전춘 별사의 궁원 풍경」, 『국어교육』 138, 한국어교육학회, 2012.

_____, 「이상곡의 분절과 해석- 향가와 관련하여」, 『국어교육』 140, 한국어교육학회, 2013.

양태순, 「정과정(진작)의 연구」, 서울대 박사학위논문, 1991.

_____, 「음악적 측면에서 본 고려가요」, 『고려가요연구의 현황과 전망』, 성균관대 인문과학연구소 편, 집문당, 1996.

_____, 「「서경별곡」과 이별 민요의 이별의 양상과 정서」, 박노준 편, 『고전시가 엮어 읽기』 상, 태학사, 2003.

양희찬, 「쌍화점의 구조에 대한 재고」, 『국어문학』 34, 국어문학회, 1999.

_____, 「고려가요 〈동동〉의 미적 짜임과 성격」, 『고시가연구』, 제122집, 한국고시가 문학회, 2008.

여기현, 「시가 속 '오리[鴨]'의 변용- 〈만전춘〉의 재해석을 위하여」, 『반교어문연구』 25집, 반교어문학회, 2008.

여운필, 「「쌍화점」연구」, 『국어국문학』 제92호, 국어국문학회, 1984.

오상태, 「고려가요의 비유구조」, 『영남어문학』 제4집, 영남대학교, 1977.

유동석, 「고려가요 〈서경별곡(西京別曲)〉에 대한 새 풀이」, 『한국민족문화』 14, 부산 대 한국민족문화연구소, 1999.

_____, 「고려가요 「처용가」 연구-'마하만ᄒ니여'의 어석을 중심으로」, 『한민족어문 학』 제62집, 한민족어문학회, 2012.

류효석, 「「서경별곡」의 편사의식」, 『고려가요 연구의 현황과 전망』, 집문당, 1996.

윤경수, 「쌍화점에 나타난 인간상에 관한 연구」, 『외대논총』 제10집, 부산외국어대학 교, 1992.

윤성현, 「이상곡〉과 민요에 나타난 이별의 양상비교」, 『고전시가 엮어읽기』 상, 태학 사, 2003.

_____, 「처용변용을 통해 본 시인의 세계 인식태도」, 『열상고전연구』 제31집, 열상고 전연구회, 2010.

윤영옥, 「「만전춘」별사의 재음미」, 『고려가요연구의 현황과 전망』, 집문당, 1996.

이경자, 「정석가 신고」, 『어문학』 제75집, 한국어문학회, 2002.

이경희, 「조선시대 향문화와 의생활」, 부산대 박사학위논문, 2011.

이계양, 「서경별곡의 시간현상 연구」, 『인문과학연구』 제15집, 조선대 인문과학연구 소, 1993.

이규호, 「정석가식 표현과 시간의식」, 『국어국문학』 제92호, 국어국문학회, 1984.

이도흠, 「고려속요의 구조분석과 수용의미 해석」, 『한국시가연구』 창간호, 한국시가
학회, 1997.

이미석, 「향집에 관한 연구」, 숙명여대 석사학위논문, 1994.

이병기, 「시용향악보의 한 고찰」, 국어국문학회 편, 『고려가요의 연구』, 정음문화사,
1979.

이등룡, 「청산별곡 후렴구 -얄리 얄리 얄라셩 얄라리 얄라의 어휘적 의미연구」, 『대동
문화연구』 제19집, 성균관대 대동문화연구원, 1985.

이성주, 「사회학적으로 본 청산별곡」, 『관대논문집』 16, 관동대학교, 1985.

_____, 「고려시가의 연구- 그 사회의식을 중심으로」, 세종대 박사학위논문, 1988.

이승명, 「청산별곡 연구」, 『고려시대의 언어와 문학』, 형설출판사, 1979.

이영태, 「〈동동〉의 송도와 선어」, 『민족문학사연구』 36호, 민족문학사학회, 2008.

이옥희, 「열두달을 노래한 민요의 연행 맥락과 시간의식」, 『한국민요학』 제30집, 한국
민요학회, 2010.

이윤선, 「향가 〈처용가〉와 고려 〈처용가〉의 인물 변이 양상과 그 의미」, 『문학과 언어』
제31집, 문학과언어학회, 2009.

이윤수, 「연등축제의 역사와 문화콘텐츠적 특성」, 고려대 박사학위논문, 2012.

이인모, 「〈청산별곡〉 내용의 재검토」, 『국어국문학』 제61호, 국어국문학회, 1973.

이은주, 「철릭의 명칭에 관한 연구」, 『한국의류학회지』 12권 3호, 한국의류학회, 1988.

이임수, 「여요 「만전춘」의 문학적 복원」, 『문학과 언어』, 제2집, 문학과 언어연구회,
1981.

_____, 「〈이상곡〉에 대한 문학적 접근」, 『어문학』 제41집, 어문학회, 1981.

이정선, 「〈정과정〉의 편사와 문학적 해석」, 『한국언어문화』 제14집, 한국언어문화학
회, 1996.

_____, 「〈서경별곡〉의 창작배경을 통해 본 신해석」, 『한국시가연구』 제27집, 한국시
가학회, 2009.

_____, 「〈쌍화점〉의 구조를 통해 본 성적 욕망과 그 의미」, 『대동문화연구』 제71집,
성균관대 대동문화연구원, 2010.

_____, 「〈가시리〉의 편사와 문학적 해석」, 『한국언어문화』 제41집, 한국언어문화학
회, 2010.

_____, 「〈청산별곡〉의 공간과 구조를 통해 본 현실인식」, 『한국언어문화』 제48집,
한국언어문화학회, 2012.

_____, 「향 문화로 본 〈만전춘 별사〉 연구」, 『순천향 인문과학논총』, 제32권 2호,
순천향대 인문과학연구소, 2013.

_____, 「〈동동〉의 한 해석-12월령을 중심으로-」, 『온지논총』 제40집, 온지학회,
2014.

_____, 「「이상곡」의 사랑과 그 한계」, 『동양학』 제59집, 단국대 동양학연구원, 2015.

이정선, 「〈정석가〉의 소재의 의미와 구조로 본 사랑과 그 한계」, 『영남학』 제29호, 경북대 영남문화연구원, 2016.

이정숙, 「고려시대 전염병과 치병의례」, 『이화사학연구』 제34집, 이화사학연구소, 2007.

이정택, 「〈만전춘 별사〉에 관한 어·문학적 연구 – 내용적 일관성을 중심으로」, 『인문논총』 제7집, 서울여대 인문과학연구소, 2000.

이종덕, 「'청산별곡(靑山別曲)'의 한 해석」, 『한말연구』 제11호, 한말연구학회, 2002.

이형대, 「고려가요·사설시조·대중가요와 에로티즘의 표정」, 『고전시가 엮어읽기』 상, 태학사, 2003.

임기중, 「고려가요 동동고」, 『고려가요연구』, 정음사, 1979.

임동권, 「동동의 해석」, 『고려시대의 가요문학』, 새문사, 1982.

임소영, 「고려속요의 여성화자 목소리 연구」, 국민대 석사학위논문, 2010.

임재욱, 「〈서경별곡〉에 나오는 '대동강'과 '배'의 상징성」, 『한국시가연구』 제24집, 한국시가학회, 2008.

_____, 「11·12월 노래에 나타난 〈동동〉화자의 정서적 변화」, 『고전문학연구』 제36집, 한국고전문학회, 2009.

임재해, 「'처용' 담론에 나타난 사회적 모순과 굿문화의 변혁성」, 『배달말』 24, 배달말학회, 1999.

임주탁, 「〈정석가〉의 문학적 성격」, 『고전문학연구』 제11집, 한국고전문학회, 1996.

_____, 「수용과 전승 양상을 통해 본 고려가요의 전반적인 성격」, 『진단학보』 83호, 진단학회, 1997.

_____, 「〈가시리〉의 독법과 해석의 방향」, 『국어교과교육연구』 2, 국어교과교육학회, 2001.

_____, 「역사적 생성 문맥을 고려한 〈만전춘 별사〉의 독법과 해석」, 『한국시가연구』 제11집, 한국시가학회, 2002.

_____, 「〈서경별곡〉의 텍스트 독법과 생성문맥」, 『한국민족문화』 19·20, 부산대 한국민족문화연구소, 2002.

_____, 「〈정석가〉의 함의와 생성 문맥」, 『한국문학논총』 제35집, 한국문학회, 2003.

_____, 「〈삼장〉·〈사룡〉의 생성 문맥과 함의」, 『한국시가연구』 제16집, 한국시가학會, 2004.

_____, 「고려 〈처용가〉의 새로운 분석과 해석」, 『한국문학논총』 제40집, 한국문학회, 2005.

장윤희, 「국어사 지식과 고전문학교육의 상관성」, 『국어교육』 108, 한국어교육학회, 2002.

장지영, 「옛노래 읽기(청산별곡)」, 『한글』통권 110, 한글학회, 1955.

장효현, 「「이상곡(履霜曲)」 어석의 재고」, 『어문논집』 22집, 안암어문학회, 1981.

장효현, 「〈이상곡〉의 생성에 관한 고찰」, 『국어국문학』 제92호, 국어국문학회, 1984.

전규태, 「〈서경별곡〉연구」, 『고려시대의 가요문학』, 새문사, 1982.

전수연, 「능엄경의 유포와 〈이상곡〉」, 『목원어문학』 제12집, 목원대 국어교육과, 1993.

전혜숙·이애련, 「당대 향문화 연구」, 『한국의상디자인학회지』 제7권 3호, 한국의상디자인학회, 2005.

정기철, 「〈청산별곡〉5·6연의 뒤바뀜 문제에 대한 연구」, 『한국언어문학』 제45집, 한국언어문학회, 2000.

정기호, 「이상곡 이해를 위한 몇 문제」, 『한국고전시가작품론 1』, 집문당, 1992.

정 민, 「한시와 고려가요 4제」, 『고전시가 엮어읽기』 상, 태학사, 2003.

정의도, 「한국고대청동시저연구」, 『석당논총』 38집, 동아대 석당전통문화연구원, 2007.

정인숙, 「조선후기 연군가사의 전개양상」, 서울대 석사학위논문, 1993.

정운채, 「「쌍화점」의 주제」, 『논문집』 49, 한국국어교육연구회, 1993.

_____, 「고려「처용가」와「처용랑망해사」조 재해석과 벽사진경의 원리」, 『국문학연구』 3, 국문학회, 1999.

정혜원, 「가시리 소고」, 『한국 고전시가의 내면미학』, 신구문화사, 2001.

조규익, 「송도(頌禱)모티프의 연원과 전개양상」, 『고전문학연구』 제32집. 한국고전문학회, 2007.

조미라, 「한국 향문화의 기호품적 성격연구」, 『문명연지』 제25호, 한국문명학회, 2010.

조만호, 「고려가요의 정조와 악장으로서의 성격」, 『고려가요연구의 현황과 전망』, 성균관대 인문과학연구소 편, 집문당, 1996.

조연숙, 「고려속요의 시공의식 연구」, 숙명여대 박사학위논문, 1996.

조영주, 「신라 〈처용가〉와 고려 〈처용가〉의 내용과 기능의 차이」, 『온지논총』 제40집, 온지학회, 2014.

조용중, 「조선총독부 건물에 대한 연구- 문양을 중심으로」, 『중앙사론』 제10-11합집, 한국중앙사학회, 1998.

조용호, 「〈이상곡〉의 의미와 음사적 성격」, 『동방학지』 148, 연세대 국학연구원, 2009.

조하연, 「〈정석가〉의 구조와 상상력」, 『선청어문』 40, 서울대 국어교육과, 2012.

주계화, 「중·일 젓가락 습속 비교 연구」, 『국제아세아 민속학』 2. 국제아세아민속학회, 1998.

최규성, 「고려 속요를 통해 본 고려후기의 사회상-쌍화점에 대한 분석을 중심으로」, 『사학연구』 제61호, 한국사학회, 2000.

최동국, 「「쌍화점」의 성격 연구」, 『문학과 언어』 제5집, 문학과 언어연구회, 1984.

최동원, 「고려가요의 향유계층과 그 성격」, 『고려시대의 가요문학』, 새문사, 1982.

최미정, 「쌍화점의 해석」, 『한국문학사의 쟁점』, 집문당, 1986.

_____, 「죽은 님을 위한 노래 – 〈동동〉」, 『문학한글』 제2호, 한글학회, 1988.

_____, 「이상곡의 종합적 고찰」, 『고려가요연구의 현황과 전망』, 집문당, 1996.

최상범, 「연지조경에 관한 연구」, 『사찰조경연구』 제3집, 동국대 사찰조경연구소, 1995.

최상진·조윤동·박정열, 「대중가요 가사분석을 통한 한국인의 정서 탐색 : 해방이후부터 1996년까지의 가요를 대상으로」, 『한국심리학회지』 20, 한국심리학회, 2000.

최용수, 「『삼장』·『사룡』고」, 『영남어문학』 제13집, 한민족어문학회, 1986.

_____, 「처용(가)에 대한 연구사적 검토」, 『영남어문학』 제24집, 영남어문학회, 1993.

최윤철, 「고려청자에 표현된 연꽃문양의 유래에 대한 연구」, 『한국도자학연구』 6, 한국도자학회, 2010.

최인학, 「한·중·일 세시풍속의 비교연구를 위한 제언」, 『비교민속학』 제37집, 비교민속학회, 2008.

최정여, 「고려의 속악가사논고」, 『고려가요연구』, 정음사, 1979.

최정윤, 「〈이상곡〉연구」, 부산대 석사학위논문, 1997.

_____, 「〈청산별곡〉의 의미와 향유의식」, 『한국문학이론과 비평』, 제33집, 한국문학이론과 비평학회, 2006.

최진원, 「동동고」, 『국문학과 자연』, 성균관대 출판부, 1991.

최 철, 「고려시가의 불교적 고찰 – 〈처용가〉·〈동동〉·〈이상곡〉·〈정석가〉·〈쌍화점〉을 중심으로」, 『동방학지』 96, 연세대 국학연구원, 1997.

_____, 「고려 처용가의 해석」, 『처용연구전집』Ⅱ–문학2, 처용간행위원회편, 역락, 2005.

하현강, 「고려 서경고」, 『역사학보』 제35·36집, 역사학회, 1967.

_____, 「고려서경의 행정구조」, 『한국사연구』 5, 한국사연구회, 1980.

하태석, 「처용 형상의 변용 양상 – 처용전승을 중심으로」, 『어문논집』 47집, 민족어문학회, 2003.

허남춘, 「동동의 송도성과 서정성 연구 (1)」, 『도남학보』 제14집, 도남학회, 1993.

_____, 「동동의 송도성과 서정성 연구 (2)」, 『도남학보』 제15집, 도남학회, 1996.

_____, 「고려 처용가와 무가의 주술성 비교」, 『고전시가 엮어읽기』 상, 태학사, 2003.

_____, 「청산별곡의 당대성과 현재성」, 『한국언어문화』 제28집, 한국언어문화학회, 2005.

허왕욱, 「〈서경별곡〉의 시적구조와 화자」, 『문학교육학』 제11호, 한국문학교육학회, 2003.

현용준, 「처용설화고」, 『국어국문학』 제39·40 합병호, 국어국문학회, 1968.

현혜경, 「만전춘 별사에 나타난 화합과 단절」, 『고려시가의 정서』, 개문사, 1985.

황병익, 「〈만전춘 별사〉 5연의 어휘 재고」, 『한국시가연구』 제16집, 한국시가학회, 2004

_____, 「〈동동〉 '새셔가만ᄒ얘라'와 〈한림별곡〉 '뎡쇼년(鄭少年)'의 의미 재론」, 『정신문화연구』, 제30권 제4호(통권 109호), 한국학중앙연구원, 2007.

_____, 「〈동동〉 頌禱之詞 盖效仙語의 의미 고찰」, 『고전문학연구』 제37집, 한국고전문학회, 2010.

_____, 「역신(疫神)의 정체와 신라 〈처용가〉의 의미 고찰」, 『정신문화연구』 제34권 제2호, 한국학중앙연구원, 2011.

황보관, 「〈쌍화점〉의 시상구조와 소재의 의미」, 『한국고전연구』 19집, 한국고전연구학회, 2009.

황수연, 「한역 고려가요의 수용 양상」, 『고려가요의 문학사회학』, 경운출판사, 1993.

찾아보기

문헌자료

여기서부터는 影印本을 인쇄한 부분으로 맨 뒷 페이지부터 보십시오.

叭拍羲 下五	아拍 下三	拍鼓 下三	신拍雙 下三
	下二		
宮	下一 下三	雙 下二	
下三	下三	處 下一	下三
宮	西	容 下二	下三

34

잡처용

33

얄	拍鼓 西	얄라	拍鼓 下三		拍鼓 下三
라	下三			얄	下三
셩	搵 下三		搵 下三	리	搵 下三
얄	鞭 下三		鞭 下三	얄	鞭 下三
	西				下三
라	雙 五		雙 下三	리	雙 宮
					下三

青 拍鼓 下	어다 拍鼓 下	멀 拍鼓 下	라 拍鼓 上
山 宮		위 宮	
의 搖 下	먹 搖 下	랑 搖 宮	搖 下
살 鞭 下	고 鞭 上	두 鞭 上	다 鞭 上
어			
리			
랏 下		래 上	
다 雙 下	雙 下	라 雙 宮下	雙 下

31

청산별곡

青山別曲 平調

靑	拍鼓 宮	라	拍鼓 上	살	拍鼓 下
山	上			어	上
익	搖 上		搖 宮	리	搖 上
	上				
살	鞭 宮	따	鞭 上	살	鞭 上
어	上			어	上
리	雙 宮 下		雙 上	리	雙 宮

拍鼓宮	와 拍鼓 下五	노 拍鼓 上三	拍鼓 上二
	지 西五		下二
이	五		
다 搖 五	搖 上三	搖 下二
		一	
鞭 宮	ㄴ 鞭 上二 盛	鞭 宮
	下二	
宮	下二 代	上一宮
雙 下三	ㅅ 雙 下三 예	雙 下一
宮	西	下三

拍鼓 下	拍鼓 宮	拍鼓 下二	겨샤 拍鼓 上
宮			上三
샤 下二	當 下二	딩 宮	上二
이 搖 下三	수 搖 下二	아 搖 宮	搖 上二 宮
西下三	西下		上二 下二
다 鞭 下三	에 鞭 宮	돌 鞭 上二	이 鞭 宮
先 下二	宮	上上	上二 宮 下二
王 雙 下二	雙 上二	하 雙 上二	다 雙 下二
	上當		

28

정석가

27

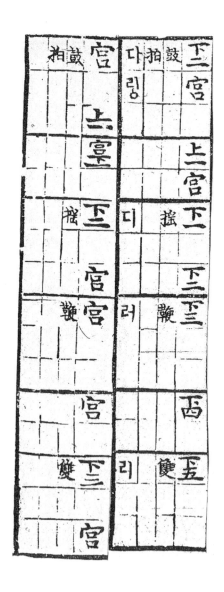

26

拍鼓	下	두 拍鼓	下	마 拍鼓	下
			宮	리	上
	下	어	下		宮
搖	下	링	下		搖 上
	下		西		臺
렁	鞭 宮	셩	鞭 下	는	鞭 宮
	宮	두	下		宮
셩	雙 下	어	雙 下	위	雙 上
					臺

25

서경별곡

西京別曲 平調

西	拍	鼓	下	아	拍	鼓	上	西	拍	鼓	宮

西 拍鼓 下　즐　／　아 拍鼓 上　／　西 拍鼓 宮

京　宮　／　上　京　／　上

이　搖 宮　／　搖 上　／　搖 上

上　／　上　／　上

셔　鞭 上　／　가 鞭 宮　／　이 鞭 宮

울　上

히　雙宮　／　雙宮　／　雙宮

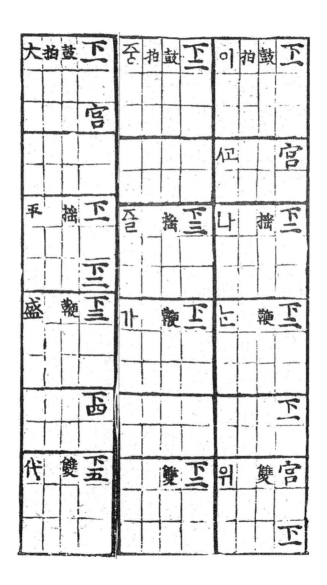

귀호곡(가시리)

歸乎曲 俗稱 가시리 ○平調

비	拍鼓	上	이	拍鼓	宮	가시	拍鼓	宮
리		上	伩		上			宮
고	搖	上	나	搖	上	리	搖	上
					上			
가	鞭	宮	는	鞭	宮	가	鞭	宮
시		下				시		下
리	雙	下		雙	宮	리	雙	下

얄라○어듸라 더디던 돌코 누리라 마치던 돌코 므
리도 괴리도 업시 마자셔 우니노라 얄리얄리 얄라○ 살어리 살어리랏다 바른래 살어
리랏다 ᄂᆞᄆᆞ자기 구조개랑 먹고 바른래 살어리랏
다 얄리얄리 얄라셩 얄라리 얄라○ 가다가 가다
가 드로라 에졍지 가다가 드로라 사ᄉᆞ미 짒대예 올아
셔 혀금[奚琴]을 혀거를 드로라 얄리얄리 얄라셩 얄라리
얄라○ 가다니 ᄇᆡ브른 도긔 설진 강수를 비조라 조
롱곳 누로기 ᄆᆡ와 잡ᄉᆞ와니 내 엇디 ᄒᆞ리잇고 얄리
얄리 얄라셩 얄라리 얄라

청산별곡

靑山別曲

살어리 살어리랏다 쳥山애 살어리랏다 멀위
랑 먹고 쳥山애 살어리랏다 얄리얄리얄라
셩얄라리얄라 ○ 우러라 우러라 새여 자고 니러 우러라
새여 널라와 시름 한 나도 자고 니러 우니로라 얄리
얄리얄라셩얄라리얄라 ○ 가던새 가던새 본다 물
아래 가던새 본다 잉무든 장글란 가지고 믈아래 가
던새 본다 얄리얄리얄라셩얄라리얄라 ○ 이링공
뎌링공ᄒᆞ야 나즈란 디내와손뎌 오리도 가리도 업
슨 바므란도 엇디 호리라 얄리얄리얄라셩얄라리

20

이상곡

비오다가 개야 아 눈하 디신 나래 서린 석
브 곱도신 길헤 다롱디우셔 마득사리 마두니즈세

너우지 잠따간 내니믈 너겨 깃둔 열명 길헤 자라오
리잇가 죵죵 霹靂 生 陷墮無間 고대셔 싀여딜 내모
미죵 霹靂 아 生 陷墮無間 고대셔 싀여딜 내모미
님 두읍고 년 뫼를 거로리 이러쳐 뎌러쳐 이러쳐 뎌러
러쳐 期約이 잇가 아소 님하 한 데 녀졋 期約이이다

19

므쇠로텰릭을믈아나는 텰ᄉ 鐵綵 로주롬바고이다○

그오시다힐어시아그오시다힐어시아 有德 호신

님여희♀와지이다○므쇠로한쇼를디여다가ᄆ

쇠로한쇼를디어다가 텰 鐵 슈 樹 산 山 애노호이다○그쇠

텰초 鐵草 를머기아그쇠 텰초

텰초 鐵草 를머기아 有德 호신 님여

히♀와지이당○구스리바회예디신돌구스리바

회예디신돌 긴힛돈 그츠리잇가○즈믄히를외오

곰녀신돌즈믄히롤외오곰녀신돌 신 信 잇든그츠리

잇가

정석가

鄭石歌

딩아돌하 當당금今에 계샹이다 딩이 돌하 當당금今에 계샹
이다 先션왕성대王聖代예 노니ᅌᅩ 와지이다 ○ 삭삭기 셰몰
애별헤나ᄂᆞᆫ 삭삭기 셰몰애 별헤 나ᄂᆞᆫ구은 밤닷되
를 심고이다 ○ 그 바미 우미 도다 삭 나거시아 그 바
미 우미 도다 삭 나거시아 有유德덕ᄒᆞ신 님믈 여히ᅌᅩ와
지이다 ○ 옥玉으로 련蓮ㅅ고즐 사교이다 옥玉으로 련蓮ㅅ
고즐 사교이다 바회 우희 졉接듀柱ᄒᆞ요이다 ○ 그 고지
삼三同동이 퓌거시아 그 고지 삼三同동이 퓌거시아 有유德덕ᄒᆞ
신님믈 여히ᅌᅩ 와지이다 ○ 므쇠로 텰릭을 ᄆᆞᆯ아 나는

ᄎᆞ니업다 ○ 술풀지븨 수를 사라 가고신ᄃᆡ 그 짓

이 비ᄂᆡ 손 모글 주여 이다 이 말ᄉᆞ미 이 집 밧ᄭᅴ나 ᄃᆡ

들명다로러거디러 됴고 맛간ᄉᆞ구비가ᄂᆡ마리라

호리라 더러둥셩 다리러디러 다리러다로러거

디러다도러거 자리예나 도 자라가리라 위 다로

러거디러다로러거 잔ᄃᆡ 구티 덦거츠니업다

16

간샹기샹上座ㅣ네마리라호리라더러둥셩다리러

디러다리러디러다로러거디러다로러거자리예

나도자라가리라위위다로러거디러다로러거잔

딤ㄱ티덦거즈니엽다○드레우므레므를깃라가

고신딘우믓龍이내손모글주여이다이말스미이

우믈밧긔나명들명다로러거디러됴고맛간드레

바가네마리라호리라더러둥셩다리러디러다리

러디러다로러거디러다로러긱자리예나도자라

가리라위위다로러거디러다로러거잔듸ㄱ티덦

쌍화점

雙花店

雙花店에 雙花

쌍화뎜 에 쌍화 사라 가고신된 回回 아비 네 손모글

주여이다 이 말ᄉᆞ미 이 뎜店 밧긔 나명들명 마리라 호리라

디러죠고맛감 삿기 광대네 마리라 호리라더럼

셩다리러디러 다리러다리러 다로러거디러 다로러

긔 자리예 나도 자라 가리라 위 다로러거디러러 나

로러그잔ᄃᆡ ᄀᆞ티 덦거츠니 업다 ○三藏(삼장)ᄉᆞ애브를

혀라 가고신된 이 뎔社主쥬ㅣ 네 손모글 주여이다 이

말ᄉᆞ미 이 뎔 밧긔 나명들명 다로러거디러 죠고 맛

14

右新羅憲康王遊鶴汀還至開雲浦有一人奇
形詭服詣王前歌舞讚德從王入京自號處容
每日歌舞於市竟不知其所在後人異之作詩
新羅昔日處容翁見說來從碧海中貝齒赤脣
歌夜月鳶肩紫袖舞春風

13

아만흔니여머자오야자 綠록李리여 새바리나 새ㅅ골

민여라아니옷민시면나리어다머즌말 東동京경 불근

두래새도록노니다가드러내자리를보니가리

네히로새라아으둘흔버해어니와둘흔뉘해어니

오이런저긔 處쳐容용아비옷보시면 熱열病병大대神신이 횟

ㅅ가시로다 千쳔金금을주리여 處쳐容용아비 七칠寶보

處쳐容용아바 千쳔金금七칠寶보를 도마오 熱열病병神신을 날자바주

쇼셔 山산이여 미혀 千쳔里리外외 處쳐容용아비를어여

꺼져아으 熱열病병大대神신의 發발願원이샷다

위어신이베 白玉琉璃
빅옥류리 기티허어신닛바래 ㅅ讚福
인찬복

셩盛 겨우샤늘의어신ㅅ맷길혜 설믜모도 와 有德
유덕 게예

길녕吉慶 겨우샤놀 七寶 칠보 겨우샤 숙거신 엇게예

ㅎ신가소매 福智具足 복디구족 ㅎ샤브르거신비예 紅韘 홍령계

우샤굽거신허리예 同樂大平 동락대평 ㅎ샤길어신허퇴예

아으 界面 계면 도르샤 넙거신바래누 고지이셰니으누

고지어셰니오바롤도실도업시바롤도실도업시

處容 제용 아비를누 고지어셰니오마아만ㆁㄴ

여 십이졔국이 諸國 모다지어셰욘아으 處容 제용아비를마

처용가

慶容歌

新羅盛代昭盛代
신라셩디쇼셩디

天下大平羅侯德
텬하대평라후텨용덕 處容아바
以是

人生常不語
인ᄉᆡᆼ애 샹블어 ᄒᆞ시란ᄃᆡ
以是

人生常不語
인ᄉᆡᆼ애 샹블어 ᄒᆞ시

三災八難
삼ᄌᆡ팔난이 일시쇼멸 ᄒᆞ삿다
一時消滅

滿頭挿花
어와아비즈이여 處容아비즈이여
만두삽화 회계우샤기울어신머
會

壽命長遠
리예아으 ᄒᆞ샤 넙거신니마해
山象

愛人相見
강어신눈섭에 ᄒᆞ샤오올어신누네
風入

盈庭
영뎡 ᄒᆞ샤우글어신귀에
紅桃花
기티븕거신모야
風入

해오 五香마ᄐᆞ샤 웅긔어신고해
千金
머그샤어
천금

리○네가시아즐가네가시럼ᄂᆞ디몰라셔위두어

렁셩두어렁셩다링디리○널비예아즐가녈비예

옌즌다샤공아위두어렁셩두어렁셩다링디리○

대동강아즐가大同江대동강건너편고즐여위두어렁셩

두어렁셩다링디리○비타들면아즐가비타들면

것고리이다나ᄂᆞᆫ위두어렁셩두어렁셩다링디리

9

두어렁셩두어렁셩다링디리○긴히ᄯᅡ즐가고

힛ᄯᅳᆫ그츠리잇가나는위두어렁셩두어렁셩다링

디리○즈믄히를아즐가즈믄히를외오곰녀신ᄃᆞᆯ

위두이렁셩두어렁셩다링디리○신信

잇ᄃᆞᆫ그즈리잇가나는위두어렁셩두어렁셩다

링디리○대大동同강江아즐가대大동同강江너븐디몰라셔위

두어렁셩두어렁셩다링디리○비ᄇᆞ여아즐가비

내여노혼다샤공아위두어렁셩두어렁셩다링디

서경별곡

西京別曲

西京이아즐가 西京이셔울히마르는 위두어렁셩

두어렁셩다링디리○ 닷곤디아즐가 닷곤디쇼셩

경고외마른 위두어렁셩두어렁셩다링디리○여

히므론아즐가 여히므론질삼뵈바리시고의 두어

렁셩두어렁셩다링디리○ 괴시란티아즐가 괴시

란티우러곰 좃니노이다 위두어렁셩두어렁셩다

링디리○ 구스리아즐가 구스리바회예디신돌 위

7

뉘러시니잇가뉘러시니잇가○올하을하아련비

올하여흘란어듸두고소해가라온다스긋믈면여

흘도표흥니여흘도표흥니○南산애자리보와

산을버혀누어錦繡산니블안해麝香각시를안아

누어南산애자리보와玉山을버여누어錦繡산니

불안해麝香각시를안누어藥든가슴을맛초

사이다맛초읍사이다○아소님하遠代平生애여

힐술모르읍새

6

만전춘 별사

滿殿春別詞

어름우희댓닙자리보와 님과 나와 어러주글만뎡

어름우희댓닙자리보와 님과 나와 어러주글만뎡

情둔 오ᄂᆞᆳ범 더듸 새오시라 더듸 새오시라

耿耿 孤枕上애 어느 즈미오리오

西窓을 여러ᄒᆞ니 桃花ㅣ 發ᄒᆞ두다

桃花ᄂᆞᆫ 시름 업서 笑春風ᄒᆞᄂᆞ다 笑春風ᄒᆞᄂᆞ다

넉시라도 님을 ᄒᆞᆫ ᄃᆡ 녀닛景 너기다니

넉시라도 님을 ᄒᆞᆫ ᄃᆡ 녀닛景 너기더시니

5

가시리

가시리 가시리잇고 나는 브리고 가시리잇고 나는

위 증즐가 大平盛代

날러는 엇디 살라호고 브리고 가시리잇고 나는

고 가시리잇고 나는 위 증즐가 大平盛代

잡스와 두어리마나는 선호면 아니올셰라

위 증즐가 大平盛代

셜온님 보내옵노니 나는 가시는듯 도셔오쇼셔

쇼셔 나는 위 증즐가 大平盛代

4

정과정(삼진작)

前腔 내 님믈 그리ᅀᆞ와 우니다니 中腔 山 졉동새 난 이슷ᄒ요

이다 後腔 아니시며 거츠르신 ᄃᆞᆯ 아으 附葉 殘月曉星이 아ᄅᆞ시리이다 大葉 넉시라도 님은 ᄒᆞᆫ ᄃᆡ 녀져라 아으 附葉 벼기더

시니 뉘러시니ᅌᅵᆺ가 二葉 過도 허믈도 千萬 업소이다 ᄆᆞᆯ힛마리신뎌 三葉 ᄉᆞᆯ읏븐뎌 아으 四葉 니미 나ᄅᆞᆯ ᄒᆞ마 니ᄌᆞ시

니ᅌᅵᆺ가 五葉 아소 님하 도람 드르샤 괴오쇼셔

3

처용가

처용가

前腔新羅盛代昭盛代天下大平羅候德處容아바以是人生
애相不語ᄒᆞ시란ᄃᆡ以是人生애相不語ᄒᆞ시란ᄃᆡ附葉三災
八難이一時消滅ᄒᆞ샷다中葉어와아븨즈ᅀᅵ여處容아븨즈
ᅀᅵ여附葉滿頭揷花계오샤기울어신머리예小葉아으壽命
長願ᄒᆞ샤넙거신니마해後腔山象이슷깅어신눈섭에愛人
相見ᄒᆞ샤오ᄋᆞᆯ어신누네附葉風入盈庭ᄒᆞ샤우글어신귀예
中葉紅桃花ᄀᆞ티븕거신모야해附葉五香마ᄐᆞ샤웅긔어신
고해小葉아으千金머그샤어위어신이베大葉白玉琉璃ᄀᆞ
티ᄒᆡ여신닛바래人讚福盛ᄒᆞ샤미나거신ᄐᆞᆨ애七寶계우샤
숙거신엇게예吉慶계우샤늘의어신ᄉᆞ맷길헤附葉설믜모
도와有德ᄒᆞ신가ᄉᆞ매中葉福智俱足ᄒᆞ샤브르거신ᄇᆡ예紅
鞓계우샤굽거신허리예附葉同樂大平ᄒᆞ샤길어신허튀예
小葉아으界面도ᄅᆞ샤넙거신바래前腔누고지ᅀᅥ셰니오누
고지ᅀᅥ셰니오바늘도실도어ᄡᅵ바늘도실도어ᄡᅵ附葉處容
아비ᄅᆞᆯ누고지ᅀᅥ셰니오中葉마아만마아만ᄒᆞ니여附葉十
二諸國이모다지ᅀᅥ셰온小葉아으處容아비ᄅᆞᆯ마아만ᄒᆞ니
여後腔머자외야자綠李야ᄲᆞᆯ리나내신고ᄒᆞᆯᄆᆡ야라附葉아
니옷ᄆᆡ시면나리어다머즌말中葉東京ᄇᆞᆯᄀᆞᆫᄃᆞ래새도록노
니다가附葉드러내자리ᄅᆞᆯ보니가ᄅᆞ리네히로섀라小葉아
으둘흔내해어니와둘흔뉘해어니오大葉어런저긔處容아
비옷보시면熱病神이ᅀᅡ膾ㅅ가시로다千金을주리여處容
아바七寶ᄅᆞᆯ주리여處容아바附葉千金七寶도말오熱病神
ᄅᆞᆯ날자바주쇼셔中葉山이여ᄆᆡ히여千里外예附葉處容
아비ᄅᆞᆯ어여려거져小葉아으熱病大神의發願이샷다

동동

德으란 곰ᄇᆡ예 받ᄌᆞᆸ고 德이여 福이라
福으란 림ᄇᆡ예 받ᄌᆞᆸ고 德이여 福이라
호ᄂᆞᆯ 나ᅀᆞ라 오소ᇰ이다 아으 動動다리

正月ㅅ 나릿므른 아으 어져 녹져 ᄒᆞ논ᄃᆡ
누릿 가온ᄃᆡ 나곤 몸하 ᄒᆞ올로 녈셔 아으 動動다리

二月ㅅ 보로매 아으 노피 현 燈ㅅ블 다호라
萬人 비취실 즈ᅀᅵ샷다 아으 動動다리

三月 나며 開ᄒᆞᆫ 아으 滿春 ᄃᆞᆯ욋고지여
ᄂᆞᆷ이 브롤 즈ᅀᅳᆯ 디녀 나샷다 아으 動動다리

四月 아니 니저 아으 오실셔 곳고리새여
므슴다 錄事니ᄆᆞᆫ 녯 나ᄅᆞᆯ 닛고신뎌 아으 動動다리

五月 五日애 아으 수릿날 아ᄎᆞᆷ 藥은
즈믄 ᄒᆡᆯ 長存ᄒᆞ샬 藥이라 받ᄌᆞᆸ노이다 아으 動動다리

六月ㅅ 보로매 아으 별해 ᄇᆞ룐 빗 다호라
도라보실 니믈 젹곰 좃니노이다 아으 動動다리

七月ㅅ 보로매 아으 百種 排ᄒᆞ야 두고
니믈 ᄒᆞᆫ ᄃᆡ 녀가져 願을 비ᅀᆞᆸ노이다 아으 動動다리

八月ㅅ 보로ᄆᆞᆫ 아으 嘉俳 나리마ᄅᆞᆫ
니믈 뫼셔 녀곤 오ᄂᆞᆯ낤 嘉俳샷다 아으 動動다리

九月 九日애 아으 藥이라 먹논 黃花 고지 안해 드니
새셔 가만ᄒᆞ얘라 아으 動動다리

十月애 아으 져미연 ᄇᆞ롯 다호라
것거 ᄇᆞ리신 後에 디니실 ᄒᆞᆫ 부니 업스샷다 아으 動動다리

十一月ㅅ 봉당 자리예 아으 汗衫 두퍼 누워
슬ᄒᆞᆯ ᄉᆞ라온뎌 고우닐 스싀옴 녈셔 아으 動動다리

十二月ㅅ 분디남ᄀᆞ로 갓곤 아으 나ᅀᆞᆯ 盤잇 져 다호라
니믜 알ᄑᆡ 드러 얼이노니 소니 가재다 므ᄅᆞᆸ노이다 아으 動動다리

1

문헌자료

『악학궤범(樂學軌範)』
동동 · 1 / 처용가 · 2 / 정과정(삼진작) · 3

『악장가사(樂章歌詞)』
가시리 · 4 / 만전춘 별사 · 5 / 서경별곡 · 7
처용가 · 10 / 쌍화점 · 14 / 정석가 · 17
이상곡 · 19 / 청산별곡 · 20

『시용향악보(時用鄕樂譜)』
귀호곡(가시리) · 22 / 서경별곡 · 24 / 정석가 · 27
청산별곡 · 30 / 잡처용 · 33

여기서부터는 影印本을 인쇄한 부분입니다.

▌이정선

한양대학교 국어국문학과를 졸업하고 동 대학원 같은 과에서 고전문학을 전공하였다.
조선후기의 문화현상이었던 조선풍에 관심을 갖고, 「조선후기 한시에 나타난 조선풍
연구」로 박사학위를 취득하였고, 『조선후기 조선풍 한시 연구』를 출간하였다. 그 후
계속해서 조선풍을 한시만이 아니라 회화, 판소리 등으로 확장하여 그 의미를 찾고자
노력하였다. 「연암 박지원의 〈초정집서〉를 통해 본 작법태도」, 「이옥의 〈지주부〉 고찰」,
「조선후기 문화변동과 조선풍의 위상」 외 여러 논문을 발표하였고, 공저로 『고전시가
엮어읽기』가 있다. 현재 한양대와 성신여대에 출강한다.
이메일 : le0734@naver.com

한국시가문학연구총서 24

고려시대의 삶과 노래

2016년 9월 10일 초판 1쇄 펴냄

저 자 이정선
발행인 김흥국
발행처 도서출판 보고사

등록 1990년 12월 13일 제6-0429호
주소 경기도 파주시 회동길 337-15 보고사 2층
전화 031-955-9797(대표)
    02-922-5120~1(편집), 02-922-2246(영업)
팩스 02-922-6990
메일 kanapub3@naver.com / bogosabooks@naver.com
http://www.bogosabooks.co.kr

ISBN 979-11-5516-599-7 93810
ⓒ이정선, 2016

정가 24,000원